排出権商人

黒木 亮

角川文庫 17119

排出権商人——目次

「排出権商人」本文関連地図
ロシア
モンゴル
ウルムチ
北京
大同
天津
柳林
太原
日本
東京
中華人民共和国
台湾
太平洋
深圳
香港
インド
フィリピン
インドシナ半島
ベンガル湾
南シナ海
ペナン島
マレーシア
ボルネオ島
クアラルンプール
ジョホール・バル
インド洋
スマトラ島
バリ島
ジャワ島
ヌサ・ドゥア

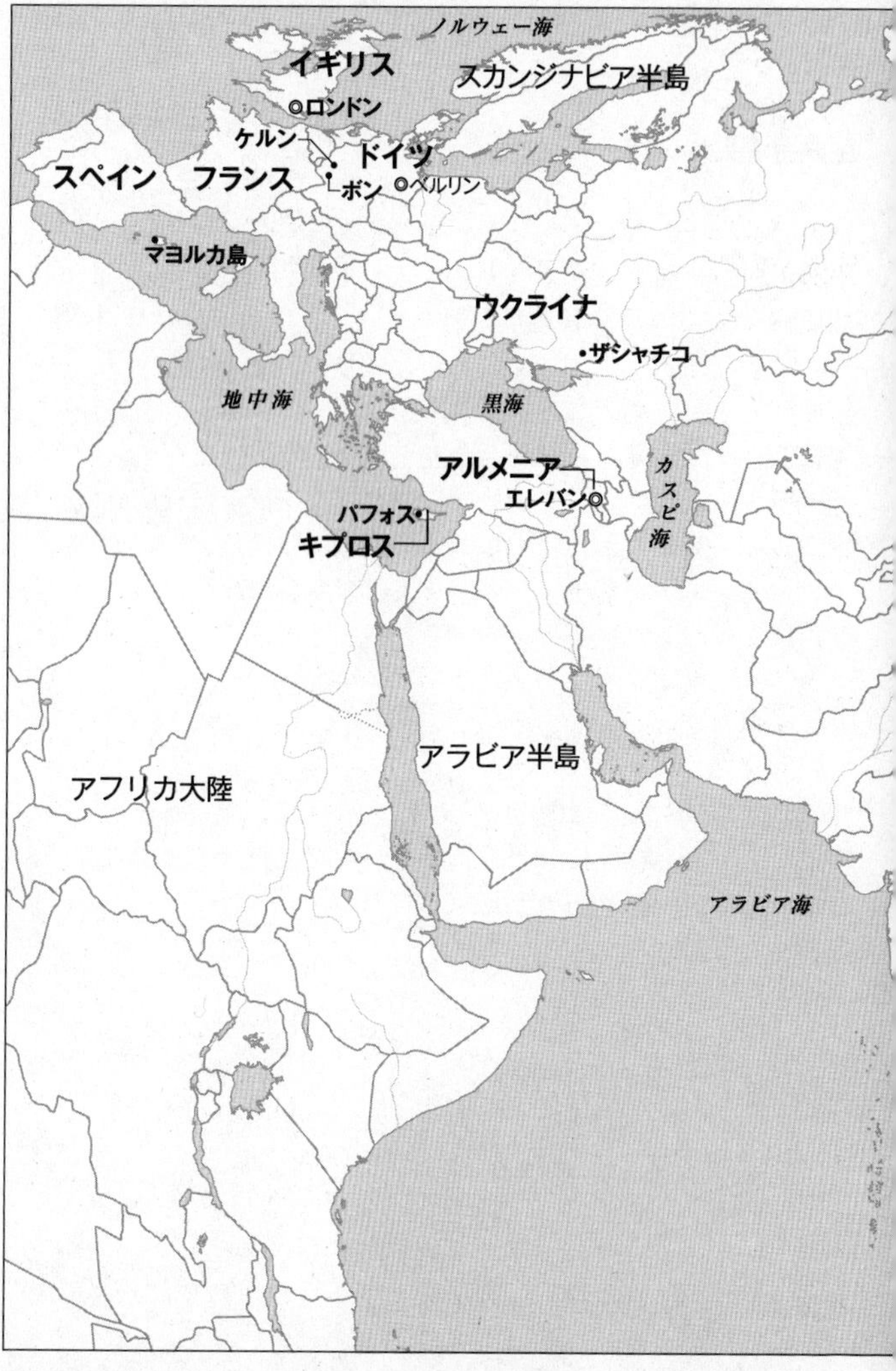
ノルウェー海
イギリス
スカンジナビア半島
ロンドン
ケルン
ドイツ
スペイン
フランス
ボン
ベルリン
マヨルカ島
ウクライナ
ザシャチコ
地中海
黒海
アルメニア
エレバン
カスピ海
パフォス
キプロス
アラビア半島
アフリカ大陸
アラビア海

主要登場人物一覧

松川冴子……新日本エンジニアリング地球環境室長
小林正之……同エネルギー・プロジェクト第二部長
仙波義久……同常務執行役員エネルギー・プロジェクト本部長
東松照夫……同北京駐在員事務所長
国枝朋之……国連ＣＤＭ理事会理事（経済産業省技官）
武暁軍……新日本エンジニアリング北京駐在員事務所社員
梁寶林……新疆能源投資有限公司総経理（社長）
リム・ヘン・ポク博士……プトラ大学畜産学研究員
北川靖……パンゲア＆カンパニーのパートナー
アデバヨ・グボイェガ……同上
ジム・ホッジス……同上

注：中国語の発音は、武暁軍はウーシャオジュン、梁寶林はリァンパオリン、王輝東はワンフイドンなどですが、読みやすさを考慮し、日本語読みのルビを振りました。

地図製作：オゾングラフィックス

プロローグ

浅い午睡から目覚めると、部屋の外の波音が一段と大きくなっていた。

松川冴子《まつかわさえこ》は、真新しいエジプト綿のシーツの上で身体を起こし、窓際に歩み寄った。

二階の窓の下のすぐ先にあるインド洋は、緑がかった鉛色に沈みつつあるところで、岸から五メートルほど離れた海面が規則正しく盛り上がっては、白い波となって岩場で砕け散っていた。

「スエズ運河以東で最上のホテル」といわれたイースタン&オリエンタル・ホテル（略称E&Oホテル）のフローリングの床には、幾何学模様を織り込んだ絨毯が敷かれている。ソファーセットの低い木製のコーヒー・テーブルの上には、毎朝差し入れられるネーブルや梨、「Star」という地元の英字新聞などが載っていた。

冴子は、水色のポロシャツにベージュのチノパンを身につけ、テーブルの上のルームキーに手を伸ばした。キーには部屋番号とE&Oの文字が刻み込まれた楕円形の真鍮のプレートがついている。あまたの人々の手を経たプレートは鈍く黒ずみ、表面が摩滅していた。キーのそばに一枚の葉書が置かれていた。金沢の高校の同窓会の案内状だった。同窓生たちの顔を久しぶりにみてみたい気持ちの一方で、いつものように故郷に帰ることに気後れし、決心がつかないまま旅行鞄の中に入れてきてしまった。

ルームキーを手にとり、木の扉を押して外の廊下に出る。

長い廊下の床もフローリングである。真っ白な壁に一定間隔で、マレーシアの植物と鳥を描いた絵が掛かっている。緑色を基調にした繊細な感じの絵だった。九月の終わりは、観光には季節外れで、ひっそりと静まり返った廊下は、学校か修道院を思わせる。

「まあ、『排出権商人』といわれるぐらいになるよう、がんばってください」

休暇に出る直前に部長からいわれた言葉が、まだ耳の奥から消えていなかった。相手の口調に、会社のメインストリームである石油・ガスのエンジニアリング部門から外される人間に対する憐れみが漂っていた。

ペナン島までやってきても、東京での出来事がなかなか忘れられないものだと思う。

エレベーターで地上階（日本でいう一階）のロビーまで下りると、クーラーがきいて、ひんやりしていた。赤道のほぼ真下にあるペナン島は一年中真夏である。

ロビーの南側の端にレセプションがあり、その反対側に「ファルカーズ・バー」という英国風のバーがある。英国植民地時代（一七八六～一九五七年）にペナン島の副知事を務めたロバート・タウンゼント・ファルカー卿の名前をとったバーである。

バーの入口には、カイゼル髭を生やしたファルカー卿の横顔を描いた丸い看板がある。

「やあ、きたのかね？」

バー・ラウンジの籐椅子に座り、ビールを飲みながらウォールストリート・ジャーナル（アジア版）を読んでいた浅黒い肌の老人が冴子の顔をみ上げていった。インド訛りが少しあるが、知性を感じさせるクイーンズ・イングリッシュだった。

「今日の午後着きました」

冴子は向いの籐椅子に腰を下ろす。

「じゃあ、ビールを一杯ご馳走しよう」

白髪で贅肉のない老人がいい、黒いベストを着た中国系のウェイターにカールスバーグを注文した。

「きれいな夕暮れですね」

汗をかいたカールスバーグのグラスを手に、冴子はバーの奥に視線をやる。

外のプールサイドの空はまだ青いが、雲の一部がオレンジ色に染まり始めており、画家ならさぞかし創作意欲をかき立てられそうな色合いだ。

「美しいが、あっという間だ」

浅黒い肌の老人は、読んでいたウォールストリート・ジャーナルを畳む。

「ペナンの日は沈むのが速いからね」

グリーンのチェックの半袖シャツを着た老人は、リタイアしたインド商人である。いまは、自分の財産を投資したり、回顧録を書いたりしながら暮らしている。「ファルカーズ・バー」には夕暮れどきにやってきて、ビールを一パイント（五七〇cc）だけ飲む。このホテルをよく訪れる冴子とは、数年前からの顔見知りだ。

バーの一方の端は長いカウンターで、磨き上げられたグラスが目の前に水晶柱のように下がり、後方の壁は酒瓶で埋め尽くされている。スツールに中年の英国人カップルが座って、ワインを飲んでいた。

「今回も一週間ぐらいいるのかね？」

「はい」

冴子はうなずき、ショートカットにした髪を片手で触れる。色白で目鼻が整った、きりっとした顔立ちである。

インド人の老人は穏やかな表情でうなずいただけだった。冴子が悩みや心の疲れを癒したいときにこのE&Oホテルにやってくることは知っている。

ラウンジには植物模様の絨毯が敷かれ、米国人らしい若いカップルや、中国系ビジネスマンらしい数人の男たちなどが、籐椅子でビールやワインを飲んでいた。

「回顧録の進み具合はいかがですか？」

インド人の老人は、はにかむような微笑を浮かべ、首を振った。

「書こうとすると、いろいろなことが思い浮かんできて、ついつい物思いにふけってしまってね。……まあ、そんなプロセスも楽しみだと思って、のんびりやっているよ」

老人はインドで生まれ、イギリスで教育を受け、香港やシンガポールにある米系の金融機関で働いたあと、自分でビジネスを興して成功させ、いまは子どもたちにそれを譲って、夫婦二人でペナンで悠々自適の暮らしを送っている。

薄暗くなってきたプールサイドの照明が、閉じたパラソルやデッキチェアをほの白く照らしだしていた。

「ところで、あなたはエンジニアリング会社で働いているんだったね？」

老人が思い出したようにいった。

「確か、中東の製油所のプロジェクトにかかわっているとか」

冴子はうなずいた。男社会で理系中心の大手エンジニアリング会社の中枢部門である石油精製プラントの設計・建設を請け負う部署で、文系の女性総合職として懸命にもがいていた。

「先週までその部署にいましたが、この休暇が明けたら、地球環境室（Global Environmental Office）というところで働く予定です」

「地球環境室……ほう」

浅黒い肌の老人は、興味深そうな顔をして、ビールのグラスをコースターの上に戻した。

赤いコースターには「E&O HOTEL est（創業）1885」という文字とココ椰子が描かれていた。

「それは、環境関係のエンジニアリングをやる部署なのかね？」

「ええ、まあ、そうです」

冴子は曖昧にうなずく。名前は大げさだが、実態は、排出権ビジネスを立ち上げる目的でつくられた海のものとも山のものともわからない部署だった。室員は、冴子と二年目の男性社員、契約社員である女性アシスタントがいるだけだ。

「実は、わたしの友人でプトラ大学の畜産学の研究員を務めている男から相談をもちかけられているんだが……」

プトラ大学は首都のクアラルンプールにあり、英国植民地時代の農業学校に源を発する名門総合大学だ。

「ペナンに養豚場があって、そこの汚水とメタンガスを処理するプロジェクトをやれないかと友人は考えているそうなんだ」

「ペナンに養豚場が？」

ペナン島をよく知っているつもりだったが、養豚場があるというのは初耳だ。

「マレー人はイスラム教徒なので豚を食べないんだが、この国の人口（約二千五百万人）の四分の一は華人（中国系住民）だ。彼らが豚を育てている」

冴子がうなずく。

「なぜペナンに養豚場があるかというと、国が独立したころにさかのぼるんだが……」

痩身のインド人は、マレーシアの歴史を語り始めた。

中国人の東南アジアへの移住は十五世紀の明の時代に始まり、マレーシアへは十九世紀以降に活発に移り住むようになった。イギリスの植民地支配を脱してマレーシアが独立を宣言したのは一九五七年八月三十一日だが、その前後十年以上にわたって、中国共産党の支援を得たマラヤ共産党と内戦が続いた。華人が中国共産党と通じるのを恐れたマレーシア政府は、彼らを限られた地域に集めて住まわせ、周囲をマレー人住民で囲んで監視させた。そうした集落がペナンにあり、養豚業を営んでいるという。

「環境に関係するプロジェクトだから、あなたが移る部署にも関係するんではないかな？」

「ええ、まあ、そうですね」

冴子は曖昧に微笑する。

「最近、カーボン・クレジット（排出権）というものができたので、友人はそれを利用してプロジェクトをやろうと考えているそうなんだ」

「え、カーボン・クレジット？」

相手の何気ない言葉の偶然性に冴子は驚いた。

二日後――

E&Oホテルに、一台のランドクルーザーがやってきた。

ホテルは、車やバイクがひっきりなしに流れてゆく一車線のファルカー通り(Farquhar St.)沿いに建っている。オレンジ色の屋根の白亜の四階建ては、シンガポールのラッフルズ・ホテルによく似たデザインだ。それもそのはずで、両方ともアルメニア人のサーキーズ四兄弟が創業したホテルである。前庭には丸い石造りの噴水があり、豊かな葉を風にそよがせるココ椰子の木々が噴水を取り囲んでいる。

灰色のランドクルーザーは、噴水を時計回りに回り込んで、ホテルの入口前に停車した。探検隊帽子をかぶり、半袖・半ズボン・白いソックスという植民地時代の服装をしたドアボーイがドアを開ける。

冴子とインド人の老人は、ランドクルーザーに乗り込んだ。

「はじめまして、チューです。こちらは、わたしの助手のコーです」

助手席に座った五十歳ぐらいの細面の華人男性が英語でいい、ハンドルを握っている太目の男性が会釈した。二人ともペナン州の役人で、畜産業の監督と保護の仕事をしているという。

ランドクルーザーは、南の方角に向けて走りだした。

ホテルがあるジョージタウンは、英国統治時代の教会、コロニアルな石造りの建物、派手な装飾の仏教寺院、イスラム教寺院、一階が商店で二階が住居の「ショップハウス（中国風長屋）」、香港の下町のような商店街、インド人たちが経営する両替商、ホテルなどがひしめき合い、自転車の前部に客の座席が付いた人力車「トライショー」が往きかう。

古い建物や植物などには霊気が宿っているようだ。

車の窓を流れて行く風景をながめながら、冴子は祖母のことを思い出していた。

祖母は自分が三十歳のとき亡くなったので、もうかれこれ十数年が経つ。死者は生者の記憶のなかで生き続けるというが、亡くなってからのほうが、祖母のことをよく考えている。明治・大正・昭和という因習の時代に生き、自分の思いを果たせなかった女性である。自分がキャリアを追求する人生を送ることになったのも、祖母の無念の人生をみていたことが大きい。

冴子は、窓外を過ぎ去る高層マンション、商店、露店、寺院、椰子の木、クリームソーダ色の海などをぼんやりながめ続けた。

ランドクルーザーはジョージタウンの街を抜けると、海を左手にみながらしばらく走り、大きな橋を渡り始めた。本土とペナン島を結ぶペナン・ブリッジだ。ペナン州は、本土側とペナン島にまたがっており、養豚の村は本土側にあるという。

全長一三・五キロメートルの橋を渡り終えて本土側に下りると、見渡す限り緑の水田が広がり、道端には、さまざまな種類の椰子の木、バナナ、ヒノキ科の針葉樹が生え、木々の間に波形トタン屋根の貧しそうな家々が現われては消える。

「そろそろ平安村です」

助手席に座ったチューがいった。

道端に小さな学校や修理工場、商店などが建ち並んでいる集落で、漢字の看板が多い。「平安村」という文字と一緒に「Kampung Selamat」というマレー語が書かれている。かつて仕事をした中東のアラビア語では「サラーム」が平和なので、きっと「Selamat」が平安、「Kampung」が村なのだろうと冴子は見当をつけた。

集落を抜けると、パーム椰子の林がある一帯になり、林の間に家々と豚舎らしきものがみえ始めた。各戸は五〇～一〇〇メートル離れている。道は狭い砂利道だ。

「このあたりには、五百軒ぐらいの養豚農家があります。……この家をみてみましょうか」

ランドクルーザーは一軒の家の前で停まった。

降りると、糞尿と肥料がまじりあったようなむっとする臭気が立ち込めていた。チューと助手のコーは長靴ばきで、水溜まりや干からびた豚糞などをひょいひょい避けながら、勝手知った様子で家の裏手へ歩いてゆく。麦わら帽子にスニーカーの冴子と、インド人の老人は二人についてゆく。

家の裏に豚舎があった。屋根はあるが壁はなく、縦横三～四メートルのコンクリートの囲いが無数にあり、それぞれの囲いのなかに二十頭ぐらいの豚が入っている。糞尿の臭いがむっと立ち込め、のどにまで強い刺激臭が入ってきて、冴子とインド人の老人はハンカチで口をおおった。

「この家では、千三百頭ほどの豚を飼っています」

薄くなった頭髪に白いものが混じったチューは、涼しそうな白い半袖シャツにベージュのスラックス姿だった。

豚舎では、Tシャツに長ズボン、長靴姿の三人の若者と、十八歳ぐらいの女の子が、ホースで豚に水をかけたりしながら働いていた。若者のうちの一人は片足が不自由だった。

（すごいなあ……）

汗と水しぶきにまみれて働いている四人をみながら、冴子は心の中で嘆息した。３Ｋ（きつい、汚い、危険）に「臭《くさ》い」が加わった「４Ｋ」の職場だ。

デジカメをとり出して撮影しようとすると、豚の一頭が警戒の鳴き声を発し、同じ囲いのなかにいる二十頭ほどが浮き足だつ。何頭かは警戒と敵意のこもった目で冴子をにらみ、高さ八〇センチぐらいのコンクリートの壁を越えて飛び出してきそうだ。

チューとコーの二人は臭いを気にする風はまったくなく、豚舎の端へと歩いてゆく。冴子とインド人の老人も、足もとの水路を流れる糞尿と飼料の残りが混じった汚水を気にしながら、ついてゆく。

「これがセパレーター（分離機）です。台湾製です」

灰色の汚水が流れ込む貯留槽のなかに、小さな簡易エレベーターのような機械が浸《つ》かっており、糞や飼料の残滓《ざんし》をすくい上げる数珠つなぎの箱型コンベヤーが次々と汚水のなかから現われ、固形物を上へ運び、水槽のそばに茶色い小山をつくっていた。固形物は肥料として近くのパーム椰子の林にまくという。

そばに溜池のような貯留槽がいくつもあり、汚水を処理していた。それぞれ縦横数メートル、深さ三メートルほどで、沈降《ちんこう》分離と微生物分解（微生物に汚水中の汚濁物質を食べさせること）で、汚染（有機物含有量）を基準値以下にし、最終的に川に流している。

処理は貯留槽ごとに段階的に行われ、最初の貯留槽の水は灰色に濁って白い泡が表面に浮かんでいるが、川に放流する前の水は、烏龍茶《ウーロン》のように透き通っている。あたりには、汚濁物質が分解されてメタンガスが発生し、硫化水素と思《おぼ》しい鼻が曲がりそうな刺激臭が立ち込めていた。

「原始的な方法にみえますが、このやり方で、政府が定めた基準値以下に汚水を処理して、川に流しています」

わき上ってくるように汚水が渦巻いている貯留槽の一つをながめながらチューがいった。

マレーシア政府は、有機物含有量を一定以下にすれば、処理した汚水を川に流してよいと定めているという。

「ただ、マレー系住民は、たとえ基準値以下に処理しても、環境を汚染する養豚業はけしからんと主張しているんです。……環境汚染という意味では、牛や鶏だって、同じなんですけれどね」

チューは悩ましげな顔つき。

「要は、文明の対立だね」

インド人の老人がいい、冴子はうなずく。

イスラム教では、豚は不浄であるとして忌み嫌われている。理屈を超えた価値観の対立は、マレー人とその他先住民族（六五・五パーセント）、華人（二五・六パーセント）、インド人（七・五パーセント）、その他（欧州系、アラブ系等、一・四パーセント）が共存する多民族国家ならではだ。

「排出権を使って、汚水の処理施設を近代化できないかというわけですね？」

冴子の言葉に、チューたちがうなずいた。

「このメタンガスを回収して発電すれば、排出権が得られると聞いたんです」

チューによると、先日、アメリカのクライメット・セキュリティーズ（Climate Securities Inc.）の排出権買付担当者がやってきて、そういう話をしていったという。同社は、ニューヨークの店頭株市場に上場したばかりのブティック型投資銀行で、排出権ビジネスに特化している。

（まさかこんなところで、排出権の話に出くわすなんて。でも、このプロジェクト、小さすぎる感じがするなあ……）

冴子は、貯留槽のなかで渦巻いている汚水をみつめた。


松川冴子がペナン州の養豚農家を見学した日、ニューヨークにあるカラ売り専業ファンド、パンゲア＆カンパニーのオフィスでは、パートナーの一人、北川靖《きたがわやすし》が、ある企業の年次報告書を手に、別のパートナーであるナイジェリア系米国人のアデバヨ・グボイェガと話をしていた。

ミッドタウンの高層階にあるオフィスの窓の彼方は、さわやかに晴れ上がった秋空で、その下の摩天楼群も暑い夏が去って、ほっとしているかのようにみえる。街路のスズカケノ木の葉は黄色く色づき始め、本格的な秋の訪れを告げていた。

「なるほど、一億四千万ドルの総資産のうち三分の一がCER（certified emission reduction＝排出権、正式には認証排出削減量）ってわけか」

低い衝立《パーティション》で仕切られたデスクの前の椅子で、長い脚を組んだグボイェガが、インターネット・サイトからダウンロードした財務諸表に視線を落とす。

手にしていたのは、ニューヨークの店頭株市場に上場しているクライメット・セキュリティーズの財務諸表であった。

「これがCERの価格推移だ」

椅子に座った北川が、一枚の紙を差し出す。細面に縁なし眼鏡の理知的な風貌は、霞が関の有力官庁の役人だったころの面影をとどめている。

パンゲア＆カンパニーは、北川、グボイェガ、ジム・ホッジスという「社会の規格からはみ出した」三人の男たちが運営するカラ売り専業ファンドである。カラ売りは、証券会社経由で機関投資家から企業の株を借り、市場で売却し、値段が下がったときに市場から買い戻して借りた株を返却し、利益を上げる手法である。たとえば、ある企業の株を一株千円でカラ売りし、半年後に三百円で買い戻せば、一株につき七百円の利益を上げることができる。逆に、カラ売りした株が値上がりすると損失を被《こうむ》る。なお、株を借りるには年率〇・五〜二パーセント（流動性のない銘柄やカラ売りが集中している銘柄は年率五パーセント程度）の借株料を払わなくてはならない。また、当初株をカラ売りして得た現金は、三割程度を証券会社に担保として差し入れる。

北川が差し出した紙は、排出権取引が最も活発なEU（欧州連合）における排出権価格の推移表だった。二〇〇五年初頭に取引が始まったころは、一CER（二酸化炭素一トン分の排出権）が七ユーロ程度だったが、半年ぐらいのうちに高騰し、いまでは三十ユーロ近くになっている。

「排出権価格が上がる、上がると、あおっている連中がいる」

北川がいった。「投資銀行とか、クライメット・セキュリティーズだ」

「なるほど……。で、排出権価格がクラッシュ（暴落）すれば、この会社の株価もクラッシュするってわけか」

グボイェガが黒光りする顔をにやりとさせた。北川とはアメリカの一流経営大学院でクラスメートだった。

「だいたい排出権なんてのは、実体があってないようなもんで、OTC（相対取引）で細々と取引されてるんだろ？　資産の三分の一がそんなもんで成り立ってる会社がよく上場できるもんだな」

「確かに、これほど不確実性の高い代物はないと思う」

排出権がこの世に現われたのは、一九九七年十二月に採択され、ロシアの批准によって二〇〇五年二月に発効した京都議定書によってである。同議定書では、先進各国は地球温室効果ガスの削減を義務づけられているが、自国内の努力だけでは限界がある場合に備え、他国で温室効果ガスを削減する事業を行えば、その分を自国の削減量に加算できる仕組みも設けられた。この仕組みには、発展途上国で温室効果ガス削減事業を行うＣＤＭ(clean development mechanism) と、別の先進国で温室効果ガス削減事業を行うＪＩ(joint implementation) の二種類がある。現在行われているプロジェクトは圧倒的にＣＤＭが多い。

ＣＤＭプロジェクトには、さまざまなものがある。例をあげると、①風力発電や水力発電、②養豚場、養鶏場、炭鉱、ゴミ処分場、パーム油工場などのメタンガス回収、③代替フロンの一種であるＨＣＦＣ（ハイドロクロロフルオロカーボン）22を製造する際に発生する副産物である温室効果ガスＨＦＣ23（トリフルオロメタン＝フロンの一種）の分解、④温室効果ガスであるＮ^{2}Ｏ（亜酸化窒素）分解、⑤太陽光発電、⑥油田からの随伴ガス回収・有効利用プロジェクト、⑦コークス炉やセメント工場などの廃熱を利用した発電、といったものである。

各プロジェクトによってどれぐらいの温室効果ガスが削減されたかは、「ＣＤＭプロジェクトがなかった場合に排出されていたであろう温室効果ガスの排出量」（これを『ベースライン』と呼ぶ）と、当該ＣＤＭプロジェクトで排出される温室効果ガスの量の差によって測定する。「ベースライン」の算出方法は、国連が定めた詳細な規定があり、それに従って国連あての申請書（ＰＤＤ＝project design document）を作成し、承認の申請をする。

プロジェクトは、ホスト国などの承認手続を経て最終的に国連（ドイツのボンにあるＣ

DM理事会）によって承認されなくてはならない。プロジェクトが実施されて排出権が発生すると、国連によってCER（認証排出削減量）が発行され、これが排出権（排出量または排出枠とも呼ばれる）として取引される。

「CERは、国際的な条約によって作り出された権利だ。『実体がない』というと語弊があるが、金《きん》や商品《コモディティ》と違って、それ自体に価値があるわけじゃない」

北川がいった。

「価格は、どういった理由で変動するんだ？」

グボイェガが訊いた。

「まず需給だ。この点はほかの商品と同じだ」

と北川。

「排出権を買いたい国がたくさんあって、供給が少なければ価格は上昇する。逆の場合は下落する」

グボイェガがうなずく。

「それ以外の価格変動要因としては……」

北川は一瞬考える。

「マーケットが小さいから、買い占められたりするようなことはあるだろう。ただ、一番大きな要因は、制度の存立基盤になっている地球温暖化防止のための国際的な枠組みの変化だ」

北川は、自分のデスクの上に置いてあった資料に手を伸ばす。

「京都議定書では、二〇一二年までの枠組みしか決まっていない。だから、二〇一三年以降の枠組みがどうなるかで、排出権価格は大きく左右される。新たな枠組みが成立しなかったり、排出権なんてものがなくなったりすれば、価格はゼロになる」

英文の資料を繰りながら、北川がいった。

「二〇一三年以降の枠組みは、いつ決まるんだ？」

「その二、三年ぐらい前になるだろうといわれている」

グボイェガがうなずく。

「クライメット（気候）・セキュリティーズね。おもしろい名前をつけたもんだが……」

グボイェガが手にした財務諸表に視線を落とす。

「実は、地球は温暖化していなかったなんてことになったら、この会社はつぶれるんだろうな」

「まあ、いまのところ、それはないといわれているが……」

北川は、その可能性も排除しないという顔つき。

「いずれにせよ、きわめて不安定な資産の上に成り立っている会社ってわけだ」

「うむ。カラ売りの対象としては、うってつけだ」

北川の脳裏で、以前、ある日本の銀行員から聞いた話がよみがえっていた。

その銀行員は、一九八〇年代後半に、ゴールドマン・サックスやモルガン・スタンレーなど二十社以上の外資系投資銀行（証券会社）の東京支店との取引を担当し、各社に資金決済のための融資枠（一社三十億〜百億円）をつくっていた。ところが審査部が、米系準大手であるドレクセル・バーナム・ランベールの東京支店向けの融資枠だけは「あの会社は資産の多くがリスクの高いジャンクボンド（格付の低いクズ債券）で、値崩れしやすい。あそこだけは絶対にダメだ」と認めてくれなかったという。同社は、ジャンクボンドのパイオニアであるマイケル・ミルケンに率いられ、ウォール街の台風の目となって高収益を誇っていた。件《くだん》の銀行員は「業績も安定しているし、米系投資銀行がそう簡単につぶれることはない」とかけあったが、審査部は頑として認めなかった。その後、一九八九年にミルケンらがインサイダー取引や顧客の脱税幇助などの罪で起訴されると、ジャンクボンド市場は大きく値崩れし、ドレクセル社は翌年二月に破綻した。

「怪しげな資産でできてる会社ってのは、ほっといても自分からつぶれてくれる」

北川がにんまりした。

「まったくな。……じゃあ、ジムが帰ってきたら、話しておくよ」

グボイェガが椅子から立ち上がった。ジム・ホッジスはもう一人のパートナーだ。

北川はこれからハーレムで子どもたちに算数を教えるボランティアに出かける。

「お、ヤス、そっちの会社は？」

グボイェガが、北川のデスクの上にあったカラー刷りの年次報告書を指差した。

「これか？」

北川が冊子をつかんで、表紙を相手にみせる。

「ほう、ニュー・ジャパン・エンジニアリングか……大物だな」

グボイェガは口笛を吹いた。

新日本エンジニアリングは、日揮や東洋エンジニアリングと並ぶ日本屈指のエンジニアリング会社で、石油やガスのプラントを得意としている。最近まで、原油などエネルギー価格の低迷による世界的なプロジェクト案件の減少で業績が振るわなかったが、二〇〇四年ごろから原油価格が上昇したことに伴ってプラントの引き合いが活発化し、息を吹き返した。

「この会社は一年ほど前に、中東で六千億円のLNG（液化天然ガス）プラントを受注して、完全復活したと業界ではいわれている」

グボイェガがうなずく。

「ただ、産油国っていうのは金がありそうでない国が多い。ロシア、CIS（旧ソ連の独立国家共同体）、イラン、アルジェリアなんかは金がない上に政情も不安定だから、工事代金が焦げ付きやすい。それからこの会社は契約を獲るために無理をしてるんじゃないかって噂がある」

北川の目にカラ売り屋らしい粘着質な光が宿る。

「無理をしてるんじゃないかっていうのは？」

「まだよくわからんが、同じ『ターンキー』でも、価格や条件面で大幅に譲歩した内容で受注しているとか、そういうことがあるかもしれない」

「ターンキー」とは、買い手がキー（鍵）をターンすれば（回せば）プラントが稼働する状態という意味からきている。プラントの企画から完成まで売り手が一括して請け負う契約形態だ。そのため資機材の調達、輸出・通関手続、現地での建設、技術指導などの一切合財を売り手が引き受けなくてはならない。契約価格の変更は通常認められず、コストの正確な見積りが必要だ。したがって、現地の税制や保険制度まで把握し、調達する資機材や役務の価格見通しを正しく立てないと、大きな損失を被《こうむ》ることになる。

「いずれにせよ、これからじっくり勉強させてもらうよ」

北川は不敵な笑みを浮かべた。

北川とグボイェガがマンハッタンのオフィスで話をしていたころ、ドイツのボンで、国連CDM理事会の定期会合が開かれていた。

ライン川沿いにあるボンは、かつての西ドイツの首都で、人口は約三十一万人。低い街並みが遠くまで広がり、地平線上のあちらこちらにゴシック建築の教会がみえ、路面電車が走っている。機能的だが、街も人も抑制がききすぎて、地味な印象を与えるのはほかのドイツの都市と同じである。

CDM理事会は、市街中心部から南南東の方角に四～五キロメートルいった場所の、UNFCCC（United Nations Framework Convention on Climate Change＝国連気候変動枠組条約）事務局で開かれていた。「ハウス・カスタニアン（Haus Carstanjen）」という十八世紀初頭に建てられたネオゴシック様式、三階建ての石造りの城で、すぐそばを青く澄んだライン川が滔々《とうとう》と流れている。

コの字形に並べられたテーブルの上に、秋の午後の日差しが差し込み、ネームプレートを前に十六人が着席していた。

ＣＤＭ理事会は京都議定書の締約国会議の下部組織で、ＣＤＭ実施に関する最高意思決定機関である。理事は十名で、京都議定書の附属書Ｉ《いち》国（温室効果ガスの削減目標を負っている先進三十五ヵ国）から二人、非附属書Ｉ国（百二十八ヵ国）から二人、国連が定める五地域（西欧、東欧、アフリカ、アジア、中南米）から各一人、地球温暖化の影響が最も深刻な小島嶼《しょうとうしょ》諸国から一人である。また、同様の割当てで、代理理事が十名いる。理事会に出席するのは理事と代理理事だ。

「……それでは次に、方法論パネルの新メンバー採用について、審議したいと思います」

上座の中央に座った浅黒い肌のインド系の中年女性がいった。カナダ外務省の気候変動・エネルギー部長で、ＣＤＭ理事会の議長を務めている。カナダの大学で学士号、インドの大学で経済学の博士号を得ている。

「新メンバーについては、マイケル・スミス氏とレイナルド・オーティズ氏の二人の候補があがっています。……本件について、メンバーのご意見をお願いします」

太り肉《じし》の白人の男が挙手をした。

附属書I国《いち》代表理事のイギリス人で、イギリスの環境・食糧・農村地域省の役人だ。

「わたしはスミス氏を強く推薦します」

イギリス人の男は太い声でいった。

テーブルを囲んだ理事たちの視線が集まる。フランス人男性、ロシア人女性、中国人男性、インドネシア人女性……。

「スミス氏は、アメリカのクライメット・セキュリティーズで、多くのCDMプロジェクトを手がけてきた実績があり、方法論パネルの委員としては最適任だと考えます」

方法論パネルは、CDM理事会の下にある五つの小委員会の一つで、CDMの方法論(プロジェクトの実施・モニタリング方法)に関する専門家グループだ。小委員会にはそのほか、新規植林・再植林ワーキング・グループ、DOE(指定運営組織)認定パネル、登録・発行チーム(申請されたCDMプロジェクトの登録やCERの発行を行う)などがある。

「スミス氏の任命については、わたしはあまり賛成できません」

ネクタイを締め、ワイシャツを腕まくりした日本人の男がいった。

附属書I国のもう一人の理事、国枝朋之《くにえだともゆき》だった。年齢は五十一歳で、経済産業省の技官である。国立大学の工学系大学院を卒業しており、剣道六段の腕前だ。

「小委員会のメンバー選定に関しては、地域バランスを考慮することになっています。スミス氏はイギリス人でありますので、彼を選ぶと、十六人のメンバーのうち、イギリス人が三人にもなります。一方、アジア系のメンバーが一人になってしまいます」

肩幅の広い国枝が腕組みをしていった。「わたしはスミス氏ではなく、オーティズ氏を推します」

レイナルド・オーティズはフィリピン人だ。

「地域バランスも重要だと思いますが、一番重要なのは、その個人の能力ではないでしょうか」

イギリス人理事が反論した。

（こいつ！　将来、クライメット・セキュリティーズに就職でもする気か？）

国枝は、相手の顔に不快感をこめた視線を注ぐ。イギリス人理事は、案件審査の場でも、クライメット・セキュリティーズの案件に妙に肩入れしていた。また、西欧地域代表理事のフランス人と結託して、自国やEUの利益を積極的に伸張しようとしている。

「能力という点では、二人とも同格であると思います」

国枝が反論する。「事実、スコアでも同じ点数がついています」

小委員会のメンバー採用にあたっては、経験や能力を点数化《スコアリング》して、比較している。

国枝は冷静な表情で話しながら、決して譲るまいと思っていた。イギリス人理事の、日ごろからの私利私欲・国益ごり押しの態度は腹に据えかねる。

対角線上に座っている非附属書I国代表理事の中国人に視線をやると、油断なく落ち着いた表情で、やりとりを聞いていた。

（日本人が推すメンバーには賛成したくないが、さりとて、欧州勢の勢力拡張も望まない、といったところか……）

翌日——

国枝は、「ハウス・カスタニアン」のそばにあるカフェテリアで昼食をとっていた。

壁がほぼ全面ガラス張りの平屋の建物は、飴色のフローリングの床に、四人がけのテーブル席が三十あまり並べられている。赤いIDカードを首や腰にぶら下げたUNFCCCの職員たちや、訪問者たちが昼食をとっていた。

国枝が食べていたのは、チーズで包んでフライにした魚の白身に、フレンチフライを添えたものだった。味は高級レストラン並みだが、コーヒーをつけても、値段は四ユーロ二十セント（約六百円）である。UNFCCCは、生み出される排出権の量に応じて、CDM一件当り最大で三十五万ドルの登録手数料を徴収している（年間の排出権獲得量が一〇万トンの場合一万八千五百ドル、五〇万トンだと九万二千五百ドル）ので、国連の諸機関のなかでは例外的に財政が豊かだ。

そばで人の気配がした。

視線をやると、イギリス人理事が近づいてくるところだった。

「ここ、空いてるかね？」

プラスチック製の盆をもったイギリス人が訊き、国枝はうなずいた。

（方法論パネルのメンバーの件だな……）

この男がわざわざ近寄ってくるときは、必ず何か魂胆をもっている。

「ヨーロッパの秋も深まってきたねえ」

太り肉《じし》のイギリス人は、ガラスの壁の向こうをながめながらいった。

建物の前には、松、楡《にれ》、白樺、トチノキ、スズカケノ木などの林が広がり、黄色や茶色に色づき始めていた。柿色の作業車が、エンジン音を立てながら、落ち葉を集めている。

イギリス人理事の盆には、豆の入ったピラフにアールー・マタル（ジャガイモとグリーンピースのカレー）をかけたものが載っていた。国際機関はインド人職員が多いので、食堂のメニューに必ずインド料理がある。

「トモ、きみの忌憚のない意見には、いつも敬意を払わせてもらってるよ」

イギリス人は、贅肉のついた顔に、皮肉とも苦笑ともつかない笑みを浮かべる。国枝は、魚のフライにナイフを入れながら、そうかね、という表情をつくる。

「確かに、人事の地域バランスは重要だ。きみの指摘は実に正しい。……ただ、僕としては、スミスという男は有能だし、捨てるには惜しくてねえ」

アールー・マタルを口に運びながらいった。

「彼が民間企業で培《つちか》ったノウハウを、ＣＤＭ理事会に持ち込んでもらえれば、ＣＤＭ全体の質の向上、ひいては、地球規模での温室効果ガス削減に大いに寄与するのは間違いないと思うんだがねえ」

イギリス人は、ことさら真摯な表情をつくってみせる。

（綺麗ごとばかりいいやがって……）

国枝は、淡々とした表情で聞きながら、苦々しい思いだった。

「確かにマイケル・スミスという人物は優秀かもしれないが、地域バランスというのは、一度壊すと、それが前例になって、歯止めがなくなる可能性がある。わたしはそれを懸念している」

国枝は相手を突き放した。

イギリス人の顔に一瞬敵意が浮かんだが、すぐに消えた。

「どうだろう、ここで一つ取引というのは……」

イギリス人が顔を近づけ、カレー臭い息が、国枝の顔をなでる。

「やまとパワーのブラジルのプロジェクトを認めようじゃないか」

「やまとパワーの……？」

やまとパワーは、国策会社として終戦後に設立され、二〇〇四年に民営化された電力会社である。年間売上高は約六千億円で、北海道電力や四国電力をやや上回る規模。温室効果ガスの削減目標を達成するために、積極的に排出権を購入している。

イギリス人がいう案件は、やまとパワーがブラジル企業と組んでやろうとしている案件で、ゴミの埋立て地から発生するメタンガスを回収して燃焼するプロジェクトだ。地元の廃棄物処理会社が設備を建設・運営し、やまとパワーが排出権の全量を購入する。

「いま、レビューの要請をつけさせてもらってるが、申請者が説明のレターを提出すれば、よしとしようじゃないか」

イギリス人は耳打ちするようにいった。

CDMプロジェクトは、PDD（プロジェクト設計書）やホスト国（プロジェクトが実施される国）政府の承認書などをそろえ、CDM理事会に登録申請することが必要だ。その後四週間（大規模プロジェクトの場合は八週間）登録申請書類が公開され、この間に、プロジェクトに関係する締約国またはCDM理事会メンバー三人以上からレビュー（再審査）の要請がなければ、プロジェクトは自動的に登録（すなわち承認）される。

イギリス人理事は、日ごろ親しくしている別の理事二名とともに、やまとパワーのプロジェクトにコメントをつけていた。三人とも「回収するメタンガスの計測方法について疑義あり」としていたが、文章もほぼ同じで、コピー・アンド・ペーストしたのが明らかだった。

「確か、あのブラジルの案件は、年間約四〇万トンの大口だったよなあ。あれができると、やまとパワーもずいぶん楽になるんじゃないのかな？」

思わせぶりにいうイギリス人を横目で一瞥し、国枝は苦虫を嚙みつぶしたような表情で、コーヒーをのどに流し込んだ。

第一章　空からふる月餅

1

新日本エンジニアリングの本社は、JR川崎駅西口に聳《そび》える高層ビルに入っている。花崗岩風のタイルとガラスで仕上げた地上二十七階、地下二階の真新しいビルだ。

水色のガラスごしに光が差し込むエントランスホールでは、IDカードを首から下げた社員たちや、国内外からの訪問客たちが往きかっている。社員は技術系の男性が中心で、たいていノーネクタイだ。三人の受付嬢が並ぶカウンターでは、口髭をたくわえた背広姿のアラブ人紳士が来意を告げている。

同社は東証一部上場で、従業員約二千人。川崎市の本社のほか、東京都内と大阪に事務所、栃木県に技術研究所を有する。また、北京、ジャカルタ、ハノイ、ドバイ、ロンドン、パリ、アルジェなど、十ヵ所に海外事務所を構えている。

「……近ごろは、中国企業も技術力をつけてきてるからねえ」

松川冴子が室長を務める地球環境室の小さな会議室のテーブルで、すだれ頭の小太りの男性が、のんびりした顔つきで緑茶をすする。

冴子は、鉛筆を手に聞いていたが、メモをとるほどの話ではなかった。

「ペトケミなんかでも、最近は、中国企業が中国製の機材でやってしまうから、うちの会社も出る幕がなくてね」

北京事務所長の東松《とうまつ》照夫は、言葉とは裏腹に、困ったふうもない。

空調のきいた静かな室内に、東松の茶をすする音だけがする。

若い男性社員は冴子に命じられた排出権ビジネスに関する資料集めに図書館に出かけ、契約社員の女性アシスタントは、手持ち無沙汰な顔つきでパソコンの前に座っていた。

「まあ、だから中国でも、排出権でもやるしかないって思ってるんだよねぇ」

少しくたびれたグレーのスーツ姿の東松は、あいかわらずのんびりした話しぶり。

(この人、ほんとにやり手だったのかしら……?)

東松は外語大の中国語科出身で、中国ビジネスに奔走し、数々の大型案件を受注した。

冴子も入社直後、「中国ビジネスのエース」として、意気軒昂といった表情の東松が社内誌で紹介されていたのをよく憶えている。しかし、出世争いに敗れ、現地社員が三人いるだけの北京事務所に出されてからは、憑《つ》き物が落ちたようになったらしい。

「どう、具体的な案件なんかは出てきてるの?」

東松が湯呑み茶碗から視線を上げた。

「いえ、まだ。……部署を立ち上げたばかりですから」

具体的な話は、ペナン島で訪れた養豚場の案件だけだ。

「まあ、そうだろうねえ。排出権なんて、海のものとも山のものともつかない代物《しろもの》は、なかなかとっかかりがないだろうねえ」

東松は身をかがめ、足もとにおいた書類鞄のなかから一冊の本をとり出した。

日本のシンクタンクが出した排出権ビジネスに関する本だった。

「僕もこれ、一通り読んでみたよ。まあ、北京じゃ、やることもないし」

苦笑いしながら、肉づきのよい指でページを繰る。

「ＣＤＭって、要は普通のプロジェクトに排出権がくっついているやつだよね？」

「端的にいうと、そうですね」

ペナン島での休暇から戻って約三週間。資料を読んだり、経済産業省の京都メカニズム推進室やＪＥＴＲＯ《ジェトロ》（独立行政法人日本貿易振興機構）にいって話を聞き、ようやくＣＤＭがどういうものか、輪郭がみえてきたところだ。

「この『追加性』っていうのが、曲者《くせもの》らしいね。これを証明できなくて、進まないプロジェクトが多いって書いてある」

東松は本を開き、ページの一ヵ所を指差した。

「追加性（アディショナリティ）」は、プロジェクトがＣＤＭとして認められるための重要な要素である。二つの意味合いがあり、①プロジェクトが実施されることで、プロジェクトがなかった場合に比べ、発生する温室効果ガスの量が削減されることと、②排出権があることで、初めてプロジェクトが成立することである。通常問題となるのは後者だ。すなわち、もともとプロジェクトの採算性が高く、排出権を売って得た収入がなくてもプロジェクトを実施できる場合は、CDMとして認められない。

「要は、あまり儲からないプロジェクトだけれど、プロジェクトをやって出てくる排出権を売れば、採算ラインに乗る案件を探せってことだよね？」

東松の言葉に冴子はうなずいた。

「これまでのところ、案件が多いのは、中国、ブラジル、インドです」

「なるほど……。そこそこの経済規模があって、温室効果ガスの削減努力がまだあまりされていない国々、ってわけか」

「はい。……やはり中国は大きなターゲットだと思います」

東松は少し考えてから、口を開いた。

「わかった。いっぺん中国にいらっしゃいよ。僕もツテをたどって、案件らしきものを探しておくから」

東松が去ると、冴子は同じフロアーにある手洗いにいった。

「もう、いい加減にしてほしいですよ！」

「ほんとよねえ、あのおやじ。簡単に頼むけど、こっちがどんだけ大変なのか、わかってないのよね！」

女性用の手洗いは、派遣社員や一般職の女性たちの愚痴と噂話でにぎわっていた。

若いころは、派遣の女性たちが「一般職なんて、わたしたちと同じ仕事しかしてないのに、なんで給料が多いのよ！」と憤慨しているのをみて、怖いと思ったりしたこともある。しかしいまでは、冴子が入っていくと、手洗いのなかは静かになる。四十代半ばの次長職となり、社内の女性総合職のなかで年齢は二番目、職位は一番高く、一目おかれる存在になっていた。

（歳とっちゃったのかなあ……）

手を洗ったあと、鏡のなかの自分をみた。

黒のスーツを着た中年女が、疲れた表情でこちらをみていた。

このごろ、一人で考え事をしているせいか、眉間に縦皺ができやすくなった気がする。昔はよく同年代の女性総合職で集まって、ワインを飲みながら悩みを話したり、愚痴を聞きあったりしたものだが、いまはそういう機会も少なくなった。

（みんな辞めちゃって……残ったのは、わたしだけ）

冴子が就職した一九八〇年代の終わりは、男女雇用機会均等法ができ、メーカー、流通、銀行、商社などが、手探りで女性総合職を採用し始めていた。旧商大系国立大学社会学部出身の冴子は、国際的な仕事に興味があったので、何社か受けたなかでおもしろそうだと思った新日本エンジニアリングに就職した。

しかし入ってみると、主流の石油・ガスのエンジニアリング事業の現場は、中東や北アフリカなど、すべてにおいて過酷な環境で、会社側も総合職でとった女性に何かあっては困ると、必要以上に心配した。結局、長期間にわたって、国内の医薬品プラントなどを担当する部署で働くことになった。

前後して入社した女性たちは、海外の現場で働けるODA（政府開発援助）関係のコンサルティング会社に転職したり、MBA留学や結婚で退社し、同年代で残ったのは冴子一人になった。

このごろは、会社側もどういう女性総合職を採用したらいいのかようやくわかってきて、新たに入社してくる若い女性たちは、海外の現場にいく必要がないプロセスエンジニア（石油・ガスの処理施設の設計技術者）が中心である。


手洗いから出ると、廊下の向こうから男性社員が歩いてくるところだった。

「よう、元気でやってる？」

潑剌《はつらつ》とした笑顔。贅肉のない身体をアクアスキュータムの長袖シャツとチノパンで包み、首からIDカードをぶら下げていた。

同期入社の小林正之《こばやしまさゆき》だった。四十代半ばという若さで、アジアと、ロシアを含むCIS・中東欧のエネルギー・プロジェクト（主として石油と天然ガス関連プロジェクト）を取り仕切るエネルギー・プロジェクト第二部の部長を務めている。父親はキャリア外交官というサラブレッドで、頭がよく、裏表がない人柄で、かつ打たれ強いという、絵に描いたような好男子である。良家の子女たちとの数多くの縁談をもちかけられながら、大学時代から交際していた普通のサラリーマン家庭の娘と結婚し、三児の父親になっている。

「松川さんも、排出権ビジネスなんか担当させられて大変だよなあ」

立っている場所に、さわやかな風が吹いているような笑顔だった。

「僕のほうも例のやつ、だいぶ進んできたから、必要があればいつでも資料をとりにきてよ」

小林の部が発掘した中国のHFC23分解プロジェクトのことであった。江蘇省にある代替フロン（冷蔵庫の冷媒に使われる物質）製造工場が、製造過程で出てくる地球温暖化ガスHFC23（トリフルオロメタン＝フロンの一種）を大気中に放出しているので、それを回収・分解する機械設備を設置する案件だ。具体的には、HFC23を反応分離機のなかに吸収し、八〇〇〜一〇〇〇℃に昇温し、加水分解、熱分解、酸化分解を複合的に起こして中和・無害化し、排ガスとして放出する。

設備自体は工場の一角に設置できる小規模なもので、コストも数億円と安い。一方、HFC23の地球温暖化係数は一万一七〇〇（すなわち同じ量の二酸化炭素の一万千七百倍の温暖化効果）なので、プロジェクトから生み出される排出権は年間五八〇万トンにのぼる。

小林の部はエネルギー専門の部署だが、当時は排出権を取り扱う部署が社内になかったので、副業的に手がけることになった。新日本エンジニアリングは、商社の紅丸《べにまる》、HFC23分解技術をもつ四国のエンジニアリング会社と共同出資して、プロジェクト実施のための会社を設立し、代替フロンを製造している中国企業に設備購入のための融資と技術を提供する。プロジェクトによって生み出される排出権は中国企業に帰属するが、日本側はそれを全量購入し、電力会社などに売却する。排出権一トンにつき、十ユーロ程度のサヤが抜ける見込みで、毎年五千八百万ユーロ（約八十億円）が日本側三社に転がり込む。中国側にはその倍ぐらいの金が入り、関係者一同笑いが止まらないプロジェクトだ。

冴子の部署がつくられたのも、二四目のドジョウを狙いたい会社の思惑からだった。

「いま、どういう段階なの？」

冴子が訊いた。

「中国政府のオーケーが出て、国連のCDM理事会に申請するところ。たぶん数ヵ月で承認になると思う」

「順調ね。おめでとう。……小林君がやると、何でも魔法のように上手《うま》く進むわね」

お世辞ではなく、運の強い人は本当にいるものだという気がする。

「いやあ、そうでもないのよ」

小林は苦笑した。「当初はうちがマジョリティ（過半数）で、四国のエンジニアリング会社をちょこっと入れるはずだったんだけど、社内で『排出権ビジネスがどういうものかわからないし、一社でリスクをとるべきではない』という話になってさ。それで紅丸を入れることにしたんだよね。……本当は、もっと儲けられたんだけどなあ」

結局、新日本エンジニアリングと紅丸が各四五パーセント、四国の会社が一〇パーセント出資することになった。

「その一方で、公募増資や第三者割当増資をするから、何としてでも増収増益決算にしないといけないってんで、上層部からは尻たたかれるし」

新日本エンジニアリングは、年明けに三百億円の公募増資と、百億円の第三者割当増資を予定している。

「それに、あのHFC23のプロジェクト、もともとみつけてくれたのは、北京事務所の東松さんなんだよ」

「えっ、そうなの？」

初めて聞く話だった。

「もちろん東松さんは排出権のことはあまり知らなかったから、うちの部でいろいろ調べて中国側と交渉したり、四国の会社を引っ張りこんだりしたんだけど」

「ふーん……」

社内では全面的にエネルギー・プロジェクト第二部の手柄になっている。

「要は、本部長がさ」

小林が思わせぶりな表情でいい、冴子はすぐに意味がわかった。

エネルギー・プロジェクト第二部が所属するエネルギー・プロジェクト本部の本部長を務めているのは、やり手の常務・仙波《せんば》義久《よしひさ》だ。仙波が根回しして、エネルギー・プロジェクト本部の手柄にしたらしい。

「こんなんでいいのかなあって、ときどき考えるけど……会社っていうのはいろいろな人がいるところだから、しかたないのかなあ」

小林は、頭の上で両手を組み、思案顔でいった。

「ところで、今度の日曜日、テニスなんかどう？」

もやもやをふっきろうとするような、明るい口調でいった。

「うちの部の有志で、東京ヒルトンでテニスして、そのあとランチする予定なんだけど。松川さんみたいにきれいな女性がきてくれたら、きっと盛り上がると思うんだけどなあ」

2

二週間後——

松川冴子は北京事務所長・東松照夫の呼びかけに応じて、中国に出張した。

昔、桂林《けいりん》に観光旅行でいったことはあるが、北京は初めてだった。抱いていたイメージより大きな街で、空港と市内を結ぶハイウェーの左右にそそり立つ高層マンション群が、急速な高度成長を象徴していた。

新日本エンジニアリングの北京駐在員事務所は、天安門広場から東に少しいったビジネス街に建つ外資系の高層ビルに入居していた。

「やあ、お疲れさま。お茶でも飲みながら、スケジュールを打ち合わせようかね」

所長室に顔を出すと、東松がデスクから立ち上がった。

黒塗りのトヨタ・レクサスで連れていかれたのは、天安門から五～六キロ北の西城区黄寺大街の一角だった。

東松は車を降りると、二階建ての安っぽいスーパーのような建物に入っていった。

(これがお茶を飲むところ?)

建物の一階には、たくさんの家具店と熱帯魚店が入居していた。水槽では、銀や黒の縞模様の入ったエンゼルフィッシュ、ネオンのような光を放つメダカに似た魚、黄色いアロワナ、体に茶色い斑点のある小型のナマズなど、さまざまな魚が飼育・販売されている。

「いま、中国は住宅ブームだから、家具屋と熱帯魚屋が流行ってるんだよね」

水槽をながめながら、東松がのんびりした口調でいった。

「金魚が多いんですね」

魚の三分の一ぐらいは金魚で、リュウキン、ランチュウ、デメキンなどさまざまな種類が水槽で泳いでいた。

「金魚の金はカネを意味するし、魚の字は中国語の『余る』という語と発音が同じなんで、縁起がいいとされるんだよね」

「あ、そうなんですか」

金魚は赤い色のものが圧倒的に多かった。やはり中国で縁起がいいとされる色だ。

東松は、冴子を先導するように、階段をゆっくりと上がっていく。

二階には、縦横に走る通路に沿って、おびただしい数の茶の問屋が並んでいた。それぞれ八〜十畳ほどのスペースの棚に、缶や袋に入った中国各地のお茶や茶道具などが陳列され、茶を試飲するための簡単なテーブルと椅子がおいてある。

「こんにちはー」

東松は日本語でいって、一軒の店に入っていった。

「あらー、東松さん。いらっしゃい」

店にいた小柄な中国人女性が笑顔で二人を迎えた。かたわらの床の上を赤ん坊がはいまわっていた。

「こちらはうちの会社の松川さん。出張できたんだ」

東松が冴子を紹介すると、三十歳ぐらいの女性は、「こんにちは。はじめましてー」とにこやかに日本語で挨拶した。外国人相手に茶を売る店で七年ぐらい働いていたことがあり、そのとき日本語を覚えたという。

「さて。今日は、『都匀毛尖《ドウユンマオジエン》』でもいただこうかな」

籐椅子に腰を下ろし、東松がいった。

「はーい、わかりましたー」

中国人女性が、もりそばの台より一回り大きな木製の台をもってきた。上部に多数の横長の溝が穿《うが》たれ、茶を捨てられるようになっていた。女性は、急須に湯を注いで温め、しばらく待って、「金蟾《ジンチャン》（金のヒキガエル）」という顔は獅子で身体は蛙の置物に湯をかけながら捨てる。

（おもしろいことをするなあ……）

冴子は、湯を浴びる拳大《こぶし》の「金蟾」をながめる。

急須も「金蟾」も紫砂《しさ》泥を焼いたもので、茶色の光沢を放っていた。

「スケジュールを、こんな感じでつくってみたんだけど」

東松が、ややくたびれたグレーのスーツの内ポケットから、一枚の紙をとり出した。

受け取ってみると、新疆《しんきょう》ウイグル自治区の発電会社二社、甘粛《かんしゅく》省の水力発電所、山東省の養豚場とゴミ処分場、山西省の炭鉱などを回る旅程になっていた。

「各地と北京を往復する形で、ちょっとハードだけど、大丈夫かな？」

「大丈夫です。とにかく、案件をみてみないと話になりませんから。がんばりますので、よろしくお願いします」

ブルーの薄手のセーターに紺のスラックスの冴子は頭を下げた。がんばり屋なのが最大の取り柄である。

（それにしても二週間でこれだけのアポイントメントをとるなんて、やっぱりこの人、やり手なのかしら……？）

「お茶がはいりました。さあ、どうぞ」

中国人女性が少し訛りのある日本語でいい、猪口《ちょこ》のような小さな湯呑みに茶を注ぐ。

「この店のお茶は、いつ飲んでも美味《うま》いねえ」

湯呑みを口に運び、東松がしみじみとした口調でいった。

冴子も飲んでみたが、中国十大銘茶にも数えられる貴州省の「都匀毛尖《ドウユンマオジェン》」は、すっきりと清らかな味わいの緑茶だった。

東松はしばらく中国人女性と四方山話《よもやまばなし》をしながら、のんびりと茶を飲み、「それじゃ、またくるから」と、お金も払わずに立ち上がった。

「ありがとうございましたー」

中国人女性は満面の笑みで、二人を見送る。

東松はよくこの店で茶を買っているので、今日は無料サービスのようだ。


翌日——

冴子は、午前九時二十分北京発の中国南方航空六九〇四便で新疆ウイグル自治区の首府であるウルムチに向けて離陸した。東松照夫と北京事務所の現地社員が一緒である。現地社員は武暁軍《ぶぎょうぐん》という冴子と同年輩の中国人男性だ。

座席が決まっているにもかかわらず、中国人たちは我先に飛行機に乗ろうとするため、タラップを上がっている最中も後ろから押されたりして、散々な目に遭った。エコノミークラスの座席にたどり着くと、付近の荷物スペースはほぼ満杯。スチュワーデスは何もしてくれないので、収められている鞄をいくつか動かしてスペースをつくるしかない。冴子が鞄の一つに触ると、持ち主らしい男が中国語で怒鳴ってきたので、「There is no space!」と英語で怒鳴り返した。

満席のキャビンに西洋人の顔はなく、ほぼ全員が中国人。頭をスカーフでおおった年輩のウイグル人女性もいる。

途中、眼下に茶色い砂漠や荒々しい山岳地帯が展開する。新疆ウイグル自治区の人口の四五パーセントを占めるウイグル人はイスラム教徒なので、機内食の箱や食器のフタには、イスラム教にのっとって調理されたことを示す「清真」の文字があった。

午後一時すぎ、ボーイング737型機は、ウルムチ空港に着陸した。

新日本エンジニアリングの三人はタクシーに乗り込み、市の郊外へと向かう。ウルムチ市から東南東のトルファンの方角へ五〇キロメートルほどいった場所の風力発電の現場をみるためである。

左手にジュンガル盆地の茶色い丘陵地帯、右手の彼方に天山山脈の山影をみながら、よく整備されたハイウェーを走り続ける。途中、土漠のなかに野生のラクダの群れがいた。

やがて大平原のなかに無数の白いプロペラが回転しているのがみえてきた。

「ダーバンジョン風力発電地区」だ。

（これが風力発電……）

初めてみる光景だった。

見渡す限りの土漠のなかを突っ切るハイウェーの左右で、何百という数の白いプロペラが回転していた。まるで白い服を着て体操をしている巨人の群れのようだ。右手のはるか彼方に聳《そび》える天山山脈の山影は青く、スロープになった麓《ふもと》付近は灰青色に霞んでいる。無数の風力発電機は、蜃気楼のように山脈の麓まで続いていた。

「東西五〇キロ、南北二〇キロの一帯に発電機が設置されています」

助手席に座った武が、淀みない日本語でいった。

間もなく三人を乗せたタクシーは、道路脇に設けられた駐車スペースに停車した。

車を降りると強い風が吹いており、冴子は書類鞄をぎゅっと抱きかかえた。風で頭髪が引っ張られ、耳の両側を冷たい風がゴーッという唸りを立てて吹きすぎてゆく。

「いま、風速一五メートルぐらいですね」

頭髪を短く刈り、サングラスをかけた武がいった。

「六〇メートルぐらいのときもあって、そういうときは石が飛んできて、人も吹き飛ばされるそうです」

広い空に刷毛《はけ》で刷いたような絹雲が浮かんでいた。太陽は南西の方角から光を降り注いでくる。

「こうやって一年中風が吹いているらしいね」

両手をポケットに入れた東松の薄い頭髪は完全に逆立ち、強風でスーツが引き剝がされそうになっていた。この一帯は山々に囲まれて風が強い上、偏西風（中緯度でほぼ常時吹いている西寄りの風）が一年中吹いている。

「こんな場所があるんですねー」

背中を丸めた冴子が答える。風になぶられて泣き笑いのような顔になっていた。

「新疆ウイグル自治区は風が強いところで、ここ以外にも、トルファン寄りの三十里風口《ふうこう》、トルファンからハミにいく途中の百里風口、カザフスタン寄りの阿拉《あら》山口《さんこう》、カラマイ郊外の魔鬼城なんかも、年中風が吹いてるそうだ」

三枚羽根のプロペラ型の発電機は高さ一〇メートルほどの塔の上に取り付けられている。一枚の羽根の長さは五メートルぐらい。高さはどれもほぼ同じで形も似ているが、よくみると、羽根の付け根の発電機が入っている箱型の部分の形が微妙に違っていて、いろいろなメーカーの製品が使われているのがわかる。柱や発電機部分にメーカーや発電会社の名前が書かれたものもあり、「金風科技」「国投節能」といった文字が読める。

風が西から吹いてくるので、すべての発電機がそちらの方角を向いて立っていた。約二・二秒で羽根が一回転するが、それほど速い感じはしない。付近に金網で囲まれた変電所があり、高圧鉄塔が点々と続いていた。

回転し続ける発電機をみながら、冴子は、排出権というものを初めて実感するような気持ちだった。石炭や重油で発電していた電力を、地球温暖化ガスを発生させない風力発電で代替すれば、従来の方式で発生させていた温暖化ガス相当分の排出権を得ることができる。

三人は「ダーバンジョン風力発電地区」を見終えると、車でウルムチ市街に戻り、宿泊先である新疆大酒店にチェックインした。

ウルムチは海抜八六〇メートルで、人口は百八十五万人。遠くからみると、土漠のなかに高層ビル群が忽然と現われたような街だ。最も高いのは、マンハッタンのクライスラービルに似た五十二階建ての地元の建設会社のビルで、それ以外にも三十〜三十五階建てのビルがいくつもある。建物の形は、欧米風、中国風、イスラム風などさまざまで、独特な雰囲気を醸《かも》し出している。看板は漢字とアラビア文字のウイグル語で書かれ、中央アジアとの交易の玄関口でもあるため、ロシア語の看板もちらほらある。住民は、漢民族、ウイグル族、回族、カザフ族、タタール族、タジク族、キルギス族、満州族など種々雑多である。

その晩、三人はホテルのレストランで夕食をとった。黄色に透き通った地元産の「新天干白葡萄酒」という白ワインは、シャルドネのようにフルーティーな味わいだった。

翌日――

新日本エンジニアリングの三人は、地元で発電事業を計画している「新疆能源投資有限公司」を訪問した。「能源」はエネルギーを意味する中国語である。

場所は、ウルムチ市内の人民路と黒龍江路の交わる場所にあるビルの六階だった。

「……といった流れで、CDM事業を実施して排出権を売却すれば、通常の風力発電事業より大きな収益をあげることができます」

会議室のテーブルで、冴子が英語で説明を続けていた。

壁にシルクロードのラクダの油絵が掛かっている以外はほとんど装飾らしいものがない部屋だった。

テーブルの反対側に座った四十歳ぐらいの中国人男性が、中国語で書かれたプレゼンテーションのページをめくり、注意深く視線を注いでいた。

「資金も弊社が手配し、貴社にご融資しますので、費用もかかりません。……いかがでしょうか？」

冴子は、手もとの資料から視線をあげ、相手をみた。

「そのかわり、プロジェクトから出てくる排出権を全部買わせろと、こういうわけですね？」

総経理（社長）を務める梁寶林《りょうほうりん》がいった。

頭髪を短く刈り込み、一重瞼《まぶた》の両目が射抜くような精気を放っていた。発電事業を行う国営企業の子会社の社長というより、人民解放軍特殊部隊の精鋭のような風貌だ。

「ご存知のとおり、日本の電力会社や鉄鋼メーカーは、温室効果ガスの自主削減目標を達成するために、排出権を購入しなくてはなりません」

冴子が英語でいった。留学経験はないが、実務を通じて英語を身につけた。

日本で温室効果ガスの排出量が多いのは電力会社と鉄鋼メーカーだ。

「わたしどもとしては、こうした日本企業のお役に立ちたいという希望ももっています」

「なるほど」

真っ白なワイシャツに紺色のネクタイを締めた梁は、微笑を浮かべた。

「いろいろとご説明いただき、感謝します」

独学で身につけた手堅い感じの英語だった。かなりのインテリのようだ。

「確かにわれわれは、当地で発電事業を計画しています」

新疆能源投資有限公司は、北京に本社がある国営電力会社の子会社で、新疆ウイグル自治区で発電事業を行うために設立された。

「ただ、われわれが持っているノウハウは、まず第一に火力発電、次いで水力発電です。できればそうした既存のノウハウを生かせる事業を考えています」

北京の親会社は、経済成長著しい北京市、天津《てんしん》市などで電力供給事業を行っているが、政府の「西部大開発」の方針にのっとって、新疆ウイグル自治区に進出してきた。

「しかし、温室効果ガス削減という世界的趨勢《すうせい》からいって、火力よりも風力や水力のほうが有望ではないかと思うのですが」

冴子がいった。

「もちろん、その点は考慮に入れています」

梁は落ち着いた口調でいい、グラスのミネラルウォーターを一口飲む。

背後の窓の外から、地上で車が往きから騒音が聞こえ、建設中の大きなビルの鉄骨がみえる。

「実は、当地での発電事業には、発電用の燃料以上に重要な問題がありましてね」

新日本エンジニアリングの三人は、相手の顔に視線を注ぐ。

「電力を生産しても、消費者のもとに届けられないと意味がないのはおわかりだと思うのですが、要は、電力を送電会社に買ってもらわないとならないのです」

新疆ウイグル自治区における送電と配電を担っているのは、国家電力網公司の傘下にある国営企業「新疆電力有限公司」だ。

「率直にいって、新疆電力有限公司とわれわれのような発電事業者の力関係は、前者のほうが圧倒的に強いのです。したがって、なかなか思うような価格で買ってくれません」

「売電契約が低価格であっても、ＣＤＭでやれば、排出権を売ってそれを補えると思いますが」

「その点も理解しています」

梁は冴子のセールストークをやんわりと遮《さえぎ》った。

「風力発電のもう一つのむずかしさをいいますとね、火力なんかと違って、生産される電力の量が一定しないわけですよ」

風力は時間や季節によって刻々と変化するので、風力発電は発電量が一定しない欠点がある。

「ですから、送電会社のほうも、いま一つ乗り気じゃなくてね。話をもっていっても、後回しにされたりするわけです」

冴子たちはうなずく。

「まあ、そんなこんなで、いろいろむずかしい問題があります。……御社のやりたいことは理解しましたから、頭の中に入れておくことにしましょう」

梁は突き放したような言い方をした。

冴子は、初回の面談では致し方ないと思いながら、多少落胆した。

「ただ、わたし個人の考えというか、感想みたいなものをいわせてもらいますとね……」

梁は人民解放軍の精鋭のような顔に微笑を浮かべた。

新日本エンジニアリングの三人は、何をいうのだろう、という顔つきになる。

「中国企業が、排出権をどんどん外国に売るというのは、よくないことのような気がしますねえ」

「といいますと？」

冴子の隣りに座った東松が訊いた。

「京都議定書の『第一約束期間』は二〇〇八年から二〇一二年までで、二〇一三年からの枠組みがどうなるかは決まっていないわけですよね」

京都議定書の第三条一項で先進国に課された温室効果ガス削減義務は、二〇〇八〜二〇一二年の五年間の「第一約束期間」が対象である。具体的には、五年間の合計排出量と、基準年（一九九〇年）の排出量から削減目標（日本は六パーセント）を差し引いた量を五倍したものとを比較する。

「第一約束期間」以降の枠組みがどうなるかは未定で、今後の国際交渉に委ねられる。

「中国はまだ排出量の削減義務を負っていないわけですが、今後もそのままかどうかはわかりません」

梁寶林がいった。

二酸化炭素を最も多く出しているのはアメリカで、世界全体の二四・四パーセント（二〇〇〇年時点）を占める。その次は中国（一二・二パーセント）で、以下、ロシア（六・二パーセント）、日本（五・二パーセント）、インド（四パーセント）と続く。温室効果ガスの真の削減を実現するためには、議定書から離脱したアメリカや、「第一約束期間」で削減義務を負っていない中国やインドに、削減を義務づけなくてはならないという声は根強い。

「いまのうちから排出権を売って、『第二約束期間』で排出量削減義務を課せられるなんてことになったら、困りますからねえ」

梁は冷ややかな表情でいった。

「日本の皆さんには失礼かもしれませんが、中国国内では、『いまから省エネやったり、産業を効率化したりすると日本の二の舞になる。そんなことやらずに、CO_2を出しっぱなしにして、それをベースに削減目標を受け入れたらいい』なんて声もあるぐらいです」

京都議定書で、日本が過大な削減義務を負わされたことを意味していた。

「あの梁さんて人は、北京の人だね」

面談を終え、新疆能源投資有限公司の入っているビルを出たところで東松がいった。

「え、そうなんですか？」

冴子にとって、思いがけないことだった。

「言葉でわかるんですよ」

中国人社員の武暁軍がいった。

「北京の人間は『北京土語』と呼ばれる独特の言い回しや、儿化《アールホア》という接尾語をよく使うんです」

「へーえ」

「たとえば、『少し』という語は、ほかの地域だと『一点（イーディエン）』というんですけど、北京人は『一点儿（イーディアル）』といいます」

北京人は言葉の端々に「儿《アル》」をつける。日本で中国人を真似て「わたし中国人アルよ」などといったりするのは、儿化《アールホア》がデフォルメされたものだ。

「別れぎわに中国語で話したら、彼は北京訛《なま》りを出さないようにしていたけれど、やっぱりちょっと出てましたね」

「あの人はもともと政府の役人か何かじゃないかなあ」

と東松。

「国家全体をみて話していたし、かなりのインテリだね」

「相当手強そうな感じでしたね」

「確かに。……ただ、ああいう人のほうが信頼はできるよ。最初の壁は厚いけど」

その日、冴子たちは、自治区北部のボロホロ山脈の雪解け水を利用する水力発電所の建設を計画している会社も訪問した。面談した相手は、排出権のことをまったく知らず、「本当にそんなことができるのか⁉　まるで空から月餅がふってくるような話じゃないか！」と興奮した。しかし、事業計画書や水力発電の基礎データを出してほしいというと、「上の人間に話さないとダメ」の一点張りで、話はまったく進まなかった。

三人は、午後七時四十分発の中国南方航空六九〇九便で北京に向けて離陸した。

新疆ウイグル自治区は果物が豊富な土地で、ウルムチ空港へいく途中の道端に、ブドウを売っている露店がたくさんあり、売り子たちが、ブドウの箱を振って客を呼んでいる光景が印象的だった。

飛行機が北京に到着し、空港近くのホリデイ・イン（麗都假日飯店）にチェックインしたとき、時刻は午前一時を過ぎていた。

同じころ――

パンゲア&カンパニーの北川靖は、ロングアイランドで短い休暇を過ごしていた。イースト川を挟んでマンハッタンの対岸にあるロングアイランドは、東西一九〇キロメートルの細長い島である。島の南側は海水浴場のあるリゾートで、裕福なニューヨーカーたちが週末用の別荘を構えている。気候が温暖な農業地帯でもある。

「……へえ、『空から月餅』ねえ。おもしろいことというわねえ」

島の北東端のノースフォークにある「ファーマーズ・マーケット」(農家の直営所)の店先をながめながら、薄茶色のカーディガン姿の北川の妻がいった。

十一月上旬の空はすっきりと晴れわたっていた。小学校高学年の娘が、農家の軒先に並べられた濃緑色やオレンジ色などさまざまなカボチャを、めずらしそうに手にとっている。

「いままで捨てていたフロンのたぐいだとか、豚や鶏の糞が、突然莫大な金になるっていうんだから、中国人たちは目の色を変えてるそうだ」

縁なし眼鏡に、薄手のセーターを着た北川がいった。先日、日本人の環境コンサルタントに会い、中国人たちが排出権のことを「空から月餅がふってくる」といっていると聞かされた。

「最近の中国では、中秋の月餅の代わりに金券を渡すことがあるんで、月餅は賄賂性のある怪しげな物というニュアンスもあるそうだ」

そばのカボチャ畑には、バスケットボールぐらいの大きさの柿色のカボチャが地面にごろごろ転がり、農民の姿の案山子《かかし》が立っていた。遠くには、黄色い小型トラクターが停まっている。空気は澄んで爽やかだ。

「でも、買っているのは、結局、日本なんでしょ？」

妻の言葉に北川がうなずく。

「そう。京都議定書の目標を達成できなくて、海外から排出権を購入しなけりゃならなくなりそうなのは、おもに日本、カナダ、ニュージーランド。この三国が負け組だね」

京都議定書では、日本は一九九〇年比で六パーセントの温室効果ガス排出量削減を「第一約束期間」に達成しなくてはならないと定められている。自力で削減できない部分は海外から排出権を購入し、それでも達成できなければ、その一・三倍の量をペナルティとして、次の約束期間の排出割当量から差し引かれる。

「EUなんかは？」

「EU全体の削減義務は一九九〇年比マイナス八パーセントだ。いまのところ何とか達成できるか、かりにダメでも、未達幅が一～二パーセントですみそうだな」

「日本は全然ダメなわけね？」

「マイナス六パーセントどころか、逆に一九九〇年比で七パーセントぐらい増えてる。……日本はアメリカとEUにはめられたんだよ」

北川はズボンのポケットに両手を入れ、おもしろくなさそうな顔つきでいった。

一九九七年十二月に京都国際会館で開催された京都会議（第三回気候変動枠組条約締約国会議、略称COP《コップ》3）では、排出量削減の基準年を直近の一九九五年とすべきという声もあったが、EUが一九九〇年を強硬に主張して通してしまった。これには裏があり、EU十五ヵ国のうち排出量の一位と二位を占めるドイツとイギリス（二国でEU全体の四七パーセント）は、会議が行われていた時点で、一九九〇年に比べ、排出量がそれぞれ一九パーセントと一三パーセントすでに減っていた。ドイツは一九九〇年時点では東西統一を果たしたばかりで、旧東ドイツの省エネレベルが低く、イギリスは一九九〇年代に入って発電用燃料を二酸化炭素排出量が多い石炭から天然ガスに切り替えていた。

これに対し、二度の石油ショックや円高不況で一九八〇年代から省エネ化を進めた日本は、米国やEUに比べると削減余地は格段に少なかった。GDP当りの二酸化炭素排出量をみても、日本を一とすれば、EUは一・一、アメリカ一・八、インド七・三、中国八・一、ロシア九・四で、日本のエネルギー効率が最も高い。

「自分たちは七パーセントの削減をするからといって、日本に六パーセントをのませたアメリカは、土壇場で議定書から離脱して、梯子《はしご》をはずしたしなあ」

クリントン大統領は京都議定書に署名したが、上院で多数を占める共和党に批准を否決されることを見越していたといわれる。その後、二〇〇一年四月にブッシュ大統領が、署名そのものを撤回した。

「日本は会議の開催国だったから、何としてでも調印ありきで、無理を承知で六パーセントの削減をのんだってわけだ」

当時の首相は橋本龍太郎、外務大臣は小渕恵三で、この二人が戦犯だ。

「日本って、いつも欧米のいいようにやられるばかりね」

妻はトウモロコシをもてあそびながら、やりきれなさそうな表情でいった。

「第一約束期間の目標を達成するために、日本は最大で一兆二千億円を支出して、排出権を購入しなけりゃならなくなるらしい。要は、国民の金一兆二千億円で、条約のネーミング・ライト（命名権）を買ったってことだ。……高い買い物だよな」

北川の頬が皮肉でゆがむ。

「しかもその排出権を、欧米の金融機関やヘッジファンドが新たな商売のネタにして、日本の富を吸い上げている。……まあ、いずれカラ売りで、ちょっとは取り返してやるけどな」

冷たさをはらんだ秋風が、北川の不敵な表情をなでていた。

そろそろ感謝祭の休暇で、冬の足音が聞こえる季節であった。

3

翌週――

「……こんなもの、とうてい受け取れんぞ！　もう一度『VE』やって、作り直してくれ！」

腕のところに刺繡でイニシャルが入った真っ白なワイシャツを着た壮年の男が、書類をゴミのようにガラスの天板の上に放り投げた。「VE」とは「バリュー・エンジニアリング」という社内用語の略で、工夫によって工事の原価を削減することを意味する。

目の前のソファーで、スーツ姿の三人の男たちがうな垂れていた。エネルギー・プロジェクト第一部の部長と二人の副部長だった。

「きみら、わかってるのか⁉　わが社は年明けに、公募増資と第三者割当増資を控えているんだぞ。収益目標が未達なんてことは、あっちゃならんのだ！　ありえんのだ！」

新日本エンジニアリング本社の常務室の窓からは、眼下にJR川崎駅と駅の東口に広がる雑然とした市街地を見下ろすことができる。東京湾が、鈍い青色になって遠くの彼方に横たわっていた。

「四十にも五十にもなった大人が、『原価がこれだけかかりましたから、今後の見通しはこうなります』なんて、他人事みたいな態度で報告書をつくってくるな！　小学生の使いじゃないんだぞ！」

男たちをしかり続けているのは、エネルギー・プロジェクト本部長を務める常務執行役員、仙波《せんば》義久《よしひさ》だった。ゴルフ焼けした顔、白髪まじりの頭髪。プラント営業の修羅場を潜《くぐ》ってきた細面には深くて複雑な皺が刻み込まれ、眼光は般若の面のように鋭い。

仙波がテーブルの上に投げつけたのは、中東・北アフリカ地区のエネルギー関連プロジェクトを担当するエネルギー・プロジェクト第一部の「プロジェクト月報」だった。受注した案件の進捗状況を報告するための資料で、各プロジェクトのコスト（原価）発生状況、コスト削減のための施策、その他の課題と対策、リスクとそれに対する対策、仕様変更などに基づく客先に対する請負金額増額要求の内容などが記されている。

「ペトロ・ガルフ（サウジアラビア）のガス処理プラントも、カタールのGTL（天然ガスから石油製品製造）も、ボニー・アイランド（ナイジェリア）のLNG（液化天然ガス）プラントも、まだまだ工夫の余地があるんじゃないのか？　……だいたい利益率が二五パー（セント）なんて、もともと低すぎるんだ。三〇パーでやってくれよ、三〇パーで！」

顎をしゃくり、目の前の男たちをにらみつけた。

「やればできるんだろ、やれば？　イエメンのLNGタンクなんか、もっと鋼材を削ればいいじゃないか」

タンクの厚みを薄くして、鋼材のコストを下げろという意味だ。

「外注先を変更したり、海外調達分を増やすこともできるだろ？　サウジとカタールのプロジェクトは、まだ納期も先なんだから、いろいろな手が打てるじゃないか」

三人の男たちはうな垂れたままである。

「それから、業者からの追加支払い要請は、全部断れ」

「え？」

男たちが驚いた表情になった。

イエメンのLNGタンク建設プロジェクトに関し、鋼材価格の値上がりと追加工事の発生を理由に、地元の下請け工事業者から追加請求が来ており、三人は従来の慣行に従って、支払う心積もりでいた。

「契約は固定価格なんだろ？　こちらに払う義務はないじゃないか」

仙波は、何が問題なのだという顔つき。

「し、しかし、常務……相手は、その、イエメンの建設会社でございますから、その、理屈どおりには、ちょっと……」

ダークスーツ姿のエネルギー・プロジェクト第一部長はいいづらそうな表情。

イエメンに限らず途上国の業者は契約遵守意識が低い。追加費用が発生したとき、契約を盾にとって支払いを拒否したりすると、工事に関する協力が得られなくなる。その結果、納期を守れなくなり、客先から莫大な損害賠償を請求されることになる。

「このご時世に、そんなもんいちいち払ってたら、きりがないだろうが！」

ここのところ、鋼材をはじめとする資機材価格が不気味に上昇を始めていた。

「それを何とかするのが、きみらの仕事じゃないか、ええっ⁉　高い給料もらってるんだろ、高い給料を」

「は、はあ……」

激しい剣幕を前に、男たちはもはや理屈が通じないことを悟った。

叱責が終わり、常務室を出たとき、三人の男たちは疲れきった表情だった。

「……公募増資とか第三者割当増資とかいってるけど、要は、自分が出世争いに負けたくないってことだよな」

常務室から離れたエレベーターホールまできたとき、エネルギー・プロジェクト第一部長がいった。

三人の副社長のうち一人が来年六月に退任予定で、後任の座を巡る競争が激しくなっていた。本命は企画部門を担当している専務だが、仙波常務は、社内で花形のエネルギー・プロジェクト本部長としてめざましい業績をあげて追い抜こうとしていた。

「しかし、これ以上コストを減らせっていわれても、無理ですよね」

副部長の一人がいった。四十代後半の中背で痩せた男だった。

「受注段階で、もう雑巾を絞りきれないぐらい絞ってるどころか、将来できるかどうかもわからないコストダウン効果まで思いっきりブチこんで、総発生原価（最終原価）を見積もってるんですから」

「ほんと、できるんなら、あんたがやれよっていいたいよ」

太り肉《じし》の部長が吐き捨てるようにいった。

「受注過多で、ほとんどのプロジェクトで、工程の混乱が起こってるっていうのになあ」

仙波に追い立てられ、エネルギー・プロジェクト本部では、請け負ったプロジェクトの件数が倍増し、設計要員不足、現場のプロジェクト・マネージャー不足、ロジスティック面の弱体化などで、現場が混乱をきたし始めていた。一度ある工程で混乱が生じると、後工程に次々と拡大連鎖し、建設工事へ津波となって押し寄せ、納期遅れやそれを回復するための緊急工事が発生する。

「一年ぐらい前から、これはヤバイと思ってたが……はっきりいって、もううちは制御不能な状態なんじゃないか？」

部長が顔を曇らせたとき、エレベーターがチンと鳴った。

扉が開き、降りてきたのは、松川冴子の同期でエネルギー・プロジェクト第二部長を務める小林正之だった。

「あ、どうもお疲れさまです」

小林はさわやかな笑顔で三人に頭を下げた。スーツ姿で、左手に資料らしいバインダーのファイルを抱えていた。

三人は会釈し、エレベーターに乗り込んだ。

「……小林は仙波常務のお気に入りだが、あいつも相当ヤバイところまで突っ込んでるらしいな」

扉が閉まったエレベーターの天井を見上げ、部長がつぶやいた。

第二章　忍草《しのぶぐさ》

1

広々としたフロアーは、祭りの日の城下町のようににぎわっていた。

見渡す限りの空間に展示ブースが設けられ、スーツ、ビジネス・カジュアル、民族衣装などさまざまな服装の人々が、蟻のように通路を往きかい、挨拶を交わし、ブースの前で立ち止まり、ブースに入り、ブースから出てくる。あちらこちらで、テーブルに向き合っての商談や、パネルや冊子を使っての説明やセールスが行われている。

高い天井から照明の光が降り注ぎ、ブースの上の空間に浮かぶヘリウムガス入りの風船の赤や銀色を引き立てていた。客寄せに、社名入りのキーホルダー、ボールペン、メモ帳などの記念品が各ブースの店先におかれ、米系投資銀行リーマン・ブラザーズは、麻で編んだ「エコバッグ」を配っている。

出店しているのは、排出権ビジネスを手がけている金融機関（銀行、投資銀行、ブティック型投資銀行）、コンサルタント会社、日本の商社、投資ファンド、排出権の買い手である先進国政府・電力会社・鉄鋼メーカー、ＣＤＭを管轄している発展途上国の政府機関、省エネ機器を製造している機械メーカー、弁護士事務所、会計事務所、世界銀行やアジア開発銀行など、世界中からやってきた二百以上の組織だ。

「Hi guys, what are you doing? Consultants?」

「三時から日本の鉄鋼メーカーと排出権購入契約の調印式をやるから、みにきてよ」

「インドか中国の案件に投資したいんだが、何かいい案件はないか？」

「この技術については、弊社のホームページに詳しく書かれていまして……」

さまざまな言語が飛び交い、さまざまな種類の商談がなされていた。

人々の間を縫うようにして、各国の新聞記者やジャーナリストが往きかい、フロアーの一角ではテレビカメラを前に、中国系シンガポール人の女性キャスターが、会場の模様を伝えている。

季節は十一月の終わりである。

松川冴子は、シンガポールのマリーナ・ベイに近い見本市会場で開かれた「アジア・カーボン・エキシビション」にやってきていた。世界中から排出権関係の人々が集まる展示・商談会だ。

「こんにちは。新日本エンジニアリングの松川と申します。ちょっとお話しさせていただくお時間ありますか？」

冴子は日本の大手電力会社である首都電力株式会社のブースのなかに立っていた四十歳ぐらいの男性に話しかけた。

「ええ、いいですよ。どうぞ」

耳の大きな顔に、大手電力会社特有の自信を漂わせた男性はいった。

背後の壁にパネルが掛けられ、英文で「MEPCO Environmental Highlights（首都電力の環境への取組み）」という大きなタイトルが書かれていた。

ＭＥＰＣＯ《メプコ》は首都電力（Metropolitan Electric Power Company）の略称で、パネルには、「原子力発電の推進」「火力発電所の熱効率の向上」「CO_2吸収のための植林活動」「京都メカニズムの活用」といった施策が、項目ごとに説明されていた。

冴子と部下の地球環境室の若い男性社員は、首都電力の社員と名刺を交換した。

相手の肩書は「環境室地球環境グループ長」だった。

「ＣＤＭをやられているんですか？」

冴子たちの名刺から視線を上げ、相手が訊いた。

「はい。まだ部署を立ち上げて間もないんですが、いくつか候補になる案件があがってきています」

「ほう。どんな案件があるんです？」

「新疆ウイグル自治区の風力発電ですとか、甘粛省の水力発電、それからマレーシアの養豚場からのメタンガス回収なんかです」

冴子がこれまで訪問した会社のプロジェクトだった。ただし、どれも皆、一筋縄ではいかなそうな案件ばかりだ。

「中国の案件は大変でしょう?」

長身の相手は、冴子の胸中を見透かすようにいった。

「確かにそうですね」

冴子はうなずく。

「排出権のことを説明してもなかなか理解してくれなかったり、逆に、過剰な期待を抱いていたり、あるいは、会社自体がしっかりしていなかったりとか……とにかく、いろいろ問題がありますので、根気よく取り組んでいるところです」

冴子はにっこりした。

「ところでこちらのブースは、おもに排出権購入のために出されてるんですか?」

部下の若い男性社員が訊いた。

「そうです。この種の見本市にはだいたい出店して、われわれが排出権の購入意欲をもっていることを広く知ってもらうようにしています」

堂々とした口調でいった。首都電力の社員には、日本のエネルギー供給を背負って立っているという自負の強い人間が少なからずいる。

「買われる目的は、やはり自主目標達成のためですか?」

日本の大手電力会社十社による業界団体である電気事業連合会は、「第一約束期間」における「販売電力量当り(すなわち一キロワットアワー当り)」の二酸化炭素排出量を、一九九〇年比で、二〇パーセント削減するという自主目標を掲げている。

「それもありますけど、最近は電力の入札にあたって、『排出係数』を条件にするユーザーさんが多いんですよ」

「排出係数」とは、電力供給一キロワットアワーにつき、どれだけの量の二酸化炭素を排出しているかを示す指標だ。一般に、入札にあたって課される係数の水準は、原子力発電では余裕をもってクリアできるが、ガス焚きだとぎりぎり、石油（重油）焚きではまずクリアできない。

背後の壁に、首都電力の販売電力一キロワットアワー当りの二酸化炭素排出量の推移を示すパネルが掛けられていた。過去三十年以上にわたって一貫して下がり続けているが、二〇〇二〜二〇〇三年にかけて一時的に上昇していた。これは二〇〇二年八月に、長年にわたって原発事故隠しをしていたことが発覚し、原発の運転停止を余儀なくされたためだ。

「いろいろなところから、排出権を買われているようですね」

冴子がいった。

「ええ、世界中から買ってますよ。さまざまな案件が持ち込まれますからねえ。今日もこれだけの人に会いました」

かたわらのテーブルの上におかれた名刺を指差した。木製のケースに、名刺が五センチぐらいの高さに積み上げられていた。

「購入にあたっては、条件というか、こんなタイプのものを買いたいっていうのは、あるんですか？」

「まとまったサイズの案件ですね」

相手は間髪いれずにいった。

「われわれが買わなきゃならない量は半端じゃないんで、いちいち小さな案件の交渉をしてると効率悪いですから」

「まとまったサイズといいますと？」

「最低年一〇万トンですね」

プロジェクトから生み出される排出権（CER）の量が、最低でも年間一〇万トンという意味だ。

「できればまあ、二〇万トン以上のやつがいいんですけどね。……先ほどおっしゃった中国の風力発電とか水力発電はどれぐらいの規模なんですか？」

「はあ、あの……まだサイズが固まっていない案件もあるんですが、大きくて年四万〜五万トンといったところです」

「あ、そんなに小さいんですか。……新日本さんみたいな大会社がそんなのやってもペイしないでしょう？」

長身の相手はからかうように笑い、冴子は曖昧な表情をつくるしかなかった。

話を終えると、冴子ら二人は総合商社・紅丸のブースに向かった。

ブースには、紅丸が手がけた中国やブラジル、チリなどのCDMプロジェクトのパネル写真が飾られ、やたらと日の丸の旗が飾ってあった。すらりとした長身で、ファッション誌に出てきそうな若手社員たちが、場慣れした態度で外国人顧客たちと話をしていた。

「ああ、新日本さんのね……」

冴子の名刺を受け取ったブースの責任者らしい男が、興味のなさそうな口調でいった。

「中国のＨＦＣ23の分解プロジェクトではお世話になりました。……で、どういったご用件ですか？」

頭髪を短めに刈った色黒の中年男は、木で鼻をくくったようないい方。縦縞のダークスーツを着て、革靴には金色のバックルがついていた。

「一度ご挨拶させていただこうと思いまして」

少しは丁重な対応をされるかと思っていた冴子は、心外だった。

ＨＦＣ23のプロジェクトに紅丸を呼んでやったのは新日本エンジニアリングのほうだ。

「排出権専門の部署を立ち上げたわけですか。……まあ、この世界も競争が厳しくなってますよ」

中年男は鼻毛を抜き、冴子を頭からつま先までじろじろながめる。

「発展途上国の連中もだんだんと知恵をつけてきてますよ。『プロジェクトは全部自分たちでやるから、排出権だけ買ってくれ』なんていってきたり、バイヤー同士に価格競争させたりしますからなあ」

冴子と部下の男性社員はうなずく。

「中国なんか、ハード（資機材）は全部国内で調達できるし、工事も中国の建設会社がやってしまうから、日本企業の出る幕はほとんどないです」

ただでさえ競争が厳しいのに、わざわざ入ってくるんじゃないといわんばかりだ。

「申し訳ない。ちょっと客との約束がありますんで」

紅丸の男は、わざとらしく腕時計に視線を落とし、ブースのなかのテーブル席に座って、資料らしきものを読み始めた。

「……あんたがたなんか全然相手にしてない、って態度でしたね」

通路に戻って、部下の若い社員がいった。

「しょうがないわよね」

歩きながら冴子がいう。

「確かに中国みたいな国じゃ、エンジニアリングやハードの部分で先進国企業が提供できるものは少ないから、うちも紅丸も同じなのよね」

CDMのノウハウを提供し、排出権を買い付けるライバル企業同士ということだ。

肌の浅黒いインド人たちが通路を往きかっていた。スーツを着てアタッシェケースを提げ、いろいろな会社のブースを訪ねて、自分たちが開発したCDM案件を売り込んでいる。通路で立ち止まって、情報交換をしているインド人たちもいた。

（あれが、「インド排出権商人」か……）

冴子は、彼らの姿をながめる。

ＣＤＭの世界でインド人たちは独特な存在だ。ほかの発展途上国の場合、外国企業から教わりながらプロジェクトを計画・実施するが、インド人は、自分たちでプロジェクトを立ち上げて、排出権を売りにくる。高い教育水準と英語に強いことを生かし、ＣＤＭを完全に自分たちの金儲けのチャンスにしている。案件を売り込むブローカーは、排出権購入額の五パーセント程度の手数料をとるので、あっという間に金持ちになる。ただし、彼らの売値は高く、また、案件は年一万〜三万トンの小規模なものが多いので、日本の電力会社など大口の買い手からは敬遠されている。また、地球温暖化問題に真摯に取り組んでいる政府関係者やＮＧＯなどは、こうした排出権商人の存在に不快感を抱いている。

「ちょっと休みましょうか」

冴子がフロアーの隅にある休憩コーナーを指差した。

カフェテリア風のテーブルと椅子がいくつか並べられ、人々が休憩したり、携帯電話を使ったりしていた。

「コーヒーでも買ってきましょうか？」

「あ、いいわね。ブラックでお願い」

若い男性社員がうなずき、一つ上の階の飲み物販売コーナーへ向かった。

冴子は、椅子の一つに腰を下ろし、ほっとため息をつく。

ビジネスの手がかりをつかめるのではないかと思ってきてみたが、新参者にとっては厳しい業界のようだ。やはり地道に各国に足を運び、案件を発掘しなくてはと、あらためて思い知らされた。ただ、排出権ビジネスにかかわっている人々の全体図を俯瞰できたのはよかったと思う。

「Is this seat free?（ここ空いてます？）」

スーツを着た黒い肌の女性がやってきた。

「Yes, please.（どうぞ）」

黒い肌の女性はにっこりして、椅子に腰を下ろし、ブラックベリー（携帯情報端末）でメールをチェックし始めた。

（アフリカ人か……それともアメリカ人？　何の仕事をしている人なんだろう？）

細く編んだ髪は長く、ピンストライプのダークスーツはきりりと引き締まった印象を与える。左手の薬指に大きな金の指輪をしていた。

「あなたはどこの会社からきたの？」

メールをチェックし終えた黒人女性が顔を上げ、冴子のほうをみた。アフリカ系の人らしい朗らかな雰囲気を漂わせていた。

「新日本エンジニアリングという日本の会社です」

冴子は名刺を差し出した。

「Oh! New Japan Engineering! You are our client.（あら、おたくはうちのお客だわ）」

黒人女性は茶色い革の名刺入れのなかから自分の名刺をとり出した。

ナイジェリアの法律事務所のパートナーだった。新日本エンジニアリングはナイジェリアでLNGプラントを手がけており、現地の法律顧問として、この法律事務所を使っていた。

「あなたは排出権ビジネスをやってるのね？」

黒人女性が訊いた。

「ええ。CDMを。……ナイジェリアでもありますか？」

アフリカのCDMプロジェクトの話は、あまり聞いたことがない。

「あるわよ。イギリスやヨーロッパの会社が、随伴ガスの回収プロジェクトとか、いろいろやってるわ」

従来、油田の随伴ガスは大気中で燃焼処分され、そのため二酸化炭素が発生していた。これを燃やさずに回収し、発電に使ったり、輸出したりすればCDMになる。

「まだ数は少ないけど、ポテンシャル（潜在性）は大きいと思うわ。……あなたも一度、みにきたら？」

「ええ。……でも、危ないところだって聞きますけど」

入国審査官や税関吏が賄賂を要求するので入出国だけでも一苦労で、日中でも路上強盗が横行する危険な国だと聞いていた。

「大丈夫よ、ちゃんと地元のスポンサー（身元引受け企業）に空港に迎えにきてもらえば」

黒人女性弁護士はからからと笑った。

2

二日後——

冴子はマレーシアの首都クアラルンプールを訪れていた。

マレー語で「泥の川が合流する場所」を意味するクアラルンプールは、白いタマネギ形ドームをもつ市内最古のジャメ・モスク（イスラム教寺院）付近で、ゴンバック川とクラン川が合流していることが名称の由来である。人口は約百八十万人。高さ四五二メートルのペトロナス・タワーや、通信施設であるKLタワーをはじめとする高層建築物が聳《そび》え、地上では、火焔樹、ナツメヤシ、インド花梨《かりん》など熱帯地方独特の木々が、濃い緑の葉陰をつくっている。英国統治時代の面影を残す石造りの建築物、イスラム教・仏教・ヒンズー教寺院、赤茶色の瓦屋根の民家、高速道路やモノレールなど、多彩な民族と歴史を映し出している街並みである。

冴子が乗ったタクシーの窓から強い日差しが照りつけていた。

赤道のほぼ真下にあるクアラルンプールは常夏の地で、日中の気温は三五度ぐらいある。

植民地時代の農業学校に源を発する総合大学・プトラ大学（Universiti Putra Malaysia）は、市内中心部から車で二十分ほどの場所にあった。もともとはゴムのプランテーションが行われていた丘陵地帯につくられた大学で、構内にゴルフ場があるほど広く、タクシーの運転手は、何度も道を訊かなくてはならなかった。

タクシーを降りると、陽炎《かげろう》が立つほどの暑さだった。

畜産学研究棟は、ちょっとした丘の上に建つ四階建てのビルだった。

「やあ、はるばるようこそ」

三階の研究室で、五十代後半の華人（中国系マレーシア人）男性が、笑顔で冴子を迎えた。

畜産学の研究員を務めているリム・ヘン・ポク博士だった。ペナンのE&Oホテルの常連であるインド人の老人の友人だ。小柄で、頭髪も眉毛も白髪まじり。日焼けした顔は福々しい下ぶくれである。オックスフォード地の黄色い半袖のワイシャツにチャコールグレーのスラックスをはき、靴はお洒落な感じの紺色のデッキシューズ。

クーラーがきいた研究室は六畳ほどの広さだった。

中央に博士の机があり、左手の書棚に、動物関係の本が収められている。背後の壁には、カナダの大学で取得した博士号の証書が額に入れて掛けられ、部屋の隅の床には、使わなくなった箱型のパソコンがおかれていた。

冴子は日本からもってきた菓子などの土産品《みやげ》を渡し、博士の机の前の椅子に座って、しばらく四方山話をした。

「じゃあ、そろそろ、マレーシアの養豚業について、ご説明しましょうか」

リム博士がノートパソコンを開き、スクリーンを冴子のほうに向けた。

「Developing environmentally sustainable pig farming in Malaysia（マレーシアにおける環境面で持続可能な養豚業の育成について）」

という文字がスクリーンのなかに現われた。

背景は、盾のなかに書物と水の流れをあしらったプトラ大学のロゴマークである。

続いて、ペナン島でみたのと同じような養豚場や汚水処理の貯留槽のカラー写真や、「養豚業における環境対策は世界共通の問題」といったタイトルが表示される。

スクリーンが緑色のマレーシアの地図を映しだした。マラッカ海峡に面した国の西側の部分にたくさんの赤い点がついていた。

「この赤い点が、養豚場の場所を示しています」

メモ帳と鉛筆を手にした冴子がうなずく。

「養豚業が行われているのは、おもに、ペナン、ペラック、セランゴール、マラッカ、ジョホールの五つの州です」

現在、マレーシア国内で飼育されている豚は約百五十万頭。一九九八年に、ニパウイルス（豚から人に感染し、脳炎を引き起こす）の打撃を受けて頭数が激減したが、二〇〇〇年以降は、年平均五・五パーセントで成長し、政府の第九次国家計画（二〇〇六〜二〇一〇年）においては、年平均二・九パーセントという成長目標が掲げられている。生産された豚肉は、全量が国内の非イスラム教徒によって消費されている。一方、全人口の六五パーセントを占めるマレー人にとって、豚は宗教的タブーであり、環境を汚染するものとして、養豚業を問題視している。

「政府としては、食糧の輸入依存度を抑えるためにも養豚業を奨励したいところだけれど、マレー系住民の批判をどうかわすかで頭を悩ませているというわけだね」

下ぶくれの顔に穏やかな笑みを浮かべ、リム博士がいった。

スクリーンの映像が変わり、

「Government regulations on discharging treated water（処理した汚水の放出に関する政府の規制）」

という文字とともに、養豚場から放出された茶色い汚水が、緑色の川に流れ込んでいる映像が現われた。

「政府の規制では、汚水を一般河川に放出するためには、BODを五〇ppm以下にしなくてはならないことになっています」

BOD（Biochemical Oxygen Demand＝生物化学的酸素要求量）は、水質汚濁の度合いを表す指標で、汚濁原因となる有機物を水中の微生物が分解するのに必要な酸素の量をppm（百万分の一）単位で表示する。「BODが五〇ppm」というのは、汚濁を浄化するのに、五〇ppm（百万分の五十）の濃度の酸素が必要であることを意味する。

河川や湖沼のBODが一ppm以下なら岩魚《いわな》、山女《やまめ》が棲《す》め、二ppm以下なら鮎が、三ppm以下なら鮒《ふな》や鮠《はや》が棲める。自然の浄化能力の限界は一〇ppmで、これを超えると悪臭が発生する。ちなみに生活排水のBODは高く、風呂・洗濯水は七〜八ppm、水洗便所排水は二六〇ppm、台所排水は六〇〇ppmである。

博士によると、マレーシア政府は、養豚場から河川に放出できる汚濁の基準を、一九九三年にBOD五〇〇ppm、九五年に二五〇ppm、二〇〇〇年に五〇ppmと、段階的に引き下げた。養豚農家は、分離機（セパレーター）により固形物を分離したり、貯留槽を大きくしたり、より多くの水を用いたりして、何とかこれらの基準をクリアしてきた。

「問題は、たとえ基準値以下であっても、養豚場からの汚水を川に流すこと自体がけしからんというイスラム系住民の反対が根強くあることです。……ほかの家畜も環境を汚染するのに、この国では、豚だけが問題視されるのですよ」

華人のリム博士は白髪まじりの眉毛を下げ、困ったことだといいたげな顔つき。

「それ以外にも、水を大量に使って汚濁度を薄めようとするので、コストがかかるという問題や、養豚場の敷地面積のうち三割から五割を汚水処理施設に使わなくてはならないので、豚の増産ができないといった問題があるので、排出権を使って、より効率的な汚水処理システムをつくれないかと考えている次第です」

プレゼンテーションが終わり、スクリーンに「Thank you」という文字が現われた。

「いくつかお訊きしたいことがあるのですが……」

冴子が手もとのメモをみながら、質問を始めた。

冴子の質問に対する説明が終わると、リム博士が昼食に招いてくれた。

博士の運転するマツダのセダンで案内された場所は、クアラルンプール市内へいく途中にあった。第二次大戦後に、政府によって集団移住させられた華人がつくった町で、マレー語と漢字の看板を掲げた食堂が通りのあちらこちらにあった。どの食堂も通りに面した部分は柱だけで壁がなく、天井ではプロペラ型扇風機が熱い空気をかき回していた。

二人は、「肉骨茶《バクテー》」の店のテーブルに腰を下ろした。「肉骨茶」は、骨付豚肉を土鍋で煮込んだ庶民的な料理で、値段は一人六リンギット（約百八十円）ほど。五香粉や塩で味付けし、刻みネギを浮かべた熱々のスープで骨付豚肉を煮込んである。周囲のテーブルでは、普段着の華人たちが食事をしていた。入口近くにある調理台では、Tシャツ姿の料理人が、いくつもの土鍋を七輪にかけていた。

冴子は、茶碗にすくった「肉骨茶」を吹いて冷ましながら、リム博士の話を聞いた。博士の両親は中国からの移住者で、博士はマレーシアの大学を卒業後、奨学金を得てカナダの大学院で学んだという。「本当は北海道大学の農学部にいきたかったんだけど、奨学金がなかったのでね」と、残念そうにいった。大学院を出たあと、農業省傘下の政府機関であるＭＡＲＤＩ（Malaysian Agricultural Research and Development Institute＝マレーシア農業研究開発研究所）で長らく水牛の栄養に関する研究をしていたが、水牛が徐々に機械にとってかわられ、環境問題が重要性を増してきたので、八年前にプトラ大学に移り、家畜の環境問題を研究している。娘が三人、息子が一人おり、上の二人の娘はすでに結婚し、一番下の娘は外資系の銀行員、息子は高校生だという。

翌朝——

冴子はマレー鉄道に揺られていた。

タイのバンコクを起点とし、インドシナにぶら下がったキュウリのようなマレー半島を縦断し、シンガポールにいたる総延長一九四六キロメートルの鉄道である。十九世紀に、錫《すず》やゴムを港に輸送するために、宗主国だったイギリスが建設したものだ。道路網が発達したこんにちでは、資源輸送の役割は終えたが、空路に比べ五分の一～十分の一という安さなので、地元の人々にとって重要な交通手段になっている。

一等車両は、床に赤茶色のカーペットが敷かれ、大きな座席が進行方向に向かって左側に二列、右側に一列並んでいる。窓のカーテンは赤茶色で、植物模様がくすんだ金色で縫い込まれている。車両は老朽化しており、すべてのものが色褪せ、座席の背もたれはボルトがあちらこちら抜け落ちて小さな空洞ができている。

冴子は、乗客サービスで配られた細長い紙パックのマンゴー・ジュースをストローで吸い、線路の両側にどこまでも続く、バナナ、ソテツ、火焔樹、ゴムの木、パーム椰子、その他の熱帯性常緑樹が生い茂る風景をながめながら、祖母のことを思い出していた。

（お祖母《ばあ》ちゃんは、どんな思いで生きていたのだろう……）

十数年前に亡くなった祖母のことが、近ごろなぜかよく思い出される。

明治生まれの祖母は、五十半ばを過ぎて祖父の後妻として松川家に入ってきた人だった。それ以前は、秋田市の中小企業で住み込みで働いたり、小学校で教師をしたりしていたという。もともとは専業主婦で娘が一人いたが、会社員だった夫が同僚の女性と浮気をし、離婚するしないでもめていたときに、夫が結核か何かで急死し、女一人で生きていくために娘を手放した。

「お祖母ちゃんは気の強い人でね。当時は、昼間働いて、夜内職をして、それでやっと女が一人で生きていけるような時代だった。そういうことができたのも、強い気性があったからだと思うわ」

祖母の死後、冴子の母親がいった言葉である。

冴子も妹も祖母に育てられた。古い商家の嫁である母は仕事に忙しく、二人の娘の面倒を祖母に任せていた。祖母は、幼子だった冴子を背中であやし、自らの口で食べ物をよく嚙んでから与え、冴子が歩き始めると、着物姿で小水用の空き缶をもってついて歩いた。

「お祖母ちゃんのおかげで、本当に子育てが助かった」というのが、冴子の母の口癖である。

大学に進学するとき、冴子に婿をとらせて家業を継がせようとしていた両親は、地元の大学以外は認めないといった。それに対し、「冴子は成績もいいし、地元の大学ではもったいない。都会の空気に触れれば、むしろ金沢のよさがわかる」といって説得してくれたのが祖母だった。両親に訴えかけるように話す姿は、見果てぬ夢を冴子に託しているようにみえた。大学時代は、わずかな年金のなかから、よく小遣いをくれた。

「あなたのお祖母さんはもともと東京の人だったそうよ。だからあなたに東京暮らしをさせたかったのかもしれないわね」

卒業後しばらくして、親戚の女性にいわれた言葉である。それまで冴子は、祖母が東京で暮らしていたことなどまったく知らなかった。

(自分は、お祖母ちゃんのこと、何も知らなかったなあ……)

祖母が亡くなったのは、冴子が三十歳のときだった。冴子は金沢を出る十八歳までは自分のことで忙しく、東京の旧商大系国立大学の社会学部に進学してからは学業とアルバイトで忙しく、新日本エンジニアリングに就職してからは、男性社員に負けまいと仕事に忙しく、祖母とゆっくり話すことがないまま永遠の別離を迎えてしまった。

(わたしは、自分のことばかり考えていたなあ……)

空になったマンゴー・ジュースの紙パックを手に、ため息をついた。

祖母の人生がどんなものだったかは、両親や親戚から断片的に聞いているだけだ。

印象に残っているエピソードが二つあった。

祖母の夫が同僚の女性と浮気をして、結婚生活が破綻したとき、祖母が会社の門の外で待っていると、夫が件《くだん》の女性といちゃつきながら出てきたという。そのころになると、夫は祖母と別れたい一心で、祖母につらくあたり、小学校しか出ていない祖母に対して「お前は学がない!」とよくしかりつけていた。祖母はそれが悔しくて、夫の死後、一人娘を手放して秋田市の中小企業に住み込み、働きながら懸命に勉強して小学校の教員になった。大正時代の終わりから昭和にかけての出来事である。

もう一つのエピソードは、祖母が死んだときのことだ。祖母は五人の兄弟姉妹の長女だった。冴子の父が、北海道や秋田にいる弟や妹たちに、祖母の身の回り品を形見として分けて送ったところ、大半の者が「こんなガラクタを送ってくるな！」と文句をいってきたという。その後、祖母がわずかな預金を遺していたことがわかり、冴子の父が「葬儀費用を差し引くと、おひとかた五万円ほどになりますが、受け取られますか？」と彼らに手紙を書いたところ、「姉がお世話になった松川家でお収めください」といってきたのは一人だけで、残り四人は「金ならもらいたい」といってきたそうである。冴子の父は五万円ずつ紙に包み、筆で「偲草《しのぶぐさ》」と書いて、辞退した一人を含む全員に送った。「偲草」とは、故人を偲ぶための品という意味である。

「しのぶぐさ」と初めて聞いたとき、冴子はとっさに「忍草」という文字を思い浮かべた。祖母が、忍びつつ、草のようにひっそりと生を終えたからだ。

午前八時半にクアラルンプール中央駅を出発したシンガポール行き「エクスプレス・シナラン・パギ」は、ときおり途中の駅に停車しながら、高原の密林地帯を南下し続けた。右手に鬱蒼たる緑におおわれた山々が連なり、その向こうに、半島を背骨のように南北に走る灰色がかった山脈が姿をみせている。

冴子は、マレー鉄道が建設された時代を彷彿とさせる風景をながめながら、自分は「忍《しのぶ》ていた。

草《ぐさ》」にはならない、自分の人生は自分だけが決める、と思いながら生きてきたなあと考え

午後二時三十五分、銀色の車体に青・黄・赤の三本線が入った列車は、マレー半島南端のジョホール・バル駅のホームに滑り込んだ。

ジョホール・バルは、イスラム教の君主スルタン・アブ・バカールによって一八五五年に造られたマレーシア第二の都市で、人口は約八十五万人。全長一〇五〇メートルのコーズウェイ（橋）と青い海を挟んでシンガポールと対峙している。中心街には高層ビルが林立し、小高い丘に鮮やかな青い屋根と白壁のアブ・バカール・モスクが建つ。海沿いの街なので、神戸や横浜に似た開放感が漂っている。

冴子は、雑然とした駅前の通りでタクシーを拾い、運転手に行き先を告げた。

火焔樹やナツメヤシをながめながら一時間ほどタクシーに揺られると、プトラ大学のリム・ヘン・ポク博士に紹介された養豚場に到着した。

「ストレイツ・ファーム」（直訳は〈海峡農場〉）という華人ファミリーが経営する養豚場だった。飼育されている豚は約二万頭で、国内では五指に入る規模だ。

社長である五十代半ばの華人男性と、浅黒い肌のマネージャーが冴子を迎えた。マネージャーの男性はインドネシア人の出稼ぎ労働者だった。マレー人はイスラム教で忌み嫌われている豚を扱う仕事に抵抗をもっているため、賃金の安いインドネシア人やインド人労

働者を働かせているという。

「あちらでは蘭を栽培しているんですね」

冴子が、入ってきた門のほうを指差した。

「ストレイツ・ファーム」の道路に面した側では色とりどりの蘭が栽培されており、一見して養豚場とわからないようになっていた。

「三十年前は養豚場の隣りにムスリム（イスラム教徒）が住んでいても、何の文句もいわれなかったんですがね。華人が豊かになると、マレー人が反発してきましてね」

小太りで抜け目のなさそうな顔つきの社長が英語でいった。

「蘭で隠せば、養豚場とはわかりませんから」

蘭の栽培には処理した排水を肥料として用いるので、一石二鳥だという。そばに、蘭を切り花にして箱詰めする作業場があった。おもにシンガポールに輸出されているという。

麦わら帽子にグリーンの薄手の長袖シャツ、ジーンズ姿の冴子は、二人の案内で養豚場内をみて回った。遮るものが何一つない青空には、白い綿雲がぽっかり浮かんでいた。

気温は三〇度以上あり、頭上から照りつけてくる日差しは白熱している。

広い敷地内には、豚の糞尿の臭いや、排水を処理する貯留槽から立ち昇る硫黄のような腐敗臭が充満していた。遠くにナツメヤシの林が濃緑色の屏風のように延びている。

敷地の南東部分が豚舎で、固形物（糞や飼料の残滓）を分離するセパレーターを挟んで、北東の部分に排水処理のための池のように大きな貯留槽が八つあった。

「大きな貯留槽ですね」

ぼろぼろになったコンクリート壁で仕切られ、灰色や茶色の排水を湛《たた》えた貯留槽は、池というより水田のようにみえた。ここからメタンガスが大量に発生している。

「これでBOD（生物化学的酸素要求量）を五〇ppm以下にまで下げられるんですか？」

「なかなかそこまでは……」

華人社長が首を小さく振った。

「カーボン・クレジット（排出権）や日本の技術を使えば、何とかなりますか？」

相手の言葉に期待感がにじむ。

マレーシアでは養豚業のライセンスは一年ごとの更新で、川に放出する排水の汚濁基準（BOD五〇ppm以下）を守ることができなければ、ライセンスを剝奪される。

冴子がいった。部下の若い男性社員が、日本や台湾の養豚場における汚水処理の方法を研究しているところだった。

「いま、汚水処理の技術とコストについて、最適なものを探しているところです」

（平安村よりは、こちらのほうがやりやすいかなあ……）

冴子は、灰黒色の汚水を湛えた貯留槽の一つをながめながら考える。

平安村では一戸当り数百頭から二千頭を飼育する七十八の養豚農家が分散しており、メタンガスをどうやって一ヵ所に集めるかが大きな問題である。バキュームカーで固形物を集めたり、あるいは村に汚水用の溝《みぞ》を掘り巡らして集めるなどの方法が考えられるが、いずれも手間がかかりそうだ。一方、「ストレイツ・ファーム」は一つの農場なので、糞尿やガスの回収は容易だ。

（発電は何とでもできるだろうから、要は適当な汚水処理技術がみつかるかだなあ……）

ふと小さな貯留槽が目に入った。

（赤茶色？　めずらしいなあ）

養豚場の汚水処理施設ではみたことがない水の色だった。

「あれも豚舎から出た排水ですか？」

冴子が指差して訊く。

「あれはモイナーを飼っている水槽です」

「モイナー？」

「熱帯魚の餌にする糸ミミズです」

三人は池のほうに歩み寄る。

長靴姿のインドネシア人マネージャーが、網で池をすくうと、白い網のなかに無数の赤茶色の糸ミミズが現われた。

「処理の後半の段階の排水のなかでモイナーを飼うと、彼らが汚濁物質を食べて分解してくれるんです。育ったモイナーはシンガポールに輸出しています」

シンガポールでは人口の約七七パーセントを占める中国人が好んで熱帯魚や金魚を飼っ

ているので、餌としてモイナーを輸出しているのだという。

「モイナーだけでなく、金魚も育てています」

社長が近くの小ぶりの池を指差した。

青い水槽のなかで、無数の金魚が泳いでいた。そばの地面に、食パンの耳が降り積もった枯葉のように敷かれ、日乾しにされていた。金魚の餌にするために、無料で譲り受けてきたものだという。

(さすがは華人。排水を使っての蘭の栽培といい、利用できるものはすべて利用している。……養豚場って、こんなふうに経営するのね)

冴子の携帯電話が鳴った。

「ハロー、サエコ・スピーキング」

書類鞄のなかから携帯電話をとり出し、耳にあてた。

「松川室長、ご出張中のところ失礼します……」

相手は地球環境室の部下の若手男性社員だった。シンガポールでの「アジア・カーボン・エキシビション」の終了後、一足先に帰国していた。

「養豚場の汚水処理に関して、結構おもしろそうな技術がみつかりまして」

「えっ、ほんと⁉ どんな？」

声が思わず大きくなった。

「微生物を使った『複合発酵』で汚水処理をするんですが、山梨県の牧畜農家や埼玉県の養豚場ですでに使われていて、排水をほぼ循環利用できているそうです」

「へーえ、やっぱりそういうのがあるんだ」

「埼玉県の養豚場のほうに見学のアポイントメントをとりましたから、日本に戻り次第、みにいきましょう」


数日後——

コート姿の冴子は、部下の男性社員と一緒に、JR八高線の川越行きの電車に揺られていた。

目指す埼玉県の農場は、川崎駅からJR南武線で立川までいき、JR青梅線に乗り換えて拝島までいき、さらにJR八高線、JR川越線と乗り継いで、二時間近くかかる。

「結構遠いですねー」

スーツにコート姿の部下の男性がいった。

電車の窓からは、十二月初旬の弱々しい日差しが差し込んでいる。

「地図でみると、山のなかみたいなところよね」

書類鞄を膝の上に載せた冴子がいった。

件《くだん》の養豚場は、秩父山地と狭山丘陵に囲まれた場所にある。

川越線の駅に到着すると、駅前でタクシーを拾い、携帯電話で養豚場のオーナーに道案内を請いながら、車を走らせた。

山道を十分ほど走ると、目指す養豚場の灰色の建物がみえてきた。

冬枯れの林のなかの柵で囲まれた敷地に、波形プラスチック屋根の豚舎、下部がすぼまった形の大型の金属製タンク、畑、ビニールハウス、民家、ログハウスなどがあった。敷地内を小川が流れ、そばの沼地のような湿地に流れ込んでいた。

「遠いところを、ようこそいらっしゃいましたな」

野球帽に灰色の作業服を着た男性が二人を迎えた。養豚場のオーナーだった。中背で痩せ型、しぶとい感じの雰囲気を漂わせた五十代後半の人物である。

冴子と部下の男性社員は名刺を差し出す。

「うちの汚水処理方式にご興味があるそうですな？」

「はい。マレーシアの養豚場の排水処理の方法を探しておりまして、ぜひ、見学させていただきたいと思ってやってまいりました」

バーバリーのコートを着た冴子がいった。

「うちはね、養豚をやりながら、『命の水』をつくってるんですわ」

「命の水？」

不思議そうな顔をすると、相手はにやりとした。

「まあ、ご覧ください」

野球帽のオーナーは、二人を豚舎に案内した。

波形プラスチック屋根の豚舎は敷地の西の端にある細長いコの字形の建物だった。

「母豚が七十頭、肉豚が七百頭おります」

冴子と部下の男性社員は、柵のなかの豚をながめる。

（あ、何か違うなあ！）

ペナン州やジョホール州の養豚場でみた豚とは雰囲気が違っていた。マレーシアの豚たちは人間を極度に警戒しており、カメラを構えたりすると、凶悪な顔つきで殺気立ったり、怯えて一斉に浮き足だったりした。しかし、ここの豚は、皆おだやかで幸せそうな顔つきをしている。しかも、糞尿の臭いがあまりしない。

「うちの豚はね、みんな『命の水』を飲んでいるんです。だから健康で幸せな顔をしてるんですわ」

二人は、ますます不思議そうな顔つきになる。

「じゃあ、『命の水』の製造過程をおみせしましょう」

オーナーの男性は、二人を豚舎の端に掘られた直径一メートルほどのコンクリート製の貯留槽の前に案内した。豚舎から出る灰色の汚水が流れ込んでいた。

「えー、うちで用いておりますのは、静岡県にあります環境関連企業が開発しました『複合微生物による環境浄化システム』であります」

オーナーの男性が、汚水の貯留槽のそばに立って話し始めた。

「従来、微生物を利用した有機物の分解・発酵は、単一微生物を純粋培養し、その基質と代謝作用から発酵生産物質を生み出すものでした。ところが、自然界には多種多様な微生物がおるわけです。たとえばこの空気ですな」

　右手の人差し指を立てて宙をかき回すような仕草をする。

「一立方センチの空気中に、さまざまな浮遊菌が七、八個漂っております。この足もとの土壌一立方センチにいたっては、一億個もの微生物が存在しております」

　長靴をはいた足で、足もとをぽんぽんと踏む。

「単一微生物を純粋培養して用いる現在のやり方は、ほかの無数の微生物の作用といいますか、効用を無にしてしまうものであります。そこで開発されたのが、『複合微生物による環境浄化システム』です。これは、すべての微生物を有効な生態系へと導き、微生物の情報とエネルギーと連動サイクルにより、循環作用を生み出し、有機・生物的情報エネルギーを触媒として自然浄化作用を引き起こすもので……」

　冴子と部下の男性は、半ば呆気《あっけ》にとられて聴く。

「そもそも微生物の存在が証明されたのは、パスツールによる白鳥の首フラスコの実験によってでありますが、単一微生物を純粋培養するやり方は、生物および微生物間のダーウィンとメンデルの法則に基づく遺伝学的進化論によるDNAの生命情報接合を無視した……」

　そばの林から冬の午後の木漏れ日が、豚舎のなかに降り注いできていた。遠くで車の排気音がする。

　説明は二十分以上にわたって続き、後半は、右の耳から左の耳へと通過していくだけだった。要は、複数の微生物を利用して排水を浄化するということのようだ。

「……以上が、汚水処理浄化システムの基本的な仕組みであります。そのスタートが、この貯留槽でありまして、一・二立方メートルあります。ここに一日三トンの汚水、すなわち豚の糞尿と餌の残りが流れ込んできます」

具体的な設備についての話になったので、二人は、ほっとした気分で貯留槽をのぞき込む。

「汚水がたまると、自動的にセパレーター（分離機）へと汲み出されます」

オーナーは二人を豚舎の外にある分離機のそばへ案内した。

マレーシアでみたのと同じ原理で、汚水から固形物を分離する装置だった。分離された固形物は、堆肥をつくるのに使われていた。その後、いくつかの発酵槽を経て汚水は段階的に浄化され、鉱物触媒処理などを経て、四角いタンクのような「命の水プラント」で培養液を加えられて十五日間発酵され、最後にアモルファス浄水器でろ過され、「命の水」になる仕組みだった。

「これが命の水ですか……」

冴子は、オーナーが浄水器から柄杓《ひしゃく》に注いだ「命の水」をながめる。ほんの少し黄色がかった透明な水だった。

「これはね、胃炎だとか、神経痛だとか、いろいろな病気に効くんです」

オーナーは柄杓を自分の口に近づける。

「あ、いや、飲んでいただかなくて結構です！　ほんとです！」

冴子と部下の男性社員はあわてた。微生物分解されているとはいえ、元は豚の糞尿だ。

「何いってるんだ。これは『命の水』なんだよ」

野球帽姿のオーナーは、おいしそうに水を飲み始めた。

（あああーっ！）

相手の喉仏が規則正しく上下するのを、二人は愕然としてながめた。

頭上で、小鳥がチチチと鳴いていた。

オーナーは柄杓の水を飲み干すと、作業服の袖で口もとをぬぐった。

「うちではね、豚や野菜にこの命の水を与えているんです」

二人は敷地内のビニールハウスに案内された。

透明なビニールハウスのなかは、緑であふれていた。

「いま、トマトとキュウリをつくってるけど、『命の水』を与えるとこうなるんだよ」

オーナーは、蔓《つる》になったキュウリを手にとって示した。

「で、でかい！」

男性社員が思わず声を漏らし、冴子もうなった。

長さは普通のキュウリの一・五倍、太さは二倍ぐらいある。

トマトも普通のものより一回り大きく、つやつやしていた。

「排水は浄化して外に流さないで循環利用されているんですか？」

冴子が訊くと、野球帽のオーナーはうなずいた。

（排水を本当に完全循環利用できるなら、マレーシアの養豚場の問題も解決できる。……あとは、コストの問題か）

冴子は心のなかでつぶやいた。

二人は、オーナーの家で、この養豚場で生産した豚肉を試食させてもらった。

質素な木造二階建ての家の食堂のテーブルで出されたゴーヤ・チャンプルーは、豚肉がぷりぷりと弾力があり、非常に美味だった。

二人は土産に豚肉を一キロずつ購入した。

「『命の水』は要らないのかね？」

オーナーが一リットルのペットボトルを二本もってきた。

「こっちの澄んだほうが飲料用、こっちの少し濁ったやつが入浴用だ」

入浴用はアモルファス浄水器にかける前の水で、一本百円だという。

「これを風呂に入れると、肌がすべすべになるよ」

冴子の心が動いた。

一本百円で肌がすべすべになるなら、エステにいくよりずっと安上がりだ。

「では、二本いただきます」

顔を少し赤らめていうと、相手はわが意を得たりとばかりに、にっこりした。

「飲料用のほうは要らんのかね？」

今度は、二人ともかぶりを振った。

その晩、冴子は一人暮らしのマンションに帰宅して風呂を沸かし、「命の水」を一リットル入れて入浴してみた。微生物が入っているせいなのか、肌がちくちくするような感じがした。

3

十二月の終わり——

「……ふーん、豚の糞尿から排出権が得られるのか」

カウンターの隣りに座った西村信胤《にしむらのぶたね》が、冴子のグラスにワインを注ぎながらいった。

「正確にいうと、糞尿を処理する過程で出てくるメタンガスを大気中に放出しなければ、その削減量に応じた排出権が得られるってことだけど」

フィッシャーマンセーターを着た冴子はグラスを軽く掲げ、ありがとうの仕草をする。

「大気中に放出しないっていうのは、どうするわけ？」

「たいていは発電に使うわ」

「なるほど……豚だけじゃなくて、鶏《にわとり》の糞《ふん》なんかでもありなわけ？」

「もちろん。インドとかアルメニアの養鶏場でCDMが計画されてるわ。鶏の糞はよく燃えるそうよ」

「へー、おもしろいねえ！　松川さんは、そんな仕事をしてんだ」

西村は、感心したようにいった。身長一八五センチで、元四〇〇メートル・ハードルの日本チャンピオンである。

控えめな照明のバーカウンターには、高校の同窓生たちが並んで座り、昔話に花を咲かせていた。金沢市の東茶屋街の一角にある「照葉《てりは》」というバーで、古い町屋を改装した店内は、落ち着いて洒落た雰囲気が漂っている。カウンターには黒い漆の花器に菊が生けられ、元芸妓でワインコーディネーターの資格をもつ着物姿の女将《おかみ》が、にこやかに接客している。

高校の同窓会の二次会であった。

「西村君は、大学の先生と神主さんの両方やってるわけ？」

西村は、金沢市から七〇キロメートルほど離れた町の神社の生まれで、東京の大学で体育学を専攻したあと國學院大學専攻科で神職の資格をとり、現在は、神社の宮司と金沢市内にある私立大学の人間科学部の教授を務めている。

「そう、二足の草鞋《わらじ》ってやつ。もう一年三百六十五日、まったく休みなしだね」

「ほんと⁉」

「大学の授業や陸上部の指導のほかに、最近まで日本陸連の障害（ハードル）部門の強化委員をやってたから、しょっちゅう合宿や試合にいかなきゃならなかったし」

「神社のお勤めはどうするの？　結婚式とか、自動車のお祓《はら》いとか、七五三とか、厄払いとか、いろいろあるんでしょ？」

「お祓い関係は、いまは予約制なんで、なるべく試合とか遠征がない日にずらしてもらってる」

「家族と旅行なんかにはいかないの？」

「まったく無理」

西村はきっぱりとした口調でいった。

「だって、一日も休みがないんだから。……ただ、こんなふうに金沢で夜飲んだりするときだけは、朝のお勤めは息子にやらせるけどね」

神社では毎朝太鼓をたたいて朝のお勤めをしなくてはならない。金沢で夜の会合などがあるときは、市内のビジネスホテルに泊まり、朝のお勤めは高校生の息子に任せるという。

「息子さんも神主さんになるの？」

「一応やる気はあるみたいだね……幸いなことに」

西村は笑って、ワインのグラスを傾けた。

「西村君は偉いわねー。ご両親の希望どおりに神主さんになって、それで大学教授もやって。……わたしなんか、金沢から逃げ出したクチだから」

家業をりっぱに継ぎ、好きなスポーツ指導者の道もしっかり歩んでいる西村に、引け目を感じながらいった。地元で家業を継いでいる人間に接すると、いつも後ろめたさを感じずにはいられない。

「俺だって神主なんかなりたくなかったよ。だけどもう、生まれたときからレールが敷かれてるんだから」

西村は苦笑した。

「名前だって、信胤なんて、もう、いかにもって感じのやつをつけられちゃうし」

「でも、やっぱり自分がやらなきゃ、っていうような思いはあるんでしょ？」

「うん、それはね」

西村は手にしたワイングラスをみつめ、考えるような表情をした。

「うちの神社では、毎年五月に例大祭があるんだけど、地元の人たちがそれをすごく楽しみにしてるんだ」

「青柏祭《せいはくさい》」と呼ばれる祭は、高さ約一二メートルの三基の山車《だし》が繰り出される大規模なもので、テレビ中継もされる。西村が宮司を務める古い神社の参道には提灯が点《とも》され、町の通りには木遣り唄が朗々と響き、「あら、よいよい」「こりゃーっ」とあいの手が入る中、法被《はっぴ》にねじり鉢巻き姿の何十人もの人々が山車を曳き、夜はあちらこちらの家々で酒宴が開かれる。

「お祭りにはさ、東京やら他県に出ていった若い人たちも帰ってくる。それに、亡くなった人の魂だとか、夭折した子どもの魂とか、いろいろな魂も帰ってくる。そういう若い人とか魂のためにも、宮司の自分がお祭りを務めなくてはという思いはあるよ。近隣の神社の神主さんたちも手伝いにきてくれるけど、みんな高校の歴史の先生とか薬剤師とか工業デザイナーの仕事をやりながら、それぞれの神社を守ってるよ」

しんみりとした言葉が、冴子の心に染み入った。魂という非日常的な言葉がしっくりくるのは、戦災を逃れた古い街並みが残っている金沢の夜ならではだ。西村をはじめとする地元の神主さんたちの生き方も胸を打った。


「ただいまー。まだ起きてたのね」

二次会が終わって実家に戻ると、一階の表通りに面した商品の陳列ケースの奥にある小さな事務室兼応接室の明かりが点いていた。

冴子の実家は、金沢市街を流れる浅野川に近い場所の古い町屋である。商店と住居が一体になった木造瓦葺の大きな家屋で、格子戸のある間口は五間ほど。一階の表通りに面した部分が商店で、奥行きが深く、「透《とお》り庭」と呼ばれる長い土間に沿って茶の間や座敷が配置されている。「透り庭」の奥は作業場や倉庫で、倉庫の先に古い蔵がある。もともとは京都で発達した都市型の店舗兼住居だが、金沢の町屋は、風雪に耐えられるように、がっしりした造りになっている。

「お帰りー。お茶でも飲む?」

小会議室のような八畳ほどの部屋のテーブルで、帳簿と伝票を突き合わせていた冴子の妹の幸子《さちこ》がいった。冴子よりやや背が低く、ふっくらとした身体《からだ》つきだが、商家の女将らしい芯のとおった雰囲気を漂わせている。

「章《しょう》ちゃんは会合か何か？」

ダウンコートを脱いで、椅子に座った冴子が訊いた。

章ちゃんというのは妹の夫の名前である。妹とは高校の同級生で、東京でサラリーマンを数年やったあと、婿養子として松川家に入った。

「『老舗百年會』の集まりなんだって。そろそろ帰ってくると思うけど」

急須に湯を注ぎながら妹がいった。

「金澤老舗百年會」は、金沢商工会議所会員のうち創業百年以上の企業でつくっている団体である。老舗としての信頼を高め、地域社会に貢献することを目的にしている。会員企業は、漆器、仏壇、食品、酒、和菓子の製造業や、料亭、旅館、水産物卸など五十六社。

「あ、これ『諸江《もろえ》屋』さんの『万葉の花』？　懐かしいなあ！」

冴子が、テーブルの上の白い落雁をつまんだ。梅の花が表面に浮き彫りされ、つぶあんが入っている。嘉永二年（一八四九年）創業の老舗和菓子屋「落雁諸江屋」の製品だ。

「よかったらこれもどうぞ」

妹が、奥の間の冷蔵庫から、小さな漬物の器をもってきた。塩漬けにしたカブに鰤《ぶり》を挟み込んだ「かぶら寿司」だった。明治八年（一八七五年）創業の「四十萬谷《しじまや》本舗」の製品である。

時刻は十一時を回ったところだった。窓の外では、竹垣で囲まれた小さな庭が、雪明かりでぼうっと浮き上がっていた。室内は暖房で暖かい。

「最近、お父さんの具合どう？」

九谷《くたに》焼の湯呑みで、茶をすすりながら冴子が訊いた。

七十代半ばの父は、高血圧が持病である。

「最近はずいぶんいいわ」

妹がかぶら寿司を箸でつまみながらいった。

「章ちゃんに社長の座を譲って楽隠居してから、顔色もよくなったし」

「ああそう。それはよかった」

「いっときはちょっと心配したけど、あの分だと、まだ十年ぐらいは保《も》ちそうね」

ふっくらした品のいい顔に笑みを浮かべた。

（十年たっても、わたしは東京で働いているだろうなあ……）

本当は、自分が婿養子をもらって家業を継ぎ、父母の面倒もみなくてはならないところだったが、その役目を妹に押し付けてしまった。帰省のたびに、妹が好きな崎陽軒のえびシウマイをたくさん買って帰るのは、後ろめたさの表れだ。

「ところで幸《さ》っちゃんさあ、あんた学生のころ、お祖母《ばあ》ちゃんと名古屋にいったことがあるわよね？」

「え？　……ええ、あるけど。でも何で急に？」

淡いピンクのVネックのセーターを着た妹は、怪訝そうな顔つきになった。

「それ、お祖母ちゃんが娘に会いにいったんでしょ？」

湯呑みを両手で抱くようにして冴子が訊いた。

「そうだったと思う。……確か、そうだわ。わたしが大学二年のときだった」

妹は記憶を手繰るような表情でいった。

「一緒に名古屋についてきてくれっていわれて、わけもわからずにくっついていったのよ」

「お祖母《ばあ》ちゃんは、娘に会えたの？」

「会えなかったみたい」

妹は、かぶりをふった。

「ホテルで待ってたら、しょげ返って帰ってきたわ。娘に面会を拒まれたんだって」

「そうなの……」

祖母の気持ちを思うと不憫だった。

「娘さんも、お祖母ちゃんに似て、気の強い人だったらしいわね。……お祖母ちゃんは、自分がはめていた金の指輪をおいてきたっていってたわ」

封筒に入れ、郵便受けのなかに入れてきたのだという。

「あれ以来、お祖母ちゃん、娘のことはあんまり話さなくなった。相当がっかりしたんだろうね」

幸子が「かぶら寿司」を口に運び、コリッと嚙む。独特のコクと乳酸の香りをもつ金沢の冬の味覚である。冴子も食べたかったが、この時刻に食べると太ると思って我慢した。

「でも、何で？」

妹が訊いた。

「このごろ、お祖母ちゃんて、何を考えて、どんな人生を送ったんだろうって、なぜか気になるのよ」

「ふーん」

「この家の人間て、お祖母ちゃんのこと、あまり知らないでしょ。どこで生まれて、両親は何の仕事をしていて、どんな人生を経て松川の家にやってきたのか」

「そういわれてみれば、そうねえ」

「お祖父《じい》ちゃんのこととか、お父さん、お母さんのことは、わたしたちはよく知ってるわ。だけど、お祖母《ばあ》ちゃんのことだけは、まるで霧のなかの人のようにわからないのよね」

五十歳を過ぎて後妻で入ってきた祖母は、家のなかでもひっそりと生きていた。

祖父が亡くなったとき、祖母も家から出てもらったらどうかという話が親戚から出たこともあった。当時、後妻の扱いは、まさに「女三界に家なし」だった。そのときは、冴子の父が「お祖母ちゃんはもう松川家の人間だから」といってかばった。

「だけど、いろいろ話を聞いてみると、都会が好きな人だったとか、気性の激しい人だったとか、自分の感情をすごくもっていた人のような気がするのよね」

「昔は、そういう時代だったんだろうねえ」

妹は湯呑みの茶をすする。

「お祖母ちゃんも、人生を自分で切り拓いていく生き方がしたかったんだろうなあ、娘を手放さずに、仕事をしながら育てたかったんだろうなあって……」

祖母をみて、自分は「忍草《しのぶぐさ》」にはなるまいと思って生きてきた。そういう自分を、祖母がどこかで見守り、応援してくれているのではないかという気がしていた。

壁の時計が、コッチ、コッチと、時を刻んでいた。

「お祖母ちゃんは、お姉ちゃんが仕事をしていることを、すごく嬉しく思っていたようだったわ」

「え、そうなの？」

初めて聞く話だった。

「お姉ちゃんが、期待されている女性総合職、みたいな感じで雑誌に出たことがあるじゃない」

冴子はうなずいた。

入社二年目に、ある経済誌の特集に写真付で出たものだ。会社の広報活動の一環として、広報室からの依頼によるものだった。

「お祖母《ば》ちゃん、いつもあの雑誌をもって、『孫が、孫が』って、会う人ごとに、嬉しそうにみせてたよ」

「へーえ……」

やはり自分は祖母の期待を担っていたようだ。親戚や地元の人々からは、故郷を捨てて飛び出していった親不孝者のようにみられることが多いが、祖母は違う目で自分をみてくれていた。

（それにしても……）

と冴子は思う。（生きている間に、どうしてもっと話しておかなかったのか。きっといろんな話ができたと思うのに！）

いまでは両親も高齢になり、祖母のことを尋ねても、断片的で不正確な返事しか返ってこない。

冴子が、湯呑みの茶をみつめながら苦い思いを噛みしめていると、裏手の住居部分の玄関のほうから、

「ただいまー」

という男性の声がした。

「金澤老舗百年會」の会合を終えた章ちゃんが帰ってきたようだ。

第三章　炭鉱メタン回収

1

一月——

冴子は、新日本エンジニアリング北京事務所の中国人社員、武暁軍《ぶぎょうぐん》が運転するセダンで、山西省のハイウェーを走っていた。

早朝の気温は摂氏マイナス一八度という極寒で、一帯は寒気とスモッグで乳白色の幕がかかっていた。道の両側は凍てついた雪原で、高い煙突のあるコークス工場や、煉瓦造りのアパート、製鉄所、石炭の山がある炭鉱などが現われては消える。山西省は中国の石炭生産の四分の一を担い、石炭を利用したコークス製造や製鉄業が盛んである。

片側三車線のハイウェーは、石炭を運ぶ大型トラックが轟音を立てて往きかい、対向車線のトラックから落ちた石炭の粉が、フロントグラスにぱらぱらとあたる。

車内で、沢田研二の「時の過ぎゆくままに」が流れていた。

日本の歌謡曲が好きな武が北京で買ったCDをかけていて、省都の太原《たいげん》を出発してから、サザンオールスターズの「真夏の果実」、中島みゆきの「ルージュ」、小林明子の「恋におちて」などが流れた。テレサ・テンの「時の流れに身をまかせ」のときは、武はハンドルをあやつりながら日本語で歌った。

前方にスピードを落として走る大型のダンプが現われた。武が追い越しにかかる。

「あっ、ありゃー！　おしっこしてる！」

武が笑いまじりの大声を出した。

何事かと思って、後部座席の冴子は並走するダンプに視線をやった。

助手席のドアが開けられ、走るダンプから男がハイウェーに立ち小便をしていた。冴子の右上二メートルの位置で男がズボンのチャックを下げ、盛んに黄色い液体を放出していた。

（きゃあーっ！）

武はスピードを上げ、一気にダンプを追い越した。

「まったく、中国人はとんでもないことをやるんだから」

中国人の武が日本語でいって苦笑いした。

「中国も経済発展が進んで、輸送会社同士の競争が激しくなってるから、ああやって時間を節約しようとしているのかもね」

隣りに座った北京事務所長の東松照夫が、冗談とも本気ともつかぬ口調でいった。

太原を出発して三時間半後、陝西省《せんせい》との境にある柳林《りゅうりん》の町に到着した。山西省屈指の炭鉱の町である。

凍てつく寒気のなか、炎を赤々と噴き上げる工場や、もうもうと白煙を噴き出す煙突が林立し、錆びたパイプが絡み合った製鉄所のうえには赤旗が翻《ひるがえ》っている。雪と氷と泥でまだらになった道は、石炭を運ぶトラックが数珠つなぎで渋滞し、造りかけの高層マンションの下では、どぎつい装飾の商店、食堂、サウナ、カラオケ、修理工場、部品屋などが軒を連ね、窰洞《ヤオトン》と呼ばれる入口がアーチ形の日乾し煉瓦の家々の前では、物売りが商いをしたり、子どもが立ち小便をしている。人出は多く活気があるが、人間が欲望剝き出しで生きている荒々しさが漂っており、昭和二十〜三十年代の筑豊もこんな感じだったのではないかと思わせられる。

新日本エンジニアリングの一行が乗った車は、町の西の外れにある石炭会社の前で停まった。黒御影石《くろみかげいし》の門に金色で「晋華焦煤有限責任公司」という文字が刻まれていた。

冴子らが、炭鉱内で発生するメタンガスを回収して発電するＣＤＭ事業を提案している石炭会社であった。

三十分後——

「……本当に、こんなにメタンガスが出るものなのかねえ？」

暖房がきいた会議室で、東松が訝《いぶか》しげな表情で、目の前の資料をながめていた。

「いえ、どう考えても、こんなには出ないと思います」

長テーブルの隣りに座った冴子が、小声でいった。

「今後の生産の伸びを、極端に楽観的な見通しにして、ガスの量をふくらませていると思います」

「そうだろうなあ」

東松がしぶい顔つきになる。

目の前では、髪をぺたりとなでつけ、ネクタイにスーツ姿の中年男が、得意げな表情で座っていた。黄《こう》という名の技術部門の部長であった。かたわらに、二十代後半の部下の男性が控えていた。

外気が氷結して植物模様になった窓の向こうには、坑内から上がってきた作業員たちが入る瓦屋根の共同浴場の建物や、葉をすっかり落としたポプラ並木、その向こうの古い煉瓦造りの炭住《たんじゅう》(炭鉱作業員の住居)、学校、商店、坑内から石炭を運び出す大型のベルトコンベヤーなどがみえる。

晋華焦煤有限責任公司は、沙曲炭鉱という大規模な炭鉱を所有し、コークスの製造もしている石炭会社で、現在の生産能力は年間三〇〇万トンである。炭鉱はガスが多く、爆発を防ぐために、二年前にガス抜きシステムを設置したが、回収したメタンガスは大気中に放出している。

冴子らは、メタンガスで発電し、電力を地域の電力会社に売るCDM事業を提案した。同時に、発電機から発生する余熱を利用するボイラーを設置し、従来使われてきた炭鉱の生活居住区への熱供給用石炭ボイラーを廃止することも提案した。必要な設備は、出力七〇〇キロワットの国産ガス焚き発電機二十基、余熱ボイラー四台、メタンガスを発電機に送るシステム一式、余剰ガス燃焼装置、電気設備などで、これらのＥＰＣ（設計・調達・建設）を新日本エンジニアリングが請け負う。

「これはちょっと、メタンガスの産出量が多すぎる感じがしますけど」

冴子が視線を上げ、正面に座った相手にいった。

隣りに座った武暁軍が中国語に訳す。

晋華焦煤社の見積りでは、ＣＤＭ事業で得られる排出権を年間二八〇万トンにしていたが、新日本エンジニアリング側の計算では、約一〇〇万トンである。

「いやいや、そんなことはない」

黄技術部長は片手を振って否定した。

「中国は年二桁の経済成長を続けている。エネルギー需要は爆発的に増えていて、供給が全然追いつかない。石炭は掘った端から飛ぶように売れる。わが社は、現在、生産設備の大型投資を計画しており、実現すれば、生産量は年一〇〇〇万トンを超えるのです」

自信に満ちた力強い口調であった。表情には一点の曇りもなく、本気なのか、それとも中国という特殊な体制の社会で生きていくために身につけた演技なのかよくわからない。

「したがって、発生するメタンガスの量も、現在の三倍ぐらいにはなる。だから、われわれとしては、どうせなら、あなたがたの提案の三倍の規模で事業を実施したい」

「はあ……」

年間一〇〇万トンでもかなりの規模のプロジェクトだ。かりに一トン当り五ユーロのサヤ抜きができたとすれば、年五百万ユーロ（約七億円）の儲けになる。二八〇万トンなら二十億円近い。

やれるものならやりたいが、相手に生産能力増強のためにどのような設備投資を計画しているのか訊いても、「現在、経営会議で検討されており、間もなく決定される」というばかりだった。また、ＣＤＭについても、「かりにやるとすれば」「上の判断次第だが」といった枕詞が頻繁につき、本気でやるつもりがあるのか、いま一つはっきりしない。新日本エンジニアリングの提案を、経営陣と協議しているふしもなかった。

（なんか、この人のおもちゃにされてるような気がするなあ……）

かたわらの武の顔を一瞥したが、武も信用していない顔つきだった。

「ただ一つだけ問題があります」

技術部長は、威勢よく人差し指を立てた。冴子らの思いなど、毫《ごう》も気にかけていない顔つきである。

「ＣＤＭがこれだけの規模になると、わが社だけで投資資金を調達するのは、容易ではない。地元の銀行と、新日本エンジニアリングから融資を受けることが必要だ」

「はあ……そうですか」

反論しても話が噛み合わないと思って、冴子は適当に相槌を打った。

「ついては、これからわたしと一緒に銀行にいって、案件について説明をしてもらいたい」

相手の言葉に、冴子らは顔を見合わせた。

新日本エンジニアリングの三人は、国営銀行の柳林支店に案内された。

繁華街のビルの一階にある銀行に入ると、白御影石のフロアーの中央に、大きな鼎《かなえ》がおかれていた。金色の鼎は、風水に基づいて、金が集まるようにという意味あいが込められている。天井からは赤や黄色のぼんぼりが下がっている。

一方の壁に、縦二メートル、横三メートルほどの電光掲示板が備え付けられ、黒い背景に赤い文字で、預金金利、外国為替レート、投信価格などを表示していた。

ロビー中央奥に完全防備のガラス窓が三つ並び、その前に客が座って、ガラスごしに行員と話していた。

冴子らは、その隣りの「貴賓室」に案内された。

ダークスーツを着た支店長と課長が現われ、黄技術部長らと親しげに挨拶をかわす。

支店長は、髪を七・三に分け、面長の整った顔立ちの中年男性だった。

「新日本エンジニアリングというのは、コンサルタント会社か何かですか？」

名刺交換をしてソファーに座った支店長が丁寧な口調で訊いた。

冴子は、やれやれと思う。東証一部上場企業でも、中国の片田舎では、トヨタやソニーでもない限り、どんな会社か知っている人はいない。

「わたしどもは、日本で三指に入る大手のエンジニアリング会社でして……」

頭髪を短く刈った武暁軍が、中国語の簡単な会社案内をとり出して説明を始めた。

どことなく冷たい感じを漂わせた支店長は、両手を組み、うなずきながら話を聴く。

「なるほど、わかりました。日本のりっぱな会社の方々とお会いでき、光栄に思います。……で、晋華焦煤社さんとは、どんなプロジェクトをおやりになるんですかな？」

「わたしたちは、炭鉱内で発生するメタンガスを回収し、発電を行うプロジェクトを提案いたしております」

冴子の日本語の説明を、武が中国語に訳す。

「このプロジェクトが通常の発電事業と異なるのは、排出権を利用する点です」

「排出権？」

支店長は怪訝そうな顔をした。

「はい。メタンガスの大気中への放出を止《や》め、発電に使えば、国連によって排出権が与えられます」

「国連が？」

相手はますます怪訝そうな表情になった。

どうやら、排出権のことはまったく知らないらしい。

武が、鞄のなかから、排出権についての資料をとり出し、中国語で説明を始めた。言葉のなかに、「京都議定書《ジンドゥイーディンシュー》」とか「CDM」といった単語がまじっている。

しばらく説明を聞くと、支店長は笑い始め、かたわらの課長とにぎやかに話し始めた。

どうも冗談をいい合っているようだ。

「あの……何ておっしゃってるんですか?」

冴子が小声で隣りの東松に訊いた。

「うん……『空気が金に化けるというわけか。これは愉快だ! おい、君。君も、養豚場とか風力発電をやったらどうだ。大金持ちになれるぞ!』とおっしゃってるね」

東松は相手に気取られないよう、表情を変えずに淡々といった。

相手は排出権というものの存在を、まったく信じていないようである。


面談が終わったあと、新日本エンジニアリングの三人は、黄技術部長に昼食に招かれた。

場所は、銀行の近くのホテルの一階にある「朕盛大酒店《ちんせい》」だった。一階ロビーの奥にあるレストランに入っていくと、ウェイトレスたちが二列に整列し、まるで閲兵でもするかのように、その間を歩かされた。ウェイトレスたちは、上下ピンク色の制服を着て、何人かはゴキブリ退治用のハエたたきを握っていた。

高い天井から赤いぼんぼりが下がり、十人ぐらいが掛けられる丸テーブルが並んでいた。

広い窓からは、雪に包まれた柳林の繁華街がみえる。通りの向こうは五階建ての安っぽい商業ビルで、一階には電気製品や衣料品などの商店が軒を連ね、赤、黄、紅色など、極彩色の看板や横断幕を掲げている。雪が降り始めていた。

案内されたテーブルには、晋華焦煤社の社員たち七、八人が待っていた。

どうやら冴子らをダシに、飲み食いしようという魂胆のようだった。

青島《チンタオ》ビールで乾杯すると、さまざまな料理が運び込まれた。

山西省名物の「刀削麵《とうしょうめん》」は、刀で削ったうどんのような白い麵で、表面が少しささくれ立ち、トマト・ベースのたれと黒酢をからめて食べる。

「炒灌腸《チャオクワンヤン》」も山西省の料理で、薄い三角形にしたカラス麦のパスタを、タマネギ、もやし、ピーマン、椎茸と一緒に炒めたもの。「尖椒土豆絲《チエンジャオトウードウス》」は、細切りのジャガイモに赤唐辛子を入れ、ラー油でさっと炒めてある。嚙むと、しゃきしゃきと歯ごたえがあった。

晋華焦煤社の社員たちは、ビールで乾杯を繰り返し、にぎやかに食事を始めた。

「あの子たちは、いくらぐらい給料をもらってるんですかねえ?」

冴子が、ビールや料理を運んでくるウェイトレスたちに視線をやり、隣りに座った東松に訊いた。みたところ、十代後半からせいぜい二十歳ぐらいで、腕や足は垢じみて黒っぽい。

「訊いてみようか?」

「いえ、そんなプライベートなこと!」

あわてる冴子をよそに、東松はそばにいたウェイトレスの一人に中国語で話しかけた。

髪を後頭部で丸く結ったウェイトレスは、戸惑いながらも質問に答え始め、東松はうなずきながら話を聞く。

「彼女は十八歳で、月給は六百元だそうだ」

話を終えてウェイトレスが去ると、東松がいった。

「六百元っていうと……八千五百円ぐらいですか」

たとえ中国としても、相当少ない感じがする。

「近くの宿舎に住んでいて、食事はタダで食べさせてもらえるそうだ」

「地元の子じゃないわけですか？」

「皆、近隣の農村からきているらしい。中学や高校を出て、ここで働き始め、二十歳ぐらいになったら、だれかと恋愛して結婚する」

「結婚っていっても……お金持ちなんかとは、できないですよね？」

「そりゃそうだ」

東松はうなずいた。

「トラックの運転手とか、農民とか、商店の従業員とか……下手すりゃ、ヒモみたいな男にひっかかるかもしれない。いずれにせよ、金の苦労は一生つきまとう」

日本では、個人の能力さえあれば、女でも自分で運命を切り拓くことができる。しかし、中国の田舎の女たちにとって、底辺からはい上がることは並大抵ではない。

（彼女たちも、忍草なのか……）

寂しい気分で、ビールに口をつけていると、一人のウェイトレスが近づいてきた。短髪で小柄な少女で、冴子のほうをみながら、もじもじしていた。

背後から、二、三人のウェイトレスが、けしかけるように囃《はや》し立てていた。

何だろうと思ってみていると、少女が意を決したように口を開き、気をつけをするような姿勢で、

「Thank you for coming to our restaurant. We hope you enjoy the lunch」

と、はっきりした英語でいった。

背後の少女たちから歓声があがった。

（ああ、この子は、コツコツと英語を勉強しているのだ！　……前を向いて、はい上がろうとしている）

自分が将来国際的な仕事をすることを目指して、大学時代に、「リンガフォン」という個人学習用の教材で毎日英語を勉強していた記憶が、目の前の少女の姿と重なった。

冴子は感動を覚えながら、

「Thank you. You speak good English! Keep the effort! Do your best!（ありがとう。あなたの英語は上手だわ。努力を続けて。ベストを尽くすのよ）」

と答えた。

少女は、はにかんだように微笑《ほほえ》み、

「Thank you」

といって、小さく頭を下げた。

「来《ライ》、来、来、乾杯《ガンペイ》！」

大きな声がした。

黄技術部長が立ち上がり、透明な酒が入ったグラスを掲げていた。「来」は、「さあ、飲みましょう！」という意味だ。

「きたぞ。松川さん、相手となるべく目を合わせないようにしなさいよ。目を合わせると、飲まなきゃならなくなるから」

冴子に囁《ささや》いて、東松が立ち上がった。

東松は中国語で何やら謝辞のようなものを述べ、最後に「乾杯《ガンペイ》」といって、手にしたグラスの透明な酒を飲み干した。テーブルを囲んだ中国人たちから、やんやの喝采があがり、ふたたび「来、来！」「乾杯！」の声がわきあがる。いよいよ中国式宴会が始まったようだ。

冴子の前にも小ぶりのグラスがおかれ、透明な酒が注がれた。

強烈な匂いが鼻の粘膜を刺激する。香りというより、気化した揮発油だ。山西省特産の高粱《コーリャン》酒「汾酒《フェンチュウ》」で、柳林にくる途中にある杏花村で蒸留されたものだった。

思わず顔をしかめて視線をあげると、二つ離れた席の男と目が合ってしまった。

「来、乾杯《ガンペイ》！」

乱杭歯《らんぐいば》の痩せた中年男が、グラスを掲げた。

「ガ、乾杯」

冴子は戸惑いながらも微笑し、相手が酒を飲み干すのを視界の端でとらえながら、グラスを傾けた。中国ビジネスの本では、宴会での酒は人間関係の潤滑油であり、飲めば飲むほど相手と親しくなれると書かれていた。

（う……！）

一口飲んだだけで、のどが焼けるようだった。少し甘いような感じもしたが、味わう余裕はない。アルコール度数は軽く五〇度を超えている。

あわててそばにあったミネラルウォーターを飲んだが、舌は痺《しび》れたままだ。

「来、来！」

乱杭歯の男に促され、死ぬ思いで、グラスの酒を飲み干すと、のど全体が麻酔をかけられたように痺れてきた。胃袋のなかに、小型爆弾を落とされたようだ。

東松をみると、黄技術部長と堂々と渡り合うように乾杯を繰り返し、武暁軍も、晋華焦煤社の社員たちとにぎやかに酒を酌み交わしている。

二人とも顔は笑っているが、どこか戦士のような悲壮感を漂わせていた。

グラスを隠すわけにもいかず、テーブルの上においていると、ウェイトレスの一人がきて、「汾酒」を注いだ。店の売上げを大きくするために彼女たちは、次々と酒を注ぎ足し、座は早くも乱れてきていた。

「乾杯！　乾杯！」

乱杭歯の男が立ち上がり、冴子のほうに近づいてきた。

必死で笑顔をつくってグラスを掲げた瞬間、胃袋から食べ物が逆流してきそうになった。

三日後――

冴子は、東松、武暁軍と一緒に、ウルムチ市内にある新疆能源投資有限公司のオフィスを訪れていた。

「……投資を決定した理由は、この一月一日から『再生可能エネルギー法』が施行されたからです」

総経理（社長）の梁寶林《りょうほうりん》がいった。

二ヵ月ほど前に会ったとき同様、頭髪を短く刈り込み、一重瞼の両目が射抜くような精気を放っていた。

「新法の施行で、風力発電設備から生み出される電力の買取り義務が、新疆電力有限公司側に生じることになりました。したがって、彼らのほうでも、われわれの電力を買うインセンティブがあるということです」

前回訪問したとき梁は、新疆ウイグル自治区における送電と配電を担っている国営企業・新疆電力有限公司と発電事業者の力関係は、前者のほうが圧倒的に強く、思うような価格で電力を買ってもらえないと述べた。しかし、二〇一〇年までに一次エネルギー（石油、石炭、天然ガス、ウラン、風力、水力等、自然から直接得られるエネルギー）消費量に占める風力、太陽光、地熱などの「再生可能エネルギー」の割合を、一〇パーセントにまで高めようとする「再生可能エネルギー法」の施行で、状況が変わった。

「どれぐらいの規模のプロジェクトをお考えになっているんですか？」

冴子が英語で訊いた。まだ柳林の「朕盛大酒店」での中国式宴会のダメージが残ってい
て、胃のあたりが重く、酒の匂いを嗅いだだけで吐き気がする。あの日は、さんざん汾酒を飲まされて三人とも完全にダウンし、晋華焦煤社の社員が運転する車で省都・太原のホテルまで送り届けられ、翌日、二日酔いに苦しみながら飛行機でウルムチまでやってきた。

「発電規模は九〇メガワット。一基当り一・五メガワットの風力発電装置を六十基設置する」

梁がいった。

「金額的にはいくらになるのでしょうか？」

「総額で八億一千万元だ」

日本円に直すと約百二十億円である。かなり大きなプロジェクトだ。

「全額自己資金でやるのですか？」

「自己資金は総投資額の二割で、四割は国家開発銀行から融資を受ける。金利は六・一二パーセントで、返済期間は十二年を予定している」

国家開発銀行は、国務院直属の国家的政策金融機関で、三峡ダムや北京首都国際空港拡張プロジェクトなどの融資を行っている。日本でいえば、日本政策投資銀行にあたる。

「残りの四割は？」

東松が訊いた。

「まだ未定だ。……新日本エンジニアリングは、資金を出す気はないか?」

冴子らは一瞬考え込む。
二、三億円ならまだしも、四十八億円という巨額の投融資は、社内ではまず承認にならない。よそから出資を募《つの》るしかない。
「わが社のほうでも検討してみます。それから、ほかの日本企業で出してくれるところがないか、あたってみます」

最初から「むずかしい」というと、やる気を疑われるので、東松は前向きないい方をした。

「FS(フィージビリティ・スタディ=事業性調査報告書)はあるのでしょうか?」

冴子が訊いた。

「いま、やっているところだ。できたらお送りしよう」

「排出権は年にどれぐらい出るか、もう予想を立てられてますか?」

「年間で、だいたい二八万トンを見込んでいる」

冴子はうなずく。かなり妥当な数字で、柳林の晋華焦煤社の黄技術部長に比べると、いうことがまともだ。

「すでに役員会でも投資を決定した。われわれは、本気でこのプロジェクトを遂行するつもりだ」

梁が胸を張るようにいった。

（役員会で投資を決定？　……どんな決議内容になっているんだろう？）

冴子の胸中を一抹の不安がよぎる。排出権に触れずに、ただ投資をするという役員会決議になっていると、CDMの成立要件である「追加性」を否定される可能性がある。

「追加性（additionality）」は、指定運営組織（DOE＝designated operational entity）によるプロジェクトの有効化審査《バリデーション》や、国連CDM理事会の申請の際に、最も入念に審査されるポイントである。第一回京都議定書締約国会議の決定では、「登録されたCDMプロジェクトがなかった場合と比べて、温室効果ガスの排出が削減されれば、そのCDMプロジェクトは追加的である」と定められている。これは排出権の存在がプロジェクトに「追加的な意味合い」をもつこと、すなわち、排出権があって初めてプロジェクトが成立することを意味する。したがって、各プロジェクトの計画時にCDMを活用することを前提にしていたことの証拠がないと、追加性を欠いているとして、CDMとして認められない。

「発電機についても、すでに仮発注済みだ」

それを聞いて、冴子はますます不安になる。

排出権なしでもプロジェクトをやるという前提で機器を発注していると、追加性を否定される。

「で、新日本エンジニアリングは、排出権をいくらで買ってくれるわけですか？」

梁が訊いた。「いま、ヨーロッパではトン当り二十二ユーロぐらいのようだが、三十ユーロぐらいで買ってくれるのかね？」

「三十ユーロというのは、現状ではちょっとむずかしい感じがします」

冴子はやんわりと押し返す。

「じゃあ、いくらなんだ？　おたくの値段を教えてくれ」

梁が性急な口調でいった。

「おたくがいい値段を出せなければ、よそに売るまでだ」

相手の言葉に冴子は、内心むっとなった。

（プロジェクトの中身もみないうちに、値段なんか出せるわけないじゃない。日本のバイヤーとも話をしていないし）

排出権は、通常、CDM事業者から長期・固定価格で買い取り、サヤを上乗せして、バイヤーに長期・固定価格で売る。仕入れ・販売とも長期・固定価格にするのは、電力会社など日本の需要家にとって、コストが確定しているほうが社内の承認を得られやすく、また、新日本エンジニアリングにとっても、価格変動リスクをとらなくてよいからだ。

（だいたいうちだって、排出権の買取りは、江蘇省のHFC23分解プロジェクトでやっただけなんだから）

性急な物いいは、全体の事情を理解していない発展途上国の人間にありがちだ。そうとわかっていても、なかなか苛立ちを抑えきれない。

「もちろん、よそよりいい値段を出せるようがんばりますとも」

東松が相手を包み込むような笑顔でいった。

「ただね、梁さん、わたしどもも本社のオーケーをもらわないといかんのですよ」

梁が不承不承といった顔つきでうなずく。

「まずはFSをみせていただけませんか？　それに基づいて、PDD（プロジェクト設計書）の作成や国連への申請手続もお手伝いしますから。排出権の買取価格は、じっくり話し合って、お互いに納得がいくようにしましょう」

東松が畳みかけるようにいった。

ミーティングのあと、三人は、ウルムチ市街の南東寄り、銭塘江路《せんとうこうろ》と解放南路が交わる場所にある国際大バザールに出かけた。

どんよりとした曇り空で、気温は六、七度。地面には数日前に降った雪がところどころに残っていた。

国際大バザールは、銀色のドームと尖塔をもつ赤煉瓦のイスラム風建築だった。高さは四階建てぐらいで、なかがショッピングモールになっている。高い天井の下で、香辛料、干しブドウ、土産物、家具、革製品、骨董品、楽器などが商われている。売り子は白い帽子に口髭の老人や、頭をスカーフでおおったウイグル人女性たちである。目にも鮮やかな原色の色づかいの商品が多く、西域の雰囲気が色濃く漂っている。

「これは、ザクロ・ジュースですか？」

ダウンコートを着た冴子が、店先のテーブルに並べられた紅色の液体が入ったコップを指差した。七、八個並べられたコップの周囲に、割った夏ミカンのように皮を広げ、真っ赤な粒々の実を剝き出しにしたザクロが並べてあった。

「ザクロ・ジュースですね。飲んでみますか？」

短髪でサングラスをかけ、黒いコートを着込んだ武暁軍がいった。一杯五元（約七十五円）だという。

「あ、なんか、太陽の味がするみたい」

一口飲んで冴子がいった。

とろりと濃厚で、甘酸っぱさが絶妙だった。日本ではとうていお目にかかれない味だ。

「新疆ウイグル自治区は、日照が豊富で、別名『果物のふる里』といわれてるからね」

茶色い厚手のコートを着た東松がいった。

「トルファンのブドウは六百三十種類ぐらいあるし、コルラの梨、カシュガルのイチジク、ヤルカンドの胡桃、哈密瓜《はみうり》……ザクロはホータンが有名だね」

ホータンは、新疆ウイグル自治区の南西部、タクラマカン砂漠と崑崙《コンロン》山脈に挟まれたオアシス都市だ。ザクロは冷所で保存され、四月ごろまで食べられるという。

「そろそろ昼ごはんにしようか？」

三人は、バザールの近くの「KORGAN（コルガン）」という名のウイグル・レストランに入った。「コルガン」は、ウイグル語で、花や果物がある庭を意味する。

店内は、シャンデリアのオレンジ色の光に包まれていた。壁は煉瓦造りで、天井には太い木の梁《はり》が走り、出入口の上のアーチ形の壁にはアラビア風の幾何学模様が施され、木製の椅子や食器棚が中近東の雰囲気を醸し出している。ウイグル人のウェイトレスたちは皆すらりとした長身で、スカートの裾がゆったりとした赤、緑、茶、白の絞り染めの民族衣装を身に着け、頭を絞り染めのスカーフで包んでいた。

新疆ウイグル自治区の人口の四五パーセントを占めるウイグル族は、古代トルコ系遊牧民族の一つで、イランやインドの血が入っている。顔立ちは、トルコ、イラン、イラクあたりの人々によく似ており、漢民族とは明らかに異なる。

「『再生可能エネルギー法』の霊験あらたかだね」

ミネラルウォーターを冴子のグラスに注ぎながら、東松がいった。

「ほんとに、どこも風力発電や水力発電をやりたいって、急にいい出してきましたもんねえ」

昨日、ウルムチ市内で、風力発電と水力発電を計画している地元企業を訪問したが、ぜひCDMでプロジェクトをやりたいと目の色を変えていた。

「中国政府は、結構焦ってきてますね」

武がサングラスを外し、テーブルの上に置いた。

「焦ってきてる、っていうのは？」

冴子が武をみる。

「最初は、『いまのうちから産業を効率化したり、排出権を売ったりして、第二約束期間で排出量削減義務を課されたりするより、CO_2を出しっぱなしにしておくほうがいい』なんて態度だったですけど、ブラジルやインドがCDMをばんばんやり出して外貨を稼ぐから、乗り遅れてはならじと思い始めたようですね」

武の言葉に、二人はうなずく。

「みんながCDMに熱心になるのはありがたいことなんですけど……でも、あの山東省の養豚場の案件みたいなのは、ちょっと……」

冴子がいい、東松と武が渋い顔でうなずいた。

三人は今回、山東省で養豚場を計画しているという地元企業を訪れた。

案内されたのは、数千頭の豚を飼っている養豚場だったが、いかにも急ごしらえという造りで、セメントも乾ききっていない豚舎の中に豚が押し込まれ、排水処理の設備もろくになく、付近の川に汚水を垂れ流していた。しかも地元の役人と結託しているらしく、昼食に招かれていってみると、貧しい町なのに、ベンツやレクサスに乗った郷や鎮の役人たちがやってきて、メインの丸テーブルに座って昼間から酒を飲み始めた。皆三十代ぐらいで、目がぎらぎらしていて声も大きく、金のネックレスやブレスレットを身に着けていた。下座の丸テーブルに座っていた実直でうだつが上がらなさそうな初老のおじさんが「実は、うちの会社は、不動産投資に失敗して、要らない土地を抱えてしまったので、排出権を利用して養豚業をやろうとしてるんだよ。養豚業や汚水処理に関する許可をもらうために、役人たちに賄賂を渡しているんだ」とこっそり耳打ちしてくれた。

「中国で悪いことするのは、郷や鎮の役人なんですよね」

運ばれてきたプロフ（炒飯）をスプーンで口に運びながら、武がいった。

プロフは硬めに炊いた米を、干しブドウ、羊肉、干したプラム、ニンジンなどと一緒に炒めた料理である。

「郷や鎮というのは、町や村みたいなものですか？」

「行政区分のうち、大きいほうから、市、郷、鎮だね」

冴子はうなずき、プロフを口に運ぶ。甘みがあり、炒飯よりも五目御飯に近い味だった。

店内には、中近東風のウイグル音楽が流れていた。

「あの山東省の会社は、地元で長いこと不動産業をやっていたので信用できると思ったんですけど……ちょっと様子がおかしくなってきたみたいですね」

武がいった。

「あれは、予想外だったねえ。気をつけて付き合ったほうがいいな」

と東松。

「ただ、さっきの新疆能源投資有限公司の風力発電案件は大型だし、それ以外にも、甘粛省の水力発電だとか、新疆ウイグル自治区の別の風力発電だとか、有望そうな案件がいろいろ出てきたから、ちょっとは希望がみえてきたかね」

東松は満足そうな表情で、大ぶりの羊肉餃子にかぶりついた。

同じ日——

フランクフルト・アム・マインの街は、うっすらと雪化粧をしていた。

ドイツのほかの都市同様、高くないビルが、見渡す限り地平線の彼方まで灰青色の絨毯のように広がり、中心部にドイツ銀行本店の黒っぽいツインタワー（高さ一五五メートル）、欧州中央銀行本店（同一四八メートル）、メッセタワー（同二五六メートル）などの摩天楼群が聳《そび》え、ドイツの商業と金融の中心地らしい威厳をかもし出している。

「……der Markt für Emissionsrechte ist immer noch stark.（あいかわらず排出権の相場が強いようだな）」

街を見下ろす一室で、黒縁眼鏡をかけた恰幅のよい男がドイツ語でいった。

昨年（二〇〇五年）十月からドイツ取引所のCEOを務めている五十歳のスイス人レト・フランチョーニであった。ストライプの入った赤茶色のネクタイを締め、ダークスーツに身を包んでいた。

ライン川の支流であるマイン川の岸辺から北に五〇〇メートルほどいった市街中心部に本社を構えるドイツ取引所（Deutsche Börse AG）は、フランクフルト証券取引所を運営しており、従業員数は三千二百人を超える。ルクセンブルクに本拠地をおく証券取引決済機関クリアストリームも傘下に擁し、昨年の決算は、収入・利益とも過去最高だった。

「いま、スポットで二十三ユーロ五十セントですか……」

縁なし眼鏡をかけたドイツ人の男がいった。すらりとした長身にピンストライプのスーツを着込み、腕を後ろに組んで、フランチョーニのデスクの上にあるパソコンのスクリーンをのぞき込む。ドイツ取引所の幹部であった。

二人がいるCEO室は、豪奢さとはおよそ縁がない白を基調とした簡素なデザインで、壁には、古いドイツの株券が飾られ、サイドボードの上に、上げ相場を象徴する雄牛のブロンズ像や記念メダル、フランチョーニの家族写真などが並べられていた。執務用デスクは、引き出しのない黒のデザイナーズ・デスクで、背後の窓際に、鉢植えの観葉植物が置かれている。

デスクの上のパソコンのスクリーンに、ライプチヒに本拠地をおくEEX（European Energy Exchange＝欧州エネルギー取引所）のホームページが開かれ、電力や天然ガスの価格とともに、排出権のスポットや先物の価格が表示されていた。

「相場が強い理由は、EU‐ETS（欧州連合域内排出権取引制度）の目標達成がむずかしそうな企業が買っているからか？」

「そうですね」

ドイツ人幹部の言葉に、フランチョーニがうなずく。

欧州では昨年一月から排出権取引制度（ETS＝Emissions Trading Scheme）が始まり、EU加盟二十五ヵ国にある一万一千四百二十八の発電所や工場ごとに、二酸化炭素の排出許容量が割り振られた。割当総量は約二一億九〇八〇万トンで、域内の温室効果ガス排出量の約四割に相当する。各事業者は、二〇〇七年末までに排出量を目標まで削減しなくてはならず、削減できない分については、一トンにつき四十ユーロの罰金が科される。それを回避するためには、市場から排出権を購入しなくてはならない。

「マーケットでは、買い手が多いわけか？」

「各国の政府機関が中心になって、排出権の買取ファンドをつくっていますから」

ドイツでは、ＫｆＷ（復興金融公庫）が排出権買取ファンドを運営している。オランダ、オーストリア、デンマークの各国もファンドをもっている。一方、売り手は、排出枠に余裕がある大手電力会社などだが、いまのところ積極的に売る姿勢には出ていない。

「まあ、新しいマーケットができたときは、売りと買いが均衡するまでは、買い手がロング（買い持ち）で入って、価格が上昇するというのがお決まりのパターンですからね」

新しい市場ができたとき、最初からカラ売りで入っていく投資家は少ない。

「相場をあおっている連中もいるんだろうな」

「それはもう」

くすんだ金髪のドイツ人が苦笑を浮かべる。

「投資銀行やトレーダー連中があおっていますよ。マーケットができたばかりで、だれも排出権のフェアバリュー（適正価格）がわからないで、手探りで売買してるような状態ですから」

フランチョーニがうなずく。

「いずれにせよ、市場はどんどん大きくなるわけだ」

フランチョーニが腕組みをし、窓の外に視線をやる。

気温は摂氏三度で、煉瓦造りのどっしりとした建物の間の道を、黒っぽい服装の人々が黙々と歩き、切れ目なく続く車が、白い排気ガスをため息のように吐き出している。付近には、ゲーテが一七四九年に生まれたゲーテハウスや、ゲーテが洗礼を受けたサンクトカタリーナ教会（一三五三年建築）といった、古い建築物が多い。

「勝ち残っていくためには、排出権取引をラインナップに入れたいところだな」

現在、世界の証券取引所は、システムと規模の両面で大統合時代に突入している。世界最大の株式市場を運営するニューヨーク証券取引所（NYSE）は、六十六億ドルを投じて電子証券取引所を運営するアーキペラゴ・ホールディングス社（本社・シカゴ）を買収する手続中だ。これにより、最先端の取引システムを手に入れ、取扱商品の幅を大きく広げることができる。環太平洋圏では、オーストラリア証券取引所が、近々、シドニー先物取引所を買収する予定である。

ドイツ取引所は、昨年、ロンドン証券取引所を買収しようとしたが失敗し、前CEOがヘッジファンドなどの投資家から責任を問われて、辞任する騒動があった。中核事業であった株式売買の収益比率は年々低下し、収入の半分近くを、ルクセンブルクに本拠地をおく世界的証券取引決済事業であるクリアストリームから得ている。また、スイス取引所と共同で、デリバティブ（金融派生商品）市場「ユーレックス」を運営している。

「NYSEに勝つためには、品揃えを豊富にしておくことだろうな」

フランチョーニが自らにいい聞かせるようにいった。

現在、ドイツ取引所は、パリ、アムステルダム、ブリュッセル、リスボンの証券取引所などを運営するユーロネクスト社（本拠地・パリ）との提携・統合を巡って、ニューヨーク証券取引所と激しいつばぜり合いを演じている。

「取扱高でいくと、ECXがナンバーワンですが……」

両手を後ろ手に組んだドイツ人がいった。

ECX（European Climate Exchange＝欧州気候取引所）は、アムステルダムにある排出権の先物とオプションの取引所で、去る一月十日に、排出権の売買高累計が一億トンを突破した。

「だが、あそこは、親会社がアメリカだ」

フランチョーニが首を振った。

ECXは、欧州での排出権売買開始をにらんで、米シカゴ気候取引所が設立した会社である。

「やはり手を組むなら、EEX（欧州エネルギー取引所）だろう」

フランチョーニがいった。「いまのところ取扱高は年間三一九万トンと微々たるものだが、われわれのユーレックスと提携すれば、投資銀行をはじめとする金融機関や機関投資家とのパイプができて、扱いは一気に増えるはずだ」

「確かに、そうですね」

ユーレックスは世界最大のデリバティブ市場で、多くの金融機関や機関投資家が利用している。

「向こうにも悪い話じゃない。早速話を始めようじゃないか」

二人の男は、互いの目をみて、うなずきあった。

同じ日——

マンハッタンのミッドタウンにあるカラ売り屋、パンゲア&カンパニーのオフィスでは、パートナーの北川靖とナイジェリア系米国人アデバヨ・グボイェガが話をしていた。

「……あいかわらず、排出権価格が強いんだな」

プラスチック・カップのコーヒーを手にして立ったグボイェガが、オフィスの壁に据え付けられたスクリーンを見上げた。

「ここのところ、欧州のどの取引所でも強含みだ」

北川がキーボードをたたき、スクリーンを各取引所のサイトに変えていく。EEX(欧州エネルギー取引所)、ECX(欧州気候取引所)、ノルドプール(オスロにある北欧電力取引所)……。

「価格が上がっている理由は、何なんだ?」

赤や緑のパッチワークのついたセーターにジーンズのグボイェガが訊いた。

「原油価格の上昇だ」

二〇〇四年ごろから上昇を始めた原油価格は、現在六十五～六十八ドル（ＷＴＩ〈West Texas Intermediate の略、原油価格の世界的指標〉の先物価格）で推移している。

「原油が高いから、エネルギー源が石炭にシフトする、石炭はCO_2の排出量が多いから、排出権の需要が増える、したがって価格が上昇するというシナリオだ」

「なるほど」

グボイェガが黒く長い指でつかんだカップのコーヒーをすする。

「ただ、実際に、排出権を必要とする実需家は、ＣＤＭプロジェクトから長期の固定価格契約で買っているケースが多い。相場が上がっているのは投機のせいだ」

「だれが投機してるんだ？」

「ヘッジファンド、投資銀行、エネルギー関係のトレーダーってところだろう」

グボイェガがうなずく。

「クライメット・セキュリティーズも大いにやってくれてるようだ」

北川がにやりとした。

「早く落ちてくれないもんかねえ」

パンゲア＆カンパニーは、ニューヨークの店頭株市場に上場している排出権ビジネス専門のブティック型投資銀行クライメット・セキュリティーズの株を大量にカラ売りしていた。同社の資産の大半は排出権とCDMプロジェクトなので、排出権の相場が下落すれば、株価も下落する。

「まあ、どっかのタイミングで落ちるだろう。EU－ETS（欧州連合域内排出権取引制度）のペナルティがトン当り四十ドルだから、それが価格の上限だといわれているし」

「天井があるのは、わかりやすくていいな」

グボイェガもにやりとした。

2

二月――

松川冴子は、社内の会議室で打ち合わせをしていた。

「……この『複合発酵』の技術は、まだプルーヴン（実証済み）とはいえないんですよね」

紺色のセーターの胸元にプラスチックのIDカードをさげた中年男性が腕組みをした。

「そうなんですか……。豚とか、ビニールハウスの野菜なんかは、すごく大きくて、味もよくて、かなり効果がある感じがしたんですけど」

黒のタートルネックのセーター姿の冴子は、落胆を隠せない。マレーシアのジョホール・バルにある養豚場「ストレイツ・ファーム」の汚水処理を「複合発酵」でやれるのではないかと期待していたからだ。

「いまのところ、この技術を使っているのは、その『命の水』の埼玉県の養豚場と、山梨県の牧畜農家の二つだけですよね。二例だけだと、ちょっと不安なんですよ」

縁なし眼鏡をかけた紺色のセーターの男性は、社内の原子力のエンジニアであった。

新日本エンジニアリングの技術者は、「オイル＆ガス」と「インダストリー（産業）」の二種類に大別される。後者は、医薬品や食品工場、放射性廃棄物の処理施設などを専門とする人々で、原子力の専門家は、東大や京大を出た秀才だ。しかし、二〇〇二年八月の東京電力の原発事故隠し発覚以来、原子力案件が下火になり、時間が余っているので、ほかの産業の案件を一から調べて設計している。

「それから、この技術の場合、発酵を最適温度に保たないといけないんですが、マレーシアという高温多湿の国と、埼玉県や山梨県のような比較的涼しい場所では、当然、条件が変わってくるわけです」

原子力エンジニアの隣りに座ったブルーのシャツに紺色のブレザーを着た別の男性がいった。化学に強い社内のエンジニアであった。

「それと、採算的なものなんですが、『複合発酵』の技術をもっている静岡県の会社に問い合わせたら、使用料が非常に高いんですね」

原子力エンジニアがいった。

「採算を弾いてみると、こんな感じです」

Ｂ４判の用紙に打ち出した、エクセルのスプレッドシートを差し出した。

冴子と部下の若手男性社員が視線を落とす。

「うーん……」

冴子の表情が曇る。

「これだと、排出権の分を加えても、採算がとれないですねえ」

若手男性社員も悩ましげな声。

「一応、資機材なんかは極力現地で調達するっていう前提で、出してみたんですけどね」

原子力エンジニアがいった。

「結局、『複合発酵』は使えないということですか……」

声に落胆がにじむ。冴子は、個人的にも「命の水」の養豚場の豚肉が気に入って、ときどき通信販売で取り寄せ、ソテーにしたりカレーライスに入れたりしている。

「そうすると、ほかにどういうやり方がありますか？」

「考えられるのは、汚水を発酵処理する貯留槽に、ラバー（ゴム）のカバーをかけて、メタンガスを回収する方法ですね」

資料のなかから、Ａ４の用紙にカラー印刷した一枚の写真をとり出した。

オフホワイトの巨大なゴムの膜が、貯留槽をおおっている写真だった。中央部分がやや高くなっていて、開いた落下傘のような感じである。

「ラバーシートでメタンを回収して、発電機を回すわけです。ドイツのバイオガス・プラント会社と技術提携している日本の会社が技術をもっています」

冴子は、写真をみつめる。

「ただ、これだと、汚水の処理は、結局、従来と同じですよね？」

冴子が顔を上げて訊いた。

「ストレイツ・ファーム」の関心は、発電よりも、汚水の処理である。

「貯留槽を使って処理するやり方は同じです。ただ、有機物の濃度は、従来の半分から三分の二に減ります」

「半分から三分の二ですか……」

（はたして相手は納得してくれるだろうか……？）

「コスト的にはどうですか？」

若手男性社員が訊いた。

「切り詰めに切り詰めて、総額で二億円弱ですね。一応、こちらも採算を弾いてみました」

別のエクセルのスプレッドシートを差し出した。

排出権がなければ、プロジェクトのIRR（内部収益率）は、ほぼゼロだが、排出権売却額を加えると、一三パーセント程度になるという計算だった。

（採算だけみると、CDMとしては理想的か……）

排出権なしでも商業的に採算がとれる場合は「追加性」を否定され、CDMとして認められない。

「ありがとうございました」

冴子は頭を下げた。

「『複合発酵』の技術が使えないのであれば、ラバーシートのほうでいくしかないと思います。とりあえず先方に提案書をぶつけてみます」


打ち合わせが終わったとき、時刻は正午を過ぎたところだった。

冴子は別のフロアーにある社員食堂に出かけた。

広々とした明るい食堂で、社員たちが昼食をとっていた。

鮭のフレークが入ったパスタとサラダ、ヨーグルトをトレーに載せ、IDカードで料金を払って、テーブルの一つについた。そばで派遣社員と思《おぼ》しい女性たちが、にぎやかに食事をしていた。

「ねえねえ、こないだ広尾でちょっといいバーをみつけたんだ」

「え、どんな、どんな?」

「場所はねえ、天現寺の歩道橋から、歩いて二、三分のところ。すごく雰囲気がよくて、フランス人がバーテンやってるのよ」

「へー。ところで『セックス・アンド・ザ・シティ』ってドラマがアメリカで流行《はや》ってるって……」

あいかわらず彼女たちの話題は、食べ物とお洒落と恋愛である。そして何よりの関心事は、ハンサムで優しくてお金持ちの結婚相手をみつけることだ。

にぎやかな話し声を聞くともなく聞きながら、パスタを口に運ぶ。自分にはできない生き方だが、そういう人生もありなんだろうなと思う。

窓からみえる空は陽光に満ちて、春の足音を感じさせる。

「松川さん、ここ空いてる？」

頭の上から声がした。

見上げると、同期入社でエネルギー・プロジェクト第二部長の小林正之だった。

浅黒く日焼けした顔に、いつものさわやかな笑みを浮かべ、すらりとした長身を高級ダークスーツで包んでいた。

「どう、排出権の仕事のほうは？」

隣りの席に座ると、屈託のない口調で訊いた。プラスチックのトレーには、カレーライスとサラダが載っていた。

「案件だけは多いんだけど、資金調達がむずかしかったり、微妙なところでCDMの条件から外れそうだったり、思っていた技術が使えなかったりで、実現までこぎつけるのは結構大変ね」

冴子はグラスの水を口に運ぶ。

「排出権の案件は中国が多いんでしょ？　あの国のプロジェクトは、ただでさえ一筋縄ではいかないからなあ。法治国家じゃなくて『人治国家』だから」

小林は、カレーを口に運びながら笑った。

そばの派遣ＯＬたちのグループが食事を終えて立ち上がった。

「ところで、例のフロン分解プロジェクト、稼働を始めたみたいね。おめでとう」

冴子がいった。

小林の部が手がけている中国江蘇省の案件のことだった。代替フロン製造工場が、製造過程で出てくる地球温暖化ガスＨＦＣ23を回収・分解するもので、わずか数億円の投資で、毎年八十億円程度が日本側に転がり込む。

「社内誌に大々的に載せられたから、結構、話題になってるみたいだね」

「あんなに儲かるプロジェクトはないから、そりゃ、話題になるでしょう」

冴子は賞賛の気持ちを込めていった。

「まあ、儲かりはするんだけど……ちょっと複雑な心境だね」

小林は、スプーンをもった手を止《と》め、意味ありげにいった。

「複雑な心境、って？」

「うん。……要は、地球温暖化対策に全然役立ってないってことなんだ」

あたりをはばかるように、声を落とした。

「え、そうなの？」

「主製品の代替フロンがたいして売れていないのに、つくれば、その何百倍も儲かる排出権が手に入るんで、主製品の在庫を山積みにして、どんどんつくってるんだよ」

「そんなことが起きてるの？」

フォークをもった冴子の手も止まる。

「このあいだ、ボンのCDM理事会でも問題になったらしい。EUが『排出権獲得のために代替フロンを過剰生産することになりかねない。本末転倒だ』と主張したのに対して、中国が『得られた排出権を利用して、持続可能な開発の費用に充てればよい』と反論したそうだ」

「へーえ……」

「ブラジルはブラジルで、『安易な排出権獲得は、排出権市場を混乱させる』とEUの肩をもってるらしいけど、本音は、排出権の価格が下がって、自分たちのプロジェクトから出てくる排出権が安くなるのを嫌っているってことだ」

「ずいぶん政治的な話ね」

「排出権はきわめて政治的だと思うよ」

小林は、断定的にいった。

「経産省の人も、『一九八〇年代に地球温暖化の話が出始めたときから、政治的な臭いがぷんぷんしていた』って実感込めていってるし」

地球温暖化問題は、当初、アメリカとソ連が積極的だったという。アメリカのメジャー（大手石油会社）やソ連政府が、世界のエネルギー源を石炭から天然ガスにシフトさせよ

う と画策し、温暖化問題を持ち出したという説が、まことしやかにいわれていた。現在では、EUが積極的にリードして、国際的な発言力強化や金儲けに結びつけようとしている。

「まあ、国際政治の駆け引きと不完全な制度の狭間で、たまたまお金儲けをさせてもらってるって感じかな。……CDM理事会での議論がどっちの方向にいくかは、ちょっと気になるけど、たぶん一度承認した案件を、あとになってひっくり返すことはないんじゃない」

小林は、いつもの早口でいうと、カレーを口に運ぶ。忙しいせいか食べるのも速く、すでに皿の三分の二がなくなっていた。

派遣OLたちが去ったあとに、トレーを手にした二人の男性社員がやってきて、腰を下ろした。財務部の社員たちで、「公募増資が無事終わって、やれやれだね」「次は、第三者割当増資か。まあ、生保筋がだいたい引受けオーケーだから、問題ないだろ」と小声で話し合いながら、食事を始めた。

「小林君、ちょっと疲れてる?」

小林の顔に艶がなく、翳《かげ》りがあるような気がした。

「ここのところ出張が続いてるんでね」

面長の整った顔に困ったような微笑を浮かべた。

「最近はどのへんにいってるの?」

「ウクライナ。炭鉱関係のプロジェクトがいくつかあって」

「ドイツ経由？」

「フランクフルト経由で、一昼夜がかりだね。しょっちゅう往復してると、さすがに疲れるよ」

小林にしてはめずらしく、弱音をはいた。

「例の話もあるから、上のほうも業績をあげようと必死なんだ」

向い側に座った財務部の二人を、そっと視線で示す。

公募増資と第三者割当増資があるので、上司であるエネルギー・プロジェクト本部長の常務執行役員仙波義久に、業績をあげろと尻をたたかれているということのようだ。仙波は、今年六月に退任する副社長の後釜を狙って、企画部門担当専務と激しいつばぜり合いを演じている。

「身体にだけは気をつけてね。わが社のエースなんだから」

「エースだなんて、とんでもない」

小林は、スプーンをもった手を振って否定する。

「尻をひっぱたかれて、案件成約に駆けずり回ってる、しがないサラリーマンだよ」

謙遜とも自嘲ともつかない微笑を浮かべ、忙しくカレーを口に運んだ。

夕方——

経済産業省の技官で国連ＣＤＭ理事会の理事を務める国枝朋之は、都心にある剣道場の板の間で、藍色の胴着と袴を身につけ、防具の紐を結んでいるところだった。

道場は南北二五メートル、東西一〇メートルほどの板張りの空間である。北側が数十センチ高い座敷になっており、「理業一致」と墨書された掛け軸が掛けられ、三方《さんぽう》に載せた二本のお神酒徳利《みきどっくり》がおかれている。上のほうの壁に神棚があり、鹿島神宮、明治神宮、香取神宮など五つのお札が納められている。

午後六時半になる少し前から、西の壁を背にして座った師範が、目を瞑《つむ》って静座（正座して無心になること）を始めた。国枝ら十五、六人は、師範に向きあう形で、東側の壁を背にして横一列に並んで座る。四十代から六十代の男性が多いが、社会人女性や、近くにあるお茶の水女子大の学生も混じっている。

国枝は静座しながら、頭と両目に疲れを感じていた。オフィスで、英文の書類を長時間読んできたためである。

国枝は月に一度、一週間の日程で開催されるボンのCDM理事会や、方法論パネルの会合に出席する以外は、経済産業省の外郭団体のシンクタンクでCDM理事会関係の仕事をしている。仕事の半分くらいは、理事会に提出されるPDD（project design document＝プロジェクト設計書）を読むことだ。PDDはCDMプロジェクトごとに作成される数十ページの英文の書類で、プロジェクトの内容やプロジェクト実施で削減される温室効果ガスの量の計測方法などが詳述されている。いわば国連あての申請書で、内容を理事会で吟味したうえで、CDMとして認めるかどうかを決定する。全理事がすべてのPDDを読むことになっているが、実際には物理的に不可能なので、各理事に「あなたは何番から何番まで」という具合に振り分けられる。必要な事項を調べたり、関係者に問合せのメールを出したりする時間を含めて、一つのPDDを読むのに五時間ぐらいかかり、土日も自宅で読まなくてはならないことが多い。この日も、ホンジュラスの製糖工場で計画されている、サトウキビの残滓《ざんし》を有効利用して発電するプロジェクトのPDDを読んできた。

道場内はしんと静まり返り、とても都心とは思えない。あたりには清々しい霧島松の匂いが漂っている。

静座してはいたが、国枝は雑念が払えていなかった。

前回の理事会で議論になったフロン分解プロジェクトに関する議論が脳裏によみがえる。

本末転倒だとするEUと、自国の利益を守りたい中国、ブラジルの三者間で激しい議論になった。国枝も本音では、フロン分解プロジェクトは地球温暖化防止に役立っていないと思うが、案件に日本企業が関与しているため、発言は控え気味にした。

議論は最終的には、「今後、フロン分解案件を行う工場は、過去五年以上の操業実績があるところに限る」という線に落ち着きそうな情勢である。

（まあ、あれが妥当なところだろう……）

二、三分の静座のあと、目を開けた。

「神前に礼！」

稽古の世話役を務めている中年の建設会社社員の男性の声で、一同は床に両手をつき、神棚のほうを向いて頭を下げる。

「先生に礼!」

横一列になって、師範に頭を下げる。六十代半ばの師範は警視庁のOBで、皺のある顔に厳しさが漂い、頑丈そうな身体つきをしていた。資格は「範士」(八段以上)である。

国枝らは頭に手ぬぐいを巻き、面をかぶって後頭部で紐を縛る。

「オアーッ!」

「オオッ!」

吼《ほ》えるようなかけ声とともに、立合い稽古が始まった。

最初に稽古をつけてもらうのは、新聞社に勤務している三十代後半の男性で、腰に巻いた大垂《おおだれ》に社名と個人名が入っている。

「ウォアッ!」

小柄でタンクのような体形の新聞社の社員が素早く踏み出し、師範の面に打ち込んでいく。木の床が揺れ、竹刀《しない》がぶつかりあって、爆竹が弾けるような音がする。

「メーン!」

「メーン! メーン!」

道場の南寄りの一角で、お茶の水女子大の学生たち二組が、甲高い声を発しながら、打ち返しの練習を始めた。

稽古をつけてもらう人々十人ほどが立って並び、師範と新聞社の社員との稽古をみつめている。

ときおり、遅れてやってきた人々が、一礼して道場内にはいってくる。社会人の有志でやっている同好会なので、皆、仕事が終わり次第駆けつけてくる。

国枝は全身藍色の防具を身につけ、柄が藍色に染まった竹刀を片手にもち、師範との立合い稽古の順番を待つ。

ふと道場の壁の上のほうにある窓の向こうの暗い夜空に視線を向けたとき、三年前の夏に亡くなった長男の通夜のことが脳裏によみがえった。

高校三年生だった長男は、夏休みに伊豆の下田の海で友人たちと泳いでいて、潮に流されて水死した。突然のことだったので、最初は呆然となり、間もなく全身を引き裂かれるような悲しみの底に突き落とされた。「胸にぽっかりと穴が開いた」という表現があるが、巨大な砲弾で撃ち抜かれ、皮しか残っていないような感覚だった。

通夜の晩は、ひどい土砂降りで、風が嵐のように吹いていた。ごく限られた親族だけの密葬で、十五人ほどが集まった。布団のなかに横たわった長男は、生前の溌剌《はつらつ》とした表情こそなかったが、意外なほど穏やかな顔つきで、安らかに旅立ったのかもしれないと思わせられた。きっとあたりに魂魄がいるのだろうと思って、国枝は何度も周囲をみまわしていた。

通夜は浄土真宗の僧侶によって静かに執り行われた。

「……肉体や有形のものと、精神、識、無形のものは不二（不可分）でありまして……」

読経と焼香のあと、僧侶が「物心一如」という説法をした。親鸞《しんらん》の教えで、いっさいの物は、物そのものに善し悪しがあるわけではなく、人の心のありようがその物の価値を決める、あるいは、物と心は不可分で、繁栄のためには両方が豊かにならなくてはならないという意味合いの言葉だった。長男の死とどういう文脈のなかで「物心一如」の話がされたのかは、定かには憶えていないが、不思議と記憶に残っている。

火葬場で自分の子の骨を木の箸で拾うのは、地獄よりもひどい地獄だった。悲しみに耐えながら、日々の仕事を懸命にこなしていたころ、打診されたのが、地球温暖化対策の仕事だった。そのとき「物心一如」という言葉が不意によみがえり、長男のかわりに生きる若い世代のために、繁栄の礎《いしずえ》となる豊かな地球環境をつくることが、長男の供養になるような気がして、前向きな気持ちで引き受けた。

(それにしても……)

と国枝は思う。

(死者は生者の記憶のなかで生き続けるというが……)

亡くなってからのほうが、長男のことをよく考えている。

「イヤーッ!」

甲高い叫び声がして、真っ白な胴着と袴に、真っ白な防具を身につけた、華奢な身体が、師範に打ち込んでいた。

お茶の水女子大の学生だった。若いだけあって動きが速く、男よりもよく響く大きな声を出し、敏捷そうな白い踵《かかと》で床を蹴って、弾けるように相手の懐に飛び込んでいく。

（女だてらに、大したものだ）

国枝は、面金《めんがね》の向こうで躍動する白装束をながめながら微笑した。頭のなかから雑念が少しずつ消えてきていた。

師範との稽古を終えた者同士が立合いを始め、道場内はにぎやかになってきた。獣の吼え声や鬨《とき》の声に似た声が飛び交い、踏み込む足音とともに床が揺れ、竹刀が激しくぶつかり合う。

時間が経つとともに、防具に滲み込んだ汗の匂いがあたりに漂う。

国枝の順番が回ってきた。

礼をして前に進み出、蹲踞《そんきょ》をして互いの竹刀を合わせ、立ち上がる。

「ハアーッ！」

「オオッ！」

腹の底から声を絞り出し、互いの隙をうかがう。

六十五歳の師範は、巌《いわお》のように立ちはだかっていた。相手の面金の向こうの、皺で縁取られた両目から、射るような視線が注がれてくる。

国枝は五感を研ぎ澄まし、相手の目と全身から発せられる「気」に神経を集中し、打ち込むタイミングを計る。考えるのではなく、反射するのである。

「ウォアッ！」

師範の一瞬の震えに電撃のように反応し、筋肉を収縮させて小手を引き絞り、身体中の「気」を竹刀一本に集中させ、前に踏み出した。

竹刀同士がぶつかり合い、激しい音が響く。

小手を狙って打ち込んだが、動きを読まれ、右に払われてかわされた。

「メーン！」

面を狙って踏み込む。ふたたび相手の竹刀に阻《はば》まれ、派手な音がしただけだった。

「オアーッ！」

「オオッ！」

腹の底から絞り出す声は、能の舞台のようでもある。

少し呼吸が荒くなった。面のなかに汗と革の匂いが立ち込める。

もはや雑念はない。ＣＤＭ理事会の煩わしさも、亡くなった長男のことも頭の中から消えた。

「オアアッ！」

国枝は、竹刀と一体になって、打ち込んでいった。

第四章　地中貯留

1

二月の終わり――

松川冴子は、ジョホール・バルから車で一時間ほどの場所にある養豚場「ストレイツ・ファーム」を訪れていた。

クーラーが低い唸りを上げる社長室のソファーで、五十代半ばの華人の社長が、憮然とした表情をしていた。

「……じゃあ、結局、汚水の問題は解決されないってことじゃないか」

緑のポロシャツの袖から小太りの腕をのぞかせた社長は、なじるような口調でいった。

かたわらで、口髭を生やしたインドネシア人の男性マネージャーが、気まずそうな顔つきで二人のやりとりを聞いていた。

「いえ、解決されないということではなくて、有機物濃度は従来の半分から三分の二に減ります。完全になくなりはしませんが、確実に改善します」

ベージュの麻のスーツ姿の冴子は懸命に英語でいった。

「しかもメタンガスを使って発電することで、収入が増えます。こちらのキャッシュフロー予測をご覧になってください」

冴子は、A4判の横書きの冊子にカラー刷りにしたプレゼンテーション資料を示す。

「収入が増えるねえ……」

社長は、疑わしげな視線をエクセルのスプレッドシートに注ぐ。

「しかし、これをやるためには、TNBと売電の交渉をしなけりゃならんのだろう?」

TNB(Tenaga Nasional Bhd.)はマレーシアの国営電力公社である。

「ええ。それは、そのとおりです」

「そんな面倒臭いこと、いちいちやってられないよ! だいたいTNBなんてのはケチな会社で、まともな価格で電力なんか買ってくれないんだから」

「社長、それは……必ずしもそういうことではないんじゃないかと思うのですが」

冴子は、努めて穏やかに話す。

「現に、TNBに売電する前提で進められているCDMプロジェクトがいくつかあります」

マラッカ市で、鹿島建設がゴミ処分場からメタンガスを回収して発電するプロジェクトに着手しており、サバ州サンダカンでは、株式会社農業技術マーケティングと三菱UFJ証券がパーム椰子房を有効利用する発電プロジェクトを計画している。

「ちょっとぐらい発電で儲かったって、しょうがないいんだよ!」

華人社長は苛々《いらいら》した顔つきでいった。

「うちがやりたいのは、汚水処理なんだよ、汚水処理！」

「…………」

「汚水をきちんと処理できないと、毎年の養豚業の免許を更新できないんだから。われわれには死活問題なんだよ。マレー系の住民が、養豚業をやめさせようと、デモをやったり、州政府に働きかけたりしてるんだから」

立ち上がって、執務机の書類の山から新聞をとり出し、冴子の前に放ってよこした。

「みてみろよ、その新聞記事」

地元の英字紙で、マラッカ州政府が、八十二の養豚場に対して、理由を明らかにせず、廃業を命じたという記事が載っていた。

「マラッカ州のこの決定は、一九九九年に密かになされていたそうだ」

社長はソファーにどかりと腰を落とす。

「理由ははっきりしている。マレー系住民が反対しているからだ」

冴子がうなずく。

「だから、われわれも足をすくわれないように、汚水の問題を何とかしなけりゃならんのだよ」

前回の訪問で社長は明言しなかったが、現状では、汚水を基準値まで処理できないまま、川に流しているようだ。

「まったく……」

社長は忌々《いまいま》しげに舌打ちした。「日本にいい技術があって、それで汚水の問題を解決できるかと思ったのに」

日本に魔法の箱のようなものがあって、そこに汚水を流し込めば、百パーセント真水になって出てくるとでも期待していたような口ぶりである。

「とにかくおたくの提案にはがっかりさせられた。うちも忙しいから、もう帰ってくれないか」

(ダメだったなあ。……でも、あそこまでいわれると、落ち込んでしまう……)

ジョホール・バルから飛行機で約五十分飛び、首都のクアラルンプールに戻り、ホテルに向かうタクシーのなかでため息をついた。

車窓の向こうで、中国語の看板を掲げた商店、レストラン、商業ビル、緑豊かな公園などが流れてゆく。地平線上には、国営石油・ガス公社ペトロナスの銀色のツインタワー(高さ四五二メートル)や、球を串刺しにしたようなKLタワー(同四二一メートル)が聳《そび》えている。

(紅丸には風力発電の投資を断られるし……やっぱり、今月は運勢が弱いのかなあ)

マレーシアにくる直前、総合商社の紅丸に、新疆能源投資有限公司が計画している風力発電プロジェクトへの出資を打診したが、縦縞のダークスーツの袖からカフスボタンをのぞかせた色黒の排出権ビジネス室長に「中国のＰＰＡ（power purchase agreement＝買電契約）は物価変動制で、二、三年ごとに改訂されるので、採算の見通しが立てられない」と一蹴された。例によって、鼻毛を抜きながらの返答だった。

その日、地下鉄駅で手にした女性向けフリーペーパーの星占いの欄をたたまたまみると、ここ二、三週間はやることが裏目裏目に出るから、新しいことはやらないほうがよいと書いてあった。

（部署を立ち上げて半年近くになるのに、まだ国連に申請した案件が一つもない。……「排出権商人」の道は遠いなあ……）

プロジェクト物は時間がかかるとわかっていても、不安に駆られてしまう。

宿泊先のクラウン・プリンセス・クアラルンプールに戻ったとき、戸外は薄暗くなり始め、ホテルの周囲では、地底から人々が呼んでいるような声がわき起こっていた。イスラム教の夕べの祈りの時刻を告げる「アザーン」だった。

市内北東寄りにある三十八階建てのホテルは十四年ほど前に建てられたものだが、長年、高温と湿気にさらされて傷《いた》んでいた。館内の空気はじっとりと淀んでいるようだ。

三十一階の三一〇七号室に戻ったとき、腹が下痢気味だった。トイレで用を足したあとは、疲れて夕食に出かける気力もなかったので、上着を脱ぐと、倒れ込むようにベッドにもぐり込んだ。

目が覚めたとき、時刻は午後八時を回っていた。

窓の外は真っ暗になり、眼下で街の灯やハイウェーを走る車のヘッドライトが瞬《またた》いていた。クアラルンプールを取り囲む山々は、遠くで二重三重の影になっている。

空腹だったが、下痢気味で身体に力が入らないので、街に食事に出かける気力はなかった。ホテルの地下二階にフードコートがあったのを思い出し、のろのろと身づくろいをして、エレベーターで下りていった。

フードコートは、幅二〇メートル、奥行き八〇メートルぐらいの駐車場のような空間で、食べ物屋が十軒ほど店を出していた。マレーシア料理、インドネシア料理、フィッシュ・カレーの店、ベジタリアン料理、焼きそば屋、ケーキ屋などである。値段は一食二、三百円と安い。それぞれ屋台のような店舗で、店の前に簡素なテーブルと椅子が並べられていた。

冴子は、タイ料理の店先に掲げられた写真付のメニューをながめた。

間口二間ほどの店内では、マレー系らしい中年夫婦と、娘と思しい十八歳ぐらいの女の子が働いている。店の前に並べられたテーブルで、初老の華人男性や中年のマレー系男性が食事をしていた。

「パッタイとコーラをください」

冴子は若い娘に頼んで、テーブルの一つについた。

間もなく白い皿に盛られたパッタイ（平たい米の麺）が運ばれてきた。もやし、エビ、炒り卵、イカ、魚のすり身のカマボコ、ネギなどが入っており、赤唐辛子が二切れ載せられていた。フォークでほじくると、なかから湯気が立ち、ナンプラー（魚醤）の匂いがした。

口に入れると、しゃきしゃきした野菜と魚介類のコクがうまく溶け合い、胃袋にやさしい味だった。

パッタイを少しずつ口に運び、ときおりコーラで口のなかをすっきりさせる。下痢も少しはよくなり、明日の朝には回復しそうな感じである。

遠い異国に出張してきて、仕事が上手くいかなかったときは、辛い。とくに、今日のように、とりつく島がないほど罵倒されたり、人間性まで疑われたりすると、傷つく。男社会で負けまいと、気を張って生きてはいるが、気分的に奈落の底まで落ち込むことはめずらしくない。

そばのテーブルにいた初老の華人男性が、食事を終えて立ち上がった。

外から入ってきたらしい白と黒のブチ猫が、テーブルの上の残飯を食べようとして、店の娘に「シッ！」と追い払われる。

（辛いといっても、お祖母《ばあ》ちゃんに比べれば、ずっとマシなのだから……）

缶のコーラを一口飲んで、自分にいい聞かせた。

夫に裏切られ、一人娘を手放して秋田市の中小企業に住み込み、昼間働き、夜は歯を食いしばって内職と教師の資格をとるための勉強をしていた祖母の孤独と努力を思うと、自分の苦労など、とるに足らない。

冴子は、しばらく祖母のことをぼんやり考えた。「ここはお国を何百里、離れて遠き満州の……」という寂寥感に満ちたメロディーの軍歌を口ずさんだり、ほおずきを口に入れて鳴らしていた姿が懐しく思い出された。

タイ料理店の調理場からは、中華鍋を金属のおたまでかき回す音、水道から水が流れる音、冷蔵庫を開閉する音、プラスチックの食器が触れ合う音などが、絶えず聞こえてくる。

胃袋に食べ物が入り、体調が回復してくるにしたがって、精神も立ち直ってきた。

（新疆能源投資の風力発電の金を出す投資家を、何とか探せないものだろうか……？）

パッタイを食べる手を休めて、考え始めた。

（欧州勢だったら、物価変動制のＰＰＡ〈買電契約〉でも受けるんじゃないだろうか）

日本企業はリスクに対してきわめて臆病だが、欧米の企業は、計算できるリスクなら積極的にとるところが多い。

（日本に戻ったら、諦めずにあたってみよう）

食事を終えて部屋に戻り、室内の奥にあるデスクに座ってメールをチェックする。

北京事務所の東松照夫と武暁軍から、四川省や雲南省の水力発電プロジェクト、江蘇省の廃熱回収発電プロジェクト（ロータリーキルン＝回転窯の廃熱を回収し、蒸気タービンを回して発電する)、柳林の晋華焦煤社の炭鉱メタン回収プロジェクトなどについて、メールが入っていた。ジャカルタの駐在員からは油田の随伴ガス回収プロジェクト、ドバイの駐在員からエジプトの風力発電プロジェクトについて、情報や問合せが入っていた。地球環境室の部下の男性社員からは、新疆能源投資有限公司に風力発電プロジェクトのFS(フィージビリティ・スタディ＝事業性調査報告書)を送ってくれるよう依頼しているが、梨の礫《つぶて》であるというメールが入っていた。

(案件だけは多いんだけど……)

電気スタンドに照らされたパソコンの画面をみながら、心のなかでため息をつく。

ずらりと並んだメールのなかに、Yinka Agidee という見知らぬ送信人からのものがあった。

(だれだろう?)

表題が「Asia Carbon Exhibition in Singapore」となっているので、悪戯《いたずら》メールではなさそうだ。クリックして、メッセージを開いた。

『Dear Saeko!

It was pleasure meeting with you at the Asia Carbon Exhibition in Singapore last November. I hope you enjoyed the conference and had a pleasant trip back home. As I informed you during our brief conversation ……

（昨年十一月に、シンガポールのアジア・カーボン・エキシビションでお会いでき、大変嬉しく存じました。見本市を楽しまれ、無事ご帰国されたことと思います。ちょっとお話ししたときに申し上げましたが……）』

メールの送り主は、見本市の休憩コーナーで出会ったナイジェリア人の女性弁護士だった。

彼女の事務所と提携関係にある英国系の法律事務所のクアラルンプール・オフィスから、マレーシアのカリマンタン島に二酸化炭素の carbon capture and storage（地中貯留）の案件があると連絡がきているが、新日本エンジニアリングは興味がないかという問合せだった。

（地中貯留……）

聞いたことはあるが、初めて接する種類の案件だ。

プロジェクトの規模をみると、年間の排出削減量（CER獲得量）が、三〇八万トンという超弩級《どきゅう》の案件だった。

2

茶色がかった緑色のライン川の川面は、夕暮れの風で休みなく揺れ動いていた。

遊覧船のデッキに座ってボンやハイデルベルクがある方角をながめると、滔々《とうとう》と流れる大河の両岸に、ガラスを多用した不揃いな形のビルや工場が点々と建ち、ロマネスク様式の石造りの教会がちらほらみえる。雄大だが、寂しい感じもする北海道に似た景観である。

「ほら、大聖堂がみえるぞ」

北川靖は川の左岸の先を指差した。

「あ、あれが大聖堂！」

薄手のセーターを着た妻と小学校高学年の娘が、顔を輝かせる。

高さ一五七メートルのゴシック様式の二本の尖塔をもつケルン大聖堂が、背後から陽の名残りを受け、黒っぽいシルエットになっていた。地平線からわき上り、中空に達する濃い灰色の雲の後ろに太陽があり、白く輝く光に縁取られた雲が神々《こうごう》しい。

「ええと……ケルン大聖堂は、ゴシック建築の最盛期に建てられたもので、聖堂の幅は八六メートル、奥行きは一四四メートル……」

妻がガイドブックを読む。

「一二四八年に着工されて以来、現在の姿に完成するまで、実に六百三十二年の歳月を要した。……すごいわねえ！」

大聖堂のほうから鐘が鳴り響いてきていた。

鐘は、しばらく鳴り止む気配がない。

「塔の上にのぼれるらしいから、明日、いってみるか」

「賛成！」

娘が片手をあげた。

時刻は午後七時半だが、戸外はまだかなり明るい。ケルンの緯度はサハリン島中部と同じぐらいだ。

北川は、ゆったりとした気分で、目の前の丸テーブルの上のグラスを口に運ぶ。「Sion Kölsch」という名の地元のビールで、よく冷えてはいたが、コクに欠ける淡白な味わいだった。

季節は五月である。

北川は、仕事と家族旅行を兼ねて、一週間のドイツ旅行にやってきていた。

ここのところ仕事が好調で、精神的にもゆとりがある。

好調の原因は、排出権の価格が暴落し、カラ売りをかけていたアメリカのブティック型投資銀行クライメット・セキュリティーズの株価が暴落したことだ。

四月にトン当り三十ユーロの大台を突破した排出権の価格は、四月二十六日に、フランス、チェコ、オランダ、エストニアの四ヵ国が、昨年（二〇〇五年）の排出量が、当初予想より八〜二五パーセント低いと発表したとたん暴落し、現在、十一ユーロ近辺まで落ち込んできている。

北川は、排出権価格動向を見極めて、買戻し（すなわちディールの完了）のタイミングを決めるため、ケルンで開催されている「Carbon Expo」という見本市をみにやってきていた。

翌日――

北川は、見本市会場であるケルン・メッセで開催中の「Carbon Expo」を訪れ、知り合いから紹介してもらったフランクフルト駐在の米国人記者と、会場内の一角に設けられたレストランで昼食をとった。

「……結局、フランスの余剰枠が大きかったのが、暴落の引き金になったわけだ」

ボストンタイプの眼鏡をかけた面長の米国人が、ナイフとフォークで仔羊肉を切り分けながらいった。

「EU‐ETS（欧州連合域内排出権取引制度）におけるフランス企業の年間排出量割当枠は一億五六五〇万トンで、そこそこ大きい部類に入るからな」

相手の言葉にうなずきながら、北川は、粗挽きマスタードをつけたフランクフルト・ソーセージを口に運ぶ。

周囲のテーブルでは、排出権ビジネスのコンサルタント、投資銀行家、各国の環境・温暖化対策関係の役人、商社マン、会計士、弁護士、マスコミ関係者など、さまざまな職種のさまざまな人種の人々が食事をしていた。ケルンの「Carbon Expo」は排出権関係の見本市のなかでも最大規模で、三日間にわたって開催され、約二千人の人々が詰めかける。

「あと大きいのは、ドイツ、イギリス、ポーランド、イタリア、スペイン、か……。これらの国々の見通しはどうなんだ？」

北川が訊いた。

EU－ETSにおける排出枠が大きいのは、ドイツ（年間四億九九〇〇万トン）、イギリス（二億四五三〇万トン）、ポーランド（二億三九一〇万トン）、イタリア（二億二三五〇万トン）、スペイン（一億七四四〇万トン）である。これら五ヵ国を含めたEU二十五ヵ国の域内にある一万一千四百二十八の施設（発電所や工場）ごとに、二〇〇五〜二〇〇七年の二酸化炭素排出量の上限が設けられている。各国の昨年の排出量実績が、五月十五日に発表されることになっており、排出権価格動向に影響を及ぼしている。

「ドイツ、イギリス、ポーランド、イタリア、スペインの五ヵ国のうち、実績を発表したのは、スペインだけだ。一八九〇万トンの未達だ」

排出枠をオーバーしたということである。

「イギリスとイタリアは、それぞれ一〇〇〇万トンと三〇〇〇万トン前後の規模で、未達になるといわれている。経済が伸びていて、電力の消費が増えているからな。……ブローカーや金融機関の連中が、両国の大手電力会社から排出権購入の引き合いがきたといってるから、間違いないだろう」

北川がうなずく。

「ドイツについては、一週間ほど前に、かなりの余剰枠を出すという噂が流れて、それが排出権価格の急落に拍車をかけた」

「工場が省エネを進め、電力会社が風力発電の比率を高めたことが大きい」

「なるほど……確かに、ドイツは風力発電が多いな」

ここ数日間、ドイツ国内をバスや鉄道で旅したが、あちらこちらで風力発電設備をみかけ、再生可能エネルギーが着実に広まっているのを肌で感じた。

「ドイツはどれぐらい余りそうなんだ？」

ペリエのミネラルウォーターを自分のグラスに注ぎながら、北川が訊いた。

「二〇〇〇万トン程度といわれている。……マーケットの推測だが、そう大きくは外れないだろう」

EUの政策執行機関である欧州委員会は、排出権価格の下落に神経を尖らせており、五月十五日に予定されている加盟二十五ヵ国の二〇〇五年の排出量の公式発表前に、これ以上、いかなるデータも公表しないよう求める書簡を各国に送付したという。

「残るはポーランドか。……見通しは？」

「排出権相場最大のジョーカーだな」

米国人記者はにやりとした。

「ポーランドは、データが出てこない可能性がある」

「え、データが出てこない？　どういうことだ？」

「排出許容量を割り当てられた一千百六十六の施設が、排出実績の数字を政府に提出していないらしい。環境大臣が、怒り狂っているそうだ」

「本当か？」

北川は愕然となった。

「キプロス、ルクセンブルク、マルタも似たような状況だ。……ヨーロッパの田舎の連中はのんびりしてるよな」

米国人記者は笑った。

「まあ、ポーランド以外は、割当量がたいして大きくないから、無視してもいっこうに差し支えないだろう」

キプロス、ルクセンブルク、マルタの年間排出枠は、それぞれ五六〇万トン、三三〇万トン、二九〇万トンと微々たる数字である。

「予想としては、どうなんだ？」

「噂はいろいろあるが……オンリー・ゴッド・ノウズ（神のみぞ知る）」

米国人記者は、小さく肩をすくめた。

昼食を終え、二人は大きな衝立《ついたて》で仕切られた向こうの「Carbon Expo」の会場に戻った。

天井から明るい蛍光灯の光が降り注ぐ広々とした空間に、約二百五十のブースが設けられ、商談や製品・サービスの説明が行われていた。出店しているのは、排出権ビジネスを手がけている企業や金融機関、コンサルタント、排出権の買い手である電力会社や鉄鋼メーカー、先進国政府、CDMのホスト国である発展途上国政府などだ。フロアーの一角には、商談専用スペースや、調印式・記者会見用スペースも設けられている。

「……なんか変だな」

米国人記者が訝るような口調でいって、立ち止まった。

「そういえば……ずいぶん人が少なくなった感じがするな」

北川も、不審そうな表情で会場内をみまわす。

先ほどまで、さまざまな服装のさまざまな人種の人々でにぎわっていた会場が、妙に閑散としてみえる。

よくみると、あちらこちらのブースに人々が集まって、パソコンのスクリーンを凝視したり、深刻そうな表情で囁き合ったりしていた。会場の出口のほうに小走りで急ぐ者も何人かいる。一人は日本の新聞記者だった。

「ちょっと訊いてみよう」

米国人記者が、米系投資銀行のブースに歩み寄った。

ダークスーツにネクタイ姿の男たち四人が、パソコンの画面を凝視したり、携帯電話で話をしたりしていた。

「Hey, John, what happened?（よお、ジョン、何か起きたのか？）」

米国人記者は、顔なじみらしい一人に話しかけた。

「どうしたもこうしたも……排出権相場が暴落だぜ」

中年の白人の男が、椅子に座ったまま米国人記者を見上げた。

「えっ、いま、いくらだ?」

「八ユーロと六十(セント)」

投資銀行の男は、苦々しげな顔つきでいった。

「十ユーロを割ったのか⁉ ……理由は何なんだ?」

「ポーランドだ。……二〇〇五年の実績が、排出枠を大幅に下回ったらしい」

「本当か⁉」

「いま、うちのワルシャワ事務所に確認をとらせてる。……まだ噂の段階だが、たぶん本当だろう。排出枠を割り当てられた施設のうち、実績を期限までに報告した施設は三割だけだったそうだが、その数字も見込みを大幅に下回っていたらしい」

米国人新聞記者はジャケットの内ポケットからメモ帳をとり出し、ペンを走らせる。

北川は、書類鞄のなかからブラックベリーをとり出した。

ニューヨークのパンゲア&カンパニーのパートナー、ジム・ホッジスとアデバヨ・グボイエガあてにメールをタイプし始めた。

ニューヨークはまだ朝の八時だ。

『ポーランドの昨年の排出実績が、排出枠を大幅に下回ったという噂が流れ、排出権価格が暴落した。おそらくいまが底値で、今後、市場関係者が落ち着きを取り戻せば、十五ドル近辺まで回復する可能性がある。したがって、クライメット・セキュリティーズのカラ売りをクローズするのは、いまがベストのタイミングだと思う……』

急激に買い戻すとマーケットを押し上げるので、二日間ぐらいに分散し、じわじわ買い戻すのがよかろうと付け加え、メールを送信した。

思わずにんまりと笑みがこぼれた。これで十数億円の利益を手にすることができる。今回は期間も短く、カラ売り対象企業との攻防もなく、楽な金儲けだった。

3

七月——

松川冴子は、大手町にある銀行系のシンクタンクを訪れていた。地球環境室の若手男性社員と、会社のLNG（液化天然ガス）の技術者二人が一緒だった。

「……ペトロナスのLNGプラントのCO_2ですか。なるほど」

会議用テーブルの反対側に座った男性が、目の前に置かれた厚さ一センチほどの資料のページをめくりながらいった。丸顔で固太りの中年男性で、声は太く落ち着いている。有名国立大学の理学部出身者で、CDM担当部署の専門家だった。

ペトロナスは、マレーシアの石油・ガス公社である。

「このプロジェクトは、ナイジェリアの法律事務所から紹介されたんですね？」

シンクタンクの男性が顔を上げて訊いた。

「そうです」

冴子がうなずく。

「そこと提携関係にあるイギリス系の法律事務所が、ペトロナスの法律顧問をしているそうです」

相手がうなずき、資料のページを繰る。

「設置する設備は、回収したCO_2を加圧して超臨界状態にする機械と、地中にCO_2を送り込むパイプライン、それと注入用の機械が中心なわけですね」

シンクタンクの専門家は、縁なし眼鏡の視線を資料の図に注ぐ。

プロジェクトの概要図には、青で描かれた海面の下から天然ガスが採掘され、不純物を取り除かれたLNGと、九〇パーセントの濃度の二酸化炭素を含む酸化ガスに分離される過程が、フローチャートで描かれていた。加圧で超臨界状態《スーパークリティカル》（気体と液体が混じりあった流体）にされた二酸化炭素は、海底の岩盤の下に送り込まれ、貯留される。場所は、カリマンタン島北西部に面した南シナ海の海底である。

二酸化炭素は、摂氏マイナス七九度でドライアイスとなり、三重点（摂氏マイナス五六・六度、〇・五二メガパスカル）以上の温度と圧力で液体化し、臨界点（三一・一度、七・四メガパスカル）を超えると超臨界状態になる。

「海岸から約一二〇キロの場所に、大きな帯水層と『キャップロック』がありますので、そこにCO_2を封じ込めようと考えています」

新日本エンジニアリングのLNG技術者の一人がいった。

帯水層とは、砂粒でできた軽石状の地層で、石油などの液体がたまりやすい。そのうえに、粘土のような「キャップロック（岩のフタ）」と呼ばれる層がフタをしており、天然の貯蔵庫のような構造になっている。

「いまは、酸化ガスは大気中で燃焼処理され、CO_2を発生させていますので、それを地中に貯留すれば、その分、温室効果ガスの発生を減らすことができます」

冴子の言葉に、シンクタンクの専門家はうなずいた。

「排出削減量は、年間三〇八万トンですか……大きいですねえ」

CDMの世界では、年間削減量一〇万トンが一つのメドである。

新日本エンジニアリングは、この銀行系シンクタンクを「方法論」提案のためのアドバイザーに起用しようと考えていた。

二酸化炭素の地中貯留案件は、まだ国連でCDMとして認められていない。そのため、どのようにプロジェクトを実施し、どのように温室効果ガス削減量を計測するかの「方法論」を国連に提案して、認められることが必要だ。この銀行系シンクタンクは、CDM理事会の方法論パネルにも専門家を派遣しており、この分野に強い。

「石炭火力の排ガスのCCS（carbon capture and storage＝地中貯留）と比べると、L

NGプラントというのは、どうなんですか？」

丸顔のシンクタンクの専門家が、冴子らのほうをみる。

「石炭火力の排ガスの場合、CO_2を回収する設備を新たに設置する必要があり、コストがかかるという問題があります」

冴子の隣りに座った技術者がいった。

「排ガス中のCO_2濃度は一二パーセント程度と低く、硫黄酸化物や窒素酸化物が含まれているので、これらを除去する必要もあります」

相手がうなずく。

「一方、LNGの場合、もともと精製過程で、CO_2などの不純物を分離・回収しているので、新たに回収設備を設置する必要はありません。また、回収されているCO_2は、九〇パーセント以上という高濃度のものです」

「御社では、すでにやっている技術なんですね？」

「ノルウェーとアルジェリアで建設の実績があります」

ノルウェーのほうは一九九六年に始まったプロジェクトで、沖合い二五〇キロメートル・水深八〇～一〇〇メートルの海底ガス田から採掘する天然ガスを、洋上のプラットフォームで二酸化炭素の分離処理をし、その場で加圧して、海面下約一〇〇〇メートルにある厚さ五〇～二五〇メートルの帯水層に注入している。アルジェリアのほうは、陸上のLNGプラントのプロジェクトで、年間一二〇万トンの二酸化炭素を分離し、地下約二〇〇

○メートルの帯水層に注入している。
「これまで何か問題が生じたことはありますか？」

「ありません」

男性技術者は首を振った。

もともと二酸化炭素の地中貯留技術は長い歴史がある。アメリカでは一九七〇年代から地層中に残っている石油を採掘するために、加圧して超臨界状態の二酸化炭素を地中に注入している。また、帝国石油は、一九八四年から生産している南長岡ガス田（新潟県）において、季節的需給要因などによる生産調整のため、付近にある枯渇した関原ガス田を天然ガス貯蔵庫として長年使ってきた。

「ご存知かとは思いますが、CCSについては、まだ国連でCDMとして認められていません」

シンクタンクの男性がいい、冴子らがうなずく。

「昨年九月にIPCCは、『二酸化炭素の回収・貯留に関する特別報告書』を承認しています」

IPCC（Intergovernmental Panel on Climate Change＝気候変動に関する政府間パネル）は、国際的な専門家でつくる地球温暖化に関する研究のための政府間機関である。

「報告書は、『適切に選定され、管理の行き届いた貯留地であれば、百年にわたって九九パーセント以上のCO_2を保持でき、千年後の保持率も九九パーセントを上回るとみられる。CO_2を回収・貯留する方法が、気候変動を最小限に抑えるうえで非常に重要な役割を果たす可能性がある』と結論づけています。しかし、ＣＣＳがＣＤＭとして認められるには至っておらず、京都議定書の締約国会議やＣＤＭ理事会、補助機関会合などで議論が継続されています」

「補助機関会合」は、締約国会議のための実務・科学的討論の場で、各国の学者、政府関係者、国際機関のスタッフ、民間企業の専門家などが出席する。

「わたしどもとしては、そうした状況をふまえて、ＣＤＭ理事会に、ＬＮＧ生産に伴うＣＣＳの方法論を提案したいと思っています」

冴子がいった。

これまで原油生産にかかわる地中貯留の方法論は三菱重工などから提案されているが、ＬＮＧ生産にかかわるものはまだである。

「本件はサイズが大きいので、ビジネスとして妙味があり、また、弊社のＬＮＧに関する技術を生かせる案件です。方法論が認められるまで時間がかかるかもしれませんが、前向きに取り組みたいというのが、わたしどもの基本的な考えです」

ＬＮＧプラントの建設においては、新日本エンジニアリングともう一つの日本のエンジニアリング会社で世界シェアの七〜八割を握っている。背景には、日本が世界最大のＬＮＧ消費国であることと、両社の高い技術力がある。

「わかりました。方法論作成にあたっては、ＣＣＳの技術の詳細を理解しなくてはなりませんから、ご協力のほうをよろしくお願いします」

シンクタンクの男性の言葉に、冴子らはうなずいた。


同じ日――

北川、ホッジス、グボイェガの三人は、地中海のマヨルカ島にいた。

パンゲア&カンパニーの社員と家族による旅行だった。資金は、クライメット・セキュリティーズのカラ売りで儲けた金である。社員といっても三人のパートナー以外は、法務部長、管理・決済部長、秘書兼アシスタントがいるだけだ。

マヨルカ島は、スペイン本土の東約二〇〇キロメートルに浮かぶ人口約七十三万人の島で、面積は沖縄本島の約三倍である。ヨーロッパの金持ちがバカンスにやってくる高級リゾートで、人口の約半分が住むパルマ・デ・マヨルカのマリーナは、海面がみえないほど、白いヨットやクルーザーで埋め尽くされている。

北川らは、パルマから北に二〇キロメートルほどの、バルデモサという村の観光にきていた。

一八三八年から翌年にかけ、音楽家ショパンが、愛人のジョルジュ・サンド、彼女の子どもたちと一緒に、病気療養のためにひと冬を過ごしたカルトゥハ修道院がある村だ。

「これがショパンが『雨だれのプレリュード』を作曲したピアノなんですって。……すごいわね、実物をみられるなんて」

修道院の一室に保存されていた木製のアップライト・ピアノをみながら、北川の妻が、小学校高学年の娘にいった。古いピアノの上に銀の燭台、鍵盤の上には一輪の赤いバラが置かれていた。

「ねえ、ショパンて、何の病気だったの？」

娘が訊いた。

「結核だったそうよ」

「ここにきて、治ったの？」

「その冬は雨が多くて、かえって悪くなったらしいわ。半年ほどで、パリに戻ったそうよ」

「ふーん」

「でも、ここですばらしい曲をつくったし、ジョルジュ・サンドは『マヨルカの冬』っていうベストセラーを書いたのよ。……芸術家っていうのは、身体と引き換えにしてでも、優れた作品を残したいんでしょうね」

修道院のなかには、数多くのショパンの遺品があり、運送業者にピアノを早く運ぶように督促する手紙なども展示されていた。

別の部屋には、ここを訪れた世界中の有名人の写真が飾ってあり、スペイン国王夫妻やビル・クリントン元アメリカ大統領夫妻、今上天皇と美智子皇后の写真などがあった。

「Oh, what a nice view!」

部屋の外で、パンゲアの秘書兼アシスタントの若いアメリカ人女性が感嘆の声をあげた。セミロングの金髪で、サングラスをかけ、淡い水色のワンピースを着ていた。かたわらに、IT技術者だというボーイフレンドが寄り添っていた。

ピアノがある部屋の外は、庭のように広いベランダで、大きな鉢に植えられた植物が生い茂り、レモンやオレンジが実をつけ、ブーゲンビリアが紅色の花を咲かせていた。

ベランダからは、緑の山々の斜面に、石造りの家や教会、段々畑などがみえ、「デデッポー、デデッポー」という山鳩の声が聞こえてくる。

「I presume at that time this place was a very much isolated countryside.（当時は、このあたりは、ものすごい僻地だったんだろうなあ）」

ポロシャツを着た長身のグボイェガがいった。独り身なので同伴者はいない。いまは、ガールフレンドより、ボランティアの救急隊員の資格をとるための勉強で忙しい。

「こんなところで、毎日何してひと冬も過ごしたんだろうなあ？　馬車でここまでくるだけでも大変だったろうに」

サングラスをかけた北川が景色をながめながらいった。目を閉じると、約百七十年前の荒涼とした田舎の風景が瞼《まぶた》に浮かぶようだった。

地中海の島らしく、頭上から照りつけてくる日差しは強い。

「さて、そろそろ昼飯でも食べるか」

修道院を出たところは小さな広場で、土産物屋やレストランが並んでいた。

パンゲアの一行は、涼しい風が吹き抜ける木陰のテーブルにつき、料理やワインを注文した。

周囲では、ドイツやイギリスから来た観光客たちが、楽しげに食事をしていた。

「これ、あまり美味くないな」

運ばれてきたスープを口に運び、ホッジスががっかりした顔をした。

「ソパ・マヨルキー（マヨルカ・スープ）」という名の、野菜のスープだった。深さ五センチほどの茶色い素焼きの深皿に、ホウレン草、ナス、セロリ、カリフラワーなどが入っており、皿ごと煮た「野菜の鍋焼き」だった。

「昔からある田舎料理だろう」

隣りに座った北川が微笑した。

「ショパンとジョルジュ・サンドもここで食べたと思えば、結構感動するんじゃないか？」

北川の言葉に、ホッジスは苦笑いした。

「ところで、ヤス。例のニュー・ジャパン・エンジニアリング（新日本エンジニアリング）は、やっぱりヤリだな」

グボイェガが、北川のほうをみた。

「そう思うか？」

北川がスプーンをもった手を止める。

かたわらでホッジスが、ムキになって塩をスープにふりかけていた。

「このご時世で、売上原価率が下がるっていうのは、どうしても腑に落ちないよな」

グボイェガがいった。「原油価格と一緒に、鉄をはじめとする一次産品価格も上昇している。売上原価率はむしろ上がるはずだ」

二〇〇四年ごろから上昇を始めた原油価格は、現在七十五ドル前後（WTIの先物価格）という高値圏に達している。つられるように一次産品価格も上昇し、たとえば鋼材は、二〇〇四年以前に比べると、ほぼ倍の値段になっている。

「確かにな。資材だけじゃなくて、機械類や、労働コストも上がっているようだからな」

ホッジスがいった。

原油や一次産品価格の上昇で、世界中で資源開発が活発になり、石油掘削用のリグや建設機械などのリース料のほか、技術者・労働者の賃金も上昇している。

「だいたい、日本のエンジニアリング会社は、『ターンキー』契約が多いんだろ？　要は、二、三年前に価格を握った工事を、いま、やってるわけだ。相当苦しいはずだよな」

英米のエンジニアリング会社は、かかった費用に一定（通常三〜五パーセント）の利ザヤを乗せて客に請求する「アト・コスト（at cost）」方式の契約形態が多い。この場合、資機材価格の上下にかかわりなく、常に一定の利益をあげることができる。一方、日本、韓国、スペイン、イタリアなどのエンジニアリング会社は、プラントの企画・設計から完成まで、あらかじめ契約した価格で一括して請け負う「ターンキー」契約が多い。創意工夫によって巨額の儲けを得ることができるが、巨額の損失を被ることもあるリスクの高い契約形態だ。

「このご時世に、『ターンキー』主体でやってた会社が増収増益で、しかも原価率が下がるっていうのは、確かに臭うよな」

新日本エンジニアリングの三月期決算は、大幅な増収増益だった。

「決算書から、何か読み取れないか？」

ホッジスが訊いた。

「それはむずかしい」

北川が首を振る。

「日本の会計では、一九九八年から百五十億円以上の長期・大規模の請負工事の収益計上については、『工事進行基準』が適用されることになっている」

「工事進行基準」は、工事完成までの総発生原価（コストの総額）を見積もり、見積りに対して、期末までに発生した原価累計の割合で、工事の進捗度を決める。そして、得られた工事進捗度を客先との請負契約額に乗じて、その期の売上高とする。

「原価の累計をいじって進捗度を大きくすれば、売上げが大きくなるわけか」

グボイェガがいった。

「いや、いじっているのは、総発生原価のほうだろう」

北川がいった。

「原価累計のほうは、実際に払ったり請求されたりした記録があるから、誤魔化すのは困難だ」

「なるほど。……要は、できもしないコスト削減策まで織り込んで、分母である総発生原価を小さくして、進捗度を大きくしているわけか」

ホッジスが考え込む。

「総発生原価をいじられたら、外からはみつけようがない。現場の人間しかわかりようがないからな」

北川がいった。

「まるでエンロンだな」

グボイェガがいった。二〇〇一年に破綻したアメリカの大手エネルギー会社エンロンでは、トレーダーたちが将来の利回り曲線や価格見通しを都合のいいように決めて、デリバティブや長期のエネルギー供給契約の資産価値を水増ししていた。

「新日本エンジニアリングは、確か、今年の初めに、公募増資と第三者割当増資をやってるよな?」

グボイェガがいった。

「うむ。だから、何が何でも増収増益決算にしたんだろう」

「粉飾をする動機は、大いにあるわけか……。いま、株価はいくらだ?」

「昨日の終値で、二千二百八十円だ」

北川は、休暇中も株価動向はチェックしている。

「二千二百八十円か……結構いい水準だな」

「二年前は、八百円かそこらの株だ。原油価格の上昇で、一年半ぐらい前からうなぎ上りだ」

新日本エンジニアリングのビジネスは、中東・アフリカ・中央アジアなどの産油国が中心だ。これらの国々がオイルマネーで潤い、資源関係のプロジェクトが活発化すれば、売上げが増える。

「原油価格については、どう思う？　今後さらに上がれば、新日本エンジニアリングに、ますます追い風になると思うが」

慎重派のグボイェガがいった。高い知性、粘着質な性格、そして疑い深いほどの慎重さは、カラ売り屋にとって不可欠な資質だ。

「俺は、原油は一、二年のうちに、必ず下がると思う」

北川が断定するようにいった。

「ゴールドマンなんかは、一バレル百五ドルまでありうるとあおってるが、いまのコモディティ（商品）相場は、エンロンがもてはやされていたころの、ＩＴバブルとそっくりだ」

ホッジスとグボイェガが、うなずく。

「原油トレーダーの連中に訊くと、供給はじゃぶじゃぶだし、『井戸元コスト』（生産原価）は、平均で十一ドル八十九セントにすぎない。しかも、京都議定書で温室効果ガスの削減義務が先進各国に課されて、原油や石炭といった化石燃料離れが急速に進んでいる。……原油価格が上がる理由は一つもない」

新日本エンジニアリングの株は、売り時だということだ。

「ヤス、よく勉強したな」

グボイェガが、真っ黒な顔に白い歯をみせ、にやりとした。

「すぐれた排出権研究の業績により、われわれ二人から名誉環境学博士号を授与するよ」

三人は笑った。

かたわらで北川の娘が食事を終え、絵葉書を書き始めた。

「ところで……」

ホッジスが、思い出したようにいった。

「新日本エンジニアリングのアニュアルレポート（年次報告書）のなかに、今年の初めに、中国の江蘇省で超大型のフロン分解プロジェクトを立ち上げたって書いてあったよな？」

北川がうなずく。

「年間の排出権獲得量が五八〇万トンという超大型プロジェクトらしい」

「その収入はまだ入ってこないのか？」

「まだだ。排出権が得られるのは、通常、プロジェクトが立ち上がってから一年後だ」

ホッジスがうなずいて、赤ワインのグラスを傾ける。

マヨルカ島のワインは、ふんだんな日光を浴びて糖度が高く、力強い味がする。

「そういえば、アニュアルレポートのなかに、排出権ビジネス専門の地球環境室とかいう部署を、去年発足させたとも書いてあったな」

グボイェガがいった。

「確かに。……ただ、小さな部署のようだし、『もし儲けられるんなら、儲けてよ』程度の中途半端な動機でつくったんじゃないかな」

「働いている社員も、主流部門で使えない連中とか、そんな感じか？」

「そんな感じだろう。いずれにせよ、会社の大勢に影響を与えることはないだろう」

4

九月――

銀行系シンクタンクと新日本エンジニアリングの間で、マレーシアの現地調査を含めて、何度も技術面の確認作業を行った末に、地中貯留に関する新方法論の提案書が完成した。

新方法論の提案書は、国連の規定に従って、CDMプロジェクトの登録、すなわち承認申請をする際に提出するPDD（プロジェクト設計書）とほぼ同じ形式で作成された。A4判の英文で四十六ページの書類だった。

最初に、①プロジェクトの概要（図解を含む）があり、以下、六項目からなる。すなわち、②ベースライン方法論の提案（プロジェクトがなかった場合に排出される温室効果ガスの量の計測方法の提案）、③プロジェクトの実施期間と排出権獲得期間（前者は二十一年、後者は七年）、④モニタリングの方法論の提案（どのようにベースライン排出量やプロジェクトによる温室効果ガス排出量を計測するかの方法論の提案）、⑤温室効果ガス排出量の見通し、⑥環境に与える影響、⑦ステークホルダー（利害関係者）の意見。

重要なのは、②ベースライン方法論の提案と、④モニタリングの方法論の提案である。ベースラインについては、プロジェクトがなかった場合に、大気中で燃焼されたであろう二酸化炭素の量を計測するための方法が提案されている。最も大きな要素は、地中に注入される酸化ガスの量で、これを計測するための計測器（gas flow meter）の詳細が記されている。そして酸化ガスのうち、二酸化炭素の量がどれぐらいかを決定するため、毎週、酸化ガスの分析を行うとしている。

また、酸化ガスを天然ガスから分離するための設備を動かすために燃料を使うが、その燃料を燃焼させるとき発生する温室効果ガスを測定する方法や、酸化ガスを燃焼させるために動かすボイラーの燃料から発生する温室効果ガスの計測方法なども記載されている。

CDMの方法論は、国連官僚がこれでもかというほど細かく規定しており、彼らの顕微鏡でみるような審査に耐えるものでなくてはならない。実際にプロジェクトから排出される温室効果ガスの量については、(1)酸化ガスを天然ガスから分離するための設備を動かすための燃料を燃焼させることで発生する温室効果ガスの量、⑵酸化ガスを圧縮するための機械の燃料を燃焼させることで発生する温室効果ガスの量、⑶注入機を動かすための電気使用に伴い発生する温室効果ガスの量、⑷地中に注入されずに大気中に放出される一部の酸化ガスのなかに含まれる二酸化炭素の量などを、どのように計測するかが詳細に提案されている。

そして、ベースラインから、実際にプロジェクトから排出される温室効果ガスの量を差し引いたものが、プロジェクトによる温室効果ガス削減量（すなわち、国連からもらえる排出権の量）となる。

また、提案書の中には、「追加性」に関する評価も記載されている。本プロジェクトは、排出権を売る以外には収益を生まない。したがって、排出権があって初めて成立するプロジェクトなので「追加性」があると判断できる。

また、本件のファイナンスについては、大型で公的性質があるプロジェクトであることから、日本の国際協力銀行などの公的資金を利用する予定であると記載された。

提案書は、電子メールで国連CDM理事会に送付された。申請手数料は、千ドルである。

翌月――

初秋のボンで、定例のCDM理事会が開催されていた。

理事会の場所は十八世紀初頭に建てられた古城、ハウス・カスタニアンである。

敷地内にある公園の木々が赤や茶色に色づき、常緑樹の緑色と美しいコントラストを織りなしていた。城のそばで灰青色に澄んだライン川が銀色にさざなみ立ち、川沿いの小道を、ときおりジョギングや自転車の人々が通り過ぎる。

「……とにかく、このプロジェクトを認めてもらいたい！」

理事の一人が、テーブルをたたかんばかりにして力説していた。

非附属書I国を代表しているアルゼンチン人で、年齢は六十歳すぎ。頭髪も、眉毛も、顔の下半分をおおった鬚《ひげ》も真っ白で、丸いロイド眼鏡をかけていた。環境・持続的開発庁の役人で、普段は学者然として穏やかな人物だ。

「本件は、温室効果ガス削減量も多く、地球環境改善に大いに貢献する。世界にとっても、わが国にとっても、きわめて重要なプロジェクトだ！」

色白の顔が血の気で紅潮していた。

コの字形のテーブルを囲んだ十九人の理事や代理理事たちが、メモをとったり、顎《あご》に手をあてたりしながら、話を聞いていた。

スペインの電力会社がアルゼンチンで実施する、温室効果ガスHFC23（フロンの一種）分解プロジェクトを承認するかどうかが審議されていた。HFC23は地球温暖化係数が一万一七〇〇と大きく、本件も、年間の排出権獲得量が一四三万トンに達する超大型プロジェクトだ。

「皆さん、わが国の事情を理解してくれ。これが承認にならないと、わたしは国に帰れないんだ！」

アルゼンチン人理事は、懸命の形相で理事たちをみまわす。

「あれ、いったいどうしたんだ？」

附属書I国代表理事である経済産業省の技官・国枝朋之が、隣りに座った太り肉《じし》の白人の男に小声で訊いた。

「アルゼンチンのマフィアに脅されているらしい」

贅肉のついた顔に小さな両目の白人は冷笑を浮かべた。

附属書I国のもう一人の代表理事であるイギリス人だった。

以前、やまとパワーのブラジルでのCDMプロジェクトを認めるかわりに、方法論パネルの新メンバーにクライメット・セキュリティーズのイギリス人を入れるよう取引をもちかけてきた男だ。国際的な場で仕事をするためには、この手の男とも呉越同舟でしたたかに付き合っていかなくてはならない。

「アルゼンチンのマフィア？」

国枝はぎょっとなる。

「年間一四三万トンの大型案件だからな。地元の有象無象《うぞうむぞう》が、建設工事や排出権の売却に絡んでいるんだろう」

イギリス人理事は、おもしろそうな顔でいった。

「サッカーで死人が続出する国だ。金が絡んだら、理事の一人や二人殺されても、おかしくない」

アルゼンチンでは、サッカー・ファン同士の銃撃事件などで、ここ十年間で五十人ぐらいが死んでいる。

国枝は、やれやれといった顔つきでうなずいた。

（そういえば、ロドリゲスも脅迫状を受け取ったことがあるといっていたな……）

対角線上に座ったブラジル人に視線をやった。

ルイス・アルベルト・メンデス・ロドリゲスは、ラテンアメリカ・カリブ地域代表理事で、ブラジルの科学技術省からきている。学者風の温和な風貌とは裏腹に、国益をごり押ししてくる「CDM理事会の台風の目」だ。

ボストンタイプの眼鏡をかけ、真っ白な口髭を生やしたロドリゲスは、理事たちの発言を聴きながら、グラスのミネラルウォーターをのどに流し込んでいた。

「それでは、議論も出尽くしたと思いますので、本件については、登録を認めるということで、よろしいでしょうか？」

議長を務めるインド系の中年女性がいった。

カナダ外務省の気候変動・エネルギー部長であった。全員の意見を幅広く聴く議事運営方針のため、一週間にわたる理事会の後半は、自分自身が疲労困憊して、休憩時間にソファーで横になったりしている。

「No objection.（異議なし）」

何人かがいい、残りの理事たちもうなずいた。

アルゼンチン人理事は、ほっとした表情で椅子の背もたれに深々と背中をあずけた。

「続いて、NM0167について審議したいと思います」

議長の女性がいった。

NMはNew Methodology（新方法論）の略で、167番は、三菱重工などが提案しているベトナムのホワイト・タイガー油田における二酸化炭素地中貯留プロジェクトだ。新日本エンジニアリングが提案したLNG生産にかかわる地中貯留の方法論は、現在、方法論パネルのメンバーによって審査されている最中だ。

中国人理事の常学都《じょうがくと》が挙手をした。額が広く、銀縁眼鏡をかけた科学者風の男性で、年齢は四十歳そこそこである。

「以前も申し上げたが、CCS（地中貯留）は、プロジェクトのバウンダリー（境界）が広すぎて管理が容易ではない。この種のものをCDMとして認めるのは適当ではないと考えます」

常がいった。

「バウンダリーに関しては、貯留される場所が二ヵ国以上にわたる場合は、関係各国が合意すれば問題ないはずだが」

フランス人理事が反論した。栗色の髪で縁なし眼鏡をかけ、口髭をたくわえた中年男性だった。ブルーと黄色の細かいチェックが入ったボタンダウンのシャツを着ていた。

「そもそも、ＣＣＳの需要は世界でどのぐらいあるんだ？　それを方法論の提案者に出してもらったらどうだ？」

くっきりした茶色の眉にボストンタイプの眼鏡をかけたブラジルのロドリゲスがいった。

発言を聞いて国枝は、またか、と思う。

「ルイス、需要量は、方法論を認めるかどうかとは別次元の問題じゃないだろうか」

相手を過度に刺激せぬよう、穏やかにいった。「科学的・法的・社会的に妥当で、温室効果ガスの削減に寄与するものであれば、方法論として認められるべきで、需要云々は関係ないと思うが」

ロドリゲスは、一瞬考えてから口を開いた。

「過大な量のクレジット（排出権）が出てくることは、市場の混乱をもたらし、既存および計画中の数多くのプロジェクトを混乱させるから望ましくない」

鋭い視線を国枝に注いできた。

（多少の混乱は市場経済の常だ。……要は、排出権価格が下がって、ブラジルの収入が減るのが嫌なんだろう）

ブラジルには地中貯留プロジェクトが存在しないので、地中貯留をＣＤＭとして認めるメリットがない。

「Sorry, I disagree with you.（申し訳ないが、わたしの考えは違う）」

国枝は間髪をいれずにいった。国際的な話合いの場では、ノーをすぐにいって流れを止めないと、相手のペースで議論を運ばれてしまう。

「方法論を認めるかどうかは、温室効果ガスの削減に寄与するかどうかを最優先に考えるべきだ。……われわれがここにこうして集まっているのは、未来のために、よりよい地球環境をつくるためじゃないんですか？」

高校三年で亡くなった長男のことが、脳裏をよぎる。

「わたしはCCSに反対だ」

小島嶼《しょうとうしょ》国代表理事であるカリブ海の小国の男がいった。

「CCSを認めれば、今後ますます石炭火力発電が進み、大気汚染や、石炭採掘による土壌侵食などの問題を引き起こす」

カリブ海の男は、もともと気候変動コンサルタントで、グリーンピースなど環境団体に近い考え方をもっている。

「それは論理に飛躍があるんじゃないでしょうか。まず、大気汚染を防ぐためにCCSの技術を推進しているのだと思います。また、土壌を侵食するから石炭を採掘するなというのは、過激な考え方で、土壌を侵食しないように石炭を採掘する方法は、いくらでもあるはずです」

国枝が反論した。

「確かに、昨年のIPCCの報告書では、『適切に選定され、管理の行き届いた貯留地であれば、百年にわたって九九パーセント以上のCO_2を保持でき、千年後の保持率も九九パーセントを上回るとみられる』となっている。これだけの確実性があるのなら、認めてもいいんじゃないのかね？」

太り肉のイギリス人理事がいった。

「いや。わたしたちは、まだCCSの技術は確立していないと考えています」

非常学都がいった。「地球の地盤は常に動いており、万一、大量の漏れが発生すれば、非常に危険だ。もし海中に漏れれば、CO_2濃度の上昇で貝類の成長率や生存率に影響が及ぶし、生態系全体に悪影響が出る。それに何十年とか何千年の間に漏れたCO_2を、だれがどうやって監視するというのでしょう？」

「わたしも反対だ。カメルーンの事故の例もある」

浅黒い肌の男性がいった。

非附属書I国（アジア地域）代表理事のインド環境森林省の役人であった。

一九八六年にカメルーンのニオス湖付近で、火山性の二酸化炭素が突如漏れ出し、約千七百人の住民と数千頭の家畜が窒息死した事故があった。

「途上国を先進国の技術の実験場に使うのは許されない。将来に問題を残すようなやり方は認めるべきではない」

カリブ海の小国出身の理事が畳みかける。

「将来に問題を残すとおっしゃったが、いまそこにある危機に対応しなければ、未来はないのではないでしょうか」

国枝が反論した。

「現実的にいって、新興国が成長を続けようとするなら、石炭依存度が上昇することは目にみえている。石炭火力から出る二酸化炭素を削減するには、ＣＣＳが最有力の方法だ」

栗色の髪に縁なし眼鏡のフランス人理事がいった。

「中国は、石炭火力発電所を続々と建設しているが、対策はどうなっているのかね？」

太り肉のイギリス人理事が、常学都に皮肉るような視線を向ける。

「申し訳ないが、わたしは個人の資格で非附属書Ｉ国を代表する理事になっており、中国政府の政策を説明する立場にはない」

常学都が不快感を押し殺したような顔つきでいった。

「ＣＣＳの一番の不安点は、技術的に実証されていないことだ。また、かりに実証されたとしても、ＣＤＭとして認めるのは適当でないと思う」

ロドリゲスがいった。「理由は、先ほど述べたように、市場の混乱を招くこと。もう一つは、たんに石炭や石油中心の社会への回帰を促進するだけで、ＣＤＭの目的である途上国の持続的発展に貢献しないことだ」

京都議定書の第一二条第二項で、「ＣＤＭは、附属書Ｉ国（先進国）の温室効果ガス削減義務に寄与すると同時に、非附属書Ｉ国（発展途上国）の持続的発展に寄与しなければならない」と規定されている。

「国際間の取り決めでは、原理原則を守ることがきわめて重要だ。ＣＤＭの原則に照らせば、CCSは認められるべきではない」

ロドリゲスは強い口調でいい、一同をみまわした。

「CCSを認めれば、ほかの再生可能エネルギーや省エネ投資が減る」

インド人理事が、巻き舌の英語で畳みかける。

（こりゃあ、いくら議論しても、決着はつかんな……）

国枝は、うんざりした気分だった。

「トモ、心配するな。CCSはいずれ認められる」

隣りのイギリス人理事が囁いた。

相手の顔をみると、いつもの粘着質な笑いを浮かべていた。

「ここでこいつらといくら議論しても平行線だ。……EUはな、来年早々にCCSに関する公開諮問（広く意見を募ること）を開始する」

「ほう……」

「われわれは、近い将来にCCSに関する法律を制定して、実施するつもりだ。われわれが流れをつくれば、世界はついてくる」

「なるほど」

国枝がうなずく。

「EUはいま、二〇五〇年までに二酸化炭素の排出量を半減するといっている。それはCCSを考慮に入れてのことだ。CCSなしで半減なんかできやせんよ」

イギリス人理事は、にやりと笑った。

三日後の晩――

国枝は、数人の日本人と一緒に、市内のビアハウスを訪れていた。ネイビーブルーのセーターに、チャコールグレーのズボンをはいていた。

繁華街の小路に面したビアハウスは、路に面した部分が開け放たれ、歩道にテーブルが並べられていた。店内に入ると、すぐ左手がバーカウンターで、白や黒のシャツを着た若い店員たちが働いている。木の壁には一九六〇年代から七〇年代のボンの街の白黒写真が飾られ、黒板に白墨でビールや食事のメニューが書かれている。

「……CCS反対の急先鋒はブラジルで、そのほか、中国、インド、それに小島嶼国が反対しているんだ」

国枝がいった。一週間にわたる理事会が終わり、顔に疲労感がにじんでいた。

「とにかく、ロドリゲスは強硬だ」

淡々といって、ビールを口に運ぶ。「Bönnsch」という銘柄で、やや甘酸っぱいまろやかな口当たりの地ビールだった。

同じテーブルに座った日本人たちが国枝の話を聞いていた。ボンにあるUNFCCC(国連気候変動枠組条約)事務局の職員などだった。

「オーストラリア人の理事が、『CCSの何が問題で、それらの問題点は克服できるのかできないのか、克服できるとすればどうすればいいのかを整理して、一つ一つ議論していったらどうでしょう？』と提案したら、ロドリゲスは『そういう実質的な議論に入るのも反対だ。京都議定書の条項からいって、ＣＣＳはＣＤＭから除外されると解釈すべきだ』とこうきたからねえ」

やれやれといった顔で、首を小さく振る。

「ブラジルの意図は、排出権価格の下落を防ぎたいか、『第二約束期間』（二〇一三年以降）の枠組みに向けての国際交渉を、有利に進めるためのカードにしようということですかね？」

三十代半ばの日本人男性が訊いた。ＣＤＭ理事会の傍聴にきている環境省の外郭団体の職員だった。

「そうだろう」

国枝がうなずく。

「中国とインドは、排出権ビジネスが他国に流出するのを嫌っている」

「先進国のほうは、だいたい賛成ですよね？」

経済産業省からＵＮＦＣＣＣに出向し、発行されたＣＥＲ（排出権）の登録簿システムの整備の仕事をしている男性がいった。

「ＥＵ、カナダ、ノルウェーなんかは前向きだ。それから、サウジ、カタール、アルジェリアといった産油国もやりたがっている。ＣＣＳで二酸化炭素の排出が抑えられれば、石油が売れるだけでなく、排出権まで手に入るからね」

金曜日の夜で、店内は地元の大学生や大人のグループ、夫婦連れ、一人でカウンターで飲んでいる男性など、さまざまな客でにぎわっていた。

「これは僕個人の考えだが、ＣＣＳは、今後の地球温暖化対策のなかで、切り札になる可能性をもっていると思う」

国枝がいった。

「世界のCO_2の貯留可能量は約二兆トンといわれている。人類が排出する二酸化炭素の八十年分だ。これは大きいよ。技術もほとんど実証されている。そもそもいま生産されている天然ガスのほとんどが百万年以上地上に漏れなかったものだ。いわば百万年保証付の天然の貯蔵庫だ」

一同がうなずく。

「ＥＵは法制化に向けて動き出している。アメリカは昔からＣＣＳの技術をもっているし、カナダも大規模な実験を始めている」

カナダは二〇〇〇年七月から、石油会社エンカナ社とカナダ石油技術研究センターの共同事業として、米国エネルギー省などが千三百万ドルの資金を出し、世界最大級の地中貯留の実験を行っている。これまで貯留した二酸化炭素の量は、六〇〇万トンを超える。

一方、アメリカは二〇〇三年六月に、地中貯留が長期的観点でみた温暖化対策の本命であると発表し、インド、南ア、中国など二十四ヵ国に声をかけ、世界の温暖化対策の主導権を握るべく、独自の温暖化対策を推進している。アメリカの狙いは、世界一の埋蔵量を誇る石炭を利用することだ。

「ブラジルや中国とまともに議論して体力と時間を浪費するより、日本も独自の手を打っていくべきだ」

日本では経済産業省系の財団法人地球環境産業技術研究機構（京都府木津川市）が、二〇〇三年七月から二〇〇五年一月まで、一日四〇トンの二酸化炭素の圧入実験に成功し、その後も貯留状況を監視している。二〇〇四年十月に、マグニチュード六・八の新潟中越地震が起こったが、大きな問題は生じていない。

「日本独自の案といいますと？」

ＵＮＨＣＲ（国連難民高等弁務官事務所）の職員からＵＮＦＣＣＣに転職した日本人女性が訊いた。

「たとえば、民間企業を募って、ＣＣＳ推進のための会社をつくることだね。電力会社や鉄鋼会社にとって、ＣＣＳをＣＤＭとして使えるかどうかは、死活問題といっていいぐらいだ。当然、彼らも大きな関心をもつはずだ」

国枝は右手で、左肩のあたりをさする。一週間の疲れが、肩と首の凝りになって現われてきていた。アルコールの回りも速く、目の縁が赤らんでいた。

「ブラジル、中国、インドは、あくまで反対を続けるつもりなんですかね？」

茨城県つくば市にある独立行政法人国立環境研究所からＵＮＦＣＣＣに転職してきた中

年男性が訊いた。

「いや、それはわからない」

国枝は首を振った。

「中国やインドは石炭資源を豊富にもっているから、彼らにとっても、CCSはきわめて重要な技術だ。もし、『第二約束期間』で排出量削減義務が課された場合、彼らはCCSなしではやっていけないはずだ」

「なるほど……そうですね」

中年男性がうなずき、グラスのビールを口に運ぶ。

「中国あたりが賛成に回れば、情勢は大きく変わってくるんだが……」

「その場合、ロドリゲスはどう出てきますかね？」

「ブラジル一国だけで抵抗し続けるのは不可能だろう。……ただ、ブラジルも変わる可能性がある」

「といいますと？」

「ブラジルは、一九九〇年前後から探鉱活動を活発化させて、いまでは、南米でベネズエラに次ぐ原油埋蔵量を誇っている。しかも海底油田が多い。コスト面で開発を見合わせてきた海底油田が、この原油高で急激に開発される可能性がある」

「なるほど」

「ブラジルが大産油国になれば、ロドリゲスは態度を変えるかもしれない。とにかく彼は国益第一だからね」

一同がうなずく。

「中国とインドは石炭を使いたい、アメリカも石炭を使いたい、ブラジルは石油を使いたい。これらの国々を地球温暖化防止の枠組みに取り込むうえで、ＣＣＳはカギになりうると思う」

そういって国枝は、グラスのビールを傾けた。

「僕は、全体として、世界はＣＣＳをＣＤＭとして認める流れに乗りつつあるとみている」

「どれぐらい時間がかかると思いますか？」

「まだ二、三年はかかるだろう。次の大きな動きは、来年十二月の補助機関会合とＣＯＰ13（第十三回気候変動枠組条約締約国会議）だ」


翌週――

松川冴子は、地球環境室の小会議室で部下の男性社員と話をしていた。

「……これ、やっぱり、まずいですよねえ？」

男性社員が、中国語の書類を手に、冴子の顔をみた。

書類は、新疆能源投資有限公司から送られてきた風力発電プロジェクト実施に関する取締役会議事録のコピーだった。日本の取締役会議事録と同様に、最初に表題があり、開催日時、場所、出席取締役名、決議内容、出席取締役の署名（記名捺印）となっていた。日本と違うのは、印鑑のかわりに、各人が個性豊かな草書体で署名をしていることだ。

「去年の十二月に、ＣＤＭを前提にしないで投資決定してるっていうんじゃ、これだけで『追加性』を否定されちゃうわね」

冴子は、タートルネックの白いシャツの上にすみれ色のＶネックのセーターを着ていた。

「しかも風力発電機も発注しちゃってるんですよね」

男性社員が中国語の発注書のコピーをみながらいった。新疆能源投資有限公司は、中国製の発電機を大量に発注していた。

「百二十億円からのファイナンスを、どうするかも決まっていないうちに発注しちゃうっていうんだから……さすが中国人は、やることがすごいわね」

呆れ顔でいった。

「しかも、これがＦＳ（フィージビリティ・スタディ）だっていうんですからねえ」

男性社員が六ページの書類をひらひらさせる。プロジェクトの概要、機器の内訳、簡単なキャッシュフローがついた中国語の書類だった。この程度の規模のプロジェクトの場合、五十ページぐらいの詳細なＦＳがつくられるのが普通だ。

「九ヵ月も待たされた末に、出てきたのがこんなのなんて……めげるわね」

ウルムチで新疆能源投資有限公司の梁寶林《りょうほうりん》に会ったのは、今年の一月のことだ。待てど暮らせど資料が届かず、いったいどうなっているのかと思っていた。

「しかも、このぺらぺらのFSに、排出権の売却益なしでIRR（内部収益率）が二三パーセントなんて書いてあるじゃないですか」

「頭痛いなあ……」

冴子は悩ましげな表情。

排出権なしで採算が十分にとれる場合は、「追加性」を否定される。資金の四割の借入れを予定している国家開発銀行の融資の金利が六・一二パーセントなので、IRRがそれを大幅に上回っていると、十分な採算性があると判断される。

「プロジェクトを投げてしまうわけにもいかないし……とにかく、梁さんに連絡して、何とかならないか訊くしかないわね」

年間の排出権獲得量が二八万トンという大型プロジェクトを、簡単に捨ててしまうわけにはいかない。

「今日中にメールで問題点を指摘して、先方からの反応を待ちましょう」

梁寶林は英語ができるので、メールでのやりとりは問題なく、この点だけはありがたい。

「小さいプロジェクトは結構動き出してますけど、大きいのがなかなかですねえ」

男性社員がぼやいて、プラスチック・カップの冷めたコーヒーをすする。

甘粛省の水力発電所や、天津市経済特区のエネルギー効率改善プロジェクトの交渉が進み、近々、国連に登録申請できそうな状況になってきていた。しかし、いずれも数万トン規模で、投資ファンドや首都電力などに排出権購入を打診してみたが、「年間最低一〇万い。
トン」というところが多く、販売のほうで苦労しそうである。欧米系の排出権トレーダーやクライメット・セキュリティーズであれば、少量でも価格を出してくれるが、価格は低い。

一方、年間一〇〇万トンが期待できる山西省柳林の晋華焦煤社の炭鉱メタンガス回収プロジェクトのほうは、あいかわらず黄技術部長が派手にブチ上げているが、排出権買取りやEPC（設計・調達・建設）契約に関する交渉は遅々として進まず、本当にやる気があるのかないのか、よくわからない状況が続いている。

「じゃあ取り急ぎ、梁さんあてのメールを書きます」

スーツ姿の若手男性社員が椅子から腰を上げた。

冴子はうなずいて、腕時計に視線を落とす。ちょうど正午になるところだった。

「あ、ところで……」

書類を抱えて立ち上がったところで、男性社員は思い出したようにいった。

「松川室長、今朝の新聞記事読まれました？　うちの会社がアメリカのカラ売り屋の標的にされてるって話ですけど」

「え？　……ああ、みたわ」

冴子は、椅子に座ったまま答えた。

パンゲア&カンパニーというカラ売り専業ファンドが、新日本エンジニアリングの株をカラ売りしているという記事だった。前日終値が二千四百七十円だった株価は、東証の取引開始直後に二百円近く下げ、二千二百八十円になった。

「あれって、どういうことなんですかね？　うちの会社が損失を隠してるってことなんですか？」

「わたしも詳しいことはわからないけど……いずれにせよ、株価が下がる材料が何かあるっていうことなんでしょうね」

二人とも証券市場には詳しくない。

「しかし、いまは原油高で追い風が吹いてますし、前期の決算も増収増益でしたし……」

若手社員は首をひねる。

「そうよねえ」

相槌を打ちながら、以前社員食堂で会った同期入社でエネルギー・プロジェクト第二部長を務める小林正之の疲れた顔が脳裏をよぎる。いつも溌剌《はつらつ》としている期待のエースの顔が、会社の実態を暗示しているのではないかという嫌な予感にとらわれた。

「ところで、お昼はどうされます？　何か買ってきましょうか？」

会議室の出口のところで若手社員が訊いた。

「あ……いや、いいの。今日は、お弁当もってきてるから」

「あ、そうですか」

男性社員はうなずいて、会議室から出ていった。

冴子は自分のデスクに戻り、机の中から弁当箱をとり出す。

給湯室でお茶を淹《い》れ、会議室のテーブルに戻って、弁当箱のフタをとった。

酢豚とご飯が入っていた。例の埼玉県の山奥の「命の水」の養豚場の豚肉だった。「複合発酵」の技術は使えなかったが、ぷりぷりの豚肉が気に入って、いまでもよく取り寄せている。

(リム博士、どうしているかなあ？　ペナンの養豚場も、何とかしなくちゃいけないいんだけど……)

箸で豚肉を口に運びながら考える。頭髪も眉毛も白髪まじりで下ぶくれのリム・ヘン・ポク博士の福々しい顔を思い出すたびに、軽い罪悪感にとらわれる。忙しくて、ペナンの養豚場の汚水処理案件には、まだ手がつけられていない。

第五章　エンマンジュエジュエバ

1

十二月――

松川冴子は、部下の若手男性社員と一緒に、都心にある認証サービス機関を訪問した。

欧州系の財団で、日本では、ＩＳＯ９００１（品質マネジメント認証）をはじめとする各種国際規格認証サービスや、船級（船舶の設計等の規則充足確認）サービスのほか、ＣＤＭのＤＯＥ（designated operational entity＝指定運営組織）として、ＣＤＭプロジェクトの有効化審査を行っている。

ＣＤＭプロジェクトは、定められた要件を満たしているかどうか、ＤＯＥによる審査を受けなくてはならない。また、国連ＣＤＭ理事会への登録（承認）申請もＤＯＥが行う。ＤＯＥは京都議定書締約国会議によって指定された機関で、現在、世界に十あまりある。日本では、財団法人日本品質保証機構（千代田区丸の内）や社団法人日本プラント協会（千代田区神田神保町）などのほか、外資系機関数社が活動している。手数料は案件にもよるが、一件につき二百万円から五百万円といったところだ。

訪れた外資系の財団は十四階に受付があり、その隣りが、三十畳ぐらいの広さのカフェテリア風ミーティング・スペースになっていた。飲み物の自動販売機や財団の資料を入れた書類ラックが置かれ、職員同士や職員と来客が打ち合わせをしていた。

窓の向こうには、遠くに国会議事堂がみえる。

冴子らは、同じフロアーに並んでいる会議室の一つでテーブルについていた。

「……天津のプロジェクトの書類は、とりあえず、これで結構だと思います」

手もとにおいた書類の束を見終えた日本人男性がいった。

茶色のジャケットを着て、首からIDカードを下げていた。年齢は四十歳ぐらいで、頭の回転が速そうな感じの人物である。肩書はCDM審査課のマネージャー。

かたわらで、CDM審査課長を務めるデンマーク人の男性が話を聞いていた。滞日歴が二十年以上で、日本語がぺらぺらだった。

「よろしくお願いします」

スーツ姿の冴子と若手男性社員は頭を下げる。

「それで……こっちが、ウルムチの風力発電プロジェクトの資料ですね」

マネージャーの男性が、別の書類の束を検《あらた》め始める。

新疆能源投資有限公司の風力発電プロジェクトの関係書類一式で、厚さは四センチほどあった。この二ヵ月間で三度出張し、改訂に改訂を重ねて、ようやくDOEに出しても恥ずかしくないレベルに整えた。英文のFSは三十ページほどで、国連CDM理事会に提出するPDD（プロジェクト設計書）の草案も作成した。

「これが取締役会議事録ですか……」

マネージャーが、中国語の書類を手にする。

「えーと……『The board has unanimously approved the project on condition that the project should be executed as CDM.（取締役会は、CDM化を前提として、本プロジェクトを全会一致で承認した）』ですか……結構ですね」

頭髪を短く刈ったマネージャーは、英語の訳のほうを読み上げた。

「それにしても、中国の方々は、毛筆でりっぱなサインをされるんですねえ」

中国語のほうをみて、感心しきりといった顔でうなずく。

「はい。さすがは、漢字発祥の国だと思います」

冴子は内心どきどきしていた。

取締役会議事録は、梁寶林が作り直したものだった。どうやって作り直したのか、本当に取締役会を再度開いたのかは不明である。署名をみると、当初送ってきたものと似ているが、微妙に違っているような感じもする。これらの点について、新日本エンジニアリング側は、あえて問い質《ただ》さなかった。

「IRR（内部収益率）のほうは、排出権なしで五パーセントちょっとですか……まあ、妥当なところですか」

マネージャーの男性が、英文のFSのページをめくりながらいう。

IRRも「追加性」を否定されないように、梁が低めの数字にしていた。どうやってやったかというと、発電機を外国から高価なものを輸入することにして、当初投資額をふくらませたのだった。しかし、本当に外国製の発電機を買うかどうかは、きわめて疑問だ。

「ええと、あとは……発電機設置場所の風況データ、新疆電力有限公司との売電契約書のドラフト……それから、配電網への接続許可証に、政府の土地使用権許可証……」

マネージャーの男性は一つ一つ書類を検《あらた》めていく。

会議室は白木をふんだんに使った清潔な部屋だった。船級サービスで有名な財団らしく、どこかの海峡をゆく貨物船の油絵が壁に飾られていた。

冬の明るい日差しが、室内に差し込んでいた。

「……だいたいこれでよろしいと思います」

書類を検め終わった男性が顔を上げた。

「このあと、しばらくお時間をいただいて、これら関係書類の内容をチェックさせていただきます」

DOEは、①対象プロジェクトが、選択した方法論の適用対象か、②追加性の説明が合理的・妥当か、③プロジェクトのバウンダリー（範囲）や排出削減量は妥当か、④環境に対する影響や、利害関係者の意見収集を適切に行っているか、⑤モニタリング（計量・管理）方法が、方法論に従っているか、⑥プロジェクトがホスト国などの法律に従っているか、などをチェックする。

「そのあと、サイトビジット（現地調査）をさせていただきます。だいたい数日間で、現場の確認、中国側の実施企業の担当者へのインタビュー、利害関係者や地域住民へのインタビューなどを行います」

冴子らはうなずく。

「ウルムチの風力発電のほうを先にということですので、時期的には……」

マネージャーの男性は、ジャケットの内ポケットから茶色い革の手帳をとり出した。

「年明けの、一月中旬ぐらいでお願いできますか？」

その晩——

冴子は、会社の総合職の女性たちと一緒に、銀座のワインバーで夕食をとっていた。

パリの下町の居酒屋をイメージした小さな店の壁には、赤いビロードの布が張られ、エッフェル塔や凱旋門の絵葉書やポスター、写真などが無造作に画鋲《がびょう》で留めてあった。オレンジ色の光が客たちを暖かく包み、家庭的な雰囲気を醸し出している。店内の一角にワインのボトルがずらりと並べられ、黒板に白墨で書かれた品書きはフランス語である。

「おめでとうございまーす」

「お疲れさまでーす」

新日本エンジニアリングの総合職の女性たち十人あまりが、にぎやかにワイングラスを掲げて乾杯した。年齢は二十代から六十歳までで、冴子は上から二番目である。

テーブルの上座に、今週いっぱいで定年退職する天野《あまの》という名の総合職の女性が座っていた。紺色のスーツの膝の上に、後輩たちから贈られた花束を載せていた。社内の資格は冴子と同じ次長職である。

「ほんとうに、お疲れさまでした。天野さんのご活躍は、わたしたちにも励みになりました」

赤ワインのグラスを手に、冴子がいった。

「無我夢中で働いてたら、いつの間にか、定年になっちゃったわ」

独身の天野は、うりざね顔に微笑を浮かべた。化粧気は少なく、ショートヘアには白いものが混じっている。四年制の大学の英文科を卒業して一般職で入社し、苦労に苦労を重ねて女性総合職第一号となった人である。

「天野さんが、おととし社長賞を受賞されたときは、わたしも感激しました。とっくの昔にもらってもよかったのに、ずいぶん待たされましたよね」

新日本エンジニアリングでは、年度末に、競争力、開発、改善、新規事業開拓、長年の功績という各分野で最も優れた成果を収めた個人またはグループに社長賞が授与される。国内の医薬品プラントの営業に長年携わってきた天野は、過去に大口の契約を獲得するなど業績をあげたが、女性ゆえに授賞が見送られてきたといわれていた。

「自分でいうのもなんだけど……やっぱり女だから差別されているっていう気持ちはずっとあったわ」

天野がシャルドネのグラスを傾け、打ち明けるようにいった。

「昇進にしても、同じ仕事をしているのに、同期や年下の男性がどんどん先にいってしまうし」

冴子も常に似たような差別意識を感じてきた。

「こんな会社辞めて、思い切って、外資にいこうかって真剣に考えたこともあるわ」

「わたしもあります」

二人は笑った。

若い女性総合職たちは、仔牛のひき肉の赤ワイン煮込み、キノコ入りピラフ、アンチョビーの酢漬けといったつまみを肴《さかな》に、ワインを楽しんでいる。

「やっとこういう時代がきたのね……」

天野が、後輩たちをみて、目を細める。脳裏に入社以来のさまざまな思い出が、走馬灯のようによみがえっているようだった。

「ほんとに、彼女たちはすごいですよ」

冴子も後輩たちに視線をやる。

「それぞれの分野のプロですから。……こういう女性たちが、うちの会社に入ってくるようになったんですねえ」

天野も冴子も文系だが、後輩たちの多くは、東大や京大の工学部を出たエンジニアで、会社の保守本流ともいうべき存在だ。表情に屈託がなく、豊かな時代に伸び伸び生きてきた感じの女性たちである。帰国子女も多く、外国語にも堪能である。

「わたしほどではないかもしれないけど、松川さんも、いろいろ苦労はあるわよね」

天野の言葉に、冴子はうなずく。

「わたしの時代の途中から、女性の雇用に対する社会意識の変化が始まって、松川さんはその変化の真っただ中に入社してきたって感じよね」

「会社もわたしたちも試行錯誤って感じでしたね。……ようやく形ができあがって、優秀な若い人たちが入ってくるようになったんだと思います」

冴子は祖母のことを思い出し、一瞬胸が詰まりそうになった。もしいまの時代に生きていたら、きっともてる能力を存分に発揮していたに違いない。

「松川さんも部署の長になったし、女性初の部長職も夢じゃないわね」

「いえ、わたしなんか。……部署といっても、三人だけの小さな係みたいなものですし」

「どう、仕事のほうは？」

「なかなか大変です。……案件の数だけは多いんですが、相手側のやる気がいま一つだったり、排出権の量が少ないのでバイヤーが興味を示してくれなかったり、使おうとしていた技術が実証されていなくて使えなかったり……」

冴子は、少し寂しげに微笑した。

「とにかく諦めないことね。道はいつか拓《ひら》けるわ」

天野はいたわるようにいって、風船型グラスの白ワインを傾ける。

冴子は、緑と黒のオリーブと、小さなサイコロ状に切ったフェタチーズを混ぜたつまみを口に運ぶ。店内は仕事帰りの勤め人たちでにぎわっている。銀座という場所柄か、洗練された雰囲気の人々が多い。

「ところで、エネプロ2《ツー》が、ウクライナで大型の排出権プロジェクトを獲ったみたいね」

天野がいった。

エネルギー・プロジェクト第二部は、冴子の同期の小林正之が部長を務め、アジアと、ロシアを含むCIS・中東欧のエネルギー・プロジェクトを取り仕切っている。

「え、本当ですか？」

ウクライナは京都議定書の附属書I国（排出権削減目標が課された先進国）なので、当該プロジェクトは、CDMではなく、JI（joint implementation＝共同実施）と呼ばれる。これは、附属書I国同士が排出権削減プロジェクトを行い、プロジェクトから生じた排出権を、ホスト国から投資国に移転するものだ。

「ザシャチコ炭鉱のメタンガス回収プロジェクトで、年間の排出権獲得量は、三五〇万トンぐらいらしいわ」

ウクライナ東部のドネック州にある炭鉱だ。同州は、石炭、岩塩、耐火粘土、水銀、白亜などを豊富に産出する。

「三五〇万トン……」

超大型プロジェクトである。

「本当は、松川さんの部署でやるべき案件なのかもしれないけれど……。エネプロ2は、仙波専務の管掌だから、絶対よそには渡さないわよね」

エネルギー・プロジェクト本部長の仙波義久は、去る六月に副社長の座を射落とすには至らなかったが、専務執行役員に栄進し、次期社長の座を虎視眈々《こしたんたん》と狙っている。

「どこの部がCDMやJIをやるかは、正式な社内規定があるわけでもないので、エネプロ2でやってもとくに問題はないと思いますけど……三五〇万トンというのは大きいですね」

大型案件を次々とモノにする小林の手腕に感心するばかりだ。

「人から聞いたんだけど、ウクライナの炭鉱っていうのも、すごいところらしいわね」

「といいますと？」

「国の経済状態がよくないので、ソ連時代の設備をそのまま使っていて、爆発事故なんかも多いんだそうよ。それでも賃金が高いから、貧しい人たちは炭鉱に集まってくるんですって」

「そうなんですか。中国とまったく同じですね」

中国では、炭鉱事故で毎年四、五千人が命を落としている。それでも貧しい人々は、高賃金を求めて炭鉱にやってくる。

「設備が古くて、炭鉱内のメタンガスの濃度が高いので、排出権プロジェクトには適しているらしいけど」

天野が、うりざね顔に苦笑を浮かべた。

翌日——

仙波義久は、川崎の本社社長室のソファーで、神妙な顔をしていた。

室内には、大きな執務用のデスクがあり、背後の壁に社訓を揮毫《きごう》した額が掛けられている。一方の壁の書棚には、プロジェクトの完成記念のメダル、プラントの模型、取引先から贈られた中近東の銀の水差しや、取引先首脳との記念写真などが飾られている。

「……仙波君、いまになって、総発生原価の見通しが甘かったっていわれても、困るんだよな」

執務机の前のソファーに座った新日本エンジニアリングの社長が、書類を手に、苦虫を嚙みつぶしたような表情でいった。書類は、第3四半期までのエネルギー・プロジェクト本部の業績見通しで、目標を二割程度下回っていた。

「誠に申し訳ございません」

黒い革張りのソファーに座った仙波は、頭を下げる。

ゴルフ焼けした細面に深くて複雑な皺が刻み込まれ、いかにもプラント営業の修羅場を潜《くぐ》ってきたという面《つら》がまえだ。頭髪は白髪まじりで、飴色の細いフレームの眼鏡をかけていた。

「総発生原価の見積りは、プラントビジネスの基本中の基本じゃないか。楽観的な見通しでプロジェクトを受注すると、あとで致命傷になるのは、きみもわかってるだろ？」

六十三歳の社長は四角い顔に黒縁眼鏡をかけている。国立大学の基礎工学科を卒業したエンジニアで、目鼻立ちがくっきりしており、唇は厚め。どちらかというと口下手で、重たい感じの話し方をする人物である。

「誠に申し訳ございません」

仙波はふたたび頭を下げる。

「エネルギー・プロジェクト本部は、わが社の売上げの六割を占める屋台骨なんだから、重々気をつけてプロジェクト・マネジメントをやってもらわないと。中期経営計画の達成にも影響してくるだろ」

新日本エンジニアリングは、再来年三月期を最終期として中期経営計画を実行中だ。売上げ六千億円、経常利益三百五十億円、純利益二百億円を目標にしている。また、①石油開発ビジネスに出資して、石油のE&P（exploration and production＝探鉱・開発）への理解を深め、産油国や石油メジャーとの結びつきを強化、②社会インフラ事業拡大のために、総合商社と組んでメキシコの工業排水処理プロジェクトへ出資、③成長著しい中南米ビジネスを拡大するため、ベネズエラ現地法人の設立、といった施策を実施している。

「それで、最終の仕上がりは、どんな感じになるのかね？」

ダークスーツに、茶色い絹のネクタイの社長が訊いた。

「はい。第３四半期で、総発生原価に関する見込み違いはすべて出し切りますので、最終の仕上がりは目標どおりとなる予定です」

「そうかね。……まあ、わたしとしては、きみの言葉を信じるしかないが」

「恐れ入ります」

「中期経営計画の仕上げまで、あと一年四ヵ月弱だ。何としてでも目標を達成するよう、抜かりなくやってくれよ」

社長は、中期経営計画達成を花道に、会長に退く心積もりでおり、仙波義久は後任の座を虎視眈々と狙っていた。

話合いを終え、自分の執務室に戻ると、仙波はデスクの上のオープンボイス式の電話の短縮ボタンを押した。

「仙波だ。すぐにきてくれ」

先ほどまでとは打って変わって、ドスのきいた声だった。

呼び出したのは、部下であるエネルギー・プロジェクト第一部長と同第二部長の小林正之だった。

（くそっ！　どうしたものか……）

電話機のスイッチを切り、苦虫を嚙みつぶしたような表情で窓の外の灰色の寒空に視線をやった。

エネルギー・プロジェクト本部の実態は、社長に報告した以上に悪かった。来《きた》る三月期に数字を達成できるかどうかは微妙な状態だ。しかも来年度は、もっと苦しい。総発生原価を思い切り低く見積もって受注した大型プロジェクトの工事が、続々と佳境に入ってくるからだ。

（まともにやれば、中期経営計画の仕上げの年に赤字決算という事態になりかねん……）

そうなると、自分の社長の目は確実になくなる。

（どうする……？）

とりあえず、エネルギー・プロジェクト第一部長と小林正之に対しては、例によって激しい叱責でプレッシャーを思い切り加えるつもりだった。

しかし、それだけではすまないほど事態は深刻になりつつあった。

（どうすればいい……？）

般若《はんにゃ》の面のような険しい表情で、仙波は自問を繰り返した。

2

翌週――

冴子は、北京事務所長の東松照夫、現地社員の武暁軍とともに天津に向かった。北京の南東約一二〇キロメートルに位置する中国第四の都市である。

赤い二本線が入った流線型の特急列車は、各車両に青い制服・制帽の女性車掌が乗っていて、車内販売や、お茶・カップラーメン用のお湯のサービスをしていた。

天津までの所要時間は約一時間半。途中、広々とした畑や林が見渡す限り広がり、朝靄《あさもや》がうっすらとかかっていた。牛などを飼っている集落は、大きな看板で列車からみえないようにしてある。

天津は人口約九百万人。海が近いので周囲に山がなく、開放的な雰囲気が漂っている。三十～四十階建ての高層ビルやマンションと、瓦屋根で石造りの古い建物が混在し、渤海《ぼっかい》湾に注ぎ込む海河が貫流している。かつて日本や欧米列強の租界が街の中心部を占めていたので、十九世紀半ばから二十世紀初頭にかけての西洋建築が数多く残っており、ヨーロッパの街角にいるような錯覚に陥《おちい》る。

三人は、駅前からタクシーで五分ほどの、天津市人民政府の建物に向かった。かつて金融街だった解放北路沿いにある、薄茶色の石造りの堂々とした九階建てのビルである。

「……費用をもう一度試算してみたんですが、多少変更の必要が出てきまして」

人民政府ビルの一室で、プロジェクトの中国側実施機関である天津経済技術開発区管理委員会の中年男性が、数枚の書類を差し出した。

計画中のCDMプロジェクトは、天津市の中心部から約四五キロメートル離れた場所にある工場地帯「天津経済技術開発区」のエネルギー効率改善プロジェクトである。

同開発区では、天津市の出先機関である管理委員会の傘下にある熱供給会社が、石炭焚きボイラーで各工場への熱供給を行っているが、ドレン（工場の機械等によって蒸気が使われたあとに残る高温の凝縮水）の回収を行っていないため、これを回収して熱供給会社に送り返し、ボイラー給水として再利用しようというものだ。ドレン回収で熱効率が改善し、使用する石炭の量が減れば、二酸化炭素の排出量が減り、その分の排出権（CER）がもらえる仕組みである。

開発区には、約九千九百社の中国企業と、約四千三百社の外国企業が進出しているが、今回実施するプロジェクトは、そのうちの一社の工場と行う。工場側にドレン回収設備（タンク、弁類、溶存酸素除去装置等）、熱供給会社側にドレン有効利用設備（フィルター、タンク、脱塩用逆浸透膜、ポンプ等）を設置する。

「ドレン回収のための配管の敷設費用が、以前の計画の一・五倍ぐらいになっているね」

渡された中国語の資料に視線を落としながら、東松がいった。十二月の天津は、日中でも氷点下の日が多いので、スーツの下に毛糸のチョッキを着ていた。

「一・五倍っていうと……一億元（約十五億円）ですか？」

書類をのぞき込みながら、冴子がいった。

「ちょっと大きすぎるんじゃないですかねえ」

武暁軍が首をかしげる。

工場側のドレン回収設備が、工事費用を含めて約二百万元、熱供給会社側のドレン有効利用設備が同約千七百万元なので、配管だけで一億元もかかるというのは、どう考えても過大だ。

「率直に申し上げて、この値段は高いと思います」

武暁軍が中国語でいった。

「そんなことはない。われわれは、慎重にコストを見直したんです」

灰色のスーツに茶色のネクタイの経済技術開発区管理委員会の男性がいった。年齢は五十歳ぐらいで、頬骨が張った田舎風の風貌である。

「しかし、うちの会社で、中国国内の似たような工事をやっていますが、こんなに費用はかかりませんよ」

武は、やんわりといった。

「いやいや、そんなことはありません。最近、中国では、資材価格だとか、工事価格が上がってるんです」

相手も負けじと反論する。

（費用については、合意できたと思ったのに……）

冴子は心の中でため息をついた。前回、経済技術開発区にある先方のオフィスで話し合ったときは、先方のトップもプロジェクトの内容を承認し、ミーティングのあと、白酒《パイチュウ》（高粱《コーリャン》からつくった蒸留酒）で乾杯した。

（中国流の蒸し返しか……）

中国人は、いったん合意したことでも、気にくわないとなると、平気で蒸し返してくる。

欧米流のビジネス習慣が根付いている中近東とはずいぶん違う。

「……とにかく、一度、本社の技術部門に諮《はか》らせてください。そのうえで、あらためてご相談しましょう」

しばらく応酬が続いた後、決着がつかないとみてとった東松がいった。

相手は、不承不承といった表情でうなずいた。

「それから、排出権の買取契約の件ですが、こちらについても、一つ直してもらいたい箇所がありまして」

相手は、英文の書類をとり出した。

天津経済技術開発区管理委員会と新日本エンジニアリングの間で締結する排出権の買取契約（emission reduction purchase agreement、略称ＥＲＰＡ《アーパ》）の草案だった。買取価格のほか、ＰＤＤ（プロジェクト設計書）の作成費用やＤＯＥ（指定運営組織）によるプロジェクトの有効化審査の費用は中国側が負担すること、それら実施費用やプロジェクト実施費用として、新日本エンジニアリングが排出権の前渡金という形で中国側に対して融資を行うことなどが書かれている。

「プロジェクトが国連に登録（承認）されない場合、それまでかかったＰＤＤの作成費用や有効化審査の費用は、われわれが負担するという規定になっているが、これを新日本エンジニアリングの負担にしてもらいたい」

冴子ら三人は、表情をくもらせた。また蒸し返しだ。

「あのですね、プロジェクトのための費用は、プロジェクト実施主体が出すというのが、古今東西の商慣習だと思います」

　武がいった。

「しかし、それではわれわれにとってリスクが大きすぎる」

「ご心配されるのは、もっともだと思います」

　冴子がいった。

「ただ、本件は、国連が規定した方法論にのっとっていますから、登録されないリスクは、あまりないと思います」

　本件に対しては、「AMS II. B. Supply side energy efficiency improvements-generation (version 09)」という承認済みの方法論が適用される。

「登録されないリスクがないというなら、新日本エンジニアリングが、そのことを保証してほしい」

「わたしたちは、DOE（指定運営組織）でも国連CDM理事会でもありませんから、プロジェクトの適格性に関する判断はできません。……申し上げられるのは、この種のプロジェクトで、いままでダメになった案件はないということです」

「ダメになった案件がないなら、そのことを保証してほしい」

「いえ、保証はできません」

　窓から、冬の明るい午前の光が差し込んできていた。

「喩《たと》えていうなら、われわれは、排出権という豚を育てるのである」

相手が厳《おごそ》かに切り出した。

「新日本エンジニアリングは、われわれが育てた豚を買い付けたい。しかるに、豚が途中で死んでしまった場合は、われわれだけが損害を被るという。これは不平等ではないだろうか？」

(もう、訳のわからない理屈こねないでよ。……頭痛いなあ)

「こんな中国側にとって一方的に不利な規定は、政府も認めないと思う」

CDMプロジェクトは、北京にある国家発展改革委員会の承認を得なくてはならない。承認を得るためには、排出権買取契約を含む関係書類一式を提出する必要がある。

「そんなことはありません。わたしたちは国家発展改革委員会とも頻繁に連絡をとっています。しかし、そのようなことは聞いたことがありません」

東松がいった。

「中国政府が、日本人であるあなたに、本当のことをいうはずがない」

相手は自信満々でいった。


一時間後――

「……まったく、まいりましたね」

武暁軍が苦笑いしながら、小ぶりの包子《パオズ》を箸でつまむ。

「前回で、全部決着がついたと思ったのに、やっぱり中国流で蒸し返してきちゃって」

包子は直径六センチほどの肉饅頭《まんじゅう》で、豚のひき肉が入っている。

店内は、中国人の家族連れや老夫婦、サラリーマンなどで混み合っている。

天津で最も有名な「狗不理《ごうぶり》」という創業一八五八年の包子屋であった。燃えるような朱色を基調とした宮廷風の装飾で、天井から赤いぼんぼりをつけた角灯《ランタン》が下がり、柱には黄金の竜が巻きついている。

「配管の敷設費用をふくらましてきたっていうのは、業者と結びついて、賄賂でもとろうとしてるんですかね？」

冴子は、包子を黒酢につけて口に運ぶ。黒酢のおかげで、さっぱりした味わいである。

「いや、賄賂というより、前渡金をなるべくたくさんもらいたいってことのようだよ」

東松がいった。

「何に使うつもりなんですか？」

冴子は、中国語の会話の詳細やニュアンスまでは理解できていない。

「さあ……」

東松は首をかしげた。

「まあ、いろいろと物入りで、金を借りられるところからは、なるべくたくさん借りようっていうのは、中国企業ではよくあることだよね」

「それと、コストがたくさんかかるから、ＣＥＲ（排出権）を高く買い取ってもらいたいっていう口ぶりでしたね」

武の言葉に、二人がうなずく。

「費用負担の問題も頭が痛いですね」

「まあ、あれは、何とかならないかと思って、とりあえずいってみただけだと思うよ」

東松は、黄色い粟《あわ》の粥《かゆ》をすする。

「最悪、登録されない理由が、新日本エンジニアリングの作為ないしは不作為による場合は、わが社の負担にするとでもすれば、向こうは渋々納得するんじゃないかな」

新日本エンジニアリングが、登録されない原因をつくった場合、費用を負担するのは当然のことだ。しかし、そういうケースは、排出権の買取りを一方的に取り止《や》めるといったような極端な場合しかありえない。

「いずれにせよ、あの調子だと、あと三、四回は話し合わないとダメだろうね」

(あと三、四回……)

近々、国連に登録申請できると思っていた冴子は、内心がっかりした。


三日後――

新日本エンジニアリングの三人は、山西省柳林の晋華焦煤有限責任公司で、炭鉱メタンガス回収プロジェクトに関する交渉をしていた。

昭和二十~三十年代の筑豊のような、荒々しく活気に満ちた街は、雪と氷におおわれていた。街の西外れにある会社の会議室の窓は氷結し、植物模様ができていた。窓の先にみえる小さな丘の上には、石や古い煉瓦を積み上げて造った、倒壊しそうな家々が、肩を寄せ合うように集まり、煙突から灰色の煙をたなびかせている。炭鉱で働く労働者たちが住む不法建築群であった。

会議室内は、暖房がよくきいていた。

「……それでは、EPC（設計・調達・建設）契約についての問題点は、これですべて解決ということで、よろしいですね？」

冴子が上気した顔でいった。連日の交渉で疲れていたが、気分は晴れやかだった。

「結構です。われわれの主張にご理解をいただき、ありがとうございました」

紺色のスーツ姿の技術部の次長が流暢な英語で答えた。童顔で中肉中背、常に微笑をたたえて話す頭の回転の速い人物で、年齢は三十代後半。

「残るは、ファイナンスだけですね」

冴子の言葉に、相手はうなずいた。

この二日間、朝から晩までみっちり交渉して、プロジェクトに必要な排出権買取契約、技術提供契約、EPC契約の文言につき、合意することができた。予想外の速さで決着をみたのは、ひとえに約三ヵ月前に着任した技術部次長の有能さによるものだった。

次長は、着任後間もなく、プロジェクトのきちんとしたFS（フィージビリティ・スタディ）を送ってきた。また、新日本エンジニアリング側が示した各契約書の草案に対しても、間髪をいれずに的確なコメントを送ってきた。

プロジェクトは、回収可能なメタンガスの量を再度見積もった結果、年間排出量一二〇万トンの規模で行われることになった。総費用は二億元（約三十億円）である。額が大きいため、新日本エンジニアリングが排出権買取りの前渡金として出せるのは全体の二割で、残り八割は晋華焦煤社のほうで調達してもらわなくてはならない。

「ファイナンスのほうは、黄技術部長がとりまとめられているんですね？」

武暁軍が訊いた。

「そうです。……ですから、この点は、黄部長に直接訊いていただくしかありません」

相手の歯切れが悪くなったのをみて、冴子は嫌な予感がした。

（あの黄部長が、ちゃんとやってるのかしら……？）

酒と宴会好きの調子のいい男としか思えない。

「では、これから黄部長に会わせていただけますか？」

冴子がいうと、相手はうなずいた。

別の階にある黄技術部長の部屋にいくと、黄部長はデスクでのんびりと新聞を読んでいた。

「やあ、皆さん、お揃いで」

椅子から立ち上がり、茶色いビニール張りのソファーをすすめた。

「今回は、いつからこられてるんですか？　……あ、二日前からですか。それはお疲れさまです。……おいきみ、お客様たちに、お茶を出してくれんか」

秘書らしい女性に命じた。

「それにしても寒いですなあ」

頭髪をぺたりとなでつけ、長袖シャツの上に上着を着た中年男は、インスタントコーヒーのガラス瓶にいれた自分専用の烏龍茶をすすり、プロジェクトのことなどどこ吹く風といった顔である。

「北京のほうの景気はいかがですか？　……わが社のほうは、石炭価格も上昇しておりましてまずまずなんですが、人件費とか保険料なんかも上がっておりましてねえ。まあ、痛しかゆしといったところですか、ハハハハハ」

冴子らは、中国流でしばらく話を合わせていたが、次第にしびれが切れてきた。

「黄部長、メタンガス回収プロジェクトに関して、一つお尋ねしたいことがあるのですが」

濃紺のスーツ姿の冴子は、湯呑みをテーブルに戻す。

「何でしょうか？」

黄部長は微笑をたたえた顔で訊いた。

「一億六千万元の調達のメドはついたのでしょうか？」

とたんに相手は、むずかしい顔になった。

「その点については、いま、銀行と話しているところです」

「話合いは、どういう状況なんでしょう？」

「いや、それは、まあ……銀行は、きわめて前向きですよ、それは」

視線を微妙に逸《そ》らしながらいった。

「融資には問題がないという理解で、よろしいんでしょうか？」

「もちろん、そうです」

大きくうなずいたが、あいかわらず視線を逸らせたままである。

「融資の正式決定がなされるのは、いつごろでしょうか？」

「ええと、それはまあ、もうすぐのはずですよ」

（怪しいなあ……）

「黄さん、一度、銀行の支店長さんに会わせていただけないですかね？」

東松がいうと、黄は、気乗りしない顔つきになった。

「いや、銀行さんもいろいろ忙しいでしょうし、うちの会社のほうでも準備が……」

「そうおっしゃらずに。会って一言、お話しするだけでいいですから」

「うーん、でもねえ……」

押し問答が始まる。

「じゃあ、今日の夕方、支店長にきてくれるよう頼みますよ」

しばらく抵抗を試みた末に、黄部長は観念したようにいった。

夕方――

柳林市内のホテルの部屋で時間をつぶし、三人はふたたび黄部長の部屋に出向いた。

オレンジ色の夕陽が差し込む室内のソファーで、黄部長は、部下らしい若い男性とのんびり将棋を指していた。丸い木製の駒に「将」「馬」「兵」などと漢字で書かれた中国将棋だった。

三十分近く待たされ、ようやく支店長がやってきた。髪を七・三に分け、面長の整った顔立ちの中年男性であった。以前、排出権のことを知らず「空気が金に化けるというのは愉快だ！」と笑い飛ばした人物だ。ソファーに座るなり、「今日はこれからお客さんとの宴会があるので、あまり時間はとれないんですが」と、腕時計をみながらいった。

「では、手短に申し上げます。晋華焦煤さんに対する融資の件で、お訊きしたいのですが……」

相手は怪訝そうな表情になった。

「え、融資の話？　あ、ええ、そういう話がありましたかねえ」

ソファーに座った支店長は、そつのなさそうな微笑を浮かべた。

（これは、話が通じてないなあ……）

黄部長のほうをみると、靴を脱いでソファーの上にあぐらをかき、のんびりした様子で二人のやりとりを聞いている。

「メタンガス回収プロジェクトについて、前向きにお考えいただいているというのは、間違いないんでしょうか？」

「メタンガス回収プロジェクト？」

「以前お目にかかったときお話ししたプロジェクトです」

冴子は、連日の交渉の疲れで、目の下に隈《くま》ができていた。

「炭鉱内のメタンガスを回収して発電し、排出権を獲得するプロジェクトで、総費用は二億元です」

「ああ、はいはい。そういうプロジェクトがありましたなあ」

ダークスーツに銀色のカフスボタンの支店長は、調子よく話を合わせる。

「契約に関する交渉もほぼ決着がついたので、近々、国連に申請する予定です」

「実に喜ばしいことです」

「国連に登録され次第、工事に着手したいと思っています。その費用の一部として、一億六千万元の融資が、御行からなされるという理解で間違いないでしょうか？」

「えっ、一億六千万元の融資⁉ ……あ、ああ、そういう話ですか」

どことなく冷たい感じを漂わせた支店長は、呼ばれた理由がようやく理解できたという顔つきになった。

「もちろん、取引先である晋華焦煤さんのお話ですのでね。前向きに考えておりますよ、それは。……うちの銀行は、お取引先のお話にはいつも前向きですから」

支店長は空虚な笑い声をあげた。

「ただまあ、既存の融資もありますのでね。……まあ、どうなんでしょう。そちらのほうを、まずきちんとしていただくというのが、順序でしょうかね」

「既存の融資？」

冴子らが訝《いぶか》ったとき、支店長がソファーから腰を浮かせた。

「申し訳ないですが、そろそろ宴会にいかなくてはなりません。その件については、後日あらためてお話しさせてください」

そわそわした様子で立ち上がる。

「それは困ります。融資の話は大事な話なんです」

冴子が強い口調でいった。

「いや、わたしは宴会にいかなけりゃならないんで……」

ドアのほうへいこうとする。

「ちょっと待ってください！」

冴子は相手のスーツの裾をつかもうとしたが、支店長はするりと身をかわした。

「それでは、皆さん、またの機会ということで」

そつのなさそうな微笑を浮かべ、出口の向こうに姿を消した。

室内に気まずい沈黙が流れた。

「黄部長、全然話が通じてないんじゃないでしょうか⁉」

冴子が、両目を吊り上げて黄技術部長をにらみつけた。

「いや、全然ということはないんだが……」

バツの悪い表情で、あぐらを解いて靴をはき、ソファーにきちんと座った。

「技術部の次長さんやスタッフの方々は、本当に一生懸命やっておられるんですよ！　それなのに、融資がつかないとプロジェクトは立ち上げられないじゃないですか！」

冴子は連日の交渉の疲れで神経が昂《たか》ぶっており、我慢の限界にきていた。

「わたしたちも、一年近く時間と労力を費やして、何度も中国にきてるんです！　わたしたちの時間と費用を、どうしてくれるんですか⁉」

「…………」

「あなたは技術部長なんでしょ⁉　このプロジェクトの責任者なんでしょ⁉　あなたがそんな調子だったら、わたしたちは、もうやってられません！」

涙声になり、手にしていた書類をテーブルの上にたたきつけた。

何かが破裂するような派手な音がして、書類が飛び散った。

東松も武も冴子の剣幕に驚き、黄部長は怯《おび》えたような顔つきになった。

「エ、エンマンジュエジュエバ……エンマンジュエジュエバ」

黄があわてた様子で、呪文のような言葉を唱え始めた。

「エンマンジュエジュエバ」

隣りに座っていた武暁軍の腕をとり、中国語で何やら懇々《こんこん》と訴え始める。武が、ときおりうなずきながら話を聞く。

「東松所長、エンマンジュエジュエバ、って何ですか？」

涙を指先でぬぐいながら冴子が訊いた。取り乱した自分が恥ずかしかった。

「円満解決吧《エンマンジュエジュエバ》だよ」

東松は苦笑いした。吧は、「〜しよう」という意味だ。

「『円満に解決しよう。今晩、宴席を設けてあるから、三人でぜひきてくれ』っていってるね」

「宴席？　……でも、宴会なんかやっても、問題は全然解決しないと思うんですけど」

「銀行の北京の本店から、審査部門の人がきているので、宴席でその人と話してくれといってるよ」

「銀行の審査部の人？」

東松はうなずいた。

「既存の借入れに関して何か問題があるようだね。……黄さんなりに解決方法を考えているようだから、お付き合いしてみようよ。中国じゃ、食事をしたり、酒を飲んだりするのが、問題解決の第一歩だから」

その晩——

新日本エンジニアリングの三人は、柳林の街なかにある中華料理店に出向いた。

ガラスの自動扉を入ると受付台があり、紫色のチャイナドレスを着て、ブランデーの銘柄名が金色の刺繍で入ったタスキをした若い女性が、客を案内していた。そばに大きな生簀《いけす》があり、日本円で一四三万円もする野生のスッポンが十四ぐらい泳いでいた。壁に二十ぐらい水槽があり、石斑魚《ハタ》、シャコ、チョウザメ、黒鯛、スズキなど、さまざまな魚介類が入っている。

案内された個室は、天井から赤いぼんぼりが下がり、中央に丸テーブルがあり、壁の陳列ケースのなかに、ヘネシーやジョニ黒、陶器の壺に入った老酒《ラオチュウ》などが収められていた。

間もなく、黄技術部長、技術部の次長、国営銀行の本店審査部の男性が入ってきた。

審査部の男性は五十がらみで銀縁眼鏡をかけ、実直で苦労人風の風貌だった。

「では、プロジェクトの成功を祈って、乾杯《ガンベイ》」

黄部長が音頭をとり、青島ビールで乾杯し、食事が始まった。

蟹とふかひれのスープ、貝柱のブロッコリー添え、伊勢エビの炒め物、エノキ茸を牛肉で巻いて赤ワインで煮込んだものなど、豪華な料理が丸テーブルの上に並べられていた。

黄の隣りに東松が座り、「恭喜発財《コンシーファーツァイ》！（一緒に儲けましょう！）」「発財《ファーツァイ》！（儲けましょう！）」などといいながら、白酒で何度も乾杯して、小ぶりのグラスの底をみせ合っている。武は、両隣りの技術部の次長、銀行の審査部の男性とにこやかに話をしながら食事をしていた。

中国語ができない冴子は、取り残されたような気分で、黙々と食事を続けた。ときおり、黄部長が、ちらっちらっと冴子のほうをみていた。怒ったので気にしているようだ。

「武さん、ちょっと通訳をお願いできますか？」

食事が進んだころ、冴子が、左手二つ向こうの席に座った武にいった。

「こちらの審査部の方に、一億六千万元の融資について、どう考えているか、お訊きしたいんですけど」

武がうなずき、冴子の左隣りに座った審査部の男性に、中国語で事情を説明する。

「実は、晋華焦煤社は、既存の融資が延滞しているんですよ」

武の通訳を介して、審査部の男性がいった。

「えっ、延滞⁉」

相手はうなずいた。

「石炭を増産するために、相当な設備投資をやりましてね。新しくて高価な外国製の機械をたくさん買ったもんで、借金がふくれあがってるんです」

「そうなんですか……」

「わたしが今回きたのも、延滞している借入れをどうするか、話合いをするためなんですよ」

実直そうな銀縁眼鏡の男性は、困ったような顔つきでいった。

「延滞している債務については、どうされる予定なんですか？」

「たぶん、デット・エクイティ・スワップをやることになると思います」

融資している金を、晋華焦煤社の株式に換え、銀行がもつということだ。

「一億六千万元の融資については、どうなりますか？」

「その案件については、いま初めて聞きましたが……うちの銀行では、新規の融資はむずかしいと思います」

冴子はうなずく。もっともなことである。

「じゃあ、他行から借りるしかないってことでしょうか？　……プロジェクト自体は、採算性があるので、返済はきちんとできると思いますけど」

「それも、ちょっと……むずかしいんじゃないでしょうか」

審査部の男性は、同情するような顔でいった。

「晋華焦煤社は、うちだけじゃなく、ほかの銀行からも借りて、そっちでも延滞を起こしていますからね」

「えっ、他行でも!?」

相手はうなずいた。

「大きくて有名な会社ですから、悪い評判が伝わるのも早いんですよ」

晋華焦煤社は、年間生産能力三〇〇万トンの大手石炭（およびコークス製造）会社だ。

「地元で貸す銀行はないでしょうねえ」

「じゃあ、どうしたらいいんですか？」

冴子の問いに、相手は無言で首を振るばかりだった。

3

三月——

北京中心部の繁華街、王府井《ワンフーチン》にある外資系ホテル「ノボテル」の一〇〇四号室の大きな窓から、朝の北京の街がみえていた。

眼下に、片側三車線（うち一車線は自転車専用）の金魚胡同《きんぎょフートン》の通りが一直線に西に延び、突き当たりに、故宮の東華門の赤茶色の瓦屋根がみえる。その先の風景は乳白色の朝靄《あさもや》がかかっている。金魚胡同の左右に北京の街が広がり、ビルの上に瓦屋根の天守閣のような建物が載った中洋折衷建築、古い団地、三、四十階建ての超高層ビル、商業ビル、大型ホテル、外国人用マンションなど、さまざまな建築物がひしめき合っている。

ホテルの部屋は、天井と壁がオフホワイト、カーペットとソファーが青という、すっきりした内装だった。「北京和平賓館」という古い地元のホテルを改装したものだ。

襟のついた薄茶色のセーターに、茶色い毛織《ウール》のズボンを身に着けた冴子は、ソファーに座って英語の資料を読んでいた。先日ウルムチで開催された、新疆能源投資有限公司が計画中の風力発電プロジェクトに関する公聴会の議事録だった。

ＣＤＭにおいては、ホスト国の法律に従って、環境影響評価書（Environmental Impact Assessment、略称ＥＩＡ）の作成や、住民等ステークホルダー（利害関係者）を招いての公聴会の実施が義務づけられており、その内容をPDD（プロジェクト設計書）に盛り込まなくてはならない。

公聴会の出席者は十数人だった。新疆能源投資有限公司の総経理（社長）梁寶林《りょうほうりん》、ウルムチ市の担当者、ダーバンジョン風力発電地区を管轄している役人、新疆能源投資有限公司が雇った北京の環境コンサルタント会社のスタッフ、電力の買い手である新疆電力有限公司の担当者、融資をする予定の国家開発銀行の担当者、地元の税務署の担当者、市の環境問題担当者、市の建設局の担当者など、プロジェクト関係者と役所の人間が大半だった。

それ以外に数人の農民が出席していたが、自発的に参加したのか、呼ばれてきたのかは、よくわからない。プロジェクトの現場であるダーバンジョン風力発電地区は、ウルムチ市街から五〇キロメートル離れた土漠の真っただ中で、人は住んでいない。

公聴会では梁寶林が計画の概要を説明し、プロジェクトが地元経済や環境保護に大いに貢献すること、騒音レベルは国で定められた基準以下で、通信に影響を与えることもなく、付近には渡り鳥なども飛来しないことを説明していた。農民の一人から、雇用増進効果はあるのかと尋ねられ、梁は、建設期間中に雇用は増え、また、資機材を地元から調達するので、地元の収入も増えると説明していた。

議事録は、出席者全員が本プロジェクトを支持した、と締めくくっていた。

（だいたい予想どおりの内容だわね……）

冴子は資料を閉じた。

（残る大きな問題は、資金調達……）

プロジェクトの総コストは、八億一千万元（約百二十億円）で、うち二割を自己資金、四割を国家開発銀行からの融資で賄《まかな》うが、残り四割のメドがまだついていない。


午後――

冴子は、東松、武暁軍と一緒に、故宮の西にある月坛《げったん》南街三十八番地にある国家発展改革委員会前の路上に停めたワゴン車の前で、梁寶林ら新疆能源投資有限公司の社員四人と打ち合わせをしていた。

付近は、国家専売局、統計局、能源（エネルギー）局など政府関係の建物が多い官庁街だ。月坛南街は南北に走る片側三車線の広い道路で、交通量が少なく、だだっ広くみえる。

国家発展改革委員会は、日本の旧帝大風の堂々とした九階建ての煉瓦造りで、緑色の瓦屋根である。正面ゲートの先の高さ七～八メートルのポールに五星紅旗が翻っていた。

「……委員会は、排出権を売る先がきちんとあるかどうかに関心をもっていますから、訊かれたら、契約書の草案をみせて、もう交渉はこんなに進んでいますと説明してください」

黒いダウンコート姿の冴子が、三十ページほどの排出権買取契約書の草案を手にもって、ひらひらさせた。

中国政府が定めたＣＤＭのガイドラインでは、国家発展改革委員会の承認を得るためには、締結済みの排出権売買契約書をほかの関係書類と一緒に提出しなくてはならない。しかし、契約交渉、中国政府の承認、国連の承認などに時間がかかるため、実際にはこれらは同時並行で手続が進められる。

「それと、面談が終わった時点で結論が出ているはずなので、その場で『承認になりますか？　なりませんか？』と訊いてください」

「承認にならないといわれたら？」

コート姿の梁寶林が訊いた。頭髪を短く刈り込み、鋭い視線の一重瞼の顔は、あいかわらず人民解放軍特殊部隊の精鋭のようだ。

「承認にならない理由を訊いてください。この案件は承認にならないような案件じゃないと思います。もし、相手が何か思い違いをしている場合は、すぐ説明してください」

再申請ということになると、また時間がかかるので、そういう事態はなるべく避けたい。

歩道に沿って植えられた黒々としたエゾマツから、癖のある匂いが漂っていた。ときおり、そばを通り過ぎる歩行者たちが、路上で何の打ち合わせをしているのかとばかりに、好奇心の入り混じった視線を投げかけてくる。

「あとは、どういうことを訊かれるでしょうか？」

梁の部下の中国人女性が訊いた。会計士の資格をもつ地味で堅実な感じの中年女性である。

「あとは、風力発電に関する技術的なこととか、新疆電力有限公司との売電契約の内容など、各種契約のことだと思います。これらについては、自然体で答えていただいてよいと思います」

梁たちがうなずく。

「それじゃ、がんばってきてください。わたしたちは、車のなかで待っています」

梁ら四人はうなずき、緑のコートを着た武装警官が左右を警備するゲートのなかに入っていった。正面玄関前の十二、三段の石段を上がり、ガラスの回転扉の内側に消えていく。

新日本エンジニアリングの三人は、ワゴン車に乗って道路の反対側に移動した。

「うまくいくといいね」

「そうですね」

冴子と東松は、天井の低い車内で小さくうなずき合った。

東松は、アタッシェケースのなかから中国語の書類をとり出し、読み始めた。

冴子は、ぼんやりと窓の外をながめる。三月の北京の空は灰色で、空気は乾燥している。

槐《えんじゅ》の木々は冬枯れて葉を落とし、道の両側から灰色の枝を伸ばしている。だだっ広い月坛南街をバイクや自転車の人々が通り過ぎてゆく。

「はい、これどうぞ」

外から戻ってきた武暁軍が、新聞紙でくるんだ小さな包みを差し出した。

焼き芋であった。北京では、秋から春にかけて路上に焼き芋屋が出て、三輪自転車の後部にくっつけたドラム缶のなかに焼いたサツマイモを入れて売り歩く。

「謝謝《シェシェ》」

冴子は、中国語で礼をいって受け取った。ほかほかのサツマイモは、一個で一・五回分ぐらいの食事に匹敵しそうな大きさだった。

焼き芋をほおばりながら、テヘランの駐在員から送られてきたアルメニアのCDMプロジェクトの資料を読み始める。首都のエレバンにあるゴミ処分場のメタンガスを回収し、発電を行うプロジェクトだった。総投資額八億円、年間の排出権獲得量は一三万五〇〇〇トンで、日本の電力会社も興味をもつ規模の案件である。

助手席に座った武は、赤鉛筆をとり出して日本語の作文をチェックし始めた。高校三年生の息子が日本の私立大学の留学生別科を受験する予定で、入試の練習に書いた作文だった。冴子も添削を手伝ったことがある。

「うーん……結構いいバランスシートになったんだなあ」

中国語の資料に視線を落としながら、東松が感心した口調でいった。

「何ですか？」

隣りの席に座った冴子が訊いた。

「これ、晋華焦煤社が送ってきた最新のバランスシート（貸借対照表）なんだけど、デット・エクイティ・スワップをやったんで、債務が減って、自己資本がすごく厚くなってるんだよ」

東松が、手にした書類を冴子のほうに差し出した。

みると、漢字と数字で書いてあった。形式は、日本や欧米の貸借対照表とあまり変わらず、違和感はない。負債項目である借入金のかなりの額が、単純に資本勘定に振り替わっていた。

「まるで魔法でも使ったみたいですね」

「これだけ自己資本が充実してたら、有力企業にみえるよね」

「でも、ほかの銀行からも借りて延滞してるっていう悪い評判が立ってて、追加の資金調達はむずかしいんですよね？」

「確かにねえ。しかし……」

東松は顎に手をあて、思案顔になる。

「広い国だから、山西省から遠く離れた土地の銀行にいったら、わからないんじゃないかなあ」

中国は各地に「○×市商業銀行」というような名前の地方銀行がある。

「いっそ、深圳《しんせん》かどっかにいかせて、借りさせたらどうです？」

助手席の武が振り返っていった。

深圳は経済特区に指定されている広東省の市で、香港の新界と接している。中国では香港、マカオに次いで所得水準が高く、経済活動が活発な土地だ。

「まさか……」

冴子には、悪い冗談としか思えない。

「うん、僕もまさかとは思うよ。……でも中国じゃ、冗談みたいなことが、ときどき起きるんだよね」

4

翌月（四月）――

冴子は、アルメニア共和国の首都エレバン市を訪れていた。

一九九一年に、旧ソ連から独立したアルメニアは、人口約三百万人。北をグルジア、東をアゼルバイジャン、南をイラン、西をトルコに囲まれた内陸国である。宗教は、東方キリスト教会の一派であるアルメニア正教で、世界で最初にキリスト教を国教とした国だ。

エレバンは、コーカサスの山懐《やまふところ》の隠れ里のような都市である。トルコとの国境付近に位置し、海抜は約一〇〇〇メートル、人口約百二十八万人。建物の多くが淡い紅色の火山岩で造られており、上空からみるとバラ色の街にみえる。

国境の向こうのトルコ側に聳《そび》える、雪を頂いたアララト山（五一六五メートル）の大きく優美な姿は、麓《ふもと》に広がるエレバンの街を見守る神のようだ。

メタンガスを回収し発電するCDMプロジェクトが計画されているゴミ処分場は、町の東の外れの丘陵地帯にあった。自動車の青空市や広い墓地などをみながら、車でうねうねと坂道を登っていくと、ゴミが堆積してできた巨大な山がいくつもみえてくる。ゴミの山は、古くて黒ずんだものや、茶色いもの、黄土色のものなど、さまざまな色である。

車から降り、ゴミの山に沿って延びる道路に立つと、残飯臭やアンモニアのような臭いがむっと漂っていた。

「ソ連時代の一九六〇年から、ここにゴミを運んできて、上から土をかけて埋めてきたんだそうです。広さは六〇ヘクタール（〇・六平方キロメートル）あります」

ハンカチで口を押さえた新日本エンジニアリングのテヘラン駐在員がいった。学生時代にサッカーをやっていた営業部門出身の中年男性だった。

上空は抜けるような青空で、数キロメートルにわたって続く緑と茶色の丘陵地帯の先に、茶色と淡い紅色が混じりあったエレバンの町や、白い雪を頂いた四〇〇〇～五〇〇〇メートル級の山々がみえる。ときおり、ゴミを運ぶ旧ソ連製の水色のトラックが、喘《あえ》ぐように道を登ってくる。

「発生しているガスは、大気中に放出されているわけですね？」

顔や首筋にしつこくまとわりついてくるハエを追い払いながら、冴子が訊いた。

「財政難で、ゴミを整理するブルドーザーなんかもメンテできないような状態ですから、ガスはほっぽらかしです。ガスを回収しなくてはならないという法律もありません」

ガスを回収しなくてはならないという法律がある場合は、「追加性」が否定され、CDMとして認められない。

「市内のゴミはすべてここに運ばれてくるわけですか？」

「そうです。一日四二〇〜四五〇トン、年間で一五万〜一六万トンのゴミが運ばれてきています」

最近は財政難で、ゴミの上に土をかけることもできないという。眼下にみえる処分場のゲートを入ってすぐの場所に、動かなくなったブルドーザーが放置され、錆びた屑鉄とタイヤが積み上げられていた。

「プロジェクトのカウンターパート（相手方）は、エレバン市役所なんですね？」

「市役所の環境部です」

冴子はうなずき、しつこくまとわりついてくるハエを手で追い払いながら、ゴミ処分場をみまわす。

メタンガスの回収は、何本もの垂直井戸を掘り、パイプを通して集めて発電機に送る。

「じゃあ、これから市役所の方に会わせていただけますか？」

テヘラン駐在員の男性はうなずき、二人はフォルクスワーゲンの乗用車に戻る。

身体にまとわりついていた米粒大のハエが何匹も一緒に車のなかに入ってきたので、冴子は顔をしかめながらティッシュをとり出し、窓ガラスに張りついたハエを一匹一匹取り除いた。

翌日の午後——

アルメニアでの仕事をほぼ終えた冴子は、テヘラン駐在員の男性と一緒に、乗用車に揺られ、エレバン郊外を東南東の方角に走っていた。市街地が途切れると、家が徐々に少なくなり、自然そのままの丘陵地帯や渓谷が現われた。ときおり道沿いに、農家の集落やリンゴ園などが現われる。

エレバンを出発して一時間ほどすると、標高一七五〇メートルに達する場所まできた。切り立った断崖を背景に、淡い紅色の火山岩で造られた古い修道院がみえる。アルメニア教会特有の円錐形の塔をもつ建物は、十三世紀に造られたゲガルド修道院であった。「ゲガルド」はアルメニア語で槍の穂先を意味し、キリストの脇腹を刺したといい伝えられる槍が収められていたことから名前がつけられた。二〇〇〇年には、ユネスコの世界遺産に登録されている。

トレンチコート姿の冴子とテヘラン駐在員の男性は車を降り、修道院に続くゆるやかな坂道を歩いていった。

市役所との話合いは首尾よく終わり、プロジェクトに前向きに取り組むことになった。財政難のため八億円のファイナンスが最大の問題だが、年間の排出権獲得量が一三万五〇〇〇トンという規模があるので、日本の電力会社に前渡金の形で実質的な融資を依頼する予定である。

「あ、あれ、食べ物ですか？」

坂道の途中に台がいくつか並べられ、地元の人々が観光客を相手に土産品を売っていた。

プラスチックの板にアルメニア文字や教会の絵をあしらったキーホルダーや、素朴な横笛などのほか、杏《あんず》や梅をすりつぶしてシート状にした菓子などがあった。

目にとまったのは、太さ二センチ、長さ三〇センチほどの細長い物体だった。色は茶色で、表面はゼリーのようにぷりぷりしている。

「あれは、クルミを糸で数珠《じゅず》つなぎにして、煮詰めたブドウの汁に浸け、乾燥させたものです。コーカサス地方一帯にみられるお菓子です」

テヘラン駐在員の男性がいった。

冴子がそばによると、売り子の女性が端をちぎって一切れ食べさせてくれた。ういろうのような食感で、なかにクルミが入っていた。甘さは控えめである。値段を訊くと、一本五百ドラム（約百六十円）だという。

顔の浅黒い農民風の女性は、買ってくれとはいわないが、冴子のほうをじっとみながら、答えを待っている。味も値段も悪くなかったが、持ち運ぶのに不便そうな感じがしたので、結局、冴子は買わなかった。

修道院内部は蠟燭《ろうそく》が点《とも》され、むせ返るような香《こう》の煙のなかで、赤や金色のきらびやかな衣装を身につけた修道士たちが、イースター（復活祭）のミサを執り行っていた。奥のほうにある礼拝堂の一つには天然の泉から引いた水飲み場があり、飲むと病気が治るといわれ、人々が順番に水を飲んでいた。

冴子は見学をしながら、クルミの菓子を売っていた女性のことが気になってしかたがなかった。肌が浅黒く、一見年齢がいっている感じがしたが、まだ結構若いのではないかという気がした。じっと客を待っている姿が少し痛々しく、「忍草《しのぶぐさ》」という言葉が思い出された。

（あの人は、どんな暮らしをしているのかなあ……）

見学を終えて車に戻るとき、冴子は彼女のところに立ち寄って、クルミの菓子を一つ買った。女性は、嬉しそうに薄いビニール袋に菓子を入れ、冴子に渡してくれた。

第六章　CDM理事会申請

1

翌週──

仕事が終わった夕方、冴子は、都内のホテルのなかにあるリフレクソロジー・サロンで足裏のマッサージを受けていた。ゆったりとした大きな椅子に座り、ストッキングを脱いだ足の上にタオルをかけ、足裏を若いリフレクソロジストに委《ゆだ》ねていた。

このところ睡眠不足なので、睡眠促進効果があるリフレクソロジーを受けにきた。

室内には観葉植物があちらこちらに配置され、静かな音楽が流れていた。床は清潔なフローリングで、半透明のプラスチックの衝立で仕切られた席がいくつか並んでいる。

（あー、イタ気持ちいい……）

マッサージには、足裏だけのコース、ふくらはぎの血流をよくするコース、掌《てのひら》マッサージや、それらの組合せがある。冴子はいつも足裏だけをやってもらう。ほんの少し痛いが、それも快感である。料金は一時間八千円というそこそこ高級な店だが、帰宅してからもよく眠れ、料金に見合う効果は十分にある。

仕事はあいかわらず忙しかった。

中国各地のプロジェクトに加え、アルメニアのゴミ処分場のメタンガス回収・発電プロジェクト、インドネシアの油田の随伴ガス回収プロジェクト、エジプトの風力発電プロジェクトなどが動き出し、案件調査や、社内での打ち合わせ、各種契約の交渉に忙殺されている。地球環境室はまだ実績がないので、人員も増やしてもらえない。

明るいニュースは、新疆能源投資有限公司の風力発電プロジェクトが、国家発展改革委員会に承認され、近々、ＤＯＥ（指定運営組織）の有効化審査《バリデーション》も終了し、国連に登録申請される見込みであることだ。ただし、総コスト八億一千万元のうち四割（日本円で約四十八億円）の調達先がまだ決まっておらず、何とかしなくてはならない。

国連に方法論を提案したマレーシアのＬＮＧ生産にかかわる二酸化炭素の地中貯留案件は、あいかわらず、国連や京都議定書の加盟国会議の場で議論が続けられている。その一方で、去る二月に、欧州委員会が地中貯留に関する公開諮問を開始すると発表した。これは、本年末をメドとして、地中貯留の法的枠組みを準備するための参考資料とするためのもので、実用化へのステップになる。また、安倍晋三首相は、来年の北海道洞爺湖サミットで地球温暖化問題を大きなテーマとして取り上げる予定で、今月（四月）下旬に訪米し、ブッシュ大統領と地中貯留技術の開発協力について合意をする見通しだ。

（いろいろなことが、前向きに進んではいるんだけど……）

まだ実現した案件がないのは辛いなあと思っているうちに、冴子はサロンの椅子で眠りに落ちた。

　自宅マンションに戻ったとき、あたりはすっかり暗くなっていた。

　リフレクソロジーを受けたので、身体がだいぶ楽になった感じがする。

　夕食前にメールをチェックしておこうと思って、リビングルームのテーブルでブラックベリーを取り出した。労働組合が「勤務時間があいまいになる」と難色を示したが、中期経営計画達成のために導入されたスマートフォンである。

　会社のアドレスに送られてきていたメールをチェックしていると、北京事務所長の東松照夫から、「二点ご連絡」という表題のメールが入っていた。

　クリックして本文を読んだ冴子は、思わず「ええっ⁉」と声を漏らした。

　立ち上がって、黒い木製のローキャビネットの上の受話器を取り上げ、東松の携帯電話の番号を押した。

　壁の掛け時計を見上げると、時刻は午後九時になるところだった。

「喂《ウェイ》（もしもし）」

　何度かの呼び出し音のあと、東松は中国語で出てきた。

「東松所長、地球環境室の松川です」

「ああ、松川さん。……メールみた？」

「は、はい。これって、本当なんですか⁉　晋華焦煤社が深圳の銀行からお金を借りたっていうのは」

「うん、僕も驚いたよ」

東松がうなるようにいった。

「『どっか国の南のほうででも借りてきたら』って冗談でいったら、本当に借りてきたんだよ」

「いったい、どんな銀行が貸したんです？」

冴子はいまだに信じられない。

「深圳新光銀行っていう、大手の地銀だよ。広東省だけじゃなく、四川省とか雲南省とか遼寧省なんかにも支店をもってる」

「山西省にはもってないわけですか？」

「幸いね」

東松の声に笑いがまじった。

「こんなことって、あるんですねえ！」

「中国は何でもありだから。……とにかく、すぐ出張にきてよ。晋華焦煤社が、借りたお金をほかに使っちゃうといけないから」

早く契約書に調印して、使途をメタンガス回収プロジェクトに限定してしまわなくてはならない。

「わかりました。……ところで、新疆能源投資の梁さんが辞めたっていうのは、本当ですか?」

東松のメールには、新疆能源投資有限公司総経理（社長）の梁寶林が先日退任し、新しい総経理が着任したと書かれていた。

「うん。どうも北京のほうに帰ったようだ。もともと出向みたいな雰囲気だったし」

一年五ヵ月ほど前に初めて会ったとき、言葉遣いや考え方から、北京の役人か何かだったのではないかと東松と武はいっていた。

「政府関係の役所にでも戻ったんですかね？」

「さあ、詳しいことは聞いてないけど……」

「まさか、人民解放軍とか？」

頭髪を短く刈り込んだ、鋭い視線の一重瞼の顔を思い出す。

「それは、ないんじゃない」

東松が笑った。

「まあ、ＤＯＥのサイトビジットもうまく乗り切ったし、区切りをつけたと思ったのかもしれないね」

新疆能源投資有限公司の風力発電プロジェクトに関しては、欧州系の認証サービス機関をＤＯＥ（指定運営組織）として起用している。去る一月に、同機関の日本人担当者と北京事務所の中国人の二人が、ウルムチを訪問して、サイトビジット（現地調査）を行った。

具体的には、現場の視察、梁寶林以下新疆能源投資有限公司の担当者とのインタビュー、地域住民へのインタビュー、地元および北京のＣＤＭ関係政府機関との面談などである。梁寶林は、作り変えた取締役会議事録についての質問をうまくかわし、すでに発注した中国製風力発電機を別の場所に隠して、ＤＯＥの目に触れないようにしたという。

翌週、冴子が東松、武暁軍と一緒に、柳林の晋華焦煤有限責任公司を訪問すると、黄技術部長は得意満面だった。自分がいかに苦労して、深圳新光銀行から金を借りたかを、身ぶりをまじえ、微に入り細にわたって延々と語った。幸い、調達した資金は、メタンガス回収・発電プロジェクトに使うことを約束してくれた。わざわざ深圳まで資金調達にいったのも、冴子が怒ったのを気にかけてのことのようだった。各種契約書も近日中に調印することになった。

プロジェクトの発進を祝う宴会が開かれ、冴子らは、また死ぬほど汾酒《フェンチュウ》を飲まされた。宴会の最中に、技術部の次長がみせてくれた社内新聞の一面には、ふんぞり返った黄部長の写真がでかでかと掲載され、「打破日本的黒船！（日本の黒船を撃破す！）」と太い文字の見出しがあった。記事は黄部長のインタビューで、いかにして国際交渉に慣れた「黒船」新日本エンジニアリングと激しい交渉を行い、晋華焦煤社に有利な条件を引き出したかを語っていた。武暁軍は「中国語で黒船っていうのは、海運業や運搬船で、正式な運航許可を得ていない船っていう意味なんで、よっぽど日本通の人が書いたんですかねえ」とにやにやした。

冴子らは呆《あき》れたが、社内新聞に大々的に掲載したからには、相手も簡単にはあとには引けなくなるので、悪いことではないと考えた。

冴子は、東京に戻るとすぐ、例の欧州系の認証サービス機関を訪問し、有効化審査《バリデーション》を依頼した。有効化審査は、新疆能源投資有限公司の風力発電プロジェクトのほうが先行しているが、こちらは約四十八億円の資金調達の問題が残っているので、晋華焦煤社の案件のほうが早く実現する可能性がある。


六月——

新疆能源投資有限公司の風力発電プロジェクトの有効化審査が終了し、DOEを務める欧州系認証サービス機関によって、国連CDM理事会への登録申請がなされた。

申請は完全に電子メール化されており、承認書や証明書などの原本は、PDFファイル化して添付する。おもな提出書類は、PDD（project design document＝プロジェクト設計書）と有効化審査報告書《バリデーション・レポート》である。

PDDは七十ページ弱の英文の書類で、新日本エンジニアリングが作成したものだ。プロジェクトの詳細や、削減される温室効果ガスの量の計測方法などが、文章のほか、地図、説明図、数式などで記されている。

有効化審査報告書は六十ページあまりの英文の書類でDOEが作成する。関係書類の精査の結果、関係者・住民とのインタビューの結果、現地調査の状況、ベースライン算出方法・追加性・モニタリング手法の妥当性、排出削減量の妥当性、環境への影響などを詳述し、「本プロジェクトは、国連が定めるCDMの要件や、ホスト国（中国）の基準に適合し、ベースラインとモニタリングの手法も国連によって定められた方法論（ACM0002, version 6）にも適合すると認められるので、CDMとして登録（承認）されるのが相当である」と結論づけている。

これら以外に、中国政府（国家発展改革委員会）と日本政府（経済産業省）の承認書（PDFファイル化されたもの）、有効化審査の過程でPDDを三十日間一般公開した際に寄せられた環境NGOなどからのコメント、CDM理事会との連絡担当者の詳細などの書類が提出された。

また、申請にあたっては登録料を前払いしなくてはならないため、新疆能源投資有限公司が五万四千五百ドルを払い込んだ。登録料は、プロジェクトの年間平均排出削減量（CER）に対し、最初の一万五〇〇〇トンについてトン当り〇・一ドル、それを超える部分についてトン当り〇・二ドルと規定されている。このプロジェクトは年間CER獲得量が二八万トンの予定なので、15,000 × 0.1 + 265,000 × 0.2 ＝（US$）54,500という計算だ。万一、プロジェクトが登録（承認）されなかった場合でも、このうち三万ドルは没収される。

翌週――

冴子は、東松、武暁軍と一緒に、北京市朝陽区の高層ビルにある国泰集団の会長室を訪れていた。国泰集団は、家電量販チェーンや不動産業を擁する新興財閥で、傘下の国泰電器は香港の株式市場に上場している。

四十階にある部屋は、二〇〇平米以上の広さで、インテリアは落ち着いた黒で統一されていた。一方の壁が全面ガラス張りで、故宮方面の市街がパノラマのようにみえる。地上のビルや建物の色は、数キロメートルぐらい手前までは識別できるが、そこから先は白っぽく霞《かす》んでいる。地平線付近の空は乳白色で、上空はうっすらと青い。

室内の一方にある大きな執務机の上には、株式相場やニュースを映し出しているパソコンのフラットスクリーンが三つ備え付けられ、背後の書棚には、経営学関係の書物や国内外の有力者と一緒に写した写真、有力経済誌から贈られた「ビジネスマン・オブ・ザ・イヤー」の金色の盾、会長が所有するクルーザーの大型模型、金にあかして買い集めた骨董品や本物の恐竜の卵などが並べられていた。

「……それで、プロジェクトは、いつごろ、立ち上がるわけですか？」

高級ダークスーツに身を包んだ国泰集団の董事局《とうじきょく》主席（会長）王輝東《おうきとう》が、黒い革張りのソファーで、ゆったりと足を組んで訊いた。手にしたハバナ産の葉巻から、一筋の灰青色の煙が立ち昇っていた。

黒い髪をオールバックにし、エラが張った四角い顔の王は、まだあどけなさが残る三十八歳である。生まれは山東省の貧しい農家で、十六歳で高校を中退したあと、当時で総額

六、七万円相当のラジオや電池をいくつかの鞄に詰めて弟と一緒に内モンゴル自治区にいき、それらを売った金で北京の天安門広場近くに家電製品の店を出した。消費者にとって障壁になっていた配給チケットや役人の介入を回避するため、広東省の工場から直接製品を仕入れて北京で売りさばく手法で財をなした。近年は、不動産開発ブームに乗って積極的な借入れを行い、高層マンションを建築・販売して莫大な利益をあげている。王自身も、個人資産約百四十億元（約二千百億円）という中国屈指の富豪である。

「先月、国連のＣＤＭ理事会に登録の申請をしましたので、順調にいけば、八月に登録され、工事に着工します」

グレーのスーツを着た冴子が答え、武暁軍が中国語に通訳する。

小規模（一五メガワット以下）のＣＤＭプロジェクトであれば、申請後四週間で登録されるが、新疆能源投資有限公司の風力発電プロジェクトは、九〇メガワットなので、八週間かかる。

「プロジェクト総額八億一千万元の四割を出してほしいということですな？」

王の言葉に、冴子がうなずいた。

全体の二割は新疆能源投資有限公司の自己資金、四割が国家開発銀行からの融資で賄《まかな》う。しかし、残りの四割の調達先が決まらず、日本の電力会社や欧州系の企業や金融機関に打診をしてきたが、色よい返事はもらえていない。そんなとき、北京事務所長の東松が、有力な資金の出し手として王輝東を探してきた。王に限らず、最近の中国案件では、国内の富裕な個人や企業が資金の出し手になることが多くなっている。

「発電機の購入や工事代金は、当面、自己資金と国家開発銀行の融資で賄えますので、残り四割の資金が必要になるのは、早くて来年前半ぐらいだと思います」

冴子がいった。

「そうですか。……まあ、三億二、三千万元なら、どうということもない金額です。いつでもご用立てしましょう」

余裕のある表情で葉巻をくゆらせた。

「では、早速、新疆能源投資有限公司のほうに連絡して、融資契約書を結ぶようにしたいと思います」

国泰集団からの資金提供は、新疆能源投資有限公司に対する融資の形で行われる。

「新日本エンジニアリングさんは、ほかにもいろいろ排出権プロジェクトをやっておられるそうですな？」

足を組んだまま王が訊いた。

「はい。山西省の炭鉱のメタンガス回収プロジェクトとか、天津市の経済技術開発区のエネルギー効率改善プロジェクト、甘粛省の水力発電プロジェクト、新疆ウイグル自治区の別の風力発電プロジェクトなどを手がけています」

「ほう、りっぱなもんですなあ。われわれも、環境関連事業の拡大を考えておりますから、お手伝いさせていただけるような案件があったら、ぜひとも紹介してください」

「ありがとうございます。……ただ、全般的に話がなかなか進まなくて、苦労しているのが現状です」

交渉が中国流で効率が悪かったり、相手のやる気がいま一つだったりして、冴子たちはあいかわらず苦労させられていた。

「話がなかなか進まないのは、中国の国情《グオチン》ですな」

王輝東は、あどけなさの残る四角い顔に苦笑を浮かべた。

「ただ、環境関連ビジネスについては、近い将来、どの案件も急速に進んでいくと思いますよ」

中国屈指の富豪は、表情に確信を漂わせていった。

(どうして、ここまで確信めいたいい方ができるんだろう？　……この人、何か、情報をつかんでいるの？)

冴子は、黒々とした髪をオールバックにした王の顔を、訝しげにみつめた。

2

王輝東の謎めいた言葉が現実になったのは、翌月（七月）のことだった。

新日本エンジニアリングに、突如、中国企業からの要望が殺到した。

中国人たちは、口々に「提案してもらったCDMプロジェクトをぜひやりたい」とか、

「交渉を早く前に進めたい」といい始めた。エネルギー効率改善プロジェクトを交渉中だった天津の経済技術開発区管理委員会の幹部は「ドレン回収用の配管の敷設費用は、新日本エンジニアリングの見積りに従い、プロジェクトが国連に登録されなかった場合の費用は自分たちで負担する。とにかく早く契約を締結したい」といい、晋華焦煤社の黄技術部長は「有効化審査を早く終わらせて、国連に申請してほしい」と北京事務所を通じて連絡してきた。柳林にある国営銀行の例の支店長までが「晋華焦煤社向けはちょっとむずかしいが、ほかに排出権案件があれば、ぜひ紹介してほしい」といってきた。

「東松所長、いったい何が起こったんです？」

冴子は、北京事務所長の東松に電話をかけた。

「共産党の人事考課に、環境という項目が入ったらしいんだよ」

北京にいる東松がいった。

「共産党の人事考課に……？　それでみんな、大騒ぎし始めたんですか？」

「排出権プロジェクトだけじゃなくて、公害を出す工場を町から追放するとか、役人が環境保護を名目に、日系企業の下請け工場を移転させて、土地を更地にして、開発業者に売り飛ばして金儲けしようとか、いろいろなことが起こり始めてるよ」

「そんなことまで……」

さすが中国人である。

「国泰集団の王会長は、どこかで情報をつかんでたんですかね？」

「たぶん、そうだろう。ああいう人は、役人とも深く結びついているから」

「あの年齢で中国屈指の富豪になるってことは、相当危ない橋も渡ってるんでしょうね」

冴子は、王の姿にどことなく危なっかしいものを感じていた。中国では、政府の高官や企業のオーナーが、贈収賄、脱税、公金横領などで投獄されたり、死刑判決を受けたというニュースが多い。

「まあ、ああいう人たちは、偉くなる過程で、多かれ少なかれ、すねに傷を負っているよ」

　東松は、中国で富豪といわれる人々が、犯罪に手を染めやすいのは、①役所の権限が大きく、監視しづらいので、腐敗している役人が多いこと、②司法や警察手続が不透明で、真実が明らかにならないこと、③民間企業への監視がきちんとなされていないこと、④拝金主義的傾向が強く、金のためには手段を選ばない中国人の性癖、などが原因であるといった。

「まあ、いまのところ彼は順調にやってるようだし、こっちは金を出してもらうだけだから、あまり心配してもしかたがないんじゃないの」

「うーん……そうですね」

「国泰集団と新疆能源投資の融資契約の調印も済んでるわけだし、万一不測の事態が起こったときは、臨機応変に対応するようにしよう」

七月十三日金曜日——

ニューヨークのパンゲア&カンパニーのオフィスで、パートナーの北川靖とアデバヨ・グボイェガが、話をしていた。

「……七十三ドル九十三セントねえ……去年、いったん下げたんで、コモディティ（商品）ブームもようやく終わりかと思ったんだが……」

真っ黒い肌のグボイェガが、壁に設置されたテレビスクリーンをながめながらいった。

金融情報メディア・ブルームバーグの女性キャスターが、NYMEX（ニューヨーク・マーカンタイル取引所＝世界最大級の商品取引所で、原油、天然ガス、石炭、金、銀、プラチナ、コーヒー、綿花など、幅広い商品の先物やオプションを上場している）におけるWTI（テキサス州近辺で産出する油種で、原油価格の世界的指標）の先物価格が、八十ドルをうかがう気配をみせていると話していた。

WTIは、昨年七月十四日に七十七ドル三セントの史上最高値をつけたあと、下落に転じ、今年一月十八日には、五十ドル四十八セントと、五十ドル台割れ寸前まで落ち込んだ。しかし、二月に入ったころからふたたび上昇に転じ、六月二十九日に、また七十ドル台に乗せ、ますます騰勢を強めている。原因は、年金基金をはじめとする投資・投機資金のコモディティ市場への大量流入だ。

「まいったよなあ……」

腕組みした北川がつぶやく。

「おかげで、新日本エンジニアリングも二千六百円台だ」

中東・アフリカ・中央アジアなどの産油国でのビジネスが中心の同社は、一種の「資源株」とみなされ、原油などの商品と同じような値動きをする。

パンゲアは、二千二百〜二千三百円の水準で同社株をカラ売りしているので、かなりの含み損をかかえている。また、年率〇・四パーセントの借株料も払わなくてはならず、ボディーブローのように、じわじわとダメージを受けている。

「こっちも原油価格下落を見込んでカラ売りした、アメリカの石油会社やオーストラリアの鉱山会社の株が軒並み値上がりしてるんで、頭が痛いぜ」

低いパーティションで仕切られたデスクに座ったホッジスがぼやく。

「To sell or not to sell, that is the question.（売るべきか、売らざるべきか、それが問題だ）」

シェークスピアの「ハムレット」の言葉にかけた北川の言葉に、グボイェガとホッジスが苦笑いした。

北川たちは、依然として原油価格は下がるとみている。ただし、市場が理屈どおりに動くとは限らない。ＩＴバブルに牽引された一九九〇年代の長期の上げ相場のときには、多くのカラ売り屋が廃業に追い込まれた。

「まあ、ここが辛抱のしどころだろう。いましばらくは、信じた道を歩いていこうや」

三日後（七月十六日月曜日）——

グレーのTシャツにジーンズ、素足の冴子は、川崎市にある新日本エンジニアリングの地球環境室で仕事をしていた。

「海の日」の休日だったが、冴子も部下の男性社員も出勤していた。

中国側から、プロジェクトを早く進めてほしいという要望が殺到し、連日、資料を読んだり、相手方の問い合わせに対して電話やメールで返答したり、PDDの作成を社外のコンサルタントに委託したり、出張のスケジュールを決めたり、DOEを務める機関とミーティングをしたりと、あわただしく作業を進めていた。

午前十時すぎ——

（ええと、このコメントは……）

甘粛省の水力発電プロジェクトのDOEを務めている日系社団法人から、スリナムの環境NGOから質問が送られてきたというメールが入っていた。PDDは有効化審査の最中に、DOEを務める機関のウェッブサイトに三十日間公開され、広く一般からコメントや質問を受け付けなくてはならない。

（スリナムってどこ？）

グーグルで検索してみると、南米大陸の北東部にある人口四十四万人の小国で、オランダ語を公用語としているという。

（こんな地球の裏側の小さな国のNGOが、中国の水力発電プロジェクトに目を光らせているなんて……！）

　そのＮＧＯからは、プロジェクトによって、付近の河川、とりわけ生態系に対してどのような影響が出るのか明らかにしてほしいという要望が送られてきていた。ＤＯＥの担当者は、この点に関しては、環境影響評価書（Environmental Impact Assessment、略称ＥＩＡ）に、棲息している魚や昆虫、生活用水への影響などを詳しく記載してあるので、該当部分を送付して回答するとしていた。

　冴子は「異存ありません。よろしくお願いします」とメールで返信した。

　次のメールを読もうと受信ボックスをクリックしかけたとき、床がぐらぐら揺れ始めた。

「あ、これ地震です！」

　斜め前に座っている男性社員が叫び、机の下にもぐった。

　冴子もあわてて机の下にもぐる。

　揺れは三分ぐらい続いた。

「長かったわね」

「震源地はどこですかね？」

　揺れが収まり、机の下からはい出ると、二人は顔を見合わせた。

　しばらくすると、インターネットのニュースサイトに、震源地は新潟県の中越沖で、マグニチュードは六・八という記事が掲載された。やがて、上越新幹線が全線停止、各地で土砂崩れが発生、死者や行方不明者の発生、自衛隊の災害派遣活動の開始といったニュースが現われ始めた。

冴子らは、帰宅すべきかどうか迷ったが、震源が遠いことや、仕事が山積していることに鑑《かんが》み、夜まで仕事を続けた。

数日後――

大手電力会社である首都電力の環境室地球環境グループ長が、突然電話をかけてきた。

「……小さい案件でもかまいませんから、何かあったら、紹介してもらえませんかねえ」

一年八ヵ月ほど前に、シンガポールで開催された「アジア・カーボン・エキシビション」で「われわれが買い付けなきゃならない排出権の量は半端じゃないので、小さい案件には興味がない」といっていた男だった。

「あ、そうなんですか……」

冴子は、MEPCO《メプコ》（首都電力の英文の略称）という看板が掲げられたブースにいた、耳が大きくて自信たっぷりの男の姿を思い出す。

「でも、年間一〇万トン以下の案件にはご興味がないと、以前、おっしゃられていましたけど……」

皮肉ではなく、率直な疑問だった。

「いや、もう、そんな悠長なこと、いってられない状況になりましてね」

相手は、苛々した口調でいった。

「中越沖地震で、柏崎刈羽の原発が全基停止したんですから」

「え？　……あ、ああ、そうですね」

首都電力が新潟県の柏崎刈羽に保有している七基の原子炉が、地震のために全面停止したというニュースは、冴子も知っていた。設計時の想定を大幅に上回る震度だったため、運転中だった四基は揺れを検知して自動停止し、残り三基は定期点検中だった。三号基の変圧器からは火が出て、一時黒い煙が立ち昇ったが、二時間後に消し止められた。

「わかるでしょ？　原発を火力で代替すると、CO_2の排出量が多くなって、その分、排出権を買って、カバーしなけりゃならなくなるんですよ」

察しが悪いといいたげな口調でいった。

「二三〇〇万トンもCO_2が増えるんですよ、二三〇〇万トン！」

首都電力の電源構成に占める原子力発電の比率は約三八パーセントである。今回の事故で、二三パーセントにまで低下し、その分を、ガスと石油を燃料とする火力発電で補わなくてはならないという。

一方、日本の大手電力会社十社による業界団体である電気事業連合会は、「第一約束期間」における「販売電力量当り（すなわち一キロワットアワー当り）」の二酸化炭素排出量を、一九九〇年比で二〇パーセント削減するという自主目標を掲げている。

「しかも、最近入札で落としたばっかりの案件が、排出係数付でしてね。原子力をあてにして落としてたんで、あわてて買い付けなきゃならんてわけですよ」

相手は自嘲気味にいった。

「排出係数」は、電力供給一キロワットアワーにつき、どれだけの量の二酸化炭素を排出しているかを示す指標である。地方自治体とか水道局といった大口ユーザー向けの電力供給入札において、入札条件として課されることが多い。

「最近は、『排出権のことを勉強したいので』なんていって、排出係数を課してくるユーザーが多いんで、まいりますよ」

「大変ですね……。うちも近々実現しそうな案件がいくつかありますから、ご紹介させていただきます」

ＣＤＭプロジェクトの相手方と排出権買取契約を交渉するときは、価格変動リスクなどを負わないようにするために、排出権のバイヤーとも同時に交渉を進める。新疆能源投資と晋華焦煤社の排出権は、それぞれ大手鉄鋼会社と西日本にある電力会社に売ることになっている。

「ありがとうございます。よろしくお願いします。とにかく、一万トンでも、二万トンでもいいですから」

相手は切迫感をにじませていった。

3

八月中旬——

国連ＣＤＭ理事会の附属書Ｉ国代表理事を務める国枝朋之は、所属する経済産業省系のシンクタンクのオフィスで、メールをチェックしていた。

デスクの上には、理事会関係の英文の書類が、ところ狭しと積み上げられていた。

北東の方角を向いた窓の眼下には、隅田川が魚の鱗のように銀色にきらめきながら流れ、照りつける夏の日差しのなかを運搬船や遊覧船が往きかっている。広い川の対岸は築地で、バラックのような低い屋根の築地市場や、新大橋通りを挟んでその向こうに建つ、茶色い朝日新聞の本社がみえる。その先は、銀座や有楽町のビル街で、左寄りの一角に汐留の高層ビル群が林立している。

（あ、コメントつけられちゃったのか……）

デスクのフラットスクリーンで、送られてきたメールの一つを読んでいた国枝は、顔をしかめた。

新日本エンジニアリングが六月に登録申請した新疆能源投資有限公司の風力発電プロジェクトに、三人の理事がレビューの要請をつけていた。要請は、「追加性および、ベースラインとモニタリングの方法が、理事会の定めにのっとっていることを説明すること」としたうえで、さらに細かい内容が付記されていた。

① Further clarification is required on how the DOE has validated the suitability of the

input values to the investment analysis as per the guidance of EB.（本プロジェクトの投資分析に使用されている各種データが、理事会のガイドラインからみて適切であることを、DOEはどのように審査したのか、説明されたい）
②本プロジェクトは九〇メガワットであるので、類似プロジェクトとの比較分析においては、五〇メガワットから一三〇メガワットの風力発電と比較するのが適当と考えられる。しかるに、PDDでは、そうではないプロジェクトを類似プロジェクトとして用いている。DOEとプロジェクト参加者は、その理由を説明されたい。
③DOEは、ベースライン排出量（本プロジェクトが実施されなかった場合の排出量）の算定方法として、既存の電力会社から電力を購入するというシナリオが最も適当であるとした理由を、さらに詳しく説明されたい。
④ベースラインの計算において、排出係数をメガワットアワー当り二酸化炭素一・〇二〇五トンであるとしている理由をDOEは説明されたい。

（細かいなあ……）

国枝は、三人の理事のコメントを読んで、嘆息した。

各理事がコメントを出した日付は、それぞれ一、二日ずれているが、文言は一字一句同じで、コピー・アンド・ペーストしたのが明らかだった。何らかの裏の意図があって結託しているというより、三つコメントがつかなければ、案件が自動的に登録（承認）されてしまうので、問題点を指摘したいと思った理事が、ほかの二人に説明して同意を求めたものと思われる。

（この欧州系のＤＯＥは、ここんとこ、有効化審査が甘いからなあ……）

ＣＤＭ案件が増えるにつれ、ＤＯＥは人手が足りなくなってきて、機関によっては「出来の悪い」案件を有効化して申請してくる傾向が出てきている。ノウハウを身につけた人材が、より報酬のいい投資銀行やファンド、コンサルティング会社などに引き抜かれていることも問題の背景にある。

（確か、新日本エンジニアリングは、女性の地球環境室長がいてがんばっているらしいが、彼女も理事会の洗礼を受けるというわけか……）

国枝はメッセージを閉じ、手もとに開いた資料をふたたび読み始めた。

二日後――

冴子は部下の男性社員と一緒に、都心にある新疆能源投資有限公司の風力発電プロジェクトのＤＯＥを務めている欧州系の認証サービス機関を訪問した。

貨物船の油絵がかかっている白木をふんだんに使った会議室は、冷房がよくきいていた。

「……とにかく、登録手続を極力遅らせないよう、説明書を早急に作成します」

オックスフォード地のブルーの長袖シャツを着て、首からＩＤカードを下げたＣＤＭ審査課のマネージャーがいった。頭髪を短く刈った、頭の回転が速そうな四十歳ぐらいの男性だった。

「よろしくお願いします」

冴子は頭を下げる。

「説明書の作成には、どれぐらい時間がかかりますか?」

「二週間から三週間みていただけますか? と申しますのも、二つ目の要請の、類似の風力発電プロジェクトのデータを中国から取り寄せないといけませんので」

①の投資分析に使用したデータの妥当性については、FS中のデータの根拠をあげて、丁寧に説明すればよく、③のベースライン排出量の算定に用いたシナリオの妥当性は、すでにPDDで説明したものを、さらに細かく説明すればよく、④の排出係数については、中国の政府当局が出している数字なので、簡単に説明がつく。

「かりに三週間とすると、九月中旬になりますか……」

冴子が手帳を開いて視線を落とす。

レビュー要請がついたプロジェクトの可否は、CDM理事会で話し合われる。次の第三十四回の理事会は、九月九日からの週にドイツのボンで開かれるので、これにはとうてい間に合わない。その次の第三十五回は、十月中旬にふたたびボンで開催されるが、そのときまでに理事たちが説明書を読んで、審議してくれるかどうかは、微妙なところだ。

「場合によっては、バリでということになるかもしれませんねえ」

審査課マネージャーの男性が、むずかしい表情でいった。

第三十六回の理事会は、十一月下旬にインドネシアのバリ島のヌサ・ドゥアで開催される。次の週には、同じ場所で、気候変動枠組条約締約国会議と京都議定書締約国会議も開催される。

「なかなか一筋縄ではいかないもんですねえ」

冴子がぼやくようにいった。

コメントがつかなければ、申請後八週間で自動的に登録（承認）されるので、内心がっかりしていた。

「とにかく、再レビューとか却下にならないよう、説得力のある説明書をつくるつもりです」

「よろしくお願いします」

冴子らは頭を下げた。

4

九月中旬――

明け方、冴子は父の夢をみた。いまは七十代半ばだが、血圧が高く、身体も弱ってきており、また、離れて暮らしているせいか、近ごろは父はもう死んでいなくなったという夢が多い。子どものころに、妹と一緒に遊園地に連れていってもらったり、家で仕事をしている父を柱の陰から自分がみているような、どうということもない夢だが、乳白色の靄《もや》に包まれ、死者に会っているような感覚だった。自分に婿をとらせて家業を継がせようとしていた父とはずいぶん対立したが、夢のなかの父はいつも優しく、どことなく頼りなげである。そういう夢をみたときは、何となく心細い気分で、目覚めてから、バイオリズムが下がっているのかなと思ったりする。自分も結局、結婚することなく、一人で死んでいくのだろうと思っているので、心の底にある寂しさが夢の内容に影響しているのかもしれない。

これまで付き合った男性は二、三人いたが、二十代のころは、男に負けまいと仕事に夢中で、結婚したいとはあまり思わず、三十代になって、自分の仕事を認めてくれる男性ならば結婚してもいいかなと思い始めたころには、その手の物わかりのいい男性はほとんど結婚していた。つきつめて考えると、自分が結婚しなかったのはやはり祖母の影響があって、自分の人生の進路を男に影響されたくないと心の底で思っていたからかもしれない。

枕元の時計をみると、午前五時半だった。

最近は睡眠時間が短い。更年期に入りつつあるのかなと思う。忙しくてリフレクソロジーにいく暇もない。

ベッドから出て、洗面所で口をすすぎ、紅茶を飲もうとキッチンで湯を沸かす。

リビングには、昨晩、荷造りした青いスーツケースが置かれていた。今日は日中、会社で仕事をして、夜七時に成田空港を発つエア・チャイナ（中国国際航空公司）で北京に向から。北京到着は、夜十時の予定である。

会社に出社すると、新疆能源投資有限公司の風力発電プロジェクトのＤＯＥを務める欧州系の認証サービス機関から、ＣＤＭ理事会に提出する説明書の草案がメールで送られてきていた。

冴子は、英文で十ページの説明書をプリントアウトして、内容を確認する。

①投資分析に使用されている各種データの妥当性については、以下のとおり説明されていた。⑴ＰＤＤは、主としてＦＳの数字を使用して作成されている。ＦＳは、専門家の審査を経て、新疆発展改革委員会に承認されたものである。⑵電力の販売価格は、国家発展改革委員会が定めたもので、価格を確認する新疆ウイグル自治区価格局のレターが存在する。⑶Ｏ＆Ｍ（operation and maintenance＝運転・保守）コストは、ＦＳをベースとし、通常より〇・三パーセント程度低めに（すなわち保守的に）見積もられており、また、デンマークの風力発電協会のデータ（http://www.windpower.org/en/tour/econ/oandm.htm）に照らしても妥当であると判断できる。⑷発電量は、過去二年間の風向・風力データに基づいている。

②類似プロジェクトとの比較分析の妥当性については、ダーバンジション発電地区において操業している発電プロジェクトの大半をあらためてリストアップし、比較し直した。

③ベースライン排出量の算定方法として、既存の電力会社から電力を購入するシナリオが最適であるとした理由については、ほかの代替的シナリオをあげ、それらを一つ一つつぶして説明した。すなわち、⑴ほかの化石燃料を使う発電方法としては、石炭火力が考えられるが、政府の方針で、一三五メガワット以下の石炭火力発電プロジェクトの新設は禁止されている。⑵ほかの再生可能エネルギー発電（太陽光、地熱、バイオマス等）については、コストの点からいって、水力発電のみが可能だが、ダーバンジョン地区には水力発電を可能にする山がない。⑶本風力発電プロジェクトをCDMではなく、純商業プロジェクトでやるというシナリオについては、CER（排出権）売却による収入がないと、採算がとれない。したがって、既存の電力会社から電力を購入するシナリオが最も適当である。

④排出係数をメガワットアワー当り二酸化炭素一・〇二〇五トンであるとしているのは、国家発展改革委員会が出している数字を使用したものである。なお、去る八月九日に、国家発展改革委員会が新たに一・〇七五五トンという数字を発表したので、それに沿って、ベースライン排出量と排出権削減量、ならびにプロジェクトの採算を改訂した。

（これでいいわ……）

冴子は、一読して説得力があると思った。

返信のアイコンをクリックし、「これで結構だと思いますので、理事会への提出をお願いします」とタイプして送信した。

同じころ――

上の階にある役員室では、エネルギー・プロジェクト本部長を務める専務執行役員の仙波義久が、経理部長と話をしていた。

「……とにかく、今期と、まあせいぜい来期だけだ。一時的な便法だ」

深い皺が刻み込まれた細面に飴色の細縁眼鏡をかけた仙波は、般若のように鋭い眼光を相手の顔に注いだ。

「うーん……」

頭髪が薄い五十がらみの経理部長は、困惑顔で目の前の手書きのメモに視線を落とす。

メモは、仙波が走り書きしたものだった。赤字を出しているイギリスのエンジニアリング子会社を一時的にケイマン諸島に設立したＳＰＣ（特別目的会社）に売却し、会社の連結決算から外そうというものだ。同子会社は旧ソ連・東欧圏でプラント建設を行ってきたが、総発生原価の見積りの甘さや、売掛債権の焦げ付きで、今後二〜三年は毎年百億円程度の赤字を計上しなくてはならない。

「しかし……ＳＰＣは、うちの一〇〇パーセント子会社になるわけですよね？」

経理部長がメモから顔を上げ、おずおずと訊いた。

一〇〇パーセント子会社であれば、当然、連結対象になる。

「だから、ベンチャーキャピタル条項を使えといってるんだよ」

仙波が顎をしゃくる。

「ベンチャーキャピタル条項」は、証券取引法第一九三条に基づく内閣府令「連結財務諸表の用語、様式及び作成方法に関する規則」第五条第一項第一号に定められている例外規定だ。「ベンチャーキャピタルが、その営業のために投資育成目的でほかの会社の株式を所有している場合には、子会社に該当しないものとして取り扱うことができる」としている。

「し、しかし……この条項には、適用するために、いくつかの条件があるはずで……」

経理部長は、口ごもりながらいった。

「要は、このSPCをちゃんとしたベンチャーキャピタルにすればいいんだろう？」

仙波が、人差し指で、テーブルの上のメモのSPCの部分をコツコツとたたく。

「SPCには、買収資金として、新日本エンジニアリングが三百億円の融資を行う。それできちんとイギリスの子会社を買収させる。それでも不安だったら、ほかにもいくつか会社を買収させればいい。そうすれば、りっぱなベンチャーキャピタルじゃないか、え？」

「は、はあ……」

経理部長は、スーツのポケットからハンカチをとり出して、首筋の汗をぬぐう。

「会社の組織図や有価証券報告書も、ベンチャーキャピタルに投資しているように、きちんと作り替えるんだ。そうすれば、だれも文句はいわんだろう。違うか？」

「とにかく、これは一時的な便法だ。業績の凸凹《でこぼこ》を平らにするためのものだ」

「はあ……」

「あまり深刻に考える必要はない。一、二年過ぎれば、すべて元に戻って、跡形もなくなる」

「……」

仙波は、背中をソファーにゆったりとあずける。

「いいか、きみ。わが社は、再来年三月期が中期経営計画の締めの時期だ」

「は、はい」

「社員一丸となって、何としてでも中計《ちゅうけい》の目標を達成し、社長に花道を飾ってもらわんといかん」

経理部長はうなずく。

「だから、きみも協力してくれ。……責任は、俺がとる」

灰色のスーツ姿の経理部長は、蛇ににらまれた蛙のように身を硬くしていた。

「中計目標達成の暁には、きみも役員の有力候補の一人じゃないか」

「わ、わたしが役員候補だなんて……滅相もありません！」

「遠慮することはない」

白髪まじりの凄みのある顔で、笑いかけた。

「僕はね、優秀な人材には、常々目をかけているんだよ。……きみにも、大いに期待しているんだ」

相手の背中を強く押すような口調でいった。

5

十一月下旬——

第三十六回国連CDM理事会がインドネシア・バリ島南部のヌサ・ドゥアで開催されていた。

ヌサ・ドゥアは、一九七〇年代にインドネシア政府によって開発された高級リゾート地である。珊瑚礁に守られた白い砂浜が三〇キロメートルにわたって続き、椰子の林のなかに寺院が点在し、乾いた海風が吹き抜けている。コンラッド、グランド・ハイアット、セント・リージスといった世界水準の五つ星ホテルが集まり、一般庶民の世界からは三つのゲートで隔絶されている。

CDM理事会は、高級ホテルの一つ、ウェスティン・リゾート・ヌサ・ドゥアで開催されていた。艶やかな茶色い光沢を発するテーブルが三重の口の字形に並べられ、最前列に十人の理事と代理理事、後方にUNFCCC（国連気候変動枠組条約）事務局のスタッフ、十一人のオブザーバーなど、約四十人が着席していた。男性たちは、半袖の色つきシャツやワイシャツ姿、女性たちは袖なしブラウス姿が多く、リラックスした雰囲気である。

「……それでは、レファレンス（参照）番号１２６９の中国新疆ウイグル自治区ダーバンジョン地区九〇メガワット風力発電プロジェクトについては、条件付で登録を認めるということで、よろしいでしょうか？」

理事会の議長を務める白人男性がいった。イギリス人理事にかわって附属書Ｉ国代表理事になったデンマーク人で、同国のエネルギー庁研究開発部の部長である。白っぽい金髪に銀縁眼鏡をかけた五十がらみのきさくな人物だ。

会議室の窓からは、芝生と木々の間に、熱帯特有の赤や紫の花々が咲き乱れている庭がみえる。空はどこまでも青く、耳を澄ますと潮騒が聞こえてくる。

「チェアマン（議長）、再確認したいのですが、登録の条件というのは、①投資分析に使用したデータの妥当性についての説明を盛り込み、②中国政府が出している最新の排出係数であるメガワットアワー当り二酸化炭素一・〇七五五トンを用いて、ＰＤＤと有効化審査報告書を修正・再提出するということですね？」

半袖のワイシャツにネクタイを締め、首からＩＤカードを下げた国枝朋之が訊いた。

「ザッツ・ライト（そのとおりです）」

胸のボタンを開けたブルーのシャツを着たデンマーク人議長がうなずいた。

「それでは、異議がないようですので、レファレンス番号１２６９については、条件付で登録を認めることとします」

デンマーク人議長が、一輪挿しのような形のマイクに向かっていった。

（やれやれ、何とか無事承認になったか……）

新日本エンジニアリングの案件が承認になり、国枝は内心ほっとした。理事会には、四十一ある附属書I国を代表する二人の理事のうちの一人として出席しているが、日本の国益は常に頭のなかにある。

「議長、ちょっとよろしいですか？」

非附属書I国代表理事の中国人、常学都が手を挙げた。額が広く、銀縁眼鏡をかけた科学者風の男性で、四十歳そこそこの若さである。

「本件についてもいえることですが、最近、この欧州系のDOE（指定運営組織）のパフォーマンスが悪くなっているのではないかとの印象を受けています」

白いワイシャツを着た常学都は、室内の一同をみまわした。背後に、常をサポートする中国清華大学CDM研究発展センターのスタッフが、影のように控えていた。

中国は、排出量削減義務を負うことに抵抗する一方で、排出権ビジネスを外貨獲得手段ととらえ、水も漏らさぬ体制でCDMを推進している。事前に国内で厳しい審査を課しているので、理事会で否認される中国案件はほとんどない。

「確かに、このDOEのパフォーマンスはよくないね」

浅黒い肌の男性がいった。アジア地域代表理事を務めているインド環境森林省の役人だった。

「ここが有効化審査した案件で、否決されるものやレビュー要請がつく案件が、ずいぶん多くなっている。こんな状況だと、理事会のほうにもしわ寄せがきて、かなわない」

（まったく、よくいうよ……）

国枝は苦々しい表情になる。

否決される案件を最も多くあげてきているのは、ほかならぬインドだ。同国の「排出権商人」たちが、金儲けのために、出来の悪いＣＤＭ案件を、ダメもとでどんどん申請してくるからだ。

「確かに、ここに限らず、ＤＯＥのパフォーマンスが全体的に悪くなってきているのは事実だと思います」

半袖のワイシャツ姿の国枝がいった。

「最近、投資銀行などの金融機関や投資ファンド、あるいは排出権ビジネスのコンサルティング会社に、ＤＯＥから人材が流出しており、スタッフ不足の問題が生じてきていると思います」

金融機関、ファンド、コンサルティング会社の報酬は、ＤＯＥの数倍だ。

「一方で、ＵＮＦＣＣＣ事務局の職員数が増えて、案件の事前審査が従来とは比べものにならないほど精緻になっていること、および、ＣＤＭの方法論が複雑化して、簡単にはついていけない状態になってきているという問題もあると思います」

ＵＮＦＣＣＣは、発行される排出権量に応じて「登録料」をピンはねしているので、国連諸機関のなかでは、例外的に財政が豊かである。そのため、職員を大幅に増やしたり、方法論を複雑化したりして「マフィア化」している。辞めた英国人理事も「トモ、UNFCCCや、奴らとつるんでいるコンサルタントたちには気をつけろ。連中は仕組みを複雑にすればするほど儲かるんだ」といい残していった。

「ミスター国枝のいうことはわかる」

常学都がいった。

「とくに、方法論が複雑化していることは、大きな問題だと思う。この点については、方法論パネルにあらためて議論してもらいたいと思う」

方法論パネルは、CDM理事会の下にある五つの小委員会の一つである。

「ただこの場では、わたしとしては、DOEに関する問題点を提起したい」

常学都は、あらかじめ発言内容を考えてきたような、落ち着いた口ぶりでいった。

「現在、十七のDOEがあるが、問題は、そのうちの三つに案件が集中していること。それから、DOEの数自体がまだ不足していることだと思う」

有効化審査に関しては、DNV（ノルウェー系）、TÜV‐SÜD（ドイツ系）、SGS（スイス系）の三社が圧倒的なシェアをもち、三社で全登録案件の約八五パーセントを手がけている。

「そもそも、二〇〇一年から二〇〇三年にかけて、京都議定書締約国会議でCDMの制度がつくられていったとき、会議の参加国に対して、さまざまなアイデアを提示したのが、DNVらの認証機関です。したがって、これら三社とほかのDOEでは、最初からノウハウの質と量に大きな差があります」

（確かに、この点については、常のいうとおりだ……）

強い口調で話す常学都の顔をみながら、国枝は心のなかでうなずいた。

CDMに限らず、新たな国際的なルールや枠組みがつくられるとき、積極的に関与して、商売のネタにするのは欧米諸国の常套手段だ。国枝は、CDMの制度ができあがったとき、日本の認証機関の人々が、難解な英文を読みながら「これはいったいどういう意味なんだろう？」と議論する姿をみて、苦々しい思いに駆られた。二〇一三年からの「第二約束期間」の枠組みづくりにおいては、DNVなど三社の独走をふたたび許すことのないよう、機会あるごとに発言や働きかけをしている。

「まあ、すでに起こってしまったことはいってもしょうがないけれどね」

浅黒い肌のインド人理事が苦笑した。

「ただ、DOEの数はもう少し増やす必要はあるでしょうな」

「アニカ、この点、いかがですか？」

議長のデンマーク人男性が、近くに座った女性に発言を促した。西欧地域の代表理事で、DOE認定パネル（小委員会）の委員長を務めているスウェーデン人女性だった。

「DOE認定パネルでは、現在、約二十の機関からの申請を受け付け、DOEとしてふさわしいか、審査をしているところです」

袖なしブラウスを着た、金髪のスウェーデン人女性がいった。

「審査手順は、ドキュメント・レビュー（書類審査）とオンサイトアセスメント（現地での社長や幹部との面談など）を通過すれば、DOEとして認める方向である旨を伝える通知書《インディカティブ・レター》を出状し、実際に有効化審査とCER（認証排出権）発行の検証《ベリフィケーション》と認証をやらせてみて、問題がなければDOEとして認定しています」

「手続が遅れているということはないのでしょうか？」

「限られた人数でやっていますので、ある程度の時間はかかります。しかし、DOEの認定申請をしている機関からの不満はないと理解しています」

DOE認定パネルは、委員長を含めて九人のスタッフがおり、年間十回程度会合を開いている。

常学部が手を挙げた。

「いま、認定申請機関から不満はないと理解しているという発言がありましたが、中国の申請者は、かなり待たされております」

常は以前から理事会で、案件が一番多い中国のDOEが一つもないのは問題だといい続けている。

「中国の申請者の認定を、とくに遅らせている事実はありません」

スウェーデン人女性がいった。

「ただ、中国の申請者の場合、国家機関傘下の組織であったり、あるいは国家機関そのものだったりするので、利益相反が生じないかについて、慎重に判断しなければならないという特殊事情があります」

ＤＯＥ認定申請をしている中国の機関のうち、中国連合環境認証センター（China Environmental United Certification Center Co., Ltd）は、国家環境保護総局傘下の機関、中国質量認証センター（China Quality Certification Centre）は国家機関である。

「たとえば、プロジェクトの実施者とＤＯＥが同じ国家機関の傘下にある場合、有効化審査が甘くなるといった利益相反が懸念されます」

「それらの機関においては、利益相反が生じないよう、組織内にしっかりしたファイアーウォール（情報隔壁）が設けられていると理解していますが」

常学都が、ムキになって反論した。

「議長、いまここで個別の機関のＤＯＥ認定申請について議論するのは適切でないと考えます」

国枝の言葉に、デンマーク人議長や出席者たちがうなずいた。

「わたしもミスター国枝の意見に異論はない」

常学都がいった。

「ただ、今後パフォーマンスの悪いＤＯＥについては、スポット・チェック（臨時検査）や、活動の一時停止処分を検討すべきであると思う。それから、各国の個別事情を一番よく理解しているのは、地元の認証機関であるので、そうした点も考慮したうえで、ＤＯＥ認定審査を遅滞なく進めてもらいたいと思います」

科学者風の中国人は、念を押すように室内の一同をみまわした。

翌週――

マンハッタンのミッドタウンにあるパンゲア&カンパニーのオフィスで、パートナーの北川靖がデスクの前の椅子に座り、壁に取り付けられたスクリーンでブルームバーグのニュースをみていた。カラー画面には、二人のドイツ人ビジネスマンが記者会見をしている様子が映し出されていた。

オフィスのガラス扉が開き、外出先から戻ってきたホッジスが入ってきた。

「ほーお、ユーレックスとEEX(欧州エネルギー取引所)の提携は、今日からか」

ホッジスは、コートを脱ぎながらスクリーンをみ上げる。十二月上旬の寒風になぶられた鼻や頬が赤味を帯びていた。

画面の二人のドイツ人はドイツ取引所のデリバティブ子会社ユーレックスの役員とEEXの役員だった。二人は、今回の提携で当面十八社の顧客が共同プラットフォームにおいて排出権の先物取引を開始することになり、とくに米国企業が積極的であると述べていた。

「提携でECX(欧州気候取引所)を追撃しようっていうんだろう」

デスクの前に座った北川がいった。

ECXはアムステルダムにある排出権の先物とオプションの取引所である。親会社はアメリカのシカゴ気候取引所で、排出権取引では欧州でナンバーワンの実績を誇る。

「今日びの取引所は、どこもデリバティブに熱心だな」

低いパーティションで仕切られた北川の向いのデスクに座ったホッジスがいった。

自身の上場を計画している東京証券取引所も、将来的にアジア最大級のデリバティブ取引所になるという目標を掲げている。

「まあ、手っ取り早くボリュームの伸びが期待できるのはデリバティブだからな」

ドイツ取引所の株主は、六年前はドイツ企業や個人が六八パーセントを占めていたが、現在は、アティカス・キャピタル、ザ・チルドレンズ・インベストメント・ファンド、ローン・パイン・キャピタルの三つのヘッジファンドが約二五パーセントを握り、経営陣に収益と配当を増やすよう圧力をかけている。

「ところで、新日本エンジニアリングのほうはどうだ？」

「ダメだ。また上がった」

北川が渋い表情で首を振る。

「二千九百九十円までいきやがった」

「二千九百九十円⁉　材料は何だ？」

「いま、インドネシアのバリ島で開かれている国連の気候変動枠組条約締約国会議（ＣＯＰ13）で、中国が一転してCO_2の地中貯留に賛成の意向を示したんだ」

すでに先進各国や中東産油諸国も地中貯留には賛成しているので、今後、ＣＤＭとして認められる可能性や、世界的に利用される可能性が高まったことになる。

「どうして中国は、突然賛成に転じたんだ？」

「石炭大国だから、CO_2を大量に封じ込める技術には、もともと魅力を感じていたはずだ。いままで反対していたのは、排出権ビジネスが他国へ流出するのを懸念してのことだ」

ホッジスがうなずく。

「ところが最近の研究で、中国南部に、地中貯留に適した帯水層が多いことがわかってきたらしい」

帯水層は、砂粒でできた軽石状の地層で、石油などの液体がたまりやすく、加圧で超臨界状態《スーパークリティカル》（気体と液体が混じり合った流体）にした二酸化炭素を貯留するのに適している。

「なるほど……。石炭を使いたいことと、『第二約束期間』で排出量削減義務を負わされる可能性と、自国の地中貯留のポテンシャル（潜在力）を比較考量したうえでの方針転換か」

「中国らしいしたたかさだよな。おかげで、新日本エンジニアリングの株価が上がって、こっちはまいるが」

新日本エンジニアリングは、ノルウェーやアルジェリアで地中貯留施設の建設実績があり、この分野では、世界トップクラスの技術をもっている。

「油価もあいかわらず高いしなあ」

ＷＴＩは、去る十一月二十三日に、九十八ドル十八セントまで上昇し、百ドル突破目前という空前の高値圏に入った。「資源株」とみなされている新日本エンジニアリングの株価も原油高によって押し上げられている。

「いまの損益はどれぐらいだ？」

「マイナスで十八億円ちょっとだな」

パンゲアは、二千二百〜二千三百円の水準で同社株をカラ売りしており、年率〇・四パーセントの借株料と合わせて、十八億円強の含み損をかかえている。規模の小さいパンゲアの屋台骨を揺るがすほどの金額だ。

「十八億円ちょっとのマイナスか……」

ホッジスが渋い表情になる。

「何か悪い材料はないのか？」

「毎日、新日本エンジニアリングのサイトを調べたり、財務データをひっくり返したりしてるんだが、『ターンキー』主体の会社なのに増収増益で、売上げ原価率が下がっている点が臭う以外は、とくにないんだよなあ……」

北川は浮かない顔でマウスを操作し、パソコンの画面に開いた新日本エンジニアリングのホームページをながめる。

「ほんと、毎日、穴が開くほどデータや資料を読んでるんだが……」

顔に焦燥感がにじむ。

突然何かに気づいた表情で、縁なし眼鏡の顔を、スクリーンに近づけた。

「……ん？」

「どうした？　何かあったか？」

低いパーティションの向こうのデスクのホッジスが訊いた。

「これ……どういうことだ？」

スクリーンをみつめる北川の視線が、訝しげに揺れた。

「何か変化があったのか？」

ホッジスがそばにやってきて、スクリーンをのぞき込む。

画面に、新日本エンジニアリングの組織図が、世界地図の上に重なるようなデザインで表示され、所在都市ごとに子会社や駐在員事務所の名前が記されていた。

「ここに昨日まであった、New Japan Engineering（UK）plc という子会社が消えてるんだ」

北川が、スクリーンのイギリスの地図を指差した。

「本当か!?　何の会社なんだ？」

「ちょっと待ってくれ……」

キーボードをたたき、新日本エンジニアリングの昨年度の有価証券報告書を開く。

「この会社だ」

北川がスクリーンの下のほうを指で示した。

有価証券報告書の六ページ目に「関係会社の状況、(1)連結子会社」とあり、国内と海外の連結対象子会社の社名、住所、資本金、事業内容、議決権所有割合などが記されていた。New Japan Engineering (UK) plcは、下から二番目にあり、所在地は英国ミドルセックス州、資本金は四千万ポンド、事業内容は旧ソ連・東欧圏における総合エンジニアリング事業、親会社の議決権所有割合は一〇〇パーセントとなっていた。

「この会社が組織図から消えてるわけか?」

ホッジスの問いに、北川がうなずく。

「しかも突然だ。プレスリリースもない」

北川は、新日本エンジニアリングのプレスリリースを毎日チェックしている。

「資本金四千万ポンドというと……だいたい、六千四百万ドル（約九十五億円）か。子会社としては、結構大きいほうなんじゃないか?」

「うむ。子会社のなかでは最大だ」

ほかの子会社は、資本金一億円から十五億円程度の規模だ。

「最大の子会社が、突然連結から外れたわけか……臭うな」

「ああ、ぷんぷん臭う」

二人は、カラ売り屋特有のねっとりとした目つきをかわし合う。

二週間後——

松川冴子は、部下の若手男性社員、エネルギー・プロジェクト第二部長の小林正之、北京事務所の武暁軍と一緒に、中国山西省北部の大同市を訪れていた。

大同は省都の太原に次ぐ山西省第二の都市で、人口は約二百八十五万人。紀元三九八年から四九四年にかけて鮮卑《せんぴ》族の北魏王朝の都とされ、その後も、遼（九一六～一一二五年）や金（一一一五～一二三四年）といった異民族によってさまざまな文化がもたらされた。約一・八キロメートル四方の市街中心部は、明代につくられた城壁によって囲まれ、木造二階建てで瓦屋根の明、清代の古い家々や寺、明代の王宮前にあった九龍壁などが残り、いにしえの面影を色濃くとどめている。

十二月中旬の古都は、底冷えのする寒さで、雪が降っていた。

冴子らは、遼・金代の仏教宗派である華厳宗を祀《まつ》る華厳寺の近くにある回族のレストランで、遅い昼食をとっていた。

「……まったく、まいりますよねえ」

スーツを着た地球環境室の若手男性社員が、青豌豆《あおえんどう》が入った粟《あわ》の粥をレンゲですくいながら、ため息をついた。

「ほんと、中国って、契約してから交渉が始まるんだよねえ」

やはりスーツ姿の小林正之が、魚香茄子《ウィーシャンセーゼ》を箸でつまんで、顔をしかめる。魚香茄子は、茄子をピーマンやトマトと一緒にチリソースで炒めた油っこい料理である。

店内の壁には、イスラムの色である緑色を背景に「ビスミッラーヒ・ラフマニ・ラヒーム（慈愛あまねく、慈悲深きアッラーの御名によって）」という金色のアラビア文字が浮き彫りにされた大きな額がかけられ、テーブルで回族の人々が食事をしていた。回族は中国に約九百万人いるイスラム教徒の民族である。みた目は漢族と変わらないが、食習慣や冠婚葬祭などの習俗を異にし、預言者ムハンマドの名からとった「馬」の姓が多いといわれる。

「はあーっ……」

湯葉、牛肉、赤ピーマン、ニンニク、ネギなどを醤油味で炒めた肉炒腐竹《ルーツァオフーズー》の皿を前にした冴子が、ぐったりした顔で、大きなため息をついた。

「松川さん、大丈夫？　かなり疲れているみたいだけど」

小麦色に日焼けした顔の小林正之が、隣りに座った冴子の顔をのぞき込む。

「え、ええ。何とか……」

毛織のスーツ姿の冴子は、老人のように緩慢な動作で、箸を肉炒腐竹の皿へと伸ばす。

ショートヘアの頭髪は脂気を失い、目の下にうっすらと隈ができていた。七月以来仕事が立て込んで、連日遅くまで働いているうえに、大同の石炭会社との交渉で、中国側から散々な目に遭わされて、心身ともに疲れきっていた。

「わたしのほうこそ、せっかくきてもらったのに、あまり参考にならない状況になっちゃって、すみません」

冴子が小林をみて、頭を下げた。

冴子らは、大同市の郊外にある炭鉱会社と、メタンガス回収・発電のCDMプロジェクトの交渉にやってきた。大同は山西省随一の産炭地で、約二百八十五万の人口のうち約百万人が炭鉱労働者とその家族である。ウクライナのザシャチコ炭鉱でのメタンガス回収のJI（共同実施）プロジェクトをやる予定の小林正之は、参考のために、炭鉱の施設と交渉の様子をみにやってきていた。

「交渉は相手のあることだから、しかたがないよ。……それにしても、排出権価格の上昇を『フォースマジュール』っていうのには、まいったね」

箸を手に小林は苦笑した。

大同の石炭会社は、四ヵ月ほど前に、トン当り十七ユーロで排出権を売る契約を新日本エンジニアリングと結んだが、その後、市場における排出権価格が上昇し、現在は二十五ユーロ程度になったので、「フォースマジュールだから、契約は無効である」といい出した。しかし、フォースマジュール（force majeure＝不可抗力）は、天変地異、政府による法律改正、戦争、革命、暴動、海上封鎖、深刻な経済混乱といった契約当事者の力が及ばない事態を意味し、市場価格の予想が外れたことを含むなどというのは論外である。

「しかも、自分が不利だとみてとると、居留守を使いだすんですからねえ。……わたし、同じ中国人として恥ずかしいです」

武暁軍が情けなさそうな顔で、羊肉入りの餃子を黒酢に浸け、口に運ぶ。

フォースマジュールに関して、冴子らに理詰めで迫られると、石炭会社の部長は居留守を使って姿を現わさなくなった。この二日間、冴子らは、親しくなった社員に部長を呼び出してくれるよう頼んだり、オフィスの前で何時間も粘ったりしたが、裏口から逃げられたりして捕まえることができなかった。

「最初は、排出権のことなんか何も知らなくて、『そんなことがお金になるんですか⁉ ぜひやりましょう！　教えてくれて本当にありがとうございます！』なんていってたのに、だんだんいろいろな人にいろいろなことを吹き込まれてくると、『売ってやるんだから、もっと高く買え』なんて態度になってくるんですよねえ。あー、やだなあ」

若手男性社員が、粟の粥をすすりながら、ぼやく。

「交渉が早めに終わったら、雲崗《うんこう》の石窟をみようと思ってたんですけど……わたし、まだみたことないんですよ」

武が残念そうな顔でいった。

交渉相手である石炭会社の近くには、ユネスコの世界遺産である雲崗石窟がある。北魏時代から武周山断崖の砂岩を切り拓いて築かれた東西一キロメートルの石窟のなかに、約五万一千個の彫像があり、世界中から観光客がやってくる。

「はあーっ……」

箸を手にした冴子が、ふたたび深いため息をつく。

「松川さん、ほんとに大丈夫？」

小林が、心配そうに冴子の顔をのぞき込む。

らして、口に運ぶ。

「ええ……なんとか……」

冴子は、羊肉のひき肉が入ったナンのような生地の薄い丸パンのなかに、黒酢を数滴た
不意に、冴子の身体がゆらりと揺れた。

「あっ、松川さん！」

小林がとっさに椅子から立ち上がって、身体を支えた。

「だ、大丈夫ですか⁉」

武暁軍と若手男性社員も驚いて立ち上がる。

「あ、……すみません、ちょっと……眩暈《めまい》が……」

いいながら、冴子は、意識が薄れていくのを感じていた。

「大変だ！　武さん、近くに病院はない⁉」

冴子を抱きかかえるようにして、小林が訊いた。

「あ、あ、あります。ホ、ホテルの近くに、大きな病院が」

武が上ずった声でいった。

「じゃあ、車で連れていこう」

小林正之が、冴子を背負って立ち上がった。車は店から少し離れた裏道に停めてある。

店の外に出るとあいかわらず雪が降っていた。湿った大きなぼたん雪だった。

冴子を背負った小林は、雪で薄暗くなった歩道を急ぐ。土産物屋や茶店が軒を連ねる古

都のような一角だった。

「こ……こばやしくん……と、登録……」

背中で冴子が、途切れ途切れにいった。

「と、とうろくを、……かくにんして……」

「登録？　……登録って？」

小林が背中の冴子に訊く。しかし、ほとんど意識を失っていて、返事がない。

「小林部長、国連ＣＤＭ理事会の登録（承認）です。今日、例の新疆ウイグル自治区の風力発電プロジェクトが登録される予定なんです」

二人に付き添うように歩いている地球環境室の若手男性社員がいった。

バリ島で開催された第三十六回の理事会で、登録のための条件として、修正・再提出を求められたＰＤＤと有効化審査報告書を先週提出し、今日、ようやくプロジェクトが登録されることになっている。

「そうか、わかった。……松川さん、安心しろ。ちゃんと登録されたのを確認して、あとで知らせるから」

小林が、背中の冴子にいい聞かせるようにいった。

冴子は、小林の左右の肩の上から両手を垂らし、無言で揺られていた。

消えかかる意識のなかで、たくましく大きな背中に、母胎のなかにいる胎児のような安心感を覚えていた。

三時間後——

小林正之と地球環境室の若手男性社員は、宿泊先である雲崗國際酒店のロビーレストランで、ノートパソコンの画面をみていた。

雲崗國際酒店は、市街中心部から西寄りの大同大西街三十八号にある。十一階建ての大型五つ星ホテルで、宿泊客は外国人観光客が中心である。正面玄関を入ると、磨き上げられたフロアーの左手に受付カウンター、右手が二階まで天井が吹き抜けになった広々としたレストランになっている。

「……まだ、登録になりませんねえ」

「そうだなあ」

テーブルの一つで、二人はそれぞれのパソコンを開いて、国連CDM理事会の画面をみつめていた。「http://cdm.unfccc.int/Projects/registered.html」というURLのページに、四角い縦長の表が表示され、登録されたCDMプロジェクトについて、それぞれの登録日、プロジェクト名、ホスト国名、参加者の国籍、方法論、排出削減量、レファレンス番号が掲載されている。プロジェクト名と方法論は赤い文字、それ以外は灰色の文字である。

「あ、登録されたかな?」

若手社員が声を上げた。

表の一番上の欄が動き、新たに登録されたプロジェクトの概要が付け加えられた。

「ほんと!?　……いや、これは違うな」

プロジェクト名に、Wind Farm の文字が入っていたが、別の中国の風力発電プロジェクトだった。レビュー要請が付かずに、申請後八週間ちょうどで、すんなり登録された案件のようだ。

「はー……待たせますねえ」

若手男性社員が画面に視線をやったまま、磁器のカップのコーヒーを口に運ぶ。

時刻は午後六時半を回ったところだった。レストランの窓の外は、もうほとんど暗くなっている。時差が七時間のドイツは、午前十一時半を回ったところだ。

レストランの入口から黒いコート姿の武暁軍が、コートに降り積もった雪を払いながら入ってきた。

「あ、武さん、どうでした？」

小林と若手男性社員が訊いた。

「おそらく、過労と貧血だそうです」

コートを脱いで、椅子に腰を下ろしながら武がいった。

「過労と貧血……じゃあ、大事ないと考えていいんですね？」

「一応検査をするそうですが、たぶん、大丈夫だと思います。いま、点滴を受けて、眠っています」

武の言葉に、二人はほっとした表情になった。

「入院保証金に、一万二千元（約十八万三千円）もとられましたよ」

武は、大きな朱《あか》い丸判のある中国語の預かり証をみせた。

「外国人だから、多めにいってくるんだろうなあ」

小林がいった。

「最初、一万五千元といわれたんで、値切って一万二千元にしてもらいました」

「でも、使わなかった分は、返ってくるんでしょ？」

若手男性社員がいった。

「だと思いますけど……」

武はやや自信なさそうな表情。

「まあ、海外出張中の医療費は、会社が入っている医療保険で払ってくれるから、金額については心配することないよ」

小林がいい、武がうなずいた。

「ところで、東松さんには、連絡したんですか？」

武が訊いた。

北京事務所長の東松照夫は、川崎市にある本社での会議に出席するため、日本にいる。

「さっき電話しておいた。一応僕らが一緒にいるから、心配することないと伝えておいたけど、もう一回電話しておこう」

小林は足もとに置いた書類鞄の中からブラックベリーをとり出し、ロビーへ向かう。

「ところで、お二人は、ここで何をされてるんです？」

武が、若手男性社員に訊いた。

「新疆能源投資の風力発電プロジェクトが、国連に登録されるのを待ってるんですよ。このスクリーンに掲載されるんです」

若手男性社員が、ノートパソコンの画面を武のほうに向けた。

「ああ、そうなってるんですか……」

武が、興味深そうに画面に視線をやる。

「なるほど……。確かに、この一番上に、『Xinjiang Dabancheng 90MW Wind Farm Project』って出ていますねぇ」

武が感心した表情でいった。

「えっ、出てる!?」

若手男性社員があわててスクリーンをのぞき込む。

紛れもなく、新疆能源投資の風力発電プロジェクトが登録されたことが表示されていた。

「やった！　登録されてます！」

「え、これがそうなんですか!?　えっ、ほんとに!?」

「ついに第一号案件が登録されました！」

若手社員が拳を突き上げて万歳し、二人は固い握手を交わした。

そこへ電話を終えた小林正之が帰ってきた。

「小林部長、登録されました！」

若手男性社員が喜色満面でいった。

「えっ、そうなの⁉ よかったじゃないか。おめでとう！」

「乾杯しましょう、乾杯！」

武がウェイトレスにビールを注文した。


翌日——

冴子が入院したのは、五階建ての大きな病院だった。正面玄関前に十数段の石段があり、玄関の上に庇《ひさし》のような屋根がついている。屋上の正面中央に紅色の十字のマークの看板があり、左右に金色の文字で病院名が表示されている。

一階は、受付、入退院管理、薬の受け渡し、会計などの窓口である。一般の病室は、二人～六人が一部屋で、それぞれのベッドのそばに高さ八〇センチくらいの白い物入れの箱が備え付けられている。ドアを半開きにした病室が多く、見舞いにきた中国人たちが、病人と話をしたり、携帯電話を使っていた。廊下を往きかう医師や看護師は白衣姿で、女性看護師たちは、頭にナースキャップを着けている。

冴子の部屋は、最上階の突き当たりにある個室だった。

「……最初は、地元の人たちと一緒の四人部屋に入れられて、何となく不安だったんだけど、一時間くらいしたら、この部屋に移動させられたのよ」

パジャマの上にカーディガンを羽織った冴子が、見舞いにきた小林、部下の若手男性社員、武暁軍にいった。顔色はすっかりよく、目の下の隈も消えていた。

「いい部屋ですねえ」

若手男性社員がため息まじりでいって、室内をみまわす。

ホテルのように清潔な室内には、大画面の真新しいテレビがあり、色とりどりの花が生けられ、観葉植物の鉢が置かれ、雲崗石窟を描いたりっぱな油彩画が壁に飾ってあった。広い窓からは、明・清代の面影を色濃くとどめる大同の街を一望の下にながめることができる。

「ベッドなんか、こんなのよ」

冴子が枕元のスイッチを押すと、グィーンという機械音がして、ベッドの背中の部分が起き上がってきた。

「やっぱり一万二千元の保証金は、払いすぎだったですかねえ」

武が複雑な表情で腕組みした。

「ところで、身体の具合はもういいの？」

小林正之が訊いた。

「おかげ様で、もうすっかりいいわ。ほんとに今日退院しても全然問題ないと思うんだけど……」

冴子は首をかしげる。

「何かあるの？」

「病院側が、もう少し検査をしたほうがいいって、退院させてくれないのよ」

「ふーん……。何か心配なことでもあるのかなあ？」

小林らは首をかしげた。


翌日以降も、冴子が、「もう体調はよくなったので、退院させてほしい」というと、病院側は「今日はこの検査をやります」「今日は日曜日なので」「今日は担当の先生がいませんから」とさまざまな理由をつけて退院させてくれなかった。どうやら保証金を使い切るまで、退院させないつもりのようであった。エネルギー・プロジェクト第二部長として多忙な小林は一足先に帰国し、三日目に、見舞いにきた若手男性社員と武が、院内の売店でハーゲンダッツ・アイスクリームを買って金を払おうとすると、売店員の女性は「病室のほうに付けておきますから、サインしてください」と伝票を差し出した。二人は「アイスクリーム代まで医療保険で落としていいのかなあ」と首をかしげながら、伝票にサインした。

第七章　連結外し

1

十一月二十三日に、九十八ドル十八セントの史上最高値（終値ベース）をつけた原油価格は、年が明けると下落に転じた。昨年夏にサブプライム問題が発生し、米国の景気先行きに翳りが生じてきたのが原因だった。しかし二月に入ると、産油国であるナイジェリアの製油施設の操業停止やＯＰＥＣ（石油輸出国機構）の減産による供給懸念などから、ふたたび上昇に転じ、二月十九日に指標銘柄であるＷＴＩは史上初めて一バレル百ドルを突破した。三月に入っても騰勢は弱まる兆しをみせず、三月十三日には、百十ドルも突破した。

ニューヨークのパンゲア＆カンパニーの会議室では、三人のパートナーが、深刻な表情で額を突き合わせていた。

「……いったい、どこまで原油は上がるんだ？」

目の前に広げたエネルギー市場に関する資料に視線を落としながら、北川靖が呻《うめ》くようにいった。

「石油の大消費国であるアメリカに景気減速懸念が出てきているのに、どうして原油価格が上昇するんだ？」

黒い肌のグボイェガが首をかしげる。

「機関投資家がアメリカの株や債券から資金を引き揚げて、商品先物市場にシフトしているのが原因らしい。原油や金の先物市場は規模が小さいから、大量の資金が流入してくると、圧力釜みたいな状態になって、価格が跳ね上がるというわけだ」

「こんな状況じゃ、手仕舞うに手仕舞えんな」

茶色がかった金髪のホッジスが、顔の脂汗をハンカチでぬぐう。

「資源株」とみなされている新日本エンジニアリングだけでなく、ホッジスが担当している米国の石油会社やオーストラリアの鉱山会社の株まで値上がりし、パンゲアがかかえる含み損は三十億円を突破していた。いま、手仕舞うには、パンゲアを清算するしかない。

「俺たち……読み違えたのかな？」

グボイェガが不安そうな表情でいった。

「いや、いまの資源価格上昇は行きすぎているというアナリストの声も少なくない」

北川がいった。

「投資銀行の連中は、原油二百ドル時代間近などと煽《あお》ってるが、冷静な見方をするエコノミストたちは『需給面で大きな懸念材料がない中で、こんなに上昇するのはおかしい』と指摘している。俺も、負け惜しみじゃなく、ファンダメンタルズからいって、こんなに上がるのは、どう考えてもおかしいと思う」

北川が二人の顔を見る。

「要は、下がるタイミングか……」

グボイェガが、ため息まじりでいった。

分析が正しくても、市場は速やかにそのとおりに反応するとは限らない。相場が下がるタイミングが大きくずれれば、無限大の価格上昇リスクを背負っているカラ売り屋は息の根を止められる。

「とにかく、俺たちには、いま、手仕舞うという選択肢はない。だとすれば、個別のカラ売り銘柄を再度洗って、株価を下げる材料を探すしかないだろう」

ホッジスの言葉に、二人はうなずいた。

2

四月――

ロンドンは、木々の梢をさわやかな風が吹き抜ける季節になっていた。

パンゲア&カンパニーの北川とホッジスは、箱型のブラックキャブに乗って、ロンドン中心部から一五キロメートルほど北西にあるミドルセックス州の街を走っていた。地下鉄セントラル線のグリーンフォード駅付近から北の方角に向かう片側二車線の道路は、ゆるやかな上り坂だった。付近は中流階級の住宅街で、豊かな新緑の間に、セミデタッチトと呼ばれる建物の左右に別々の家族が住む独特な造りの家々が建ち並んでいる。

そろそろ夕方で、陽の光が茜色がかってきていた。

「……お、あれじゃないか？」

ホッジスが、フロントグラスの先を指差した。

前方左手に大きな茶色いビルが姿を現していた。

「住所からいって、たぶんあれだ」

「London A to Z」という地図帳と手書きのメモを手にした北川がうなずく。

「Would you stop somewhere here?（このあたりで停めてくれ）」

ホッジスが中年の白人運転手にいい、二人はキャブを降りた。

歩道に沿って並ぶ街路樹と低い柵の向こうに、芝生が敷き詰められた広い敷地が広がり、中央に大きな三棟のビルが建っていた。二棟は九階建て、右側に隣接した横長の建物は三階建てである。外壁は茶色い煉瓦風、各階に規則正しく並ぶ窓ガラスは緑色で、ホテルか大学の校舎のような立派な外観だ。建物前の駐車場には、フォルクスワーゲン、ベンツ、アウディなど、乗用車数十台が駐車されていた。

「ここだ。間違いない」

北川が、敷地のゲート脇の金属のプレートを指差した。

「New Japan Engineering（UK）plc って書いてあるな……連結から外したのに」

ホッジスが、青銅色の横長のプレートを見ていった。

二人はデイパックの中からオペラグラスをとり出して、ビルの様子をうかがう。

ビルの前に三本のポールがあり、三つの旗が風の中で翻っていた。左右の旗は日本の日の丸と英国の国旗ユニオン・ジャックだった。

「中央の旗は、新日本エンジニアリングの社旗じゃないか？」

オペラグラスをのぞきながらホッジスがいった。

「うむ。確かにそうだ」

北川もオペラグラスをのぞきながら答える。

「ちょっと一回りしてみよう」

二人は、敷地の塀に沿って歩き始めた。

正面から時計と反対回りに歩いていくと、敷地は凸字形になっていて、奥にいけばいくほど広くなっていた。三棟の建物の脇にも広い駐車場があり、さらに奥にもう一棟別の建物があった。

「こりゃ、半端な規模じゃないな。四千万ポンドも資本金を持っているだけのことはある」

塀の向こうに一定間隔で並ぶスズカケノ木の先の建物を見ながら、ホッジスがいった。

涼しい風が吹き抜けるたびに、頭上の木の葉がざわざわと揺れる。

「確かに、相当でかい施設だ。技術センターみたいなものも併設されてるのかもしれない」

ビルの正面玄関から社員らしい日本人や英国人たちが出入りしているのが見えた。

「日本人社員に、ちょっと話を聴いてくるか」

北川がゲートのほうに戻ろうとする。

「いや、ちょっと待て。怪しまれると、とれる情報もとれなくなる」

ホッジスが、北川の肩に手をかけた。

「じゃあ、どうする？」

「そこにパブがある。このいい気候だ。イギリス人たちは仕事が終わったら、必ずパブに立ち寄るはずだ」

ホッジスが親指で付近の商店街を指した。

商店街は、不動産屋、食料・雑貨品店、シシカバブ屋、クリーニング店、サンドイッチ店などが並ぶ小規模なものだった。「BALD FACED STAG（頭に白斑のある雄鹿）」という名前のパブは、入るとすぐカウンターがあり、Tシャツ姿の若い白人女性店員が働いていた。

北川とホッジスは、ビールをカウンターで買って、そばの木製のテーブル席についた。店内の壁や床は木製で、壁にスポーツ番組を放映しているテレビスクリーンが備え付けられ、フロアーの隅にタバコの自動販売機が置かれていた。客は、中年女性の二人連れ、英国のサッカーチームのTシャツを着た数人の男たち、テーブルで一人で新聞を読んでいる老人などだった。

「これがイギリスのエールか。……なかなかコクがあるな」

一パイントのグラスを傾けて、北川がいった。

「苦味があって、フルーティーだろ？　これを飲むと、イギリスにきたって実感が湧くよ」

黒い半袖のポロシャツにジーンズ姿のホッジスがいった。

米国人旅行者という感じを出すため、テーブルの上にロンドンのガイドブックと、ニューヨーク・ヤンキースの紺色のベースボールキャップを置いていた。

「しかし、連結から完全に外された子会社が、新日本エンジニアリングの社旗や看板を堂々と掲げたまま存在しているっていうのは、臭いよな」

ホッジスの言葉に、北川がうなずく。

「いま、四時半すぎか……」

北川が腕時計に視線を落とす。

二人は、茶色いエールをちびちびすすりながら、時間をつぶした。

午後五時を過ぎたころから、客が増えてきた。

間もなく、白人男性三人にインド系男性一人のグループが入ってきた。うち二人はスーツを着て書類鞄を提《さ》げ、残り二人は長袖シャツにチノパンというビジネス・カジュアルだった。

一人が肩にかけていた黒いナイロン製のショルダーバッグに、New Japan Engineeringと社名が入っているのを見て、北川とホッジスはうなずき合った。

四人がビールを立ち飲みしながら歓談するのをしばらくながめてから、ホッジスがガイドブックを手に、立ち上がった。

「Excuse me, gentlemen. I came from the United States……（すいません、アメリカからきたんですが、ちょっと……）」

いかにも旅行者といった無邪気な顔つきで四人の男たちに話しかけた。

四人は、一瞬怪訝そうな顔をしたが、アメリカ訛りで話すホッジスをただの旅行者だと思ったようだ。

「明日、大英博物館に行きたいんですが、ここからだと、どういう道順が一番近いでしょうか？」

ホッジスがガイドブックを手に質問を始め、男たちが親切に答える。

ホッジスはいくつか質問をしたあと、自分たちはニューヨークからやってきて、あちらでは銀行の事務部門で働いていると自己紹介した。最近はサブプライム問題で投資銀行のベア・スターンズが経営危機に陥ったりして、なかなか大変だなどとおもしろおかしく話すと、男たちは興味深げに耳を傾けた。

「ところで、皆さんは、どんな仕事をされてるんです？」

打ち解けた雰囲気になってきたころ、ホッジスが訊いた。

「僕らは、すぐそこの日系のエンジニアリング会社で働いてるんだよ」

スーツ姿の三十代半ばと思しい白人男性がいった。

「僕と彼が営業で、こっちの二人は技術部門だ」

「ああ、そうなんですか。いま、石油価格が上昇してるんで、エンジニアリング会社はどこも景気がいいようですねえ」

ホッジスがいうと、男たちは複雑な笑いを浮かべた。

「まあ、新規の案件は儲かるやつが多いんだけど……過去にやったプロジェクトは、実は、結構ややこしくなってるのがあってね」

営業部門の白人男性がいい、残りの男たちがうなずく。

「おお、それは大変なことで！　……やはりあれですか、経済混乱とかそういうことが起きると、焦げ付き債権が発生するとか、そういうことですかねえ？」

「まあ、そんな感じかなあ。……とくに、一九九八年夏のロシア通貨危機なんかのときは、うちの客でダメージを被《こうむ》ったところが多かったからなあ」

「ほう、ロシアの通貨危機ですか。なるほどねえ！　そうでしょうねえ……」

ホッジスは感心したふりをしながら、巧みに話を聴きだしていく。

グラスを重ねるうちに、英国子会社が、旧ソ連・東欧圏の案件で、今後二～三年は、かなりの赤字を計上する見込みであることがわかってきた。男たちの口ぶりでは、赤字額は年間百億円程度の様子である。

(確か、新日本エンジニアリングの中期経営計画では、売上げ六千億円、純利益二百億円が目標のはずだ……。その規模の会社で、百億円の赤字はでかい)

北川は、男たちの言葉をしっかりと頭に刻み込んだ。

「ところで、そういう赤字を出したりすると、子会社を売却したりとか、清算したりといったようなことにはならないんでしょうか? 確か、日経新聞か何かで、日本のエンジニアリング会社が、ヨーロッパかどこかの子会社を処分したような記事を読んだ記憶があるんですが……」

ビールのグラスを手にした北川が訊いた。

「へえ、そんな会社があるの?」

浅黒い肌のインド系の男が興味深そうな顔をした。「まあ幸い、うちの会社では、そういうことはなさそうだけど」

「おたくの会社は、かなり古いんですか?」

「できてもう二十年くらい経つんじゃないかな」

「アメリカの会社と違って、日系はクビ切りもあまりやらないから、古くからの社員がずいぶんいるよ」

ブルーに格子柄の長袖シャツを着た技術部門の白人男性がいった。

「マギーおばさんなんか、もう根っこが生えたみたいだもんなあ」

四人が笑った。あまり仕事をしない年輩の女性社員のことらしい。

「親会社は一〇〇パーセント日本企業なんですか？」

ホッジスが訊いた。

「うん。これも設立以来、全然変わっていない。変わるなんて話も聞いたことないね」

相手の言葉に、北川とホッジスは目でうなずきあった。


翌日――

川崎市にある新日本エンジニアリング本社役員室のソファーで、専務執行役員の仙波義久と、監査法人の会計士が向き合っていた。

「……こ、こんな、いきなりイギリスの子会社を連結から外しましたなんていわれても、わたしどもとしては、納得できませんよ！」

四十代前半だが、頭髪に白いものが混じった会計士は、憤慨を抑えきれない表情である。

「だいたい、連結子会社は、毎年有証《ゆうしょう》（有価証券報告書）に一覧で記載されてるんですよ。いきなり外したりしたら、一発でわかるじゃないですか！」

目の前には、新日本エンジニアリングの三月末の仮決算の資料が広げられていた。

「まあ、お茶でも飲んでください」

飴色の細縁眼鏡をかけた仙波が、相手をなだめるようにいった。

「我が社は、前期に、新興国市場のエネルギー案件に投資するベンチャーキャピタルを立ち上げたのですよ」

自らも湯呑みを手にした仙波がいった。

「ケイマン諸島で設立登記も済んで、五十億円の投資資金も払い込み済みです」

五十億円は新日本エンジニアリングが出したもので、同社の貸借対照表上は、投資有価証券として計上されている。また、英国子会社を買い取るためにベンチャーキャピタルに融資した三百億円が、短期貸付金になっている。

「し、しかし、英国子会社は、今後二、三年は、大幅な赤字が続く会社じゃないですか。こんな会社にベンチャー投資をする理由を、世間は納得すると思いますか？」

湯呑みを茶托に戻して、会計士が不信感を滲ませた顔つきでいった。

「ストラテジー（戦略）ですよ、ストラテジー」

仙波がいった。「かりに今後二、三年、赤字が続くとしても、エネルギー市場も新興国市場も、成長が見込める有望なマーケットです。ストラテジーとして、我が社はそういう分野に投資をしていくということです」

会計士は黙り込んだ。顧客である会社に「ストラテジーである」といわれると、反論するのはむずかしい。「ストラテジー」は二〇〇一年に破綻したエンロンでも赤字事業を正当化するために使われていた魔法の言葉だ。

「もう前期の決算予想も発表しているんです。いまから決算修正などということになると、うちは困るんです」

仙波がいった。

「そ、そんな、既成事実を作るようなやり方は……」

会計士は、「卑怯だ」という言葉を辛うじて喉下《のどもと》で呑み込んだ。

「まあ、かりにベンチャー投資が上手くいかなかったとしても、一、二年後には、本体の業績も十分上がりますから、損は吸収できますよ。あくまで一時的なことです、一時的なね」

「…………」

「おたくとは長い付き合いです。これからも、よろしくお願いしたいと思っていますよ。お帰りになられたら、パートナー（共同経営者）の皆さんがたにも、よろしくお伝えください」

仙波は、これを認めなければ監査契約を打ち切ると匂わせていた。

監査法人にとって、東証一部上場企業は、おいそれとは失えない重要な顧客だ。粉飾決算をやって破綻したエンロンや鐘紡の監査法人も、利益追求と正義の狭間で揺れ動いた末に会社に加担した。

3

翌週——

松川冴子は、ウルムチ市郊外にあるダーバンジョン発電地区を訪れていた。

雲一つない広大な青空の下で、何百もの白い風力発電機が、白いプロペラ型の羽根を回転させていた。あいかわらず、西の方角から強い風が吹いている。

「……だいぶできてきましたねえ」

強風でショートカットの髪が逆立ち、額が丸出しになった冴子が、付近の土漠の中で作業をしている男たちをながめながらいった。赤や水色のTシャツにズボンをはき、軍手をはめた中国人労働者たち二十人ほどが、風の中でワイヤーを運んだり、セメントをこねたり、高さ一〇メートルほどの発電機をクレーンで持ち上げたりしていた。

「もう半分くらい据付《すえつけ》が終わりました」

新疆能源投資有限公司の中年女性がいった。会計士の資格を持つ、地味で堅実な感じの女性である。

昨年十二月に国連に登録された同社のプロジェクトは、出力一・五メガワットの風力発電機を六十基設置するもので、設置作業は、プロジェクトが登録される以前から進んでいる。ダーバンジョン発電地区では、すでにほかの多くの会社が発電事業を行っているので、設置が終わった発電機から順次送電網《グリッド》に接続され、発電を開始している。

「梁さんが、国連に申請する前に発電機を大量に発注したと聞いたときは、ずいぶん大胆なことをやるもんだと驚きましたが、いまとなっては正解でしたね」

短髪でサングラスをかけた武暁軍がいった。

「ええ。いまは、世界的に風力発電ブームで、プロジェクトが国連に登録されても、発電機の製造・引渡しの順番待ちだそうですから」

中国人女性の言葉に、冴子はうなずいた。

（そういえば、梁さんは、どこへいったのかなあ……。北京に帰ったってことだけは聞いたけど）

一重瞼で眼光鋭い梁寶林の精悍な細面が思い出される。

「ところで、このプロジェクトの排出権は、年末から発生するんですか？」

武が訊いた。

「そうです。排出権は、ＤＯＥ（指定運営組織）が、計画どおりに排出量の削減が行われているか検証《ベリフィケーション》し、それを国連に対して認証した上で発行されます」

冴子がいった。

排出権を何ヵ月ごと（あるいは何年ごと）に発行してもらうかは、プロジェクト実施者が自由に決められる。しかし、バイヤーである電力会社などが、一年ごとに排出量削減目標を定めていることや、ＤＯＥによる検証・認証に一回百万円から二百万円の費用を支払わなくてはならないことなどから、年に一度の発行とするケースが大半だ。なお、排出量の検証は、原則、プロジェクトの有効化審査を行なったのとは別のDOEが行なわなくてはならない。

「さて、じゃあ、そろそろ帰りましょうか」

武がいい、三人は、駐車場に停めてあった車のほうに戻り始めた。

その晩——

冴子は、新疆能源投資有限公司の中年女性、武暁軍と一緒に、市街西寄りの五一路の夜店街に出かけた。五一路は、長江路と黄河路を結ぶ長さ数百メートルの通りで、付近は商店と住宅が入り混じった一帯だ。

照明が少ない暗い道に沿って、電球を点したシシカバブ屋、ドライフルーツ、砂鍋《サーグー》（ウイグル風寄せ鍋）、炒麵《チャーミエン》（焼きうどん）などの屋台が歩道に並び、夕食と散歩を兼ねた地元の人々がそぞろ歩いていた。あたりには羊肉を焼く煙が漂っている。

「まだ、出ている店は半分くらいですねえ」

新疆能源投資有限公司の中年女性がいった。

五一路の夜店は、五月ごろから本格的に始まり、夏が最盛期である。

「でも今日は、四月にしては結構出ているほうだと思います。……冴子さんは何が食べたいですか？」

「そうですねえ……やっぱり、シシカバブを」

冴子は先ほどから、通りに漂う羊肉を焼く匂いに食欲を刺激されていた。

「じゃあ、あの店にしましょうか」

武が、通りの角の店を指差した。

アセチレンガスのような強い電球の光の中で、白い回族の帽子をかぶった男たちが、串刺しにした羊肉を焼いていた。

三人は、店のそばのプラスチックのテーブルについた。椅子が食べかすやジュースで汚れていたので、座る前に紙ナプキンで入念に拭《ふ》いた。

「どうぞ、これ」

新疆能源投資有限公司の女性が、コップに入れた薄いオレンジ色の飲み物を差し出した。

「これは……ビールか何か？」

「いえ、カワスという名前で、ハチミツと果物のジュースです」

「へえ……」

飲むと、リンゴジュースとオレンジジュースの中間のような味だった。

そばの屋台では、店員が客を呼び込んだり、大声で注文を伝えたりしている。涼しい風が吹き抜け、肉を焼く男たちの手もとを照らす電球の光が揺れる。道路のほうからは、通りをいく車の警笛音や排気音が盛んに聞こえ、足もとの地面には、ビニール袋や紙ナプキンなどのゴミが散乱している。

冴子はカワスを飲みながら、文京区に住む小母《おば》にメールを送ったことをぼんやり思い出した。

現在六十歳の小母は、冴子が東京の大学を卒業して新日本エンジニアリングに就職したとき、夫婦で保証人になってくれた人物で、祖母の親戚である。学生時代や、社会人になって間もないころは、ときどき家を訪ねていたが、その後は、年賀状だけのやりとりになっている。最近、小母がメールを始めたのをたまたま知って、二、三日前にメールを送った。ついでに、祖母がどんな生き方をした人なのか知らないか訊いてみたが、返事はまだない。

「お待たせしました。さあ、食べましょう!」

武が、皿に載せたシシカバブを十本くらい運んできた。

長さ五〇センチくらいの金串に羊肉やレバーを刺し、ニンニクをきかせた茶色いタレをつけて焼いたものだった。肉はこんがりと見事なキツネ色に焼きあがっていた。


翌日――

地下鉄赤坂見附駅から歩いて数分の中堅監査法人の会議室で、上級パートナー(共同経営者)の会計士と、新日本エンジニアリングの監査責任者を務めている会計士が、むずかしい表情で話し合っていた。

「……しかし、これはまた、強引なことをやったもんだなあ」

会議用テーブルの上に広げた監査資料を繰りながら、上級パートナーがいった。白髪まじりの頭髪をオールバックにし、フレームの上部が黒い眼鏡をかけた五十代後半の男性だった。

十七階の窓の下には、六本木、渋谷、原宿から武蔵野方面にかけての高層ビル、高速道路、公園、民家などに埋め尽くされた東京の街が展開している。

「仙波専務は、『これはストラテジーである』といいながら、『あくまでも一時的なことだ』としきりに繰り返していました」

四十代前半だが、頭髪に白いものが混じった会計士がいった。

「一時的なことだから、心配するなというわけか……連結外しが目的だといっているのと同じじゃないか」

上級パートナーは、悩ましげな表情でいった。

「ＡＳＢＪが近々発表する指針では、ベンチャーキャピタル条項を使うためには、①売却等により投資先の議決権の大部分を手放す計画がある、②投資先と親会社の取引がない、③投資先の事業が親会社の事業の移転や代行ではない、④投資先の事業と親会社の事業にシナジー効果や連携関係がない、という四条件を満たさなくてはならないことになっています」

ＡＳＢＪはAccounting Standards Board of Japan（企業会計基準委員会）の略称で、日本の企業会計基準を定めている団体である。

「それでいくと、①と②は何とかいい逃れできるかもしれないが、③と④は限りなく黒に近いグレー（灰色）か、黒そのものだな」

上級パートナーは、ますます悩ましげな表情になった。

「アンワインド（解消）してもらえそうにないのか？」

新日本エンジニアリング以外でも、証券化によってSPC（特別目的会社）に売却したなどとして、不良資産を貸借対照表から外す企業がときどきある。しかし、SPCに対する外部からの資金拠出が足りなかったりして、証券化の要件を満たさない場合は、監査先企業に対して、取引（会計処理）をアンワインドするよう求めている。

「アンワインドは、とうてい無理です」

担当会計士は、渋い表情で首を振った。「先週、仙波専務と面談したとき、ほとんど喧嘩腰になって議論しましたが、先方はどんなことがあろうと押し切る意向で、うちが認めないなら監査契約を打ち切ると匂わせてきています」

「本当か？……しかし、監査契約を打ち切るなどというのは、向こうにとっても両刃《もろは》の剣《つるぎ》だろう？　そこまでして連結外しにこだわる理由は何なんだ？」

「来年三月期が中期経営計画の締めの時期なので、仙波氏としては、何が何でも収益目標を達成して、次期社長の座を狙おうということのようです」

「なるほど……。やっかいな状況だな」

上級パートナーは渋い表情で、窓の外に視線を向ける。

四月の空はさわやかに晴れ上がり、眼下の街のあちらこちらに淡いピンク色の桜がみえた。

「新日本エンジニアリングは、うちの看板といってもいい客だからなあ……」

この監査法人は、トーマツ、新日本監査法人（新日本エンジニアリングとは無関係）、あずさ、あらたのいわゆる四大監査法人の一、二段下に位置する中堅監査法人だ。職員数は約三百名で、四大監査法人の五分の一から十分の一の規模である。上場企業の顧客は約八十社だが、二部や店頭銘柄が多く、東証一部上場企業は十社もない。

「英国子会社の連結外しで、先方は、どれくらい収益が改善するんだ？」

「年間百億円程度ですね」

「じゃあ、万一、この会計処理が問題になって、アンワインドせざるを得なくなっても、倒産するようなことはないな？」

「財務的には十分持ちこたえられます。新日本エンジニアリングは、年間の純利益が百億円強で、自己資本も九百三十億円くらいありますから。……ただ、不適切な会計処理をしたことが公になった場合、どういう結果をもたらすかは、予断を許さないところではあります」

担当会計士の言葉に、上級パートナーはうなずいた。

「ここは腹を括《くく》って、顧客と一蓮托生でいくしかないか……」

上級パートナーがいいかけたとき、会議室のドアがノックされた。

入ってきたのは、新日本エンジニアリングの監査に携わっている二十代後半の会計士補の女性だった。

「お話し中のところ、失礼いたします。……ニューヨークの投資ファンドが、今日、こういう分析レポートを発表しましたので、取り急ぎお持ちしました」

黒縁眼鏡をかけた理知的な風貌の女性は、数枚の書類を差し出した。インターネットのニュースサイトからダウンロードした和文のレポートだった。

「パンゲア&カンパニー……」

担当会計士が、受け取ったレポートに視線を落とし、つぶやいた。

「パンゲア&カンパニー？ ……新日本エンジニアリングの株をカラ売りしている、例のニューヨークのカラ売り専業ファンドか？」

上級パートナーの問いに、担当会計士がうなずく。

「こ、これは……！」

レポートに視線を走らせた担当会計士の表情が、愕然となった。

「どうしたのかね？」

「い、いまお話ししていた英国子会社の連結外しが……ほぼ正確な形で、すっぱ抜かれています！」

夕方——

新日本エンジニアリング専務執行役員の仙波義久は、川崎市にある本社役員室のソファーで歯嚙みをしていた。

パンゲア＆カンパニーの分析レポート発表によって、二千三百円台だった株価は、一挙に二千百円台まで下落した。先ほど社長から、いったいどうなっているのかと叱責され、東京証券取引所からは事情説明の要請があった。

「……あのカラ売り屋どもめ、いったいどこから情報をとったんだ⁉」

飴色の眼鏡をかけた般若のような細面が、怒りと焦りでどす黒くなっていた。

目の前の低いテーブルのガラスの天板の上に、パンゲア＆カンパニーの分析レポートが広げられていた。新日本エンジニアリングが、年間百億円程度の赤字を出している英国子会社の連結外しを目的としてSPCを設立したことは、第3四半期の貸借対照表において、投資有価証券が五十億円、短期貸付金が三百億円、それぞれ増えていることから、ほぼ間違いないと指摘していた。さらに、過去のプレスリリースや、新聞・雑誌の記事を分析し、英国子会社の赤字の原因になっている旧ソ連・東欧圏の六つのプロジェクトと、各プロジェクトの赤字額をほぼ正確に推定し、表にして掲載していた。レポートは最後に、「新日本エンジニアリングの隠された赤字は、旧ソ連・東欧圏だけに止まらない可能性がある」とし、同社の株は「ストロング・セル（強力売り推奨）」であると結んでいた。

「せ、専務……これだけずばり指摘されたんでは、あのケイマンのベンチャーキャピタルは、アンワインド（解消）するしかないのでは？」

頭髪が薄い五十がらみの経理部長が、おろおろした表情でいった。

「何をいってるんだね、きみは！」

ドスの効いた声に直撃され、経理部長はびくりとなる。

「いま、あれをアンワインドしたりしたら、粉飾決算をやろうとしたと認めるようなものじゃないか！」

「は、はい……」

「そうじゃなくて、あくまでベンチャーキャピタル投資だけれども、投資家の誤解を避けるために、念のため連結するということにするんだ」

仙波は顎をしゃくって、縮み上がっている経理部長をみる。

「あ、はい……かしこまりました」

「東証に対しても、そのように説明しておいてくれ」

「はい。そのようにいたします」

仙波はうなずいて足を組む。ゴルフ焼けした顔に、苛立ちと焦りがにじんでいた。

先ほど社長に呼ばれて、株価対策もやるように命じられていた。

「広報部とも相談して、ただちにパンゲアのレポートに反論するプレスリリースを作るんだ」

足を組んだまま経理部長にいった。

「かしこまりました」

「それから、株価を押し上げる何かいい材料はないのか？」

「は？　材料ですか……うーん」

経理部長は、首をかしげて考え込む。

「何かこう、華々しく儲かるような話だ。……思いつかんか？」

仙波自身も、宙を見上げるようにして考える。

「あの……大型プロジェクトといいますと、エネプロ2《ツー》がやっているウクライナのザシャチコ炭鉱のメタンガス回収プロジェクトが、先日着工しましたが……」

小林正之が率いるエネルギー・プロジェクト第二部が手がけている、年間の排出権獲得量が三五〇万トンという超大型プロジェクトだ。

「おお、そうだな！　あれがあったな！　あれは地球温暖化対策がらみで筋《すじ》もいい。……よし、あれを一つ大きくブチ上げて、カラ売り屋どもをたたきのめしてやれ！」

仙波は、いく分精気が戻ったような表情でいった。

4

五月――
マンハッタンのミッドタウンにあるパンゲア＆カンパニーのオフィスで、北川がパソコンの画面をにらみながら、親指の爪を噛んでいた。

（下がらんなあ……）

みていたのは、新日本エンジニアリングの株価チャートだった。パンゲアの分析レポート発表で、いったん二千百円台まで落ちたが、その後は一進一退の展開を続けている。

「ヤス、どうだ、新日本エンジニアリングの株価は？」

そばを通りかかったグボイェガが声をかけた。

「だめだ。予想外の粘り腰だ」

スクリーンから視線を上げていった。「連結外しを指摘して、東証の監理ポスト入り寸前まで追い込んだまではよかったが、投資家の誤解を避けるために、英国子会社をあえて連結するというプレスリリースを出されて、上手く逃げられた」

監理ポストとは、上場廃止基準に抵触する可能性のある銘柄を監視しながら暫定的に売買をする取引所のポストである（立会場が存在した時代には専用カウンター＝ポストがあった）。上場廃止基準に抵触しないことがわかれば、通常ポストに戻されるが、上場廃止が決まると、整理ポストに移される。

「でも決算は修正したんだろ？」

「修正はしたが、去年の第３四半期決算の修正で、年度末決算の修正じゃないんだ」

「そうか……日本企業は三月末決算が多いんだったな」

「年度末決算の修正だったら、一波乱あったと思うんだが……指摘するのを、もう少し後にすればよかったかもしれない」

北川は悔しそうな表情でいった。

「それにしても、二千百円台から下がらないっていうのは、ずいぶんな粘り腰だな。……理由は油価か？」

ＷＴＩは五月に入ると史上初めて百二十ドルを突破し、百三十ドル台をうかがう空前の高値圏に突入した。油価の下落を信じて資源関連銘柄をカラ売りしているパンゲアにとって、強い逆風になっている。

「株価が強いのは、油価とウクライナの巨大排出権プロジェクトが理由だ。ウクライナの炭鉱のメタンガス回収プロジェクトは、工事に着工してまだ数ヵ月だが、年間の排出権獲得量が三五〇万トンという超弩級の案件だ」

「年間三五〇万トン？　どれくらい儲かるんだ？」

「かりにトン当り三ユーロのサヤ抜きができれば、年間千五十万ユーロ（約十七億円）、五ユーロなら千七百五十万ユーロ（約二十八億円）だな」

「毎年、それだけのものが転がり込むわけか……確かに、かなりのもんだな」

「ここのところ、俺たちの動きに対抗するように、仙波という専務が中心になって、会社の先行きが明るいことをマスコミに対して喋《しゃべ》ったり、幹事証券が推奨レポートを盛んに出したりしている」

デスクの上の電話が鳴った。

「悪い、モルガン・スタンレーだ」

電話機の表示をみて北川がいい、グボイェガがうなずいて、自分のデスクのほうへ歩み去る。

モルガン・スタンレーは、パンゲアのプライムブローカー（顧客のために、カラ売り用の株券を調達する証券会社）で、北川らは同社を通じて取引を行っている。

北川は、ヘッドフォーン式になった受話器を頭にかけた。

「Hi, Mike. Yeah that's right! I want to short sell 30,000 shares of 19××at 2,140 or better.（銘柄19××を三万株、二千百四十円以上でカラ売りしてくれ）」

ヘッドフォーン式受話器のマイクに向かっていった。銘柄19××は、新日本エンジニアリングの銘柄コードだ。

北川は、仙波らの動きに対抗するように、カラ売りのポジションを積み上げていた。

翌日——

JR川崎駅西口に聳《そび》える二十七階建てのビルに入っている新日本エンジニアリング本社役員室で、専務執行役員の仙波義久が、エネルギー・プロジェクト本部の幹部五人を呼んで、声を荒げていた。

「……とにかく、こんな報告では話にならん！　もう一度練り直して、持ってこい。VEが足りんのだ、VEが！」

VEとは、「バリュー・エンジニアリング」という社内用語の略で、工夫によって工事の原価を削減することだ。

テーブルのガラスの天板の上に、受注した案件の進捗状況を記した「プロジェクト月報」が広げられていた。

「いいか？　我が社は、今年が中期経営計画の締めの年度なんだ。目標を達成できるかどうかは、きみらのがんばり次第だ。自覚を持ってやってくれよ、自覚を」

ソファーに座った五人の男たちは、神妙な顔つきで話を聞いている。

「小林君、きみの部も大きなプロジェクトが獲れてるが、これで十分だなどと思っていないだろうな？」

仙波は、眼鏡をかけた凄みのある目で、エネルギー・プロジェクト第二部長の小林正之をじろりとみた。

「いえ、決してそのようなことは思っておりません」

長身の小林は、緊張した面持ちで答えた。

「それから、例のウクライナのプロジェクトは、もうちょっと早く完工できんのかね？」

ザシャチコ炭鉱のメタンガス回収・発電プロジェクトのことであった。設計、製作、現場搬送、据付を含めて一年の予定で工事が進められていた。中心となる設備はガス焚き発電機で、十二基の発電機（米国GE社製で、一基当りの出力は三・〇三五メガワット）が一組になった発電ユニットを三ユニット設置する。

「ガスエンジン（ガス焚き発電機）の製作も順調なんだろう？」

プロジェクトの納期を決める大きな要因は、発電機の製作時期である。

「はあ……」

テニス焼けした小林の顔に、当惑の色が浮かぶ。

「ただ、なにぶん、旧ソ連流で安全管理が不十分な環境で工事を進めておりますので、ある程度、慎重さが……」

「安全管理も必要だろうが、工夫次第で、工期を短縮できるんじゃないのかね？」

仙波が、小林を遮った。

「きみもいずれは執行役員になるんだろう？　役員になるんだったら、一度や二度、血の小便を流すぐらいの覚悟で取り組んだ経験がないと務まらんぞ」

顎をしゃくって小林をみる。

「あのウクライナのプロジェクトは、我が社の新事業開拓の象徴にもなっているんだ。何としてでも来年三月末までには稼働させて、我が社の宣伝になるようにしてもらいたい。……きみも本社に腰を落ち着けていないで、どんどん現地にいって、工事の陣頭指揮を執りたまえ」

「はい」

小林は、本社に腰を落ち着けているわけではなく、あいかわらずプロジェクト獲得のために身体に鞭打ってＣＩＳ・中東欧を飛び回っていたが、口答えせずにうなずいた。

数時間後――

仙波義久は、広報部長、経理部長と一緒に、日系証券会社の事業法人部の部長らと面談していた。

「……ほう、霞が関の官僚くずれというわけか」

足を組んでソファーに座った仙波が、興味深げな顔をした。

「噂では、ある産業政策を巡って次官や局長と激しく対立して、役所を飛び出したそうです。役人時代に、アメリカの一流ビジネススクールに官費留学してMBAをとったりしていますから、頭は相当切れると思います」

証券会社の事業法人部長がいった。小狡《こずる》そうな目つきの五十代半ばの男で、痩せぎすの身体に縦縞入りの茶色のスーツを着ていた。隣りに、背のひょろりと高い部下の次長が座っている。

「官庁を飛び出すくらいだから、癖のある男なんだろうな」

「探ってみれば、噂のたぐいはいろいろ出てくるでしょう」

証券会社の事業法人部長はうなずいた。

「パートナーの二人のアメリカ人は、白人と黒人で、北川のビジネススクール時代のクラスメートですが、彼らも企業社会の本流から外れた、アウトロー的な生き方をしているようです」

「いずれにせよ、たたけば埃《ほこり》の出るような連中です。週刊誌的にはおもしろいと思います」

背のひょろりと高い事業法人部次長の言葉に、仙波らがうなずく。

「じゃあ、週刊文潮のほうは、フリーライターに調査させて、タレこませることにしよう。……まっとうなメディアのほうはどうなんだ？」

「そちらのほうは、日本産業新聞と週刊東京経済に、『未来へ躍進する新日本エンジニアリング』といった感じの記事と、社長のインタビューの組合せでやってもらうことになっています」

恰幅のよい広報部長がいった。

「日本産業新聞と週刊東京経済か……悪くないな」

仙波は満足顔でうなずいた。

「マスコミを使ってたたいても、パンゲアの連中が手を引かない場合は、訴訟にもっていって長期戦で疲弊させるか、投機筋の資金を使って一気に締め上げるかだな。……一流企業に喧嘩を売るとどういうことになるのか、骨の髄まで思い知らせてやろうじゃないか」

仙波は酷薄そうな笑みを浮かべた。


三週間後――

「な、何だ、この記事は！」

パンゲア＆カンパニーの会議室で、北川ら三人のパートナーは送られてきた数枚のファックスを前に、憤慨していた。

ファックスは、日本の大手週刊誌である週刊文潮の『日本企業にカラ売りをしかけるニューヨークの無法投資ファンド』という特集記事だった。見開き二ページの大きな見出しの下に、北川ら三人の顔写真や新日本エンジニアリングの本社ビルが配され、両者の攻防の模様が報じられていた。

記事は、北川のことを「周囲との協調性が乏しくて霞が関を飛び出した元官僚で、昔の同僚は、たんに仕事上の行き違いだけでなく、私生活上の問題があって辞めたのではないかと話している」と、借金か不倫でもしていたかのような書き方をしていた。グボイェガについては、「窃盗や暴力が横行する貧民窟の出で、有力投資銀行からことごとく入社を拒まれた得体の知れない黒人」、ホッジスのことは「大手企業のトレジャラー（財務部長というまっとうな職を踏み外し、企業のアラを探すことで大金を儲けようとする金の亡者」と書いていた。

三人の顔写真は、指名手配犯の写真のようなものが使われていた。

「これはひどいな……」

英語訳を読んだグボイェガの黒い顔が怒りで痙攣していた。

「おそらく新日本エンジニアリングが、裏で画策したんだろう。……連中、いよいよ牙を剝いてきたな」

北川が、悔しさを押し殺していった。

「ふざけやがって！　これこそ名誉毀損じゃないか！」

正義感過剰のホッジスが、憤然といった。ここのところカラ売りした資源関連銘柄の含み損がますますふくらんで、苛立ちを募らせている。

「すぐ法務部長に相談して、この雑誌を訴えよう！　ここまでやられて、黙っていられるか！」

立ち上がって、会議室から出ていこうとする。

「ジム、ちょっと待て。落ち着け」

黒の半袖のポロシャツを着たグボイェガが立ち上がり、ホッジスを制止した。

「これが興奮せずにいられるか！　会社のことを批判するならまだしも、個人に対する中傷は許せん！」

白い顔を紅潮させたホッジスは、ガラス扉の銀色のドアノブに手をかけ、憤然といった。

扉の向こうで、秘書兼アシスタントの若い米国人女性が驚いた顔をしていた。

「ジム、冷静になれ。ここで逆上したら、相手の思う壺だ」

北川は立ち上がって、ホッジスの太い腕をつかんだ。「俺たちは、資産が何十億ドルもあって、スタッフが何百人もいる大きなファンドじゃない。……訴訟なんかおっぱじめたら、資金的にも時間的にも追い込まれる」

北川たちは、過去、何度か米国企業に名誉毀損で訴えられたことがある。裁判はすべてパンゲア側の勝利に終わったが、そのたびに、最低でも五十万ドル、多いときには二百万ドル（約二億一千万円）以上の弁護士費用を支払わなくてはならず、多大な負担を強いられた。

「新日本エンジニアリングは、俺たちが訴訟を起こすのを待っているんだ。ここで訴えたら、資金力に物をいわせて、俺たちが干上がるまで裁判を続けるつもりだ」

「……くそっ！」

ホッジスは、北川の手をふりほどいて、憮然とした顔でふたたび椅子に座った。

「とにかく冷静になろう。……俺は、週刊誌の記事はこれで打ち止めだと思う」

北川が、記事のファックスに視線をやる。

「俺たちの話は、北朝鮮の拉致事件と違って、日本にとって社会的に重大な問題でもないし、ライブドアや村上ファンドのように、マスコミにしょっちゅう登場する有名人の事件でもない。所詮は、ニューヨークのカラ売りファンドと日本企業の小競り合いだ。ほかのメディアが追随することはないだろう。むしろ、新日本エンジニアリング側がメディアを使ってできるのは、この程度の嫌がらせにすぎないということだ」

北川が記事のファックスをかざし、二人がうなずく。

「今度は、こちらが反撃する番だ。……俺は、この悔しさを、カラ売り勢力の結集と分析レポートにたたきつける」

5

七月——

松川冴子は、山西省の省都太原《たいげん》市を訪れていた。

同省の産炭地柳林にある石炭会社晋華焦煤有限責任公司との打ち合わせをした帰りだった。

年間一二〇万トンの排出権を獲得するメタンガス回収・発電プロジェクト（総費用二億元＝約三十億円）は、すでに国連CDM理事会に登録され、機器の据付が始まっている。

太原市は、黄土高原の東部、太原盆地の北端に位置し、平均海抜は八〇〇メートルほどである。古くは晋陽と呼ばれ、春秋時代（紀元前七七〇年～同四〇三年）は大国・晋の都であった。明・清代には山西商人（晋商）が台頭し、商業や鉱工業の一大中心地になった。第二次大戦中は日本軍に占領され、新中国建国後は重工業と石炭業が盛んになった。現在の人口は三百四十五万人で、街は東、西、北の三方を山に囲まれ、中心部には高層ビルや高層マンションが聳《そび》えている。街路樹は細い緑の葉を繁らせた槐《えんじゅ》の木やポプラ、柳が多い。

冴子は、市内中心部からやや東に寄った古い一角にある崇善寺《すうぜんじ》で両手を合わせていた。

寺は、唐代に創建された古刹《こさつ》である。山門を潜ると、矩形《くけい》の敷地の正面に、明代の木造建築である二階建ての「大悲殿」が現われ、その左右に、僧侶たちが生活する二階建ての楼閣が建っている。

「大悲殿」の中では、向かって左側に平服の一般人たち、右側に衣を着た僧侶たち、それぞれ二、三十人が向き合って経を唱和していた。日本の経よりも声が大きくてピッチが速く、歌のように聞こえる。人々の向こうの薄暗がりの中に、十一の顔と千の目を持つ黄金の千手観音像が浮き上がっていた。高さが八・五メートルもある大きな像である。

黄色いサマーセーターに、麻のパンツとサンダルをはいた冴子は、「大悲殿」の前にある高さ約三メートル、横幅約三メートルの瓦屋根付のりっぱな線香立ての前で両手を合わせていた。

境内の槐の木々の梢で蟬が盛んに鳴いていた。空気は乾燥しており、気温は三十度近い。

冴子は手を合わせながら、亡くなった祖母のことを考えていた。先日、文京区に住む六十歳の小母《おば》からメールの返事が来て、「お祖母《ばあ》さんのことを知りたいのなら、最適の人がいる。わたしの母で、あなたのお祖母さんの妹だ」といってきた。冴子は、文京区の小母が祖母の親戚だということは知っていたが、小母が祖母の妹の娘で、しかもその妹が存命とはまったく知らなかった。祖母の妹は現在沖縄で一人暮らしをしており、今年の秋くらいに東京に戻ってくるから、そのときに会えるようにしましょうということだった。

（いったい、いくつくらいの人なんだろう……？）

祖母は明治の生まれで、もしまだ生きていれば百歳を超えている。小母《おば》によると、妹というのは相当年が離れているそうだが、それでも八十歳は確実に超えているはずだ。

会って、いったいどんな話が聞けるのだろうかと思いながら、冴子は祈り続けた。

一緒に出張してきた武暁軍が、かたわらで手を合わせていた。

冴子らのほかにも、ときおり地元の中国人がやってきて、手を合わせていた。水商売でもやっていそうな、鮮やかな黄色いワンピースの若い女性などもやってきて、線香を上げていく。「大悲殿」の中で経を唱和しているのも、中高年の女性が圧倒的に多く、世の悩みは、やはり女性が肩に背負うものなのだろうかと思う。

「武さん、そろそろ行きましょうか？」

かたわらの武に声をかけたとき、ふと武の向こうにいる人物に視線がいった。

白い半袖シャツにネクタイをした中年男性が線香立ての前で手を合わせていた。

男性は、冴子の日本語の声を聞いて、顔を上げてこちらを見た。やや面長で、意志の強さを感じさせるしっかりした顎の線の人物だった。年齢は五十代前半に見える。

「失礼ですが、日本の方ですか？」

男性が日本語で訊いた。

「あ、はい、そうです」

冴子は、軽く会釈した。

「わたしは国枝と申します。経済産業省のシンクタンクで働いていて、会議で太原に来ています」

肩幅の広い日本人男性は、冴子に歩み寄って会釈した。

「経済産業省の国枝さん……？　もしかして、ＣＤＭ理事会の理事の方ですか？」

「え？　ええ、そうですが……」

国枝は少し驚いた顔になった。

「わたしは松川と申しまして、新日本エンジニアリングの地球環境室で、排出権ビジネスをやっております。こちらは、うちの北京事務所の武暁軍さんです」

髪を短く刈った武が、会釈した。

「ああ、あなたが、例の女性室長さんですか」

国枝朋之は、微笑した。「失礼ですが、こちらには何の用事で……？」

「柳林の炭鉱メタンガス回収・発電プロジェクトの打ち合わせに来た帰りです。今日は時間があまったので、お寺でも見ようと思ってきたのですが、ここのお経が、子どものころに聞いていたお経によく似ているので、お参りをしていました」

「お経といいますと、正信偈《しょうしんげ》ですか？」

「あ、はい。わたしは金沢出身なんですが、あちらは浄土真宗が多いんです」

正信偈は、浄土真宗の要義大綱を七言六十行百二十句の偈文《げもん》にまとめたものだ。

「そうですか。わたしもお寺は浄土真宗なので、このあと、玄中寺《げんちゅうじ》に行こうと思っています」

玄中寺は、太原から六〇キロメートルほど離れた交城県《こうじょう》にある仏教寺で、北魏時代の四七二年に、高僧曇鸞《どんらん》によって創建された。日本の浄土宗は玄中寺を祖庭《そてい》としている。

「国枝さんは、お寺に興味がおありなんですか？」

同じ浄土真宗で、排出権にかかわっていることから、冴子は相手に親しみを感じた。

「いえ、そういうわけではないんですが。……実は、五年ほど前に、高校三年生だった長男が海で亡くなりましてね」

「え、そうなんですか……」

悪いことを訊いてしまったかと思って戸惑った。

「それ以来、よくお寺に来るようになりました」

国枝は、少し寂しげな表情でいった。「来るたびに、ああもできなかったのか、こうもできなかったのかと考えたり、所詮は、別れる運命にあったんだと自分にいい聞かせたり、後悔や思い出にひたっていてもしかたがないから、忘れなくてはと思ったり……」

意志の強そうな顔に、悲しみの影が差した。

三人は並んで、山門のほうへゆっくり歩き始める。

「松川さんは、物心一如という言葉をご存知ですか？」

「確か、親鸞の教えで、いっさいの物は、物そのものに善し悪しがあるのではなく、人の心のありようがその物の価値を決める、というような意味合いではなかったかと思いますが」

「そうですね。別のいい方をすると、物と心は不可分で、繁栄のためには、両方が豊かにならなくてはならないという意味だそうです。……実は、長男の通夜のときに、お坊さんがこの言葉をひいて説法をされましてね。しばらくして役所から、地球温暖化対策の仕事をやらないかと打診されたとき、なぜかこの言葉が浮かびました」

「そうなんですか……。わたしはエンジニアリング会社でこんな仕事をしていますが、亡くなった祖母が、自分の身代わりに、わたしを広い世界で自由に働かせてくれているような気がしています」

瓦屋根を持つ灰色の石造りの山門を潜《くぐ》ると、塀に挟まれた路地になっている。午後の木漏れ日が降り注ぐ中で、蠟燭や線香、土産物などを売る露店が並んでいた。

「ところで、御社とニューヨークのカラ売り屋の攻防は、まだ続いているんですか？」

「はい。わたしは直接は関係ないんですが、先月の株主総会でも、経営陣と激しい論争になったと聞いています」

去る六月下旬の株主総会に北川靖が乗り込んできて、「御社は、英国子会社の連結外し以外にも、決算を修正すべき要因があるのではないか？『ターンキー契約』主体でやっているのに、決算が増収増益で、しかも原価率が下がるというのは、まったく解《げ》せない！」と疑問を呈し、社長が「当社の会計処理は、公認会計士が認めたやり方で適切にやっており、再度の決算修正をするなどということは、絶対にありえない」と答えた。北川が「ケイマンのベンチャーキャピタルは、英国子会社の連結外しのために設立した会社で、管理費や弁護士費用等もかかるから、廃止すべきではないか？」と指摘したのに対して、仙波専務が「当社は、新興国のエネルギー市場の成長性を見込んで、この分野に関連している企業に投資をし、キャピタルゲインを狙っていく方針であり、廃止の必要はない」と押し切った。

「いまのところは株価も下がっていませんし、業務にも支障はないんですが、自分の会社が生き馬の目を抜くウォール街のカラ売り屋に狙われていると思うと、あまりいい気持ちはしないですね」

歩きながら冴子は表情を曇らせた。

「わたしは、あの北川君が霞が関の役人だったころ、一緒に働いたことがありますよ」

「本当ですか⁉ どんな人なんですか？ 週刊誌なんかには、ずいぶん悪質な人たちだって書かれていたようですけど」

「いや、少なくとも当時は、そんな悪い人間には見えなかったですよ。むしろ一途で、理想に走るようなところがあって。……だから役所の仕事に納得できなかったんじゃないのかなあ」

「そうなんですか……」

「頭がよくて、粘着質で、頑固な男でしたね」

目の前に、車やバイクにまじって水色の二階建てバスが往きから広い通りが見えてきた。

「わたしはあちらに車を待たせてありますので」

通りの右手のほうを指差して、国枝がいった。

「カラ売り屋との戦いではお力になれないけれど、排出権関係で何かできることがあれば、いつでも連絡してください。附属書I国の代表として理事会には出ていますが、日本企業のことは常に考えていますから」

「ありがとうございます」

冴子と武は頭を下げ、国枝と別れた。

冴子と武は通りでタクシーを拾い、運転手に、宿泊先である山西国貿大飯店へ行くように告げた。今晩は太原で一泊し、明朝の便で北京に移動し、北京で一日仕事をして、日本に戻る予定である。

太原市街の中心部には、メーデー（五月一日）にちなんで名づけられた五一広場があり、大小三つの噴水が盛んに水を噴き上げていた。石のタイルがきれいに敷き詰められた広場で、人々が鳩に餌をやったり、ベンチで語らったりしていた。四角い広場を取り囲むように、銀行などの高層ビルが建ち並び、省都らしい都会的な雰囲気が漂っている。

街路樹が豊かに葉を繁らせる通りに建ち並ぶ商店やレストランはガラスを多用した新しい建物が多く、街が急速に発展していることがわかる。「夫婦用品」という看板を出したアダルトショップまであった。武によると、三十年前の中国は、食べ物こそあったが、それ以外はいまの北朝鮮とまったく同じで、将来、アダルトショップが出現しようなどとは、想像すらできなかったという。

「あ、あれ、国泰電器の店ですね」

走っているタクシーの中から、冴子が、商店街に並んでいる大きな電器店を指差した。

大型ショッピングセンターの一階から四階部分までを使った店舗で、左右を肯徳基（ケンタッキーフライドチキン）とモトローラの携帯電話ショップに挟まれていた。

正面の三階と四階部分の壁に「国泰电器」と紺色の大きな文字があり、左右の太い柱には、赤地に白や黄色で新製品の宣伝文が書かれている。人気女性タレントが居間でパソコンを操作している大きな写真の看板も掲げられ、正面入口前では、青い半袖のポロシャツに金色のタスキをかけた若い男女の店員たちが客を案内している。入口の左右の歩道には、客が乗ってきたバイクや自転車がずらりと並んでいた。

「繁盛している感じですね」

車窓の後方に流れていく国泰電器の店舗をながめながら冴子がいった。

「いまや飛ぶ鳥を落とす勢いですからねえ」

隣りに座った武暁軍がいった。

国泰電器は、王輝東《おうきとう》が率いる国泰集団の中核企業である家電量販チェーンで、北京、天津、上海、広州、深圳、長沙《ちょうさ》、香港など、都市部に支社二十八社、その下に五百七十三の店舗（一般家電販売店五百六十店、デジタル家電販売店十一店、主力店二店）を有し、香港の株式市場に上場している。最近では、米国のコンピューターメーカーDELL社とパソコン販売代理契約を結んだり、消費者の高級品志向を狙って、薄型液晶テレビを大々的に売り出したりしている。

「国泰集団にお金を出してもらう時期は、そろそろですかね？」

武が訊いた。

新疆能源投資有限公司の風力発電プロジェクトの総費用八億一千万元のうち四割（三億二千四百万元＝約四十八億六千万円）を、国泰集団に出してもらうことになっている。

「そうですねえ……お金を出してもらうのは、工事の進捗状況からいって、あと三、四ヵ月後ってとこかしら」

「そうですか……」

武が、どことなく浮かない顔でうなずく。

「何かひっかかることでもあるんですか？」

冴子が訊いた。

「いえ。ひっかかるというほどじゃないんですけど……ちょっと複雑な気分で」

「というと？」

「王輝東っていう人は、個人資産百四十億元（約二千百億円）っていう中国屈指の大富豪ですよね。その人を排出権ビジネスでますます金持ちにしてやるのかと思うと、わたし、複雑な心境になるんですよ」

「うーん、そういわれてみれば、そうなのかしらねえ……」

黒い髪をオールバックにし、あどけなさが残るエラの張った四角い顔の王が、北京市朝陽区の高層ビルの社長室で、ハバナ産の葉巻をくゆらせていた姿が思い出される。

「ときどき、自分の仕事が地球環境の改善にどれだけ役立ってるのかなあって、特定の人たちを金持ちにするためにやってるんじゃないのかなあって気がしましてねえ」

「うーん……」

確かに、冴子もときどき、そういう気持ちになることがある。

国でいえば、排出権ビジネスの勝ち組は、中国、インド、ブラジルだ。二〇〇二年以降のCDMプロジェクトにおけるシェア（排出権創出量ベース）は、中国が六六パーセントで圧倒的に多く、次いでインドが九パーセント、ブラジルが八パーセントである。また、DOE（指定運営組織）として圧倒的な実績を持つDNV、TÜV‐SÜD、SGSの欧州系認証機関や、排出権発行量に応じて「登録料」をピンはねしているUNFCCC（国連気候変動枠組条約）事務局と彼らが使っているコンサルタントたちも、排出権ビジネスで大きなメリットを得ている。

一方、日本は、京都会議でEUと米国にまんまと嵌《は》められて、一九九〇年比マイナス六パーセントという達成不可能な排出量削減目標を課され、排出権を購入しなくてはならない立場である。世界銀行の試算では、二〇〇八年から二〇一二年までの「第一約束期間」で日本が購入しなくてはならない排出権は、政府・民間合計で四億トンである。かりにトン当り一五ユーロで買い付けるとすれば、約一兆円を支出しなくてはならない。この金が、中国や欧州系認証機関、UNFCCC事務局や王輝東ら投資家に流れるわけである。

「確かに、わたしもひっかかるものがあるけれど……でも、地球温暖化の防止には、多少なりとも役立ってることは役立ってるんじゃないのかしらねえ」

「そうですねえ……」

「結局、第二約束期間の制度を、もうちょっと公平な制度にする努力が、一番大事なんじゃないかしら」

冴子の言葉に、武はうなずいた。

「ところで、あの王輝東って人は、大丈夫なのかしらねえ？」

「といいますと？」

「中国ではときどきお金持ちが、見せしめ的に逮捕されたりすることがあるじゃないですか」

「そうですねえ。彼らは『銭権交易』（権力を金で取引すること）をやって、富豪になったわけですから。巨額の財をなしても、ある種の原罪があるわけで、それがいつ火を噴くかわからない危うさが常につきまとっていますよね」

武も、多少案じるような表情でいった。

翌々日――
冴子は、北京を朝八時二十五分発の日本航空七八〇便で発ち、成田空港に昼の十二時五十五分に到着した。その後、成田エクスプレスとJR東海道線を乗り継いで川崎市の本社に出社した。

JR川崎駅西口に聳《そび》える高層ビルのエントランスホールは、クーラーがきいた天井の高い空間である。IDカードを首から下げた社員たちがいつものように往きかい、カウンターの三人の受付嬢たちが来客を案内していた。

(あれ……?)

麻のジャケットとパンツ姿で、キャスター付のスーツケースを引っ張った冴子は、エレベーターホールへ歩きながら奇妙な違和感を覚えた。

(何なんだろう、これは?)

空気がどことなく重苦しく、張りつめているような感じがする。

よくみると、笑顔の人がほとんどいない。

奇妙な空気は、エレベーターに乗り、地球環境室のある階で降り、廊下を歩いていても感じられた。

「ただいま帰りましたー」

地球環境室のオフィスに入り、室員たちに声をかけた。

「あ、お疲れさまでーす」

部下の若手男性社員や契約社員の女性アシスタントたちが返事をした。CDM理事会に登録された案件が出て、仕掛かり中の案件も増えているので、毎月のように室員が増員され、現在は冴子を含めて総勢十六人になっている。

(やっぱり、変だな……)

デスクで仕事をしている室員たちも、どことなく元気がない。

「ねえ、今日、何かあった？　会社の雰囲気がいつもと違うような気がするんだけど」

窓を背にした自分のデスクに座り、冴子は訊いた。

「え？　あ、はい。……あのう、先ほどウクライナのほうから連絡が入りまして、うちがメタンガス回収・発電プロジェクトをやる予定のザシャチコ炭鉱でガス爆発事故が起きて、小林部長と技術者二人が巻き込まれたらしいんです」

若手男性社員が、重苦しい表情でいった。

「えっ、本当⁉」

冴子は、頭をハンマーで殴られたような衝撃を受けた。

「事故って……大規模なものなの？」

ショートカットの顔が青ざめていた。

「炭鉱の作業員の死者は少なくとも六十五人で、そのほかに二十八人が病院に収容されて、三十五人が行方不明になっているそうです」

「それで……小林君たちは、いまどういう状況なの？」

「三十五人の行方不明者の中に入っているそうです。……いま、外務省を通じて安否を確認しているところで、本社の総務部とロンドン事務所から社員が現地に向かっています」

数時間後――

ニューヨークのパンゲア&カンパニーのオフィスで、北川が、ウクライナの炭鉱事故を報じるニュースサイトの記事を読んでいた。

(時間の経過とともに確認される死者数が増え、いまは七十四人。行方不明者はほぼ全員が絶望、か……)

縁なし眼鏡をかけた目で、パソコンの画面にじっと視線を注いでいた。

英文の記事には、ヘルメット、酸素マスク、防火服などで身を固め、事故現場に向かう救助隊員たちの写真や、深緑色の制服を着た警察官らしい女性に身体を支えられて泣き崩れる高齢の女性の写真などが添えられていた。

事故が発生したとき、作業員四百五十六人が働いていたほか、メタンガス回収装置の据付工事を監督していた新日本エンジニアリングのエネルギー・プロジェクト第二部長の小林正之ら三人の日本人が坑内にいたという。現場では、救助隊六十五チーム、医療部隊二十チームが救出活動にあたっているが、いまも火災が続いており、爆発で換気システムが壊れたことから、作業は難航しているという。ビクトル・ユシチェンコ大統領は「全国民とともに哀悼の意を表する」という声明を発表し、ティモシェンコ首相は「事故原因の究明を徹底する」と述べた。

別の記事では、「事故発生前の二日間は、坑道の空調システムが機能していなかった」という関係者の話や、「ウクライナの炭鉱の多くは、産出量に応じて労働者の報酬を決めているため、作業の妨げとなる安全規定が無視されることが多い」という専門家のコメントが載せられていた。

（犠牲者たちには気の毒だが、新日本エンジニアリングが新事業開拓の象徴だとブチ上げていたメタンガス回収・発電事業は中止だろう）

スクリーンをみつめる北川の視線が、ねっとりとした光を帯びた。

（これで、潮目が変わるかもしれんな……）

第八章　インサイダー

1

「……亡くなられた三君は、新日本エンジニアリングのCIS・中東欧ビジネス開拓の尖兵として、たぐい稀なる熱意をもって業務に精励され……」

黒いモーニングの胸に白のリボンを付けた新日本エンジニアリングの社長が、マイクを前に、弔辞を読み上げていた。

白い菊の花が飾られた祭壇には、三つの大きな遺影と、錦の布にくるまれた遺骨が置かれている。中央の遺影はエネルギー・プロジェクト第二部長だった小林正之で、たったいまテニスから帰ってきたばかりのような溌剌《はつらつ》とした笑顔である。

「……中国江蘇省のフロン分解プロジェクト、ウズベキスタンの製油所プロジェクトなど、当社の歴史に残る大型プロジェクトを成功に導き、当社発展の原動力と期待されながら、このたびのウクライナ・ザシャチコ炭鉱での予期せぬ事故に巻き込まれ……」

国立大学の基礎工学科出身の社長は、四角い顔に黒縁眼鏡をかけ、普段よりも一段と重たい話し方で弔辞を読み上げていく。

松川冴子は、会場にびっしりと並べられた椅子の一つに座っていた。

小林が不意にいなくなって、胸にぽっかり穴が開いたような気持ちだった。

右手前方の遺族席には、小林の未亡人と、小学生から高校生までの三人の子どもたちが座っている。冴子より何歳か若い華奢《きゃしゃ》な身体つきの未亡人は、ときおりハンカチで目頭をぬぐいながら弔辞を聞いている。小さな横顔は透き通るように白く、幸せな暮らしを送ってきたことが外見からもうかがわれる。

（人というのは、これほどあっけなく亡くなってしまうものなのだろうか……？　神様は、どういうつもりで、小林君を選んだんだろう……？）

小林ほど輝いていて、死のような不幸から遠い人間はいないと思っていた。

世の中に対する重要性からいえば、小林と自分とでは、比べものにならないとも思う。

（小林君、ウクライナでどんなことを考えて、どんなふうに仕事をしていたのかなあ？）

去年の十二月に、山西省大同市の回族レストランで倒れ、小林の背中におぶわれて、病院に連れていかれたのが、まるで昨日のことのように思い出される。たくましく大きな背中に身体をあずけ、雪の街を病院まで連れていかれたのが、夢の中の出来事のようだった。

都心の会場には、千人以上が詰めかけていた。東証一部上場企業らしい大規模な社葬である。

（それにしても……あの噂は、本当なんだろうか？）

黒いドレス姿で、膝の上に黒いハンドバッグを載せた冴子の脳裏を、小林らが亡くなったところから社内で流れ出した噂がよぎる。

エネルギー・プロジェクト本部が無理な受注を重ねてきたために、巨額の含み損をかかえており、小林たちはその穴埋めをするため、追い立てられるように働いていたというのだ。

噂は、澄んだ水の中に落ちた墨汁のように、社内に広まりつつあった。

(そういえば……)

冴子の脳裏に、いくつかの場面が思い浮かぶ。

地球環境室長になって間もなく、小林と話したとき、「公募増資や第三者割当増資をするから、何としてでも増収増益決算にしないといけないと、上層部から尻をたたかれている」といっていた。また、その後、社内食堂で会ったときも、「ここのところ出張が続いているんでね」と、艶のない疲れた顔で話していた。

過去三年間くらい、冴子は、小林らしくない小林の顔ばかりを見てきたような気がする。

(本当に、噂のようなことが社内で起きているんだろうか……?)

前方の祭壇の前では、社長の弔辞が終わり、代わって、専務執行役員の仙波義久がマイクの前に歩み出た。

「社葬に臨んで、三君のご霊前に、謹んで哀悼の意を捧げます」

モーニングを着て、黒いネクタイを締めたエネルギー・プロジェクト本部長は、白髪まじりの頭髪で飴色の細縁の眼鏡をかけ、鋭い光をたたえた視線で、両手で広げた巻紙の弔辞の文字を読み始めた。

「これほど突然に、あなたがたとの別れの日が訪れるとは、誠に残念であり、無念であります。思えば、はるか遠くのウクライナの炭鉱でのメタンガス回収プロジェクトが、近々、成約の見込みであるという報告をうけたとき、わたしは……」

皺が複雑に刻み込まれたのどを震わせ、さびの入ったよくとおる声で弔辞を読み続ける。

その後ろ姿を、苦々しげな面持ちでみつめている数人の男たちが会場の一角に座っていた。

「……ふん。何が哀悼の意を捧げる、だ。しらじらしい！」

太り肉《じし》の身体を黒いスーツで包み、黒いネクタイを締めた五十がらみの男が、忌々しげにつぶやいた。中東・北アフリカ地区のエネルギー関連プロジェクトを担当するエネルギー・プロジェクト第一部の部長だった。

「小林は、仙波専務に殺されたも同然ですよね」

隣りに座った中背で痩せた男が囁く。部下の副部長であった。

「だいたいうちの会社は、三年以上前から受注過多で、制御不能状態じゃないですか。そういう状況を無視して、さらに無理な受注を積み上げるもんだから、もう完全に限界にきてますよ」

「このまま仙波を突っ走らせると、俺たちまで殺されてしまうぞ。……かりに殺されなくても、決算操作で刑務所いきだ」

「そうですね。……どうします？」

副部長に訊かれ、一瞬考えを巡らせる表情をして、部長が口を開いた。

「やられる前にやる、というのも……一つの防衛手段であるよな？」

強い想いをこめた眼差しで、副部長を見た。

2

翌週——

パンゲア&カンパニーの北川靖らは、フロリダ南部の高級住宅・リゾート地ボカラトンの五つ星ホテルに投資家を集めて、説明会を開いていた。

パンゲアが定期的に開催しているカラ売り推奨銘柄の解説のための「Bears in Hibernation（冬眠している熊たち）」と題する会だった。Bear（熊）は証券市場における値下がりの象徴（値上がりの象徴は雄牛）で、「冬眠している熊」は、まだ変化は現われてはいないが、将来値下がりする株を意味している。

「……as I explained, we believe the stock price of Citigroup is still too high.（……以上、ご説明したように、シティグループの株価は、まだ高すぎると考えられます）」

ボタンダウンのブルーの半袖シャツを着たホッジスが、会議室正面右手のプレゼンター席に座り、スクリーンに映し出された説明図を見ながら話していた。

「シティバンクは、七つのＳＩＶ（structured investment vehicle＝仕組商品投資用特別目的会社）を使って、一千億ドル（約十兆五千億円）にも上る証券化商品への投資を行っています」

話を聴いている三十人あまりの投資家たちは、金融機関、年金基金などの運用担当者、カラ売りファンドのマネージャー、富裕な個人投資家などである。

一階にある会議室からは、パーム椰子並木が続く砂浜で人々が日光浴をしたり、泳いだりしているのが見える。紺碧の海は風で白い浪が立っている。

パームビーチ郡に属するボカラトンは、一九〇〇年代の初めには日本人入植者たちがパイナップル園を営んでいたこともある風光明媚な海辺の土地だ。厳格な開発規制が行われていて、しっとりとした情緒のあるスペイン風の町並みが保たれている。

「一年ほど前に発生したサブプライム危機で、証券化商品は値下がりを続けており、シティバンクのＳＩＶは、多大な含み損をかかえています。一方で、ＡＢＣＰ（資産担保型コマーシャルペーパー）で資金調達をしてきたＳＩＶは、ＡＢＣＰの発行が困難になっています。結局のところ、シティバンクは、これらＳＩＶを自己のバランスシートに連結せざるを得なくなり、ＳＩＶがかかえる含み損をもろに自分の財務諸表に反映させざるを得なくなるというわけです」

茶色がかった金髪のホッジスは、一語一語を強調しながら話す。

隣りの席で、新日本エンジニアリングを売り推奨銘柄として、先ほど説明した北川が話を聞いていたが、その表情は冴えなかった。英国子会社の意図的な連結外しを暴き、株主総会に乗り込んで決算内容について厳しく問い質したにもかかわらず、あと一歩決め手を欠き、標的を追い詰められないでいる。旗艦プロジェクトであるウクライナ・ザシャチコ炭鉱のメタンガス回収JI（共同実施）プロジェクトが頓挫したにもかかわらず、新日本エンジニアリングの株価は二千二百円から二千三百円の水準を保っている。理由は原油価格の高騰だ。去る七月三日、WTIの先物が、百四十五ドル二十九セント（終値ベース）という未曾有の高値を付け、いまも騰勢は衰えていない。

（いったい原油価格は、どこまで上るんだ……？）

北川の顔に、焦燥感がにじんでいた。

「……わたしは、リーマン・ブラザーズ、メリルリンチと並んで、シティグループを一押しの売り推奨銘柄に挙げます」

ホッジスの声が、マイクを通して室内に響き渡った。

「現在、シティグループの株価は十七ドル前後で推移していますが、パンゲアのターゲット価格は三ドルであります！」

数日後——

マンハッタン、ミッドタウンのビルの高層階にあるパンゲアのオフィスでパソコンに向かって、迷惑メールボックスをチェックしていた北川は、一通の奇妙なメールに気づいた。

差出人名は、「新日本エンジニアリングを憂える会」となっており、アドレスは、ureerukai.shinnihon@gmail.com となっていた。だれでも仮名で使うことができるグーグルのウェッブメールであった。

一瞬、いたずらメールかと思ったが、「パンゲア&カンパニー北川靖様・新日本エンジニアリングの決算について」というきちんとした表題が付いていたので、クリックして本文を開いた。

「北川靖様
突然メールを差し上げるご無礼をお赦しください。わたしたちは、新日本エンジニアリングの社員で、経営の現状に強い危機感を持っている者たちです。

率直に申し上げて、我が社は巨額の含み損をかかえています。これは、二年あまり前に行われた公募増資と第三者割当増資を成功させるために、何としてでも増収増益決算にしなくてはならないという事情から始まったものです。エネルギー・プロジェクト本部では、実現不可能なコスト削減策を織り込んで、各プロジェクトの総発生原価(コストの総額)を異常に低く見積もるというやり方で、利益の数字を操作しており……」

(やはりにらんだとおりか……)

北川は、メールの本文を読みながら、心の中でうなった。

メールには、個別のプロジェクトが、それぞれどのくらいの額の含み損をかかえているかが、一覧で記されていた。

〈ペトロ・ガルフ〈サウジアラビア〉のガス処理プラントで百七十億円、カタールのGTL〈天然ガスから石油製品製造〉プロジェクトで百十八億円、アルジェリアのソナトラック〈炭化水素公社〉のガス処理プラントで八十六億円、ブラジルのエタノール製造プラントで三十九億円……〉

食い入るような視線で、リストされた二十あまりのプロジェクトの数字を追っていく。

〈総額で、千三百四十七億円……九百三十億円の自己資本が、軽く吹き飛ぶ額じゃないか！〉

北川は驚きで、両目をかっと見開いていた。

二日後――

パンゲアの会議室で、北川、ホッジス、グボイェガの三人が、話し合いをしていた。

「……罠の可能性はないのか？」

グボイェガが、黒くて長い指でつかんだプラスチック・カップのコーヒーをすすりながらいった。

「俺も、会社側の罠かもしれないと思って、どういう意図でこういうことをするのか、相手に問い質してみた。……会社がつぶれるかもしれないのに、なぜ大幅な債務超過に陥っていることを明らかにするんだ、と」

北川は、メールを受け取ったその日のうちに、詳細な返信のメールを「新日本エンジニアリングを憂える会」あてに送った。

「理由は三つあるそうだ。一つは、このままいくと、ますます悪い状況に陥り、自分たちまで刑事責任を問われる可能性があること。二つ目は、新規で獲れている案件は、油価上昇で潤った産油国が鷹揚な価格で契約してくれているので、数年後には債務超過が解消できる見通しであること。三つ目は、仙波義久という専務に対する嫌悪感だ」

「なるほど……理屈はとおるな」

チェックの半袖シャツ姿のホッジスがいった。

「どうしてマスコミじゃなく、俺たちなんだ？」

グボイェガが訊いた。

「俺たちが、だれよりもよく新日本エンジニアリングの財務諸表を理解していることが一つ。もう一つは、日本のマスコミに洩らした場合、広報部がマスコミ人脈を使って犯人探しをする可能性が高いが、ニューヨークのカラ売りファンドだと手の施しようがないこと」

グボイェガがうなずく。

「会って話を聴くことはできないのか？」

「会うことは勘弁してほしい、そのかわり、何でもメールで回答する、ということだ」

「まさか、そいつら、インサイダー取引をやろうとしてるんじゃないだろうな？」

ホッジスが心配顔になる。

「その点は、こちらから釘を刺しておいた。……すぐに返事がきて、彼らは社内持ち株会を通じて会社の株を所有しているが、売る気も買う気もないそうだ」

グボイェガとホッジスが納得顔でうなずく。

「決算内容とか、社内の組織についても、メールでいくつか質問してみたが、そっちのほうの答えも、きちんと辻褄が合っていて完璧だった」

北川が、手にしたメールに視線を落としていった。

「どうやら、本物らしいな」

ホッジスがにんまりと笑い、北川とグボイェガも、カラ売り屋特有の粘着質な笑いを浮かべた。

「さて、どう料理するか？」

北川が二人の顔を見る。

「とりあえず売るのはストップだな。……インサイダー取引にひっかかるから」

グボイェガがいった。メールが本物ならば、インサイダー情報である。

「情報を公表するのも、できれば、マスコミと同時にやりたいところだが……『憂える会』の意向を考えるなら、俺たちだけでやるしかないだろう」

ホッジスの言葉に、北川とグボイェガがうなずく。

「まあ、もうしばらく『憂える会』にメールでいろいろ教えてもらって、マスコミが追随してくるような、インパクトのあるレポートを書くようにするよ」

北川の言葉に、二人がうなずいた。

3

八月――

新日本エンジニアリング専務執行役員でエネルギー・プロジェクト本部長の仙波義久は、地中海に浮かぶ島国キプロスにいた。中近東のプロジェクトの現場を視察した帰路であった。

キプロス共和国は、地中海の東の端に、トルコ南部とシリアに挟まれるように浮かんでいる。面積は四国のほぼ半分、人口は約八十七万人で、EUに加盟している。夏は高温乾燥、冬は温暖な地中海性気候で、オリーブ、オレンジ、グレープフルーツといった柑橘類の生産や観光業が盛んである。また、欧州、中近東、アフリカの通商路という立地を生かし、商業・金融・情報センターとしての活動に力を注いでいる。一方で、ギリシア系とトルコ系住民の紛争が絶えず、一九七四年にトルコが侵攻し、国土の三七パーセントを占める北部を占領したため、島は南北に分断された状態が続いている。

仙波は、島の南西にある港町パフォスを訪れていた。ギリシア、ローマ時代の遺跡やモザイク画が残っており、街全体がユネスコの世界遺産に登録されている観光地だ。

「……なるほど、ロシア人が相当きているわけだ」

サングラスをかけ、涼しげな淡い水色のスーツを着た仙波が、海岸通り沿いに建つ不動産屋の看板をながめながらいった。売り物件が写真付で紹介されている看板の文字はロシア語であった。

「ロシアに対する投資額が世界で三番目に多いのがキプロスですが、その金の出所のほとんど全部がロシアですよ。要は、母国の税金や規制を逃れようと、いったんここを経由して、母国に投資しているわけです。もちろん、ほかの国からもいろいろな金が入ってきて、いろいろな国へと出ていっています」

仙波と親しい日系証券会社の事業法人部長がいった。小狡そうな目つきの五十代半ばの男で、痩せぎすの身体に薄いグレーのスーツを着ていた。

「要は、マネーロンダリングの一大拠点ということか」

「まあ、こういう小さな国は、綺麗ごとばかりもいってられないんでしょう」

相手の言葉に、仙波がうなずく。

商店街には、表《おもて》を全面的に開け放ったレストラン、カフェ、土産物店、貴金属店、スポーツ用品店などが並び、肌も露《あらわ》な欧米やロシアからの観光客たちでにぎわっている。

八月の真昼の白熱した太陽光線が頭上から照りつけてきていた。

「そろそろ時間ですな」

事業法人部長が、腕時計に視線を落としていった。

仙波らは、ロシア系の大口投資家に会い、新日本エンジニアリングの株を市場で大量に買い上げてもらう予定である。浮動株を買い占め、パンゲアが高値で株を買い戻さざるを得なくなるようにする「スクイーズ」をかけようというのだ。

「週刊文潮の記事は思ったほど効果がなかったが、今度こそ奴らの息の根を止めてやるぞ」

サングラスをかけた仙波が、敵意を剝き出しにした。

影さえ蒸発してしまいそうなほどの強烈な日光が照りつける中、二人は海岸通りをレストランが固まっている西の方角に向けて歩いていった。

群青色の地中海は波穏やかで、沖合いに白いクルーザーやヨットが浮かんでいる。

「話は変わりますが、先ほどのモザイクはすばらしかったですなあ」

歩きながら、事業法人部長がいった。

「うむ。あれはなかなか見ごたえがあった」

二人は朝食後すぐにホテルを出て、パフォス港の近くにあるモザイクを見物した。縦横五〇〇メートルくらいの広大な敷地に、野外劇場、ビザンティン時代の砦、テセウスの館（ローマ地方総督の館）など多数の遺跡があり、遺跡の中や屋外に、紀元前後数世紀に作られたさまざまなモザイク画が残されていた。大きなものは縦横一〇メートルくらいあり、ギリシア神話の故事や動植物を描いたものが多い。作られて二千年が経っているというのに、色もあまり褪せていない。

「午前中の涼しいうちに観てしまおうというアイデアは、なかなかよかったな」

「恐れ入ります」

ロシア人投資家と会う手はずの場所は、港の西寄りの高級レストランだった。

二人は、大きなパラソルの下の屋外の席に座った。岸壁のすぐそばのテーブルで、二メートルくらい下の澄んだ水の中で銀色の小魚がたくさん泳いでいるのが見えた。周囲のテーブルでは、観光客たちが、メカジキのグリル、エビのから揚げ、イカのフライといった新鮮な料理にレモンを搾《しぼ》って食べており、いい匂いが漂ってくる。

「ここはタコのグリルが定番らしいですよ」

「ほう、それは楽しみだな」

しばらく待つと、サングラスをかけた背の高いロシア人が現われた。

頭を丸坊主にし、ブルーの半袖ポロシャツを着た四十歳くらいの男で、左の手首にごついロレックスの腕時計をはめていた。

「ハロゥ、ハウ・ドゥ・ユー・ドゥ。アイム・センバ・フロム・ニュー・ジャパン・エンジニアリング」

仙波と事業法人部長は立ち上がって、右手を差し出した。

「ナイス・トゥ・ミート・ユー」

ロシア人はサングラスをとり、二人と握手をした。

事業法人部長が、青い半袖のポロシャツを着たギリシア系のウェイトレスを呼んで、ビールを注文した。

間もなく、「KEO」という銘柄の地元のビールが、汗をかいたグラスで運ばれてきて、三人は乾杯した。

「このたびは、弊社の株を買っていただけるそうで、ありがとうございます。おかげさまで、業績も順調で……」

仙波が、グラスをテーブルの上に戻して話し始めた。

「ミスター仙波、ちょっと待ってくれないか」

ロシア人が仙波を遮った。

「実は、あなたに訊きたいことがあるんだが……」

鋭い目つきのロシア人は、ズボンのポケットから、折りたたんだ紙をとり出して開いた。

仙波と事業法人部長は、怪訝そうな顔つきでその様子をみつめる。

「こういうレポートが出されたようなんだが……。ここに書いてある内容は、本当なのか？」

Ａ４判の紙を受け取り、視線を落とした仙波は、はっとなった。

一番上に、「ＰＡＮＧＡＥＡ＆ＣＯＭＰＡＮＹ」という文字があった。カラ売り屋パンゲアの分析レポートだ。

『Hidden Loss of New Japan Engineering Amounts to JPY 134.7 Billion（US$ 1.2 Billion）

〈新日本エンジニアリングは、千三百四十七億円〈十二億ドル〉の含み損をかかえている〉』

大きな見出しが、黒々と印刷されていた。

「こ、これは⁉」

仙波は、コンピューター印字された紙を手に、驚愕した顔を上げた。

「おたくの会社が、総発生原価を低く見積もるやり方で、個々のプロジェクトの採算性を誤魔化して、千三百四十七億円の含み損をかかえているというレポートだ」

ビールのグラスを手にしたロシア人がいった。

「いま渡したのはサマリー（概要）だが、レポートは十何ページの詳細なもので、どのプロジェクトで、いくらぐらいの含み損が出ているかの表も添付されている」

「む、むう……」

仙波は、レポートを両手で握りしめたまま、言葉にならない声を発した。

「これは、いつ発表されたものなんですか？」

日系証券会社の事業法人部長が、愕然とした表情で訊いた。

「東証の後場が終了する一時間ほど前だ。新日本エンジニアリングの株は、ストップ安になったんだが……あんたがたは、知らないのか？」

ロシア人にいわれ、二人の日本人は無念の表情になった。

東証の後場は、昼の十二時半から午後三時までだ。後場終了一時間前の午後二時は、時差六時間のキプロスでは朝の八時で、二人はホテルで朝食を終え、タクシーでパフォスの遺跡に向かっているところだった。

同じ日——

マンハッタンのパンゲアのオフィスでは、北川靖が、受話器に向かって早口で喋り続けていた。

窓の向こうで、八月の青い空を背景に白い筋雲が風でゆっくりと流れている。眼下のセントラルパークの豊かな緑に陽光が燦々と降り注ぎ、ときおり波立つように揺れる。

「……情報は、われわれ独自の調査によるものとだけいっておこう。……イエス、ザッツ・ライト。新日本エンジニアリングの財務諸表と徹底的につき合わせて、検証したものだ」

北川の縁なし眼鏡をかけた両目は、獲物を捕らえた喜びで妖しい光を帯びていた。

目の前の電話機は、保留を示す多数のランプが点灯し、赤い炎に包まれているようだ。発表したレポートについての問い合わせが、投資家やマスコミから殺到しているのだ。

「……粉飾は三年以上前から行われている。おそらく、過去にさかのぼって決算修正をすることになるだろう」

電話の相手は、英国スコットランドにある保険会社のファンドマネージャーだ。

目の前のパソコンのスクリーンは、生き物のように数字や記号を刻々と変化させながら、市場の鼓動を伝えている。画面の一角に設けられた新日本エンジニアリングの株価チャートは、稲妻のような形で急落している。

「……むろんだ。俺たちは、株価はまだまだ下がると確信している。売りの勢いが衰えないよう、分析レポートの発表も続けていく。……まあ、内容が出鱈目《でたらめ》だったら、風説の流布でパンゲアが処罰されるということだ」

北川は不敵に笑って話を終え、赤い保留ランプの一つを押す。

「オゥ、ハーイ。……イヤー、ヴェリー・ファイン！　ハーヴェスト・タイム（おかげさまで絶好調だ。収穫の時期だよ）。……はははは」

相手は、パンゲアのプライムブローカーを務めるモルガン・スタンレーの担当者だった。

「……ノーノー、買戻しはまだ早い。これ以上は売らないというだけだ。玉《ぎょく》の手当てができるなら、ほかの投資家にカラ売りをすすめてくれ。感謝されるぜ、ははははっ」

たとえレポートで公表しても、パンゲアはインサイダーから情報を得たので、取引をすると法律違反に問われる可能性がある。一方、パンゲア以外の投資家は、パンゲアの分析レポートを読んで取引しているだけなので、インサイダー取引規制にはひっかからない。

オフィスの壁に取り付けられたテレビスクリーンでは、ブルームバーグの女性アナウンサーが、「……in Tokyo today, share trading of New Japan Engineering was suspended due to the report on its hidden loss.（東京株式市場では、新日本エンジニアリングが、含み損があるとするレポートの発表で、ストップ安となりました）」と、ニュースを読み上げている。

「キタガワ・スピーキング」

保留にしていた別の電話をとった。

相手は、コロラド州の教職員組合年金基金の運用担当者だ。

「……another driving force is the declining oil price.（……新日本エンジニアリングの株価押し下げのもう一つの要因は、原油価格の下落だ）」

北川は、スクリーンに開いたNYMEX（ニューヨーク・マーカンタイル取引所）のWTI先物価格の推移を示すチャートにちらりと視線をやる。赤い折れ線は、七月三日の百四十五ドル二十九セントをピークに、崖のようなぎざぎざを描いて、百十ドル近辺まで下落してきていた。原因は、①サブプライム問題の深刻化で、欧米の景気減速が鮮明になってきたこと、②イランを巡る国際的緊張が和らいできたこと、③米国で原油市場に対する投機を抑制する法案が検討されていること、などである。

「……われわれは、需給のファンダメンタルからいって、以前から原油価格は高すぎると考えてきた。その点からいっても、『資源株』の新日本エンジニアリングは売りだ」

北川は、自信に満ちた口調でいった。

「もちろん、これからも発言を続けていく。千六百円台という株価はまだまだ高すぎる。なぜなら、債務超過であれば、純資産価値はマイナスだし、上場も廃止になる。要は、ゼロでもおかしくないということだ。……株券が紙屑になるまでやるさ」

笑いながら話を終えた。一時、含み損が二十億円を突破した新日本エンジニアリングのカラ売りポジションは、逆に、含み益が二十億円近くにまでなった。

次の電話をとろうとしたとき、そばで、ポーンと甲高《かんだか》いコルクを抜く音がした。

「イッツ・パーティー・タイム！（パーティーの時がきたぞ！）」

ホッジスが満面の笑みでシャンペンのボトルを開けてグラスに注ぎ、北川の目の前に置いた。

原油価格の下落で、ホッジスがカラ売りしていたアメリカの石油会社やオーストラリアの鉱山会社の株も一斉に値下がりを始め、大幅な含み損から大幅な含み益に転じた。

「チアーズ！」

「ブラヴォー！」

グボイェガ、秘書兼アシスタントの若い米国人女性なども集まってきて、全員でシャンペン・グラスを掲げた。

二日後――

川崎にある新日本エンジニアリングの社長室で、背広姿の男たち六人が、重苦しい表情で話し合いをしていた。専務以上の役員たちであった。

「……仙波君、千三百四十七億円も含み損があるというのは、本当なのかね？」

四角い顔に黒縁眼鏡をかけた六十五歳の社長が、険しい顔つきで訊いた。

「いや、まったくの初耳で、わたしも驚いています」

黒い革張りのソファーに座った仙波義久がいった。

「本当に、心当たりがないのかね？」

目鼻立ちがくっきりし、唇が厚めの社長は、いつもの重たい話し方に猜疑心をにじませた。

「いえ、まったく。……もちろん、コスト削減努力は怠《おこた》るなと常々いってはおります。しかし、見積りを誤魔化せというような指示は、いっさい出しておりません」

しらを切る皺の多い顔に、疲労感が黒い影のようににじんでいた。キプロスからウィーン経由で急遽《きゅうきょ》帰国し、成田空港から会社に直行してきたのだった。

「仙波専務……」

白髪まじりの頭髪をきちんと横分けし、銀縁眼鏡をかけた財務担当副社長がいった。

「実は、あのパンゲアのレポートが出てからすぐに、エネルギー・プロジェクト本部の部長や副部長たちに事情聴取をしたんだが、含み損の件は、ほぼ事実だということだ」

「本当ですか⁉」

仙波は、ことさらに驚いた表情をつくる。本当は、実態が相当悪いことは前から承知しており、だからこそ、英国子会社の連結外しを画策したのだった。

「それが本当だとすれば、由々しき問題ですな。部長たちが、勝手に嘘の報告をしていたということですか？　……そうなると、わたしとしても、ちょっと手の施しようがありません」

首をかしげ、腕組みをした。

その姿を、社長や常務財務本部長が冷ややかな目でみていた。

社長らはすでに、エネルギー・プロジェクト第一部長らから、実態を仙波に報告するたびに、もっとVEをやれと叱責され、取り合ってもらえなかったという報告を受けていた。

「含み損の実態や、どういう経緯でここまで巨額になったかについては、今後、顧問弁護士や会計士を交えた社内調査委員会で調査をすることになる」

社長がいった。

「社内調査委員会!? しかし社長、これはエネルギー・プロジェクト本部の問題ですから、まずは本部内で調査チームを作って、調べるのが筋ではないかと……」

「仙波君、もうそんな悠長なことをいっていられる状況じゃないんだよ!」

社長が苛立った声で遮った。

「仙波専務、東証からも、事実を徹底的に究明して、投資家に対して、きちんと説明をしてほしいという要請が来ているんだ」

濃紺のスーツにブルー系のエルメスのネクタイをした財務担当副社長がいった。

「東証から?」

「そうだ。債務超過であることが確定した場合、一年以内にそれを解消できなければ、上場廃止になる」

東京証券取引所の一部と二部の上場企業については、最低株主数（四百人）、時価総額（十億円）、流通株式比率（五パーセント）などについて、下回ると上場廃止になる基準があり、債務超過状態もその一つである。

「一年以内……」

数年以内には、業績を回復させられる腹づもりでいた仙波は、内心舌打ちした。

「一年どころか、できれば三、四週間のうちに、何とかしなくてはならんのだ。さもなければ、株が売り込まれて、紙屑になってしまう」

社長が厳しい表情でいった。

「しかし、三、四週間というのは、ちょっと……」

仙波が当惑する。

「やはり、第三者割当増資しかないでしょう」

財務担当副社長がいった。

「銀行や生保に頭を下げて、助けてもらう以外に、手立てはありません」

4

上場廃止基準に抵触するおそれがあるため、新日本エンジニアリングの株式は、東証の監理ポストで取引されることになった。売買は引き続き行われるが、注意銘柄なので、取り扱わない証券会社も出てきた。

社内調査の結果、千三百四十七億円の含み損の存在が確定的となり、調査委員の顧問弁護士は、投資家との関係があるので早期の決算修正発表を求めた。しかし経営陣が、債務超過回避策と併せて発表することにこだわり、結局、一ヵ月以内に第三者割当増資のメドをつけ、決算修正を発表することになった。

社長や財務担当副社長が、銀行や生保に足を運び、増資の引受けを依頼して回った。しかし、約二年半前の増資のときに含み損を隠していたとして、生保筋からは苦情をいわれただけだった。辛うじてメーンバンクと準メーンバンクが、総額で百億円の引受けを表明した。しかし、「債務超過解消のメドがつくこと」を引受け条件とする厳しいものだった。自己資本九百三十億円に百億円の増資を加え、来年三月期の（見込み）税引き前利益約百九十億円を足すと千二百二十億円で、債務超過解消にあと百二十七億円足りない。

経営陣は、所有不動産か子会社を売却して資金をひねり出そうとしたが、川崎市の本社や東京・大阪の事務所は、すべて賃貸である。売れるのは栃木県の研究所の敷地くらいで、価格はせいぜい数億円というところだ。子会社群も、親会社の業務の下請け的なものがほとんどで、売れそうなのは、最近、インデペンデント（独立系石油会社）や日本の商社と組んで行った米国メキシコ湾岸の油田への投資二十億円だけだった。

切羽詰まった新日本エンジニアリングは、急遽、米系投資銀行をアドバイザーに雇い、資金捻出策を打ち出そうと躍起になっているが、メドが立たないまま、じりじりと一ヵ月のデッドラインが近づきつつある。一時三千円を突破していた株価は三百円台まで落ち、上場廃止が視野に入ってきている。社内の士気も著しく沈滞し、社員食堂などで社員たちが、会社の先行きについて暗い表情で言葉を交わす姿が頻繁にみられるようになった。

九月――

冴子は、マレーシア・ペナン島のイースタン＆オリエンタル・ホテルで、短い休暇をとっていた。英国統治時代（一七八六〜一九五七年）の面影を色濃く留めるジョージタウンの海岸沿いに建つホテルは、冴子にとって癒しの宿である。シンガポールのラッフルズ・ホテルに似た白亜の四階建てで、二階バルコニーには、赤と白の縞模様の上にイスラムの三日月と星を配したマレーシア国旗が十二本翻り、正面最上部の壁に「EST 1885 EASTERN & ORIENTAL HOTEL」という黒い文字が浮き彫りになっている。

冴子は、午睡から目覚めると、ベージュのサマーセーターとチノパンを身に着け、楕円形の真鍮製のプレートがついたルームキーを手にして部屋を出た。

エレベーターで地上階に下りると、細密な透かし彫りを施した木製の衝立《ついたて》があり、その先が広いロビーになっている。クーラーがひんやりときき、しっとりとした薄暗さに包まれた空間だ。白、深緑、茶色などの大理石を敷き詰めた床は、清掃が行き届き、左手奥のチェックインカウンター前の天井には、昼間でもシャンデリアが点っている。カウンターのマレーシア人やインド人スタッフは、黒い蝶ネクタイに白いジャケット姿で仕事をしている。

しばしロビーに佇《たたず》んで、英国植民地時代にタイムスリップしたような光景をながめた。

（自分は、いろいろな風景をみてきたなあ……）

脳裏に、飛行機の窓から見下ろしたアラビア半島の土漠のまだら模様、香港の夜景、マンハッタンの摩天楼、ロンドンのテームズ河畔、中国各地の風景などが、走馬灯のようによみがえる。翼を広げられないまま生涯を終えた祖母の身代わりになって、自分が生きているような気がする。

休暇を終えて日本に帰国すると、祖母の妹に会うことになっている。

文京区に住む小母《おば》の母親で、小母が面会の手はずを整えてくれたのだった。小母に会うこと自体十数年ぶりで、ふみゑという名の祖母の妹は写真すらみたことがない。

（どんな人なんだろう……？）

可能な限り祖母の話を聞いてみたかったが、とうに八十歳を超えている高齢であり、どんな話を聞けるかはわからない。小母《おば》はメールで「年のわりに頭はしっかりしているけれど、高齢者特有の行ったりきたりする話し方なので、辛抱強く付き合ってね」と伝えてきた。

冴子は踵《きびす》を返し、ロビーからプールサイドにいく途中にあるバーへと向かう。

昔のペナン島の副知事の名前をとった「ファルカーズ・バー」は、入ると右手がカウンターになっている。植物模様の絨毯が敷かれたラウンジには、丸い木製のテーブルが配置され、それぞれのテーブルの周りに籐椅子が四脚ずつ置かれている。

「やあ、きたのかね」

テーブルの一つで、ビールを飲みながら、ウォールストリート・ジャーナル（アジア版）を読んでいた肌の浅黒い痩身の老人が、冴子をみていった。

インド生まれの老人は英国で教育を受け、香港やシンガポールにある米系の金融機関で働いたあと、自分でビジネスを興して成功させ、いまは、子どもたちに商売を譲り、夫婦二人で悠々自適の暮らしを送っている。

「ご無沙汰しています」

冴子は微笑し、向いの籐椅子に腰をおろす。

ラウンジの中はひんやりとしていて、空調による空気の流れで、天井の電灯の笠から下がった糸飾りが震えるように揺れていた。

「回顧録の進み具合はいかがですか？」

運ばれてきたカールスバーグのグラスを手に、冴子が訊いた。

老人は、数年前から趣味で回顧録の執筆をしている。

「ようやくカルカッタの子供時代のことを書き終えたところだ。最後まで行くには、あと何十年かかるか……」

モスグリーンの半袖のポロシャツを着た老人は、穏やかに笑った。

外のプールサイドに茜色の夕陽が差し、ココ椰子の木々の葉が風に揺れていた。その先に広がるインド洋から、岸に打ち寄せる潮の響きが低く聞こえてくる。

「あなたのほうはどうなのかね?」

「部署ができてほぼ三年になりますが、ようやく軌道に乗ってきたところです」

新疆能源投資有限公司の風力発電(年間排出権〈CER〉獲得量二八万トン)や、晋華焦煤有限責任公司のメタンガス回収・発電プロジェクト(同一二〇万トン)などのほか、天津市の経済技術開発区のエネルギー効率改善プロジェクト(同二万五〇〇〇トン)、甘粛省の水力発電プロジェクト(同三一万トン)、アルメニアのゴミ処分場のメタンガス回収・発電プロジェクト(同一六万トン)などがCDM理事会で登録され、広東省の水力発電(同四四万トン)やインドネシアの油田の随伴ガス回収プロジェクト(同五九万トン)などが登録申請中である。これら以外にも、多数のプロジェクトの実施を準備している。

「すばらしい活躍ぶりだね」

話を聞いた老人が、嬉しそうな表情でいった。

「スタッフも十八人に増えましたが、それでもまだ全然手が足りない状態です」

忙しいので、今回の休暇も四泊だけである。

「ただ、ご紹介いただいた、マレーシアの養豚場のプロジェクトは、まだお役に立てていなくて……」

三年前に、ペナン州平安村の養豚場を視察し、インド人の老人の友人であるプトラ大学のリム博士の紹介で、ジョホール・バルの「ストレイツ・ファーム」も訪問した。しかし、プロジェクトが小さくてコスト負担に耐えられなかったり、「複合発酵」の技術が使えなかったりで、実現にいたっていない。

「気にしなくていいさ」

老人が、慰めるようにいった。「できるプロジェクトもあれば、いろいろな理由でできないプロジェクトもある。……それが民間企業のビジネスというものだ」

冴子は、うなずく。

「ただ、マレーシアの養豚業者は、あいかわらず汚水処理の問題で頭を痛めているようだし、マレー系の住民との軋轢《あつれき》もあるから、何か解決策がみつかるといいんだが……」

老人は、思案顔でビールをすすった。

テーブルの一つで、中国系ビジネスマンらしい中年の男と、ジャーナリスト風の白人の男が、ジョニ黒のボトルをテーブルの真ん中に置いて、熱心に話をしていた。カウンターでは、背中が大きく開いたドレスを着たアジア系の女性が、人待ち顔でトロピカル・ジュースを飲んでいる。

「ところで、新日本エンジニアリングは、かなり大変な状態のようだね」

「はい。巨額の含み損があるということで、世間をお騒がせしています」

冴子の表情が曇る。

「増資や、不動産や子会社の売却を検討していると、こちらの新聞なんかにも書いてあるが……」

「それも、あまり上手くいっていないようなんです。社内の噂では、あと百億円と少し足りなくて、その不足分を調達するメドがどうしても立たないんだとか……」

社内では、会社が身売りするとか、会社更生法の適用を申請するのではないかといった噂が囁かれるようになっていた。

「いま、米系の投資銀行がアドバイザーになって、企画部や財務部と一緒に、売却できそうな子会社や資産はないか、検討を始めたところらしいです」

老人がうなずく。

「ただ、不動産は、本社ビルを含めてほとんどが借り物で、子会社については、本体の事業の下請けみたいなところが大半なので、個別に上場できそうなところもないんだそうです」

「なるほど……」

老人が、思案顔でビールをすする。

薄暗くなってきたプールサイドで、西洋人の婦人と幼い娘が、沈み行く夕陽をながめていた。

「百億円と少しを捻出する手立てが、一つだけあるよ」

老人が、冴子のほうをみていった。

「え？」

一瞬、相手がいったい何をいい出すのかと思った。

「あなたの事業を、LBOで売却すればいいんだよ」

「LBO？……レバレッジド・バイアウトですか？」

言葉だけは耳にしたことがあるが、具体的な意味はよく知らない。

「まだ子会社になっていないから、いきなり上場するのは無理だが、地球環境室を会社から分離して、排出権ビジネスに興味がある会社とか投資ファンドに売却するんだ」

上場するには、最低でも一年以上、取締役会を持つ会社として運営された実績がないと基準を満たさない。しかし、LBOにはそういう制限もなく、やろうと思えば数ヵ月で実行できるのだと老人は説明した。

「はあ……」

冴子は、突然の話に、返答のしようがない。

「あなたの話を聞く限りでは、百億円以上の値が付くのではないかな。とくにいまは、排出権ビジネスが大いに脚光を浴びているから、積極的な買いが入りそうな気がするね」

老人は、LBOは、買い手が一部を出資し、残りを会社の事業を担保に、銀行ローンで調達するのだといった。

「CDMは、排出権を売却して生じるキャッシュフローもあり、買い手もだいたい決まっているんだろう？」

「は、はい。そうです」

「だったら、銀行もローンを出しやすいはずだ。最近、日本のメガバンクは、LBO融資に積極的なようだから、環境としてはいいんではないかな」

普段は穏やかな老人の表情に、かつて米系金融機関のバンカーだった片鱗が漂っていた。

冴子は、夢想だにしていなかった話に、ただぽかんとして相槌を打つだけだった。


その晩、冴子は、ホテルから歩いて数分の場所にある「紅園（レッド・ガーデン）」というホッカーセンター（屋台街）で夕食をとった。

縦横五〇～六〇メートル四方の一帯にテーブルと椅子が並べられ、その周りをぐるりと取り囲んで、点心、串揚げ、豆腐料理、マレーシア風カレー料理、タイ料理、蟹料理、寿司、焼きそば、海鮮料理、日本料理など、さまざまな屋台がひしめいている。シンガポールのタイガー・ビールのオレンジと紺色のTシャツを着た店員たちが、テーブルの間を歩き回って、飲み物の注文をとっていた。敷地の真ん中のステージでは、バンドがアジアの音楽を演奏しており、日本の「裏町人生」などが流れたりする。

冴子は、三十代半ばくらいの若禿げの中国系の男性がやっている「港式點心（香港式点心）」という屋台で、海老シューマイ、肉まん、大根餅、紫色の芋の餡《あん》が入った饅頭などを注文し、そばのテーブルで食べた。ペナン島は赤道直下で、夜でも空気は生暖かいが、あちらこちらの柱に扇風機が取り付けられていて、思いのほか涼しい風を送ってくる。

祭りのようににぎやかな「紅園」で人々と触れ合いながら食事をしていると、都会で積もり積もった疲労や憂さが、流れ落ちていくようだった。

ホテルの部屋に戻り、ノートパソコンでメールをチェックすると、地球環境室が発足したときからの部下である若手男性社員から、短いメールが入っていた。

「松川室長　休暇中に失礼いたします。実は、今日、財務部と例の米系投資銀行の人たちがやってきて、地球環境室のビジネスについて説明してほしいとのことで、半日かけて説明しました。最初は、CDMとは何ぞやみたいな話だったのですが、だんだん、どんな案件のポートフォリオがあって、将来の事業見通しやキャッシュフローはどうなるかといった、突っ込んだ話になっていきました。何でもLBOを検討しているとのことで、松川室長がご帰国されたら、詳しくご相談申し上げたいということでした。以上、取り急ぎご報告いたします」

5

日本に帰国した翌日、冴子が出社すると、至急財務部の会議室にきてほしいという伝言が入っていた。

別のフロアーにある会議室に出向くと、米系投資銀行のスタッフや、財務部や企画部の社員など十人ほどが待っていた。

「いいお休みを過ごされましたか？」

会議用テーブルの真ん中に座った米系投資銀行のマネージング・ディレクターの日本人男性が微笑をたたえて訊いた。縁なし眼鏡をかけた頭の回転が速そうな中年の日本人だった。

「はい、おかげさまで」

スーツ姿の冴子は、心もち緊張していた。

会議室の窓から、秋の気配を感じさせる午前の光が差し込んでいた。

「ペナン島はいいところらしいですね」

投資銀行のマネージング・ディレクターが、微笑を浮かべていった。

「お呼び立てした用件なんですが、すでにお耳に入っているとおり、地球環境室を会社から分離して、ＬＢＯで売却したいと考えています」

冴子はうなずく。

「ついては、松川さん、あなたに社長をやっていただきたいのです」

「えっ、わたしに社長を⁉」

想像すらしていなかった要請に、冴子は驚いた。

「地球環境室は、あなたが立ち上げ、あなたが育ててきた部署です。われわれは、あなた以外に社長をやれる人間はいないと思っています」

「し、しかし、わたしは、まだ若輩ですし……もっと適任の方がほかにいらっしゃるのではないかと思うのですが……」

全員の視線が、ひしひしと注がれているのを感じ、息苦しいような気分だった。

「われわれは、どういう買い手がいるか、リサーチしました。排出権ビジネスに興味がある総合商社やメーカー、電力会社などが興味を示しています。もちろん、国内外の投資ファンドも興味を持っています」

投資銀行のマネージング・ディレクターが、テーブルの上で両手を組んでいった。

「買い手は、たんに地球環境室のCDMのポートフォリオやキャッシュフローに興味があるだけではありません。排出権ビジネスのノウハウを持っている人材に興味を持っているのです。……つまり、あなたのような人です」

「しかし……」

冴子は、困惑顔でいった。「たとえば、北京事務所の東松所長なんかのほうが適任ではないでしょうか？　CDMは中国の案件が圧倒的に多いですし、東松所長は、地球環境室と二人三脚でビジネスを進めてきて、排出権のこともよくご存知です」

出席していた人事部の部長が、思案顔で冴子のほうをみた。

「松川さん、ここだけの話なんだが……東松さんは、来年三月いっぱいで早期定年退職されるんだよ」

「えっ、本当ですか⁉」

ダークスーツ姿の人事部長はうなずいた。

「実は、肝臓を悪くされていてね。……しばらく静養されるそうだ」

「肝臓を……」

中国では酒を飲むことから商談が始まる。三年近く、東松の奮闘ぶりを見てきた冴子には、よく理解できた。

「松川さん、もし新会社に移籍するのが不安なら、出向という形にすることもできる。新日本エンジニアリングを救うために、決断してもらえないだろうか？」

人事部長がいった。

「は、はあ……。しかし、なにぶん突然のお話なもので……」

「釈迦に説法ですが、京都議定書の第一約束期間は二〇一二年までです」

投資銀行のマネージング・ディレクターがいった。

「その後の枠組みは、来年（二〇〇九年）十二月にコペンハーゲンで開催されるCOP15《コップ》（第十五回国連気候変動枠組条約締約国会議）か、そのすぐあとに決まるといわれています」

冴子がうなずく。

「新たな枠組みでは、従来のCDMに何らかの修正が加えられる可能性があります。また、CDM以外にも、カーボンオフセットであるとか、EU－ETS（欧州連合域内排出権取引制度）も含めた排出権のトレーディングであるとか、さまざまなビジネスチャンスが出てきており、国際的な枠組みや市場の変化に応じて柔軟に対応していける若さと創造力が、新会社の社長に求められます。……これまでの仕事ぶりからいって、わたしたちは、あなたが十分この役目をこなせると思っています」

百戦錬磨の金融マンに詰め寄られ、冴子はたじたじとなった。

「ご趣旨はわかりました。……申し訳ないですが、この週末に、考えさせていただけないでしょうか？」

その日は、金曜日だった。

テーブルを囲んだ人々は、互いに目配せし、うなずき合った。

「わかりました。では、週末じっくり考えていただいて、月曜には、前向きのお返事をいただけることを期待しています」

投資銀行のマネージング・ディレクターが、期待をこめた眼差しを冴子に注いだ。

翌日――

冴子は、JR水道橋駅の近くにある四十三階建ての高層ホテルのロビーで、祖母の妹と小母《おば》を待っていた。

二階まで吹き抜けのロビーは、週末らしい楽しげで華やいだ雰囲気に包まれていた。

結婚披露宴がいくつか行われており、礼服姿の人々がちらほらいる。

ロビーの入口から、洋服姿の老婦人に付き添った小母が姿を現し、冴子をみつけて、満面の笑顔で片手を振った。

薄手のグレーのニットシャツとカーディガン、ブルー系のペイズリーのプリントのスカートを身に着けた冴子は、椅子から立ち上がって二人に歩み寄った。

「ご無沙汰しています」

「冴子ちゃん、お久しぶり！　これが母です」

六十歳の小柄な小母は、十数年前とほとんど変わらない快活な笑顔で、祖母の妹を紹介した。

（あ……ああっ⁉）

そばに立っている老婦人に視線をやったとき、冴子は驚きのあまり、心の中で叫びそうになった。

（……お祖母《ばあ》ちゃんに、そっくり！）

まるで祖母が、光のオーラの中から現われたようだった。

ふみゑという名の祖母の妹は、祖母よりやや面長で、背も少し高かったが、顔はよく似ていた。とくに鼻から頬、口もとにかけてがそっくりで、冴子は思わず、口もとをまじまじとみつめた。

「あなたが冴子さんね。姉からよくお話を聞いていましたよ」

冴子は、そこに祖母が現われ、自分に話しかけているような錯覚におちいった。頭がくらくらしそうになり、次の瞬間、涙がこみ上げてきた。

「さあさあ、あちらで少しお話ししましょう」

小母《おば》が、ロビーの奥の喫茶コーナーを指差した。

高さ七メートルのガラス壁の向こうに、池と噴水があり、昼下がりの明るい光の中で、水が涼しげに流れていた。

「さあ、何でも訊いてやって」

椅子に座ると、小母はにこにこしながらいった。

「冴子さん、姉は、松川家の人たちに、とてもよくしてもらっている、自分は本当に幸せ者だとよくいっていましたよ」

八十五歳だというふみゑは、冴子に微笑みかけながらいった。

「わたしと姉は、二十五も歳が離れているので、親子みたいなもんでね。姉が秋田市で学校の先生をしているとき、わたしを呼んでくれたのよ。女学校に入れてやるっていって」

ふみゑは、問わず語りに話し始めた。

「それは、いつごろのことなんですか？」

冴子が訊いた。

「さあ、いつごろのことだったかしらねえ？　わたしが十二か十三だったから……」

ふみゑは、のんびりとした調子で話す。

祖母はもともと専業主婦で、緑《みどり》という娘をもうけたが、会社員だった夫が同僚の女性と浮気をして、離婚するしないでもめていたとき、夫が結核か何かで急死し、女一人で生きていくために、緑を手放し、秋田市内の中小企業に住み込みで働いた。小学校しか出ていなかったので、夫に「お前は学がないから、魅力がないんだ」となじられ、それが悔しくて働きながら夜勉強し、資格をとって小学校の教師になった。しかし、戦後、教育内容が変わり、新しいことを覚えて教えることが年齢的にも負担だったので、五十半ばを過ぎて、人の紹介で冴子の祖父の後妻として金沢の松川家にやってきたのだった。

「姉がねえ、わたしにしょっちゅう買い物を頼むのよ。市内の百貨店で、あれを買ってこい、これを買ってこいってね。それが緑の売り場の品物でねえ」

祖母が手放した一人娘は、成長して、秋田市内の百貨店に勤めていたということのようだ。

「祖母と緑さんは、当時、会っていたんですか?」

冴子は、運ばれてきたコーヒーにミルクを入れ、スプーンでかきまぜる。

「昔は、秋田市にいくなんて、宇宙にいくようなもんでねえ。女学校なんていうのも、コネとかいろいろなものがないと入れないところでねえ。ほんとに姉には感謝しているわ」

ふみゑは、アイスコーヒーをストローで吸い、質問と関係のない話を始める。

「お母さん、違う、違う。冴子ちゃんは、お祖母《ばあ》さんと緑さんは、そのころ、会っていたのかって訊いてるのよ」

小母《おば》が、ふみゑの手をとって、いい聞かせる。

「ああ、ああ、そうねえ。一度、緑が家にきたことがあってねえ。二人とも、気が強いもんだから、ろくに口もきかなくてねえ」

松川家では、祖父に仕えたり、冴子や妹の面倒をみながらひっそりと生きていた祖母だったが、本来の気性は相当激しいものだったようだ。

「あのう、祖母は、もともとは東京の人だったんですか？」

「そうそう、姉は東京で生まれて、新橋で暮らしていたんですよ。父親が鉄道に勤めていたもんでねえ」

（父親は、鉄道に勤めていた……）

初めて聞く話だった。冴子が松川家で聞いていたのは、祖母の実家は、秋田の地方の町で材木関係の仕事をしているということだけだった。

「優秀な鉄道の技師でねえ。七十人が受けて、二人しか受からないような試験にとおっていたっていうんだから。すごいもんだわねえ！」

（それはいったい、何の試験？）

八十五歳のふみゑは、こちらがどの程度のことを知っているのかほとんど気にしないで、嬉しそうに話し続ける。冴子は、欠落部分だらけのジグソーパズルを懸命につなぎ合わせているような気分で、辛抱強く話を聴いた。

ふみゑが語った祖母の物語は、おおよそ次のようなものだった。

祖母の父は、外国から輸入した機関車を検収する技師で、東京の新橋近辺に住んでいて、祖母もそこで生まれた。父は二十代のときに喘息を患い、空気のよい秋田県の地方の町に引っ越しし、材木関係の仕事に就いた。しかし、祖母は田舎が嫌いだったので、秋田市に出て働き、そこで会社員に見初められて結婚し、緑を産んだ。その後、夫が死に、祖母は緑を手放し、秋田市内の中小企業に住み込みで働きながら小学校教師になり、秋田市にふみゑを呼んで一緒に暮らすようになった。その後、緑は結婚し、名古屋から日本海方面に汽車で二時間くらい行った場所で暮らしていた。祖母はふみゑをつれて、緑の家に会いに行ったことがある。祖母も緑も、お互いに対して無愛想だったが、緑の夫は祖母を「お母さん、お母さん」と呼び、優しくしてくれた。祖母がいないとき、ふみゑは緑と一緒に布団を敷きながら「姉はああいう人間なので、許してやってほしい。でもあなたに会いたい一心で、こうして遠いところまでやってきたのだ」と話した。やがて、ふみゑより三歳年上の緑は、ふみゑと打ち解け、その後、互いにハタハタを送ったり、栗をもらったりする間柄になった。しかし、ふみゑの夫が脳梗塞で倒れ、介護で忙しくなってからは連絡が途絶えた。いまは、どうしているかわからない。

「わたしが八十五だから、緑さんは、いま、八十八だわねえ。いまごろ、どこでどうしているのか……生きているのかしらねえ」

長い話を締めくくるように、ふみゑがいった。

「ありがとうございました。おかげさまで、だいぶ祖母のことがわかりました」

明治・大正・昭和という三つの時代を生きた祖母の人生の輪郭がようやくつかめ、話を聞いた甲斐はあった。あと二十年早くふみゑに会っていれば、もっとたくさんのことを聞けただろうと思うが、逆にあと十年遅ければ、祖母のことは永遠にわからないままになったかもしれない。

「冴子さん、姉は、いつもあなたのことを自慢していましたよ。あなたがこうしてりっぱになった姿をみたら、どんなに喜ぶか」

「冴子ちゃん、いま、排出権の仕事をしているのよね？」

小母《おば》が訊いた。

「はい。……実は、会社が、わたしのいる部署を来年、分離することを考えていて、新会社の社長になってくれといわれています」

「社長に⁉　すごいじゃない！」

「ええ、でも……はたして自分に務まるかどうか、ちょっと自信がなくて……」

困惑顔で首をかしげた。

「冴子さん、あなたなら務まるわ」

ふみゑが確信に満ちた口調でいった。

「あなたなら、きっとできるわ。……がんばっておやりなさい」

祖母に生き写しの顔が、光のオーラに包まれて、語りかけてきているようだった。

まるで目の前に祖母が現われ、自分を励ましているような気がして、冴子はまた胸がいっぱいになり、懸命に涙をこらえた。

ふみゑは、ハンドバッグの中から、一通の封筒をとり出した。

「これは、あなたに」

そういって封筒を差し出した。「松川冴子殿」とボールペンで表書きがしてあった。

「ありがとうございます」

何だかわからなかったが、冴子は、いわれるままに受け取った。

「これ、いま、開けていいですか？」

外国人からプレゼントをもらったりしたときは、その場で開けるのが礼儀なので、その調子で訊いた。

とたんに、ふみゑと小母《おば》は、大あわてした。

「だめだめ、だめよ」

「冴子さん、家に帰ってから開けてね。家に帰ってから」

（いったい何が入っているんだろう？）

二人のあわて方が滑稽《こっけい》なほどだったので、ますます開けたくなった。


夕方、自宅マンションの居間で封筒を開けると、一万円札が十枚と、ふみゑが沖縄で写した写真、冴子あての自筆の手紙が入っていた。

手紙は、前の日に書かれたもので、祖母が松川家で大切にされたのを感謝していること、冴子に会うことを楽しみにしていることなどが記されていた。また、同封した金は、祖母が亡くなったときに、ふみゑは辞退したが、「偲草《しのぶぐさ》」と書かれた封筒に入れて冴子の父が送ってきたもので、これは、ふみゑからではなく、祖母からあなたへのプレゼントなのだと書かれていた。父から聞いた話では、送った金額は五万円ということなので矛盾しているが、冴子は、祖母とふみゑ二人からのプレゼントだと思うことにした。

（このお金は、使わないでおこう）

冴子は、封筒を机の引き出しの奥にそっとしまった。

週が明けた月曜日、冴子は、新会社の社長の職を受け入れると表明した。

数日後、新日本エンジニアリングは、社内調査委員会の調査結果に基づく過去三年間にさかのぼる決算修正と、排出権ビジネスの新会社設立を含む一連の債務超過解消策を発表した。また、社長と仙波専務が辞任することも同時に発表された。

第九章　リーマン・ショック

1

九月十四日、日曜日――

マンハッタン六十一丁目の二番街と三番街の間にあるアパートの自宅にいた北川は、ホッジスから電話を受けた。

「……なに、リーマンがチャプター・イレブン（連邦破産法十一条）を申請するだって⁉　本当か⁉」

リビングルームで、ワイヤレスの受話器に耳をあてた北川は、思わず大声を出していた。

妻はキッチンで夕食後の後片付けをし、娘は自分の部屋で本を読んでいる。

「本当だ。いま、テレビでニュースが流れた」

受話器から、ホッジスの緊張した声が流れてくる。

「ベアが救われたから、リーマンも何とかなると思ってたが……」

この三月に、サブプライム問題で危機に陥った準大手投資銀行ベア・スターンズは、JPモルガン・チェースによって吸収合併された。

「これで、リーマンと取引していたヘッジファンドは、アウトだな」

連邦破産法十一条が適用されると、管財人が指名され、清算のためにほとんどの資産が凍結される。その結果、リーマン・ブラザーズに証券類や資金を預けているヘッジファンドは、売ることも買うこともできなくなる。

「ヤス、今日で世界は変わったぞ。……どうする？」

「うーん……」

受話器を握りしめた北川の掌《てのひら》が、じっとりと汗ばんでくる。

パンゲアは、リーマンと取引はないが、自分たちのプライムブローカーを務めている大手投資銀行モルガン・スタンレーの先行きが気がかりだった。同社が破綻したりすると、パンゲアも、リーマンと取引していたヘッジファンドの二の舞になる。

北川らは、万一の場合に備えて、ここ二、三週間、緊急対応策《コンティンジェンシー・プラン》を話し合っていた。

「まさかモルスタまで破綻するとは思えんが……やはり、取引は縮小すべきだろう」

北川がいった。

「処分するとしたら、新日本エンジニアリングか？」

「そうだな。株価も下げ止まっているし、これ以上、欲をかいて追っかける必要もないだろう」

いったん二百円を割った株価は、債務超過解消策の発表で、三百円近くまで戻していた。

二千五百円前後の平均価格でカラ売りしたパンゲアの含み益は五十億円近くに達してい

る。

「いずれにせよ、明日は、朝七時に出勤ということにしよう」

「オーケー。バヨ（グボイェガの愛称）には、俺から電話しておく」


翌日——

敬老の日の日本は、株式市場は休場だったが、台湾、シンガポール、インド、ドイツ、英国などの市場では、軒並み時価総額の三〜四パーセントを吹き飛ばす暴落になった。ニューヨーク市場は、ダウ平均が、前週末比五百四ドル四十八セント安の一万九百十七ドル五十一セントとなり、二〇〇一年九月の同時多発テロ以来七年ぶりの安値を付けた。短期金融市場では、金融機関が手元資金の確保に走り、信用リスク懸念から資金の出し手が激減したため、FRB（米連邦準備理事会）が、ニューヨーク連邦準備銀行を通じて七百億ドル（約七兆三千億円）を供給した。また、大手投資銀行メリルリンチが、バンク・オブ・アメリカに吸収されることになった。

北川たちは、モルガン・スタンレーに対して、新日本エンジニアリングの株式を買い戻し、資金を、サブプライム問題の傷が浅い日本のメガバンクの一つに預けるよう指示した。

「……ようやく終わったな」

モルガン・スタンレーとの電話を終え、受話器を置いた北川の口から、思わずほっとした声が洩れた。

「今回は、結構長かったな」

北川のデスクのそばに、グボイェガが歩み寄った。

「うむ。二年はさすがに長かった。しかし、分析の正しさが証明される快感は、何物にも代えがたいな」

椅子に座った北川が微笑した。

新日本エンジニアリングの株価だけでなく、リーマン・ブラザーズの破綻で、投機資金が商品市場から安全性の高い債券市場に流れ、WTIは百ドルを割って九十五ドル台まで落ちた。世界経済の減速懸念が一段と強まり、原油価格はさらに下がりそうである。

「ところで、ヤス。こういう論文があるのを知ってるか？」

グボイェガが、十枚ほどの英文の資料を差し出した。

「これは？」

北川が受け取り、視線を落とす。

「地球温暖化に関するアメリカの学者の論文だ。タイトルや文章は過激だが、趣旨はかなり真実をついていて、説得力があると思う」

「ほう……。おもしろそうだな」

2

十月——

松川冴子は、川崎市の本社の会議室で、地球環境室を分離するための特別プロジェクト・チームのメンバーたちと打ち合わせをしていた。

「……じゃあ、インフォメモは、これで完成ということにします」

ワイシャツにネクタイの米系投資銀行のバイスプレジデント（課長級）がいった。

頭髪をきちんと分けた、まじめそうな三十代半ばの男性である。

「このあと、一次ビッド（入札）をやるんですね？」

鉛筆を手にした冴子が訊いた。目の前に、和文で五十ページほどのインフォメーション・メモランダムの草案が広げられていた。地球環境室の事業内容や、案件のポートフォリオ、予想キャッシュフローをはじめとする財務情報などを盛り込んだ冊子である。

「インフォメモを五十社くらいにばら撒いて、ビッドしてもらいます」

入札する内容は、買収価格が最重要ポイントで、そのほか、買収スキーム、資金調達方法、マネジメント、社員の処遇などである。

「それじゃ、次に、どこにインフォメモを配るか、決めたいと思います」

投資銀行のバイスプレジデントがいい、一同は、あらかじめ配られていた買い手候補の一覧表に視線を落とす。

「この表は、われわれが事前にあたってみて、反応のよかったところをリストアップしたものですが……」

そのときドアがノックされた。

地球環境室の若手男性社員が入ってきて、冴子に歩み寄った。

「室長、北京の東松所長が、至急お電話をほしいそうです」

「東松所長が？」

部下の男性がうなずく。

「すいません、ちょっと失礼します」

冴子はテーブルを囲んだ一同にいって、立ち上がった。


「……国泰集団の王輝東《おうきとう》が、逮捕されたようなんだよ」

地球環境室のオフィスのデスクから電話を入れると、北京にいる東松がいった。

「えっ、王輝東が⁉」

冴子が驚いた声を出すと、近くにいた数人の室員が振り返った。

王が率いる国泰集団は、新疆能源投資有限公司の風力発電プロジェクトに対して、三億二千四百万元（約四十八億円）を融資することになっている。

「容疑は何なんですか？」

「詳しいことはわからないけどインサイダー取引らしい」

「インサイダー取引……」

「国泰電器の株が、取引停止になったそうだ」

グループの中核企業で、香港の株式市場に上場している家電量販チェーンだ。

「それは……かなり大変なことですよね？」

「うん。あそこは、この一年間だけでも新規の店舗を百三十店も開いてるから、ただでさえ資金繰りが大変なんだ」

国泰電器は、中国の消費者の購買力増大を背景に急激な拡大路線をとり、沿岸部だけでなく、内陸部の中規模都市にまで店舗網を広げていた。

「長期の金だけじゃ足りなくて、短期の融資にかなり頼っているらしい。そこにこのリーマン・ショックで景気が悪くなって、金融機関もなかなか金を出さなくなっている。会長が逮捕、株が取引停止だから、既存融資のロールオーバー（借換え）も困難になるんじゃないかな」

「うーん……悪いことが重なってますねえ」

冴子は受話器を耳にあてたまま、重苦しい表情になる。

「例の風力発電の金が要るのは、いつごろだっけ？」

「来月くらいです」

工事は順調に進んでおり、総投資額の六割を自己資金と国家開発銀行の融資で賄っているので、そちらを先に使って支払いをしている。

「来月か……。それまでに事態が改善すればいいが」

「そうですねえ……」

「とにかく、逮捕は今日の今日だし、当面は、情況の推移をみるしかないだろう。こちらで引き続き、情報収集にあたるよ」

「よろしくお願いします。……ところで、東松所長、お身体の具合はいかがですか？」

周囲に聞こえないよう、身体を後ろにねじり、小声で訊いた。

「心配かけてすまないね。……肝硬変一歩手前だけど、しばらく前から酒をやめているせいか、体調はずいぶんいいよ」

「そうですか。それは何よりです」

「まあ、あと五ヵ月とちょっと、最後のご奉公をさせてもらうよ」

3

十二月――

冴子は、北京事務所の武暁軍が運転する車で、北京の東長安街を西に向かって走っていた。

街にはうっすらと雪が積もり、通りの左右に建ち並ぶ瓦屋根の楼閣を頂いたビルは、寒々とした姿を晒《さら》している。自転車の人々はコートやアノラックでしっかりと防寒し、自動車は白い排気ガスを吐息のように吐き出している。街路樹はすっかり葉を落とし、巨大な街は灰色の冬景色の中に沈み、一幅の絵画になっていた。

「……結局、王輝東の容疑は、実兄がやっている食品会社の株に関するインサイダー取引容疑なんだそうだ」

厚手のコートを着た東松がいった。

「そうなんですか……。それにしては、勾留が長引いているんですねえ」

リアシートの隣りに座った冴子がいった。

「政治的背景があるんだと思うよ」

すだれ頭で小太りの東松がいった。

「この国では、ほとんどの企業が、多かれ少なかれ不法行為に手を染めているけど、彼らは、警察や役人に賄賂を渡しているから、滅多なことでは捕まらない。けれども、政策の変更や中南海《ちゅうなんかい》（共産党首脳部）で権力闘争が勃発しているようなときは、王みたいな大物が逮捕されるんだ」

「では、今回は？」

「景気の減速や株価の下落が起こっている中で、二桁成長や不動産の値上がりを背景に事業を拡大し、株式を公開して巨万の富を得る『赤い富豪』的なビジネスのあり方を修正しようとしているんだろうね」

冴子がうなずく。

「それとも一つは、胡錦濤《こきんとう》国家主席グループによる広東閥への攻勢だろう」

王輝東は、広東省の工場から直接家電製品を仕入れる手法で財をなし、経済先進地域である同省の勢力と結びつきが強い。一方、胡錦濤主席直系である広東省トップ（党委書記）や深圳市トップは、地元幹部と対立を深めている。

「王を突破口に、広東省の党幹部を粛清しようということですか？」

「たぶんそうだろう。これだけ勾留が長引いているのは、金の流れなんかを徹底的に洗っているんじゃないのかな」

国泰電器の株も取引停止のままで、経営危機の影が忍び寄っている。

「ところで、例の国営銀行は、どの程度本気なんですかねえ？」

冴子らは、ここ二ヵ月間、新疆能源投資有限公司の風力発電プロジェクトの不足資金、三億二千四百万元を融資してくれる先を探して駆けずり回っていた。急場をしのぐために、同社の親会社である北京の大手国営電力会社から、つなぎ融資を出してもらったが、なるべく早く返済しなくてはならない。

そんな中、資金の出し手として浮上してきたのが、柳林の晋華焦煤社の取引銀行である国営銀行だった。かつて排出権のことを知らず、「空気が金に化けるとは愉快だ！」と笑い、融資の件はどうなっていると冴子が詰め寄ったとき、「お客との宴会があるので……」と逃げを打った支店長が、北京の本店に戻って、環境関連の融資を担当する部署の長に就任しているのだという。

「国営銀行のほうは、融資にかなり乗り気ですよ」

ハンドルを握った武暁軍がいった。

「そうなんですか？……でも、あの支店長、いま一つ信用できない感じがするんですけど」

髪をきちんと七・三に分け、色白で整った中年男の顔が思い出される。冷たさと軽薄さを感じさせる風貌だった。

「いやー、わたしもそう思うんですよね」

武が笑いながらいった。

「でも、今回はずいぶん熱心で、上のほうにも話してあるから大丈夫だっていうんですよ」

「上のほうって？」

「融資部門担当の副頭取だそうです」

「へー」

冴子は、本当かなあと思う。

「まあ、とりあえず、会ってみるしかないんじゃないの」

車は、天安門広場前や北京屈指の書店である北京図書大廈前を通過し、やがて右折して、西二環路の復興門から阜成門《ふせいもん》までの一帯に広がる「北京のウォール街」へと進んでいった。

件《くだん》の国営銀行の本店は、二十あまりの銀行の本店がひしめく一角に建っていた。薄茶色の壁と青いガラスの地上二十二階、地下三階建てのビルは、十年ほど前に完成したものだ。国内に三十八の分行（支店を統括する母店）と二万一千の支店を持ち、行員数は四十一万人、総資産は三兆元である。

正面玄関の左右に獅子の石像が控え、正面の入口ホールは二階まで吹き抜けである。

新日本エンジニアリングの三人は、エレベーターで高層階にある来賓用応接室に向かった。

応接室の壁には、鳥などを描いた中国絵画がかけられ、古そうな青磁の壺が置かれていた。

「いいながめですねえ」

三人は、広い窓際に歩み寄り、北京の甍《いらか》の波を一望のもとに見下ろす。

「いやいやいや、ご無沙汰いたしております」

ドアが開き、柳林支店の元支店長が姿を現した。りっぱなダークスーツに銀色のカフスボタンを着け、色白の役者のような顔に満面の笑みを浮かべていた。

「こちらが、わたくしの新しい名刺です。このたびは、結構な融資の機会をお与えくださいまして、誠にありがとうございます」

黒革の名刺入れから、名刺をとり出し、冴子らに手渡しする。

「ささ、まあ、おかけになって。……あ、お茶がありませんな」

そそくさと立ち上がって、部屋の隅にある電話機に歩み寄る。

やがて、フタ付の湯呑みに入った茶が運ばれてきて、しばらく四方山話になった。

「ところで融資の件は、副頭取もご了解済みなんですか？」

湯呑みを手にした冴子が訊いた。

「はい、すでに了承をとっておりますよ。三億二千四百万元、きっちり耳をそろえて融資させていただきます」

元柳林支店長は、淀みなくいった。

（うーん、これは間違いなさそう……）

この手の尻の軽い人物が、これだけきっぱりいうのは、話が固まっている証拠だ。

「副頭取さんというのは、どういう方なんですか？」

「いや、これがすごい方でしてねえ。北京の名家の生まれで、北京大学を優秀な成績で卒業され、共産党員としても将来を嘱望されている、いわば当行期待の星ですなあ」

元柳林支店長は、心底感じ入っている口ぶりである。

「しかも見識が大変お広く、常に国家全体をみてお話をされますので、われわれも大いに勉強になっている次第です」

「そうですか。りっぱな方なんですねえ。……風力発電とか、排出権のことなんかも、よくご存知なんですか？」

「それはもう。実際にご自分でやられていましたから」

「えっ、自分で⁉」

元柳林支店長は、にやりと笑った。

「たぶん皆さんも、お会いになったことがあるんじゃないでしょうかねえ」

ドアがノックされた。

「いらっしゃったようです」

元柳林支店長がいそいそと立ち上がり、ドアに歩み寄った。

入ってきた人物を一瞥した瞬間、冴子らは、あっと声を上げていた。

頭髪を短く刈り込んだ顔に、射抜くような精気を放つ一重瞼の両目。

人民解放軍特殊部隊の精鋭のような風貌の男は、一年八ヵ月ほど前まで、新疆能源投資有限公司の総経理（社長）を務めていた梁寶林だった。

「皆さん、久しぶりですね」

グレーのスーツをりゅうと着こなした梁は、独学で身につけた手堅い感じの英語でいった。

威厳に満ちた身のこなしで三人と握手をし、ソファーに座る。

「梁さん、こちらの銀行の方だったんですか」

冴子が、驚きさめやらぬ表情でいった。

「新疆能源投資へは、出向でいっていたのですよ」

落ち着いた表情で梁がいった。

「ご存知かもしれませんが、われわれの銀行は、近代中国ができて間もなく、国家建設資金を融資するために創設されました」

その後、一九八〇年代半ばから、改革開放政策に基づき、個人貯蓄や企業融資、外国為替の取り扱いを始め、一九九四年に金融改革の一環として、政策金融分野を政府の財務部と国家開発銀行に移管し、商業銀行になった。

「したがって、重工業、発電、製鉄、建設といった業種と結びつきが強く、わたしが新疆能源投資に出向していたのも、親会社である国営電力会社からの要請によるものなのです」

冴子らは、うなずく。

「あのプロジェクトが、国泰グループから融資を受けることは、国営電力会社の幹部から聞いていたし、王輝東が逮捕されたときから、どうなるのか気になってもいました。彼から話があったときは、すぐ融資を決裁しましたよ」

そばでにこにこしている元柳林支店長を一瞥していった。

「あのプロジェクトは、わたしが手塩にかけた自分の赤ん坊みたいなものだ」

梁は、懐かしそうにいった。

「ミス松川、あなたにはずいぶんお世話になった。わたしの赤ん坊を、よろしく頼む」

いつもは鋭い両目の中に、柔らかな光がにじんでいた。

4

三月――

冴子は、地球環境室のオフィスで、部下の若手男性社員が、パソコンの画面にユーザーIDとパスワードを打ち込むのをみまもっていた。

そばに十人あまりの室員が立って、様子をみている。

オフィスの中は、引っ越しのために書類などが詰められた段ボール箱がいくつも積み上げられていた。

一次ビッド（入札）、デューディリジェンス（買収監査）、二次ビッド、契約交渉を経て、総合商社と投資ファンドのコンソーシアムが地球環境室の業務とスタッフを買収することになり、近々、東京駅のそばの高層ビルに引っ越しをする。買収価格は、ペナン島のインド人の老人が予想したとおり、百億円を優に上回り、LBOのための融資団の組成も完了した。元親会社の優れた技術力を利用できるよう、新日本エンジニアリングが一〇パーセントの株式を保有し、提携関係を維持する。

「……あ、入ってます、入ってます！」

パソコンのスクリーンをみつめ、若手男性社員がいった。

「えっ、入ってる⁉　ほんと⁉」

となりに椅子を持ってきて座った冴子が、スクリーンをのぞき込み、周囲の社員たちから「おおーっ！」「やった！」と歓声が上がった。

「ここです、みてください。一一万三四五六トンです」

若手男性社員が、スクリーンの一角を指差した。

日本政府が運営しているCER（認証排出削減量）の登録簿の画面であった。ホームページのURLは、http://www.registry.go.jp で、政府や民間企業は、この登録簿に開設した口座を通じて、CERの受領、保有、移転などを確認する。

鮮やかな水色のバナーの上に「国別登録簿システム」という白い文字が浮き上がっていた。その下に「移転明細結果表示」とあり、「JP-100-」で始まる新日本エンジニアリングの口座番号、情報の照会期間、受け取ったCERと移転したCERの総量が表示されている。さらにその下に、四角い枠があり、各取引の日付、種別、移転元法人名、移転先法人名、取引されたクレジット（排出権）の量などが示されている。

「ほんとだ。入ってるわ」

冴子は、枠の中の「113,456」という数字をみつめた。

新疆能源投資有限公司の風力発電プロジェクトによって、一昨年十二月下旬から昨年十二月下旬までの一年間の間に産み出されたCERの量であった。プロジェクトは年間二八万トン級だが、最初の一年間は、六十基の風力発電機が順次設置され、設置されるごとに送電網《グリッド》に接続されて電力が送られたので、中途半端な数字になっている。

ＣＥＲの発行のためには、発電データなどをＤＯＥ（指定運営組織）に送り、ＤＯＥが排出削減量を検証《ベリフィケーション》し、認証することが必要だ。ＤＯＥが検証・認証した内容の報告書と、ＣＥＲの発行申請書をＵＮＦＣＣＣ（国連気候変動枠組条約）事務局を通じてＣＤＭ理事会に提出し、問題がないと認められればＣＥＲが発行される。

発行されたＣＥＲは、国連が運営する登録簿に入れられ、その登録簿が日本政府の登録簿とシステム的につながっている。そして、各ＣＤＭプロジェクトの関係者が事前に合意し、国連に通知していた配分比率に従って、各関係者（各企業）に配分される。

「それじゃあ、これ、全量移転します」

若手男性社員がキーボードをたたき、別のウェッブサイトを開く。

新疆能源投資有限公司のＣＥＲは、大手鉄鋼会社に売却することになっているので、移転の手続きをしなくてはならない。開いたのは、「http://shinsei.e-gov.go.jp」で始まる日本政府に対する各種電子申請のサイトである。

「ええと、まず『申請者・届出者』に関する情報、と……」

男性社員は、あらかじめ印刷した操作手順をみながら、水色の画面に入力していく。

「それで次は……『算定割当量の振替申請』と」

新日本エンジニアリングの住所、正式社名、代表取締役名などを入力していく。

続いて、新日本エンジニアリングの「国別登録簿」の口座の詳細と、受取人（買い手）である大手鉄鋼会社の口座の詳細。

そばで冴子がじっとみまもる。

男性社員は「振替に係る算定割当量の種別ごとの数量及び識別番号」の入力に進む。

「ん？　何だこれ？」

突然、画面に「認識できない文字が挿入されています」という表示が現われ、男性社員が首をかしげた。眉根に皺を寄せ、操作手順書と画面の表示をつき合わせて考える。

ふたたびキーボードをたたき、入力内容を訂正する。

「……結構、面倒臭いわね」

男性社員が入力するのをみながら、冴子がつぶやいた。

「確かにこれ、使い勝手の悪いシステムですね」

画面に顔を向けてキーボードをたたきながら、男性社員がいった。

「『国別登録簿』では、CERの番号にハイフンが入っているのに、こっちの電子申請では、ハイフンなしで入力しなきゃいけないんで、単純にコピペできないし、姓と名前の間に全角スペースがないと認識しないし」

「さっきの『認識できない文字が挿入されています』っていうエラーメッセージは何だったの？」

「CERの番号の最後のほうをコピペしたら、末尾にたまたま半角スペースが残ってたらしくて、それに反応したみたいです」

「ひゃー、ほんと!?　でも、よくみつけたわねえ！」

「ほかの会社の人たちに、そんなたぐいのことがあるって、聞いてましたんで」

若手男性社員は、日ごろから、排出権に関する事務について情報収集をしている。

三十分以上かかって、CER移転のための入力が終わった。

最後は、日本政府に支払う六千二百円の手数料の振込みである。

「……終わりました」

男性社員が、画面で手数料の振込みを確認していった。

「お疲れさま！」

冴子がいうと、周囲で静かに拍手が湧いた。

用意されていた缶ビールが開けられ、排出権販売第一号を祝って全員で乾杯した。

夕方なので、皆リラックスして談笑し、このまま飲み会に流れていきそうな雰囲気だ。

「……しかしこれ、本当はマズいんですよね」

冴子のデスクのそばに立って缶ビールを飲みながら、若手男性社員が小声でいった。

「本当はね」

ビールでほんのり顔を赤らめた冴子が苦笑いする。

二人は、梁寶林が、実際は中国製の安い風力発電機を使うのに、外国の高価な物を輸入することにしてIRR（内部収益率）を低くしたり、取締役会議事録を勝手に作り変えたことをよく憶えている。

「本来なら『追加性』を否定されてアウトなんだけど……。いったんCDM理事会でとおっちゃうと、あとで検証する仕組みがないのよねえ」

現在の制度においては、事後のモニタリングでみられるのは、もっぱら温室効果ガスの削減量である。

「まあ、これからだんだん厳しくなっていくとは思うけど」

冴子がいい、若手男性社員はうなずいた。

「室長、ところで、それ何ですか？　二、三日前から気になってるんですけど」

冴子が片手でなでていたデスクの上の置物を指差した。

獅子の顔をした拳《こぶし》大の蛙で、口に三枚の金貨を咥《くわ》えていた。紫砂《しさ》泥を焼いたもので、茶色い光沢を放っている。

「これ、金蟾《ジンチャン》っていうんだけど、東松さんが新会社設立のお祝いにくれたのよ。こうやって一日三回金貨を回すと、お金が貯まるそうよ」

冴子は、金蟾が口に咥えている金貨を指で突ついて、くるくる回した。

それぞれの金貨の真ん中に軸が入っていて、皿のように回転する。

「へーえ、おもしろいですね」

男性社員も興味深げに金貨を回す。

「ところで、東松所長のお身体の具合はどうなんです？」

「お酒を九ヵ月くらい前から止《や》められたそうなので、体調はずいぶんいいみたい。最近は、『一年くらい休養したら、松川さんの会社で雇ってよ』なんていってるわ」

「そうですか。……それもありですよね」

冴子と男性社員はうなずき合った。

エピローグ

四月一日——

東京は、正午ごろ雨がぱらつき、肌寒い一日となった。

新日本エンジニアリング地球環境室から分離独立した会社は、東京駅のそばにある薄緑色のガラスにおおわれた高層ビルにオフィスを構え、業務をスタートさせた。社員は、総勢三十一人である。

社長になった松川冴子のデスクは、ガラス張りの個室の中である。デスクの上には、東松にもらった金蟾《ジンチャン》を置き、引き出しの中には、祖母の妹のふみゑにもらった手紙と十万円の封筒がしまってある。背後の壁には、ウルムチのダーバンジョン風力発電地区の青空を背景に回転する、新疆能源投資有限公司の白い風力発電機の写真が飾られている。

午前中、冴子は、株主となった総合商社の新規事業部門担当副社長、投資ファンドの代表、株主から送り込まれた二人の副社長とともに、新会社設立の記者会見に臨んだ。

会見の様子はテレビのニュースで放映され、数十人の友人や取引先から祝電やお祝いのメールが届いた。高校の同級生で地元の神社の宮司と大学教授を兼務している西村信胤《のぶたね》からは、次回の同窓会で冴子の社長就任祝いをやるから、お盆には必ず帰郷するようにと伝えてきた。

午後――

冴子はほかの社員二人と一緒に、プトラ大学畜産学部のリム・ヘン・ポク博士と、ペナン州の役人で畜産業の監督と保護の仕事をしているチューを迎えた。

二人は、平安村の養豚場の汚水問題でマレー系住民との対立が深まり、汚水を川に流すことを全面的に禁止する法案が議会に提出されそうになっているので、解決策を話し合うために来日したのだった。

ミーティングは、ガラス張りの瀟洒な会議室で行われた。

「……では、村の周りにパイプを敷設して、汚水を集めて処理し、発電も行うという計画で進めてみましょう」

二時間を超える話し合いの末に、冴子がいった。

村の周りにパイプラインを敷いて汚水を集めるのは、最近、中国でも計画されている手法である。除去した固形物は肥料としてパーム椰子や花の栽培に使い、膜分離をとり入れた近代的な浄化槽で汚水のBOD値を従来の五分の一程度まで下げ、豚や豚舎を洗ったりするための水として再循環させる。

「よろしくお願いします。役所のほうも、できる限りの協力をするといっておりますので」

頭髪も眉毛も白髪まじりで、福々しい下ぶくれの顔のリム博士がいい、かたわらで、痩せた中国系のチューがうなずいた。

「養豚農家を一軒一軒説得しなくてはならないと思いますが、大丈夫ですか？」

「村に長老がおりますから、まず彼を味方につけて、村民を説得してもらいます」

「わかりました。では、わたしたちのほうは、計画書を作成して、なるべく早くお送りするようにします」

冴子の言葉に、二人の中国系マレーシア人はうなずいた。

ミーティングが終わり、冴子らは二人をエレベーターホールまで送る。

「りっぱなオフィスに移られたんだねえ」

会議室や応接室が並ぶ廊下を歩きながら、リム博士が感心した表情でいった。

「はい。……でも、わたしにとって一番初めの平安村の案件が解決できていないのは、ずっと気がかりでした。今度こそ、何とかしたいと思っていますので、よろしくお願いします」

「こちらこそ」

「またペナンにきてください」

二人のマレーシア人は冴子らと握手を交わし、エレベーターの中へ消えていった。

同日――

ＣＤＭ理事会の理事を任期満了で退任した国枝朋之は、日本政府の交渉官として、ドイツのボンで開催されている国連気候変動枠組条約特別作業部会の会合に出席していた。今年（二〇〇九年）十二月にデンマークのコペンハーゲンで開催されるＣＯＰ《コップ》15（第十五回締約国会議）のための準備会合で、三月二十九日から四月八日までの日程で開催されている。会場は、ボン南東の郊外、ＵＮＦＣＣＣ事務局から車で五、六分の場所にある大型ホテル「マリティム・ホテル」の会議場である。

巨大な馬蹄形の会議場の正面壇上に十人ほどの発言者席が設けられ、一段下のフロアーにびっしりと長テーブルと椅子が配置され、条約に加盟している百九十二ヵ国から二千人以上の出席者が詰めかけていた。

民族衣装などさまざまな服装、黒、白、黄色、コーヒー色などさまざまな肌の色の出席者たちが、頭にヘッドフォーン型イヤホンを付け、メモをとったり、ノートパソコンをたたいたりしながら、正面壇上の発言者のスピーチを聴いている。

会場をぐるりと取り巻いた二階席には、同時通訳者たちが陣取り、発言者の言葉を、英・仏・西・中・露・アラビア語の六つの国連公用語に通訳し、各国の記者たちが発言内容を聞いたり、資料に目を通したりしている。

八ヵ月後に迫ったＣＯＰ15は、二〇一三年以降の地球温暖化対策の枠組みを決める重要な会合だ。焦点は、いまだに排出量削減義務を負っていない世界第一位と第二位の温暖化ガス排出国である中国と米国をいかにして枠組みの中に取り込むかだ。この二国で世界の排出量の約四割を占め、「第一約束期間」で削減義務を負った先進国の排出量は約三割（うちEUは約一二パーセント、日本は約四パーセント）にすぎない。

「……why would small island states be happy with a level of ambition that is going to destroy their countries?（……小島嶼《しょうとうしょ》諸国は、彼らの国々を破壊してしまうような先進国の非意欲的な排出量削減計画に満足できるはずがありません）」

正面壇上で、浅黒い肌をした、南太平洋の小島嶼国代表の男がスピーチをしているのを、会場の一角に陣取った約四十人の日本代表団の中で、腕組みをしながら国枝朋之が聴いていた。

「海面上昇率が増加していることは、最近の科学的調査で明らかになっており……」

小島嶼諸国は、二〇二〇年までの「中期目標」として、先進国は温室効果ガスを一九九〇年比四五パーセント削減し、二〇五〇年までに九五パーセント削減すべきであると求めている。

一方、米国は、会合初日の演説で地球温暖化対策の国際的枠組みへの復帰を表明したが、一九九〇年以降も排出量を増やし続けているため、二〇二〇年の「中期目標」は明言せず、二〇五〇年までに大幅な削減を実行するという道筋を示すだけに止《とど》めている。日本は、二〇五〇年までに世界全体で五〇パーセント削減としているが、「中期目標」については、いまだ検討中。中国、インドをはじめとする途上国は、「温暖化を引き起こしたのは先進国の責任」として、削減義務を負うことに抵抗を続けている。

（排出大国の中国やインドが削減義務を負わなければ、温暖化防止の効果は覚束《おぼつか》ない。かといって、日本がそれを強硬に主張すれば、孤立化を招く……）

国枝は、小島嶼国代表のスピーチを聞きながら、日本がとるべき戦略に思いを巡らせていた。

会議は例によって、さまざまな思惑が渦巻く国益の衝突の場と化している。

ＥＵは、二〇二〇年までに二〇パーセント削減という目標を掲げ、米国と日本が同水準の削減を約束するなら、三〇パーセントまで踏み込む用意があるとして議論の主導権を握ろうとしている。米国は、石炭火力への依存度が高い中国に地中貯留の技術を売り込もうという思惑をみえ隠れさせ、中国は削減義務を拒否し続けて孤立することを内心懸念して、密かに落としどころを探り、サウジアラビアをはじめとする産油諸国は、温暖化対策と脱石油の流れを警戒し、合意形成に消極的だ。

「……われわれは、この会議において、リアリスティック（現実的）という言葉と、プラグマティック（実用的）という言葉を数多く聞きました。では、小島嶼諸国の問題に対して何がリアリスティックで、何がプラグマティックであるのか？」

小島嶼国代表のスピーチを聞きながら、国枝は、日本政府の戦略を考え続けた。

同じ日――

パンゲアの北川靖は、マンハッタン・ミッドタウンのオフィスのデスクで、手もとの資料に視線をやりながら、パソコンにデータを打ち込んでいた。新たなカラ売りのターゲット企業を発見し、財務分析をしているところだった。

ホッジスは、カラ売り対象企業のアナリスト説明会に出かけ、グボイェガは、秘書兼アシスタントの若い米国人女性と談笑しながら書類のコピーをとっていた。

キーボードをたたく手を休め、視線を上げると、壁に取り付けられたテレビスクリーンが、何かの会議の模様を映し出していた。普段は仕事の邪魔になるので、無音にしてある画面に、円形競技場のような巨大な会議場が映し出され、さまざまな国々の人々が頭にヘッドフォーンをつけ、壇上でスピーチをしている肌の浅黒い男の声を聞いている。

画面の下のほうに、白い文字で「U.N. climate talks in Bonn, Germany」と表示されていた。

(COP15の準備会合か……)

壇上でスピーチをしている男の顔が大映しになった。肌が浅黒く、アジア系とインド系の中間のような顔つきで、南太平洋の小島嶼国の代表のようである。

「ヤス、ボンの準備会合で、アメリカは、中期目標は立てないが、二〇五〇年までに大幅に排出量を削減するといってるらしいぞ」

グボイェガが北川のデスクのそばにきていった。

「もしかして、地球が寒くなるのを待ってるんじゃないか?」

グボイェガは笑って、コピーした書類をひらひらさせながら自分のデスクに戻っていく。

北川は苦笑し、机の中から十枚ほどの英文の資料をとり出した。

昨年九月にリーマン・ブラザーズが破綻した翌日、グボイェガがくれた地球温暖化に関する論文で、米国のある大学教授が書いたものだった。

「地球温暖化問題は、世紀のペテン」と題する論文で、内容は次のとおりである。


過去十年間、大気中の二酸化炭素の量が急増しているにもかかわらず、地球の気温上昇は止まっている。地球は長い時の流れの中で、温暖期と寒冷期を繰り返しており、最近では、一三〇〇年代半ばから一八〇〇年代半ばが小氷《しょうひょう》期で、その後は温暖期に入り、一九九八年のピークまで気温は一貫して上昇した。一方、二酸化炭素の排出が急増したのは一九四六年以降なので、二酸化炭素の温暖化に対する影響の度合いはごくわずかであるといえる。


一九九九年以降の気温低下の原因は、海の自然変動に求められる。太平洋では数十年ごとに水温が上下する「太平洋十年規模振動（ＰＤＯ＝Pacific Decadal Oscillation）」という現象があり、太平洋の高温・低温期は、地球の温度の周期とほぼ一致している。ＰＤＯは、一九七〇年代半ばから高温期だったが、それが一九九八年で終わったと考えられ、今後、三十年くらいは、地球の気温が上昇しない可能性が高い。

二〇〇三年に作られた米国防総省に対する専門家の報告書でも、北半球では二〇一〇年ごろから平均気温が下がり始め、二〇一七年には平均気温が七、八度下がると予測されている。

長い目でみると、地球の温度の変化は太陽からの日射量がおもな原因で、(1)地球の公転軌道の離心率、(2)自転軸の傾きの周期的変化、(3)自転軸の歳差運動という三つの要因によって、一万年から十万年の周期で日射量が変化し、氷河期などをもたらす。

地球温暖化問題は、冷戦が終了し、仕事がなくなった科学者たちを大量にかかえた欧米諸国が、国際的影響力の拡大、新たな商売のネタ、中東へのエネルギー依存度の低減などを狙ってデッチ上げた「世紀のペテン」である。そこにクリーン・エネルギーであるLNGや原子力の関係者、国連官僚、認証機関、コンサルタント、金融機関などが乗っかったのだ。

当面、排出権や環境ビジネスは、サブプライム問題に端を発する世界景気低迷の救世主として脚光を浴びる。しかし、二〇二〇年ごろには、二酸化炭素の排出が増えても気温がほとんど上昇しないことが明らかになり、温暖化問題見直し論が台頭する。やがて世界各地で寒冷化による農作物や森林漁業資源に対する被害が発生し、温暖化問題バブルは崩壊する。

(はたしてどちらが正しいのか……?)

北川は、論文に視線を落としたまま自問する。

（俺たちは、壮大なペテンに踊らされているのか？　それとも……）

しばらく窓の外の摩天楼をながめながら考えにふけってから、ふたたびパソコンに向かって、データ分析のためにキーボードをたたき始めた。

・本作品はフィクションです。登場する人物、組織などはすべて架空のものです。
・為替の換算レートは、それぞれの時点での実勢レートを使用しています。

参考文献

「歩く地図Ｎｉｐｐｏｎ⑨金沢・能登・越前」あるっく社編集部編、山と溪谷社、二〇〇三年四月
「インドネシア・バリ島の本」近畿日本ツーリスト、一九九七年六月
「国別登録簿システム操作手順書（口座保有者用）」環境省、経済産業省、二〇〇九年三月
「最新排出権取引の基本と仕組みがよ〜くわかる本―低炭素社会をつくる制度の『主役』へ！」日本スマートエナジー著、秀和システム、二〇〇八年八月
「図解　京都メカニズム　第6・1版」環境省地球環境局地球温暖化対策課、二〇〇六年八月
「図解　よくわかる排出権取引ビジネス〜第3版」みずほ情報総研著、日刊工業新聞社、二〇〇七年九月
「先進事例にみる　排出権取引ビジネス最前線」三菱総合研究所編、工業調査会、二〇〇七年八月
「地球温暖化と排出権ビジネス」三菱商事イノベーション事業グループ、二〇〇八年四月
「地底を変えた男たち―中国と日本採炭技術の旅」鶴岡泰生著、未来文化社、一九九九年九月
「中国のエネルギー産業の地域的分析」時臨雲、張宏武著、溪水社、二〇〇五年三月
「中国・山西省炭鉱メタンを利用したコージェネレーションシステムのＣＤＭ可能性調査報告

書」日本エヌ・ユー・エス、二〇〇七年三月
「中国・新疆ウイグル自治区トリ地域第2期風力発電事業調査報告書」みずほ情報総研、二〇〇六年三月
「中国・天津市経済技術開発区における省エネルギー推進プログラムCDM事業調査報告書」イー・アンド・イー　ソリューションズ、二〇〇八年三月
「調査報告書の概要」ＩＨＩ社内調査委員会、二〇〇七年十二月
「なるほど図解　排出権のしくみ」株式会社日本スマートエナジー代表取締役大串卓矢著、中央経済社、二〇〇六年十月
「排出権取引ビジネスの実践」排出権取引ビジネス研究会著、東洋経済新報社、二〇〇七年七月
「排出権ビジネスの現状と国際協力銀行」本郷尚、二〇〇七年二月、国際協力銀行（プレゼンテーション）
「北京で『満福』」勝又あや子著、東洋書店、二〇〇八年七月
「法廷会計学vs粉飾決算」細野祐二著、日経BP社、二〇〇八年七月
「マレーシアにおける養豚業に対する我が国支援の可能性について」鈴木進一、エックス都市研究所、二〇〇七年十月
「ＣＤＭ／ＪＩ事業調査　事業実施マニュアル２００６」環境省、（財）地球環境センター、二〇〇六年八月

「ＣＤＭによる環境改善と温暖化抑制―中国山西省を事例として」張興和著、創風社、二〇〇五年二月

「地球の歩き方　D01中国　二〇〇六〜二〇〇七年版」「地球の歩き方」編集室著、ダイヤモンド・ビッグ社、二〇〇六年三月

「地球の歩き方　D03　北京・天津　二〇〇六〜二〇〇七年版」「地球の歩き方」編集室著、ダイヤモンド・ビッグ社、二〇〇六年二月

「地球の歩き方　D07　西安・敦煌・ウルムチ　二〇〇七〜二〇〇八年版」「地球の歩き方」編集室著、ダイヤモンド・ビッグ社、二〇〇七年六月

"Gome affair shows risks of wealth" Geoff Dyer, Jamil Anderlini, Financial Times, 24 November 2008

"Opportunities and challenges of converting biogas from pig farms into renewable energy in developing countries in Asia - a Malaysian experience" J. B. Liang, S. Suzuki, A. Kawamura, A. Habasaki, T. Kato, Australian Journal of Experimental Agriculture, 2008

"Prospect of developing environmentally sustainable pig farming in developing countries: Can a lesson be learnt from Malaysia?" J. B. Liang

"State and Trends of the Carbon Market 2008" Karan Capoor, Philippe Ambrosi, The World Bank

「ＩＨＩの『粉飾決算』」細野祐二、『ＺＡＩＴＥＮ』二〇〇八年十月号

「宴会と白酒と男たち」石原晶子、『月刊酒文化』二〇〇六年十一月号
「最大手家電量販店のトップ・黄光裕氏逮捕は〝原罪〟か」祝斌、サーチナ、二〇〇八年十二月二十二日
『政治の具』と化す地球温暖化」『選択』二〇〇九年八月号
「石炭も使いよう」D・G・ホーキンズ、D・A・ラショフ、R・H・ウィリアムズ、『日経サイエンス』二〇〇六年十二月号
「炭酸ガスの地球温暖化説は誤り　排出権取引は日本を衰退させる」赤祖父俊一、『週刊ダイヤモンド』二〇〇九年七月二十五日号
「日本よ、『京都議定書』を脱退せよ」武田邦彦、『文藝春秋』二〇〇八年三月号
『不都合な真実』は真実か」田原総一朗、『現代』二〇〇七年九月号
「メタルカラーの時代」山根一眞、『週刊ポスト』、二〇〇七年一月二十六日号、同二月二日号
柳田ファーム・ホームページ（http://www.yanagida-farm.com）
（株）地球環境秀明・ホームページ（http://www.yasuhide-takashima.co.jp）

・そのほか、CDM理事会のウェッブサイト（http://cdm.unfccc.int/index.html）に掲載されている個々のCDMプロジェクトのPDD（プロジェクト設計書）等関連書類、新聞、雑誌、インターネットサイトの記事等を参考にしました。
・書籍の発行年月は使用した版のものです。

あとがき――ＣＯＰ15以降の状況

黒木　亮

『排出権商人』は、ＣＯＰ15の手前で物語が終わっている。その後、京都議定書や排出権取引はどのような状況にあるのだろうか。

二〇〇九年九月二十二日、就任間もない鳩山由紀夫首相が、ニューヨークで開かれた国連気候変動サミットで演説し、温室効果ガス排出量を二〇二〇年までに一九九〇年比で二五パーセント削減すると公約した。いかにして削減するかの道筋も考えていない民主党の「思いつき」による国際公約で、すでに限界的削減費用が世界的に突出して高い日本にさらなる負担を課した。「すべての主要排出国による公平な枠組みの構築」と「意欲的な目標の合意」という前提条件がつけられていたが、数字が一人歩きし、その後の国際交渉において日本をあらゆる局面で苦しめた。産業界は猛反発し、ＣＯＰ15を約一ヵ月後に控えた十一月十二日に、宗岡正二新日鉄社長は、小沢鋭仁環境相に対し、「米中などと具体的にどの程度なら公平と考えるのか。もし公平でなければ二五パーセントを引き下げるのか」と迫った。削減への道筋も持たない小沢環境相が明確に答えられるはずもなかった。

十一月十七日には、英国のイースト・アングリア大学の気候研究所のサーバーがハッキングされ、千通以上の電子メールや文書がネット上で公開される「クライメート・ゲート事件」が起きた。同研究所は、世界各地の気温を測定・収集して平均気温を算出する世界の四つの研究所の一つで、地球が温暖化しているとするIPCC（気候変動に関する政府間パネル）の報告書作成でも大きな役割を果たしてきた。流出した文書の中に、地球の温度低下傾向を隠す「トリック」をほどこしたというフィル・ジョーンズ所長のメールや、「（気温の）下落傾向に、非常に人為的な補正をほどこす」というキース・ブリファ副所長のものとみられる書き込みがあったため、地球温暖化説に大きな疑問が投げかけられた。

騒然とした状況の中、二〇〇九年十二月七日から十八日まで、COP15がデンマークのコペンハーゲンで開催された（議長国はデンマーク）。各国首脳が勢ぞろいする異例のCOPであった。会議では、二〇一三年以降の枠組みを巡って先進国と途上国が激しく対立。途上国のリーダー格が中国で、フランスのサルコジ大統領は「協議の進展を阻んでいるのは中国」と名指しで非難した。焦点は、二大排出国である中国と米国をいかにして枠組みの中に入れるかだったが、中国はあくまでGDP比の自主目標、かつ外部からの検証も受け入れないという姿勢を崩さず、米国も二〇〇五年比で二〇二〇年までに一七パーセント削減という緩《ゆる》い目標しか打ち出さなかった。結局、両国が入れる枠組みをつくることはできず、各国が自主的に二〇二〇年までの温室効果ガス削減目標を打ち出す「コペンハーゲン合意」に「留意する」ことが決められただけで、二〇一三年以降の枠組みをどうするかの問題は先送りされた。

翌二〇一〇年八月三十日、「クライメート・ゲート事件」について調査を依頼された第三者機関で、世界の学術団体が組織する「インターアカデミーカウンシル」（略称ＩＡＣ、本部アムステルダム）が、ニューヨークの国連本部で記者会見し、「ＩＰＣＣは、運営体制の抜本的な改革が必要である」と指摘した。「地球温暖化が人為的な活動で引き起こされているのはほぼ確実」というＩＰＣＣの結論の妥当性についての言及はなかったものの、ＩＰＣＣの報告書に「ヒマラヤの氷河は二〇三五年までに消滅する」（正しくは「二三五〇年に五分の一に縮小」）といった複数の誤記が発見され、地球温暖化説に対する疑問が根強く残る結果になった。

二〇一〇年十一月二十九日から十二月十一日までメキシコのカンクンで開催されたＣＯＰ16では、中間選挙で民主党が敗北し、思い切った約束ができないオバマ大統領は積極的に動かず、前回の紛糾の記憶もあって期待薄の雰囲気で会議が始まった。中国をはじめとする途上国は、先進国にのみ法的削減義務を課する京都議定書の第二約束期間の設定（すなわち議定書の延長）を強く主張。すべての主要排出国が参加する枠組みを目指すとしていたＥＵは、すでに実施しているＥＵ―ＥＴＳ（欧州連合域内排出権取引制度）の存立を裏打ちする国際的枠組みがなくなるのを恐れて現実路線に転換。英国のキャメロン首相が菅直人首相に電話をかけ、議定書延長への協力を要請したが、松本龍環境相は、冒頭から議定書延長と新たな数値目標に反対を明言。ＥＵのヘデゴー委員から「京都議定書を延長すれば、米中に国際的枠組み参加を促すプレッシャーをかけられる」といわれたが、「努力しない国が固定化される」と突っぱねた。日本の孤立化が懸念されたが、話し合いを重ねるにつれ、日本の正論への理解が広まった。結局、発展途上国の温暖化対策を支援する「グリーン気候基金」の設立などを盛り込んだ「カンクン合意」が採択されたが、二〇一三年以降の枠組みについては依然不透明なまま閉幕した。

二〇一一年に入り、地球温暖化問題に大きな波紋を投げかけたのが、三月十一日に起きた東日本大震災（東北地方太平洋沖地震）による福島第一原発の事故である。反原発の声が、世界中で急速に勢いを増し、ドイツ、スイス、イタリアは脱原発を決めた。日本では、六月時点で、全国に五十四基ある原発の稼働率が三六・八パーセントで、米国のスリーマイル島事故を受けて、点検のために停止した一九七九年五月の三四・二パーセント以来の低水準となった。東京電力の試算では、福島第一・第二原発の十基すべてを停止し、火力で代替した場合、温室効果ガス排出量は年間四千百万トン増加（一九九〇年比で約三・三パーセント増）する。また、環境省によると国内にある五十四基すべてを停止した場合は、最大で二・一億トン（同一六・七パーセント）増える。リーマン・ショックで後半に経済活動が停滞した二〇〇八年でも、京都議定書の基準年である一九九〇年（十二億六千百万トン）を上回る十二億八千百万トン、引き続き経済が低迷した翌年二〇〇九年も一九九〇年比でやっとマイナス四・一パーセントの排出量だった日本にとって、極めて厳しい状況になっている。

ＣＯＰ17は、二〇一一年十一月二十八日から十二月九日まで南アフリカのダーバンで開催される。それに向けて四月にバンコク、六月にボンで準備会合（国連気候変動枠組条約に関する特別作業部会）が開かれた。途上国は一丸となって、地球温暖化の原因をつくった先進国が率先して温暖化対策を進めるべきであると主張し、京都議定書の延長を求めている。ＥＵは、米国や中国など、国際的な削減義務を負わない国による個別の自主目標をまとめた宣言と、議定書延長の「二階建て」案を提案。ただしＥＵ自体も一枚岩でなく、スペイン、イタリア、東欧などは反対している。これに対して日本は「京都議定書は世界の排出量の二七パーセントしかカバーしていない。第二約束期間には、いかなる条件でも参加しない」とし、ロシアとカナダも反対を表明している。二〇一二年の大統領選挙までは動きが取れない米国は、京都議定書には言及せず、法的拘束力がある一つの枠組みを作るべきという主張を続けている。ＣＯＰ17でも新しい枠組みは決められないだろうという見方が強い。

ＣＤＭについては本書で描いたとおり国連の手続きが複雑で時間もかかるという問題があり、また、ホスト国が、中国、インド、中南米といった途上国のため、案件がなかなか進まず、汚職がからんだり、実質的に環境を破壊するようなものもある。そのため、欧米や日本の政府や電力会社などは、安く確実に排出権を手に入れられる「ホットエアー」を買うようになってきている。これは経済活動の低迷で温室効果ガス排出量が大幅に減少し、削減目標を達成してもなお余る分を売るものである。旧ソ連が一九九一年に崩壊する前後から、ロシア、ウクライナ、東欧諸国では経済が大幅に停滞し、排出量が大幅に減っていた。一方で京都議定書における彼らの削減目標は、EU加盟予定だった東欧諸国こそ五〜八パーセントだが、ロシアとウクライナは一九九〇年比プラス・マイナス・ゼロである。目標設定自体が不公平で、これらの国々では、まさに「空気がお金に化け」ている。

こうした中、日本は経済産業省が中心となって「二国間クレジット」という新しい排出権創設の動きを始めた。先進国と途上国の二国間合意にもとづいて省エネ支援などの排出削減事業を行い、その効果を独自に評価して排出枠を創出するものだ。日本政府は、インドネシア、ベトナム、タイなどアセアン諸国を中心に話し合いを始め、高効率石炭火力発電所、二酸化炭素の地中貯留、森林保全、コークス炉への省エネ設備導入など、三十三件の事業化調査を行っている。日本が得意とする省エネ製品（自動車、家電等）の普及や高効率石炭火力の導入、原子力、地中貯留などがＣＤＭから除外されているのを補おうという狙いがある。

（二〇一一年八月記）

解　説

藤井耕一郎（科学ジャーナリスト）

巨大融資をめぐって都銀と米国投資銀行が激しくぶつかり合う『トップ・レフト　ウォール街の鷲を撃て』（二〇〇〇年）でデビュー以来、不正経理で破綻《はたん》した巨大エネルギー企業エンロンの実態に迫った『虚栄の黒船　小説エンロン』（〇二年）［文庫版は『青い蜃気楼　小説エンロン』と改題］ではエネルギー先物取引のカラクリを暴き、『巨大投資銀行《バルジブラケット》』（〇五年）では、外部からうかがい知れない買収劇の裏面を照らすという具合に、黒木亮氏は一貫して巨大ビジネスの内幕を取り上げてきた。

　けた違いの金額を動かす攻防戦には、大企業の底知れぬ欲望が渦巻き、競争相手を出し抜こうとするマネーゲームは、いつ破滅してもおかしくないギャンブル性をおびてくる。だが、第一線で「駆け引き」を演じているのは、じつは個々の人間でもあるのだ。

　国際金融取引の本場ロンドンで長年にわたり経験を積んだ著者が描き出す登場人物たちは、相手に出し抜かれないように、朝から晩まで奮闘を続ける。その闘いぶりにそれぞれの国民性やビジネス観の違いといった〈お国柄〉が現われるところが興味深く、虚実皮膜のストーリーからリアルな面白さを味わうことができる。

　本作『排出権商人』もその例外ではない。ただ、この小説はタイトルをながめただけでは内容の想像がつきにくいかもしれない。おそらく「排出権」が環境問題に登場する用語であることは多くの方がご存じだと思うが、まだ日本では売られていないに等しいから、取引の実態がどんなものなのかは知らない人のほうが多いはずだ。

主人公・松川冴子は発展途上国の「排出権プロジェクト」を手がけるエンジニアリング企業の女性総合職（地球環境室長）で、マレーシアのペナン島にある最高級ホテルから話は始まる。優雅な休暇というより、主流のエンジニアリング部門から気乗りのしない環境部門にまわされたショックをやわらげる旅だった。ところが、彼女はこの観光地に意外にも養豚場があることを教えられ、この施設がすでに「再生可能（自然）エネルギー」から排出権を生み出すプロジェクトの対象にされていることを知って驚く。

この女性を中心に、彼女が所属する企業の株を「カラ売り」して一儲《もう》けを企《たくら》む霞が関の有力官庁出身の投資ファンド経営者・北川と、経産省の技官で排出権を認定する国連環境機関の理事をつとめる人物・国枝が主人公にからんでくる。環境の分野では国連機関が大きな権限をもっているのだが、自分たちに都合よく国連機関を牛耳ろうとする〈環境マフィア〉が群がり、彼らに狙われて取り込まれてしまう人物も出てくる。

三人の動きを主軸に国境を越えて展開していく物語は、排出権取引が本格的に開始された二〇〇五年からリーマン・ブラザーズ破綻後の〇九年までを描いている。この時期は中国が官民一体となって大躍進をとげた時代と重なり、中国を昔ながらの「発展途上国」と規定した排出権取引制度を巧みに利用して、したたかな「環境ビジネス」を繰り広げる中国の「排出権商人」の姿も鮮やかに浮き彫りにされる。

本作は、こうした複雑な「排出権ビジネス」をまな板にのせた日本で初めての小説である。内容・分量ともに読みごたえがあるだけに、一晩で一気に読める手軽な小説とはいささか趣が異なるものの、いずれも一癖ありそうな登場人物たちが織りなすストーリーは面白く読める工夫がこらしてある。国際間でまじめに話し合われてきた環境政策が、気がつくとマネーゲームに化けている無気味なカラクリがよくわかり、環境問題に関心があった人もなかった人も、意表をつかれるに違いない。

では、小説に登場する商人たちが行なっている排出権取引（エミッション・トレーディング）とはいったい何なのだろうか。これは一般に、二酸化炭素をはじめとする温室効果ガスを削減し、地球温暖化防止に役立つと説明される「環境ビジネス」の一つである。平たくいえば、「大気中への温室効果ガスの放出行為の売買」ということになる。なお、「権」の売買では利権めいた印象を与えかねないというので、日本政府は「排出量取引」の訳語を採用した。排出枠取引・排出取引と表現しても意味は変わらない。

巻末の用語集の解説にあるように、京都議定書に京都メカニズムと呼ばれる「割り当てられた削減目標を達成できない場合は排出権で補う」取引が盛り込まれたことがそもそものはじまりである。この排出権取引を提案したアメリカ政府は、議会の反対で早々と京都議定書から離脱してしまったものの、ウォール街の投資銀行は排出権を将来性のある金融商品と見込んで期待を寄せ、当初は反対していたEU諸国も推進側にまわった。

こういう成り行きから、先進諸国の中で日本は置いてけぼりのような境遇に置かれた。

ところが皮肉なことに、世界で最も「排出権取引」をアテにしなければならなくなった国が我が日本なのである。京都議定書の「約束期間」は〇八年から一二年までで、日本は割り当てられた一九九〇年比六パーセントの削減目標を達成できないだろうと思われている。約束が守れないとペナルティを科せられる規定だから、最後の手段として排出権を買わなければならない。そうなれば、世界中のプロの「排出権商人」たちは、アマチュアの日本政府を手玉にとって一儲けしようと考えないわけがあるまい。

刻一刻と近づく一二年までの約束期間を見据えながら、日本政府は「エコと省エネ」を国民に訴え続けてきた。だが、九〇年比六パーセント削減の壁は厚い。産業界は九〇年以前にエネルギー効率を高めていたので、大口需要者の省エネは限界に近づいていたからだ。反対に、NHKのように「地球温暖化の危機」を再三番組で訴えてきた〈指導的立場にある〉組織が、六パーセント削減どころか、驚くことに〇八年の時点で八〇パーセントも増大させていた事実を会長自らが告白するような始末である。

ほんとうは、これくらいで驚いてはいけない。〇九年の政権交代で首相の座についた鳩山由紀夫氏は、〈二〇一二年の運命〉などどこ吹く風で、二〇年までに温室効果ガス九〇年比二五パーセント削減を表明したのだ。この話にはいちおう主要国の意欲的な目標合意が前提という条件をつけてはいる。とはいえ、排出大国のアメリカと中国が二〇年までの目標を示していない段階のスタンドプレーにほかならなかった。

この発言は、目標が実現できない場合、「排出権の購入」という多額の出費を強いられる事態に直結する。その鳩山政権は一年で終わり、菅政権に引き継がれた。十年先の話はともかくおいて、いよいよ翌年に迫った〈二〇一二年の運命〉はいかに？

そう思っていた矢先に、M9・0という千年に一度といわれる東日本大震災が起こった。その後、東京電力福島第一原子力発電所で原発の破滅的な事故が発生し、地球温暖化どころの騒ぎではない状況に陥ったのはご存じの通りである。

では、震災の到来で京都議定書の約束などどうでもよくなったのかというと、相手は国際条約だから、そうは問屋が卸さない。一方、温室効果ガスの削減効果が高いと目されてきた原発が事故を起こしたことにより、エネルギー問題の局面はがらりと変わった。

東北の太平洋岸地域は大津波で家々が流され、原発から放出された放射性物質の脅威にさらされ、漁業・農業・工業・流通業は未曾有《みぞう》の大打撃を受けた。とりわけ問題になったのは電力不足である。沖縄以外のあらゆる地域に設置されている原発にも福島第一原発の影響が波及し、エネルギーの将来の見通しがまったく立たなくなってきた。

局面が変わった最大の出来事は、乱暴な表現をすれば、日本中が〈ぐちゃぐちゃ〉な状況になっている事態を追い風に利用して「再生可能（自然）エネルギー」を大々的に普及させようという〈環境マフィア〉が台頭し、イニシアティブをとろうとしはじめたことである。その武器が「太陽光発電」と「風力発電」であることはいうまでもない。

東日本大震災と東京電力福島原発事故が発生する以前に書かれた本作『排出権商人』は震災後の今も決して色褪《いろあ》せてはいない。なぜなら、この作品は美しい理念で語られてきた環境問題がうんざりするほど金儲けに結びつけられている現状と、環境ビジネスこそは、破綻した巨大エネルギー企業エンロンや「巨大投資銀行」が虎視眈々《こしたんたん》と狙いを定めていた新しいエネルギー・ビジネスだったことを教えてくれるからだ。

日本では、風力発電に代表される「再生可能（自然）エネルギー」を推進している組織はNPO法人が多く、〈地球にやさしい風力発電〉の普及は、まるでボランティア活動のように紹介されている。原発事故を起こした東京電力が〈悪玉〉の代表なら、〈善玉〉を代表するのは自然エネルギーを利用した発電事業といわんばかりだ。

ほんとうに、そうなのだろうか？　大震災以前から退陣を迫られていた菅直人首相は、震災後に「脱原発宣言」を打ち出して延命をはかったが、一一年八月にようやく退陣を正式表明した。退陣条件の一つとして掲げたのが、「再生エネルギー法案」（正式名「電気事業者による再生可能エネルギー電気の調達に関する特別措置法案」）の提出と可決だ。

テレビのスイッチを入れると、「菅政権は支持したくないけど、こういう政策は立派だと思う」といった感想を述べる人々がよく登場した。菅首相と会食しつつ、私財を投じて「自然エネルギーの普及に命を賭《か》ける」と語った孫正義ソフトバンク社長に対しても同じような感想を抱く人々が少なくなかった。

私の願いは、一人でも多くの人に『排出権商人』を読んでもらうことだ。

経済・環境用語集

一次産品

農業、漁業、鉱業、林業の生産物で加工される前の物。

エンジニアリング会社

大型プロジェクトの企画、設計、調達、工事、試運転までを一括して請け負う会社。日本で代表的な企業は、日揮、東洋エンジニアリング、千代田化工建設など。

温室効果ガス

大気中に拡散された気体のうち温室効果をもたらすもの。京都議定書では、二酸化炭素、メタンガス、亜酸化窒素（N_2O）、HFC（ハイドロフルオロカーボン）類、PFC（パーフルオロカーボン）類、六フッ化硫黄（SF_6）が削減対象の温室効果ガスと定められた。

環境影響評価書（environmental impact assessment、略称EIA）

大型プロジェクトの実施に際して、プロジェクト実施者自らがプロジェクトによる環境（自然・社会・経済面等）への影響を予測・評価するための報告書。1990年代くらいから、各国の法律等で作成や公開を義務付けられるようになった。その結果にもとづいて実施者は、プロジェクトの内容改善や中止を決定する。

京都議定書

気候変動枠組条約（UNFCCC）を部分的に強化するため、条約本体とは別に定められた取り決めで、1997年に京都で開催されたCOP3で採択された。先進国・市場経済移行国40ヵ国と欧州共同体（EC）に第１約束期間（2008〜2012年）における温室効果ガスの削減義務（1990年比で日本－６％、米国－７％、EU－８％等）が課せられている。米国は署名が議会で批准されず、2001年に離脱した。2011年３月現在で、日本を含む191ヵ国と欧州連合（EU）が締結している。

京都メカニズム

京都議定書は、先進締約国に温室効果ガス削減目標という厳しい法的義務を負わせる一方、海外から排出権（排出枠）を購入（ないしは、調達）して、国内で削減できない分を補ってもよいという柔軟措置を設けた。これが京都メカニズムと呼ばれるもので、具体的には、CDM、JI、排出権取引の３つの制度である。

公募増資、第三者割当増資

公募増資は、不特定かつ多数の投資家に対して新株を発行する増資のやり方。これに対して、特定の第三者を対象に新株を発行することを第三者割当増資という。

再生可能エネルギー

自然界に存在し、繰り返される現象であるエネルギー流に由来し、自然界の営みによって、利用するのと同等以上の速度で再

生されるエネルギー源のこと。具体的には、太陽エネルギー、風力、地熱、水力、バイオマス（農作物、家畜糞尿等）、海洋エネルギー（潮力等）など。

サブプライム問題

米国の低所得者を対象とした住宅ローン（サブプライムローン）の焦げ付きから発生した不良債権問題。サブプライムローンの多くが証券化商品に組み込まれ、世界各国で販売されていたため、2007年夏ごろから世界的金融不安を引き起こした。

商品市場（commodity market）

原油、天然ガス、金、プラチナ、鉛、パラジウム、ゴム、大豆、トウモロコシ、コーヒー、食肉、牛乳などの商品が取引される市場のこと。取引形態は、現物の受渡しを前提とするスポット取引のほか、差金決済で現物の受渡しがない先物・オプション・指数取引などがある。

ターンキー

プラントの企画から完成まで売り手が一括して請け負う契約形態のこと。買い手がキー（鍵）をターンすれば（回せば）プラントが稼働する状態という意味からきている。売り手にとっては、大きな利益が期待できる半面、コストの見積りを誤ると、大きな損失を被る可能性がある。

地球温暖化係数

京都議定書で指定されている温室効果ガスは6種類あるが、種

類によって地球温暖化への寄与度は異なっている。各ガスの温暖化への寄与度は、二酸化炭素の温室効果に対する倍数である地球温暖化係数で表される。すなわち、二酸化炭素1、メタンガス21、亜酸化窒素310、HFC類140〜11,700、PFC類6,500〜9,200、六フッ化硫黄23,900である。

追加性（additionality）

二つの意味合いがあり、①プロジェクトが実施されることで、プロジェクトがなかった場合に比べ、発生する温室効果ガスの量が削減されることと、②排出権があることで、初めてプロジェクトが成立すること。実務上、CDM事業の有効化審査や登録（承認）に関して問題となるのは後者。

なお、追加性という言葉は、世界銀行やアジア開発銀行などの公的金融機関の投融資に関しても使われ、この場合は、その投融資がなければプロジェクトが成り立たない（逆にいえば、民間の投融資が使える場合は公的金融機関は投融資をしない）ことを意味する。

デット・エクイティ・スワップ

財務改善手法の一つで、債務と株式を交換すること。債務者が債務超過等に陥った際の救済策として、銀行が行うことが多い。単純な債権放棄に比べると、債権の代わりに債務者の株式が手に入るので、銀行にとって資産が減らないというメリットがある。また、将来、株価が上昇したり、上場したりする場合は売却益を期待できる。その一方で、株価が下がれば、銀行は損失を被る。

認証サービス機関

認証とは正当性を検証する作業のこと。認証サービス機関は、一定の行為や文書の作成が正当な手続きにのっとってなされたことを証明する業務を行う機関のこと。通常、認証サービス機関は、正当性を検証・証明する対象ごとに、その分野を管轄する政府や国際機関などから審査を受け、資格を与えられている。CDMの有効化審査や排出削減量の検証・認証を行うDOE（指定運営組織）の場合、CDM理事会が認可し、COP（気候変動枠組条約締約国会議）が任命する。

熱効率

投入した熱エネルギーが仕事や電力などに変換される割合のこと。たとえば1000ジュールの熱エネルギーが与えられた熱機関（原動機、エンジン等）が300ジュール分の仕事をした場合、熱効率は30％である（残り700ジュールは損失）。発電所の場合は、燃焼した燃料が持っている熱エネルギーに対し、発生した電気エネルギーの割合。

排出係数

自動車の走行、発電、農業など一定の経済活動により生じる汚染物質や温室効果ガスの排出量を算定するための係数。発電に関しては、１キロワットアワー当りの二酸化炭素排出量で表される。

排出権（carbon credit）

温室効果ガスを排出することができる権利。CDMから産み出さ

れるCER、JIから産み出されるERU、EU-ETSで使用されているEUA、旧ソ連や東欧諸国において経済活動が低迷したため排出削減目標に対して生じた排出枠の余裕分を売却する「ホットエアー」、民間によるボランタリー・クレジットなど様々な種類がある。

買電契約（power purchase agreement、略称PPA）

送電会社（あるいは配電会社や消費者）が発電事業者（発電所）から、生産された電力を買う契約。

附属書Ｉ国

京都議定書にもとづき、温室効果ガスの削減義務を負う42ヵ国・地域のこと。先進国・地域は、オーストラリア、カナダ、欧州連合（EU）、アイスランド、日本、ニュージーランド、ノルウェー、スイス、米国、EU15ヵ国、トルコ、モナコ、リヒテンシュタイン、マルタの28、市場経済移行国はベラルーシ、ブルガリア、チェコ、ハンガリーなど14ヵ国。なお、前述のとおり米国は議定書から離脱し、マルタ、トルコの数値目標は定まっていない。

ブティック型投資銀行

通常の投資銀行は、投資銀行（M&Aや証券の引受）、株式、債券の三大部門を持ち、数千人から数万人の社員を有しているが、M&A、株式上場、不動産開発、不良債権買取など特定の分野を専門にし、社員数が10〜100人程度の投資銀行をブティック型投資銀行と呼ぶ。

方法論

温室効果ガス削減プロジェクトをどのように実施し、削減された排出量をどのように計測するかの理論と手法のこと。CDMにおいては、国連CDM理事会によって予め承認された方法論にしたがって、プロジェクトを実施しなくてはならない。現在、温室効果ガスの種類やプロジェクトのタイプごとに、約180の方法論が存在する。方法論が存在しない場合は、まずCDM理事会に対して新たな方法論を提案し、承認を受けなければならない。

メガワット、キロワットアワー

1ボルトの電圧で1アンペアの電流が流れるときに費やされる電気エネルギーが1ワット。1メガワットは100万ワット。通常の白熱電球は40～60ワットを消費するので、1メガワットは白熱電球1万7000～2万5000個分に相当する。なお1キロワット（1000ワット）を1時間消費したときの電力量を1キロワットアワー（1kWh）という。

有効化審査（validation）

温室効果ガス削減プロジェクトが、京都議定書の要求事項を充足していることをDOE（指定運営組織）が確認すること。

CDM（clean development mechanism）

温室効果ガス削減義務を負っている京都議定書の附属書I国が関与して、削減義務を負っていない非附属書I国において排出削減プロジェクトを実施すると、CER（認証排出削減量）が発行される仕組み（京都議定書第12条に規定されている）。1CER

＝1トン（二酸化炭素換算)。プロジェクトが実施される国をホスト国と呼ぶ。CERは、京都議定書に定められた数値目標達成のために活用することができる。

CDM理事会（CDM Executive Board)

CDMプロジェクトの実質的な管理・監督機関。JIに比べてCDMは、ホスト国が削減目標を負っておらず、削減の担保がないことから、CDMプロジェクトによって確かに削減されたかどうかのチェックが必要になる。10名の理事と10名の代理理事によって構成され､理事会の下に5つの小委員会(パネルとワーキング・グループ)がある。5つの小委員会は､方法論パネル､新規植林・再植林ワーキング・グループ、小規模CDMワーキング・グループ、登録・発行チーム、指定運営組織認定パネルである。

CER（certified emission reduction、認証排出削減量)

京都議定書で規定されるCDM事業の実施によって産み出され、取引される排出削減量（排出枠、排出権とも言う）のこと。トン数で表示されるが、これは等価な二酸化炭素量ということである。例えば、あるCDMによってメタンガスが1万トン削減されるとすれば、メタンガスの地球温暖化係数である21を乗じて、21万トンのCERが産み出されることになる。

COP（Conference of the Parties、気候変動枠組条約締約国会議)

気候変動枠組条約締約国による会議。第1回（COP1）は1995年3〜4月にベルリンで開催された。1997年12月に京都で開催

され、京都議定書を採択したのはCOP3。京都議定書の第２約束期間（2013年以降）の取り決めについては、2009年のCOP15（コペンハーゲン）と2010年のCOP16（カンクン）で協議されたが、合意に至らなかった。

DOE（designated operational entity、指定運営組織）

CDMプロジェクトの第三者認証を行う機関で、以下の２つの機能を有する。（１）CDMプロジェクトの有効化審査と登録申請を行う、（２）登録されたCDMプロジェクトの排出削減量を検証・認証し、CERの発行申請を行う。DOEはCDM理事会が認定（accreditation）し、COPが任命（designation）する。2011年７月現在、38の機関がDOEとして認められている。

EPC（engineering procurement construction）

プロジェクトにおける設計、資機材調達、建設業務のことで、プロジェクトのハードの部分。

EU-ETS（The EU Emissions Trading Scheme、欧州連合域内排出権取引制度）

EU加盟25ヵ国の約12,000施設を対象にした二酸化炭素排出量のキャップ・アンド・トレード（排出枠が課されている当事者間で、排出枠の移転を認める）型の排出量取引スキーム。第１フェーズ（2005～2007年）は、EUの総排出量の約４割を占めるエネルギー集約産業（電力・熱供給、製油所、鉄・非鉄金属、セメント、ガラス、窯業、パルプ）を対象とし、2005年１月１日に公式に開始された。第２フェーズ（2008～2012年）では、

（1）ブルガリアとルーマニアが新たに参加、（2）航空部門の取り込み、（3）未達分の罰金をCO_2換算1トン当り40ユーロから100ユーロに引き上げなどが行われる。排出枠の単位はEUA（EU Allowance）で、二酸化炭素1トンに相当。

IPCC（Intergovernmental Panel on Climate Change、気候変動に関する政府間パネル）

UNEP（国連環境計画）とWMO（世界気象機関）が共催し、各国政府の任命する世界数千人の科学者が参加する政府間機構。1988年に開始された。地球温暖化に関する最新の知見をまとめ、温暖化対策に科学的基礎を与えることを目的としている。1990～2007年にかけて4回の報告書を発表している。

IRR（internal rate of return、内部収益率）

ある事業や資産へ投資しようとする金額と、その投資により将来得られるであろうキャッシュフローの現在価値が等しくなる利率のこと。投資の採算性を判断する最も重要な指標である。

JI（joint implementation、共同実施）

温室効果ガス削減義務を負っている京都議定書の附属書I国同士が協力して、附属書I国内において排出削減プロジェクトを実施すると、ERU（emission reduction unit）が発行される仕組み（京都議定書第6条に規定されている）。1ERU＝1トン（二酸化炭素換算）。プロジェクトが実施される国をホスト国と呼ぶ。ERUは、京都議定書に定められた数値目標達成のために活用することができる。

LBO（leveraged buy-out）
被買収企業の資産や収益力を担保にした借入れによる企業買収のやり方。

PDD（project design document、プロジェクト設計書）
CDMプロジェクトごとに作成される通常英文で数十ページの国連あての申請書。プロジェクトの詳細や削減される温室効果ガスの計測方法などを記載する。

UNFCCC（United Nations Framework Convention on Climate Change、国連気候変動枠組条約）
大気中の温室効果ガスの濃度を安定化させることを目的として、1992年にリオデジャネイロで開催された地球サミットで採択され、署名のために開放された条約。温室効果ガスの排出・吸収の目録、温暖化対策の国別計画の策定等を締約国に義務付けている。2011年３月現在で、日本を含む193ヵ国と欧州共同体（EC）が締結している。ドイツのボンに事務局があり、約500人の職員が勤務している。

WTI（West Texas Intermediate）
米国テキサス州を中心に産出される硫黄分が少なく、ガソリンを多く取り出せる高品質な原油。産出量が１日100万バレル以下と少ないにもかかわらず、NYMEX（ニューヨーク・マーカンタイル取引所）に上場され、世界最有力の原油価格指標になっている。

本書は、二〇〇九年十一月に講談社より刊行された単行本に加筆・修正し、文庫化したものです。

排出権商人《はいしゅつけんしょうにん》

黒木《くろき》 亮《りょう》

角川文庫 17119

平成二十三年十一月二十五日　初版発行

発行者―井上伸一郎
発行所―株式会社角川書店
東京都千代田区富士見二―十三―三
電話・編集（〇三）三二三八―八五五五
〒一〇二―八〇七八
発売元―株式会社角川グループパブリッシング
東京都千代田区富士見二―十三―三
電話・営業（〇三）三二三八―八五二一
〒一〇二―八一七七
http://www.kadokawa.co.jp

印刷所―旭印刷　製本所―BBC
装幀者―杉浦康平

定価はカバーに明記してあります。

く 22-8　ISBN978-4-04-100024-3　C0193

角川文庫発刊に際して

角川源義

第二次世界大戦の敗北は、軍事力の敗北であった以上に、私たちの若い文化力の敗退であった。私たちの文化が戦争に対して如何に無力であり、単なるあだ花に過ぎなかったかを、私たちは身を以て体験し痛感した。西洋近代文化の摂取にとって、明治以後八十年の歳月は決して短かすぎたとは言えない。にもかかわらず、近代文化の伝統を確立し、自由な批判と柔軟な良識に富む文化層として自らを形成することに私たちは失敗して来た。そしてこれは、各層への文化の普及滲透を任務とする出版人の責任でもあった。

一九四五年以来、私たちは再び振出しに戻り、第一歩から踏み出すことを余儀なくされた。これは大きな不幸ではあるが、反面、これまでの混沌・未熟・歪曲の中にあった我が国の文化に秩序と確たる基礎を齎らすためには絶好の機会でもある。角川書店は、このような祖国の文化的危機にあたり、微力をも顧みず再建の礎石たるべき抱負と決意とをもって出発したが、ここに創立以来の念願を果すべく角川文庫を発刊する。これまで刊行されたあらゆる全集叢書文庫類の長所と短所とを検討し、古今東西の不朽の典籍を、良心的編集のもとに、廉価に、そして書架にふさわしい美本として、多くのひとびとに提供しようとする。しかし私たちは徒らに百科全書的な知識のジレッタントを作ることを目的とせず、あくまで祖国の文化に秩序と再建への道を示し、この文庫を角川書店の栄ある事業として、今後永久に継続発展せしめ、学芸と教養との殿堂として大成せんことを期したい。多くの読書子の愛情ある忠言と支持とによって、この希望と抱負とを完遂せしめられんことを願う。

一九四九年五月三日

角川文庫ベストセラー

角川文庫ベストセラー

城山三郎の昭和　佐高　信

終生貫かれた「組織」への懐疑のまなざし。昭和とともに生きた良心の作家は何を見てきたのか？城山を敬愛してやまない著者が辿るその生と文学。

だまされることの責任　佐高　信　魚住　昭

戦後六十年を過ぎてもいまだに思考力を持たず、国家の無責任体制に盲従する日本人。その脆弱な精神構造を、権力に斬り込む二人が鋭く検証する。

酒は涙か溜息か　古賀政男の人生とメロディ　佐高　信

「古賀メロディ」に秘められた悲しみとは何だったのか。古賀政男を通し、戦前・戦後の日本歌謡史を抵抗の精神から読み解く。解説はなかにし礼。

三色ボールペンで読む日本語　齋藤　孝

まあ大事なところに青、すごく大事なところに赤、おもしろいと感じたところに緑の線。たったこれだけで、日本語力は驚くほど向上する！

新選組血風録　新装版　司馬遼太郎

京洛の治安維持のために組織された新選組。〈誠〉の旗印に参集し、騒乱の世を夢と野心を抱いて白刃と共に生きた男の群像を鮮烈に描く快作。

北斗の人　新装版　司馬遼太郎

夜空に輝く北斗七星に自らの運命を託して剣を志し、刻苦精進、ついに北辰一刀流を開いた幕末の剣客千葉周作の青年期を描いた佳編。

豊臣家の人々　新装版　司馬遼太郎

豊臣秀吉の奇蹟の栄達は、彼の縁者たちをも異常な運命に巻きこんだ。甥の関白秀次、実子秀頼等の運命と豊臣家衰亡の跡を浮き彫りにした力作。

角川文庫ベストセラー

吾輩は猫である　夏目漱石
漱石の名を高からしめた代表作。苦沙弥先生に飼われる一匹の猫にたくして展開される痛烈な社会批判は、今日なお読者の心に爽快な共感を呼ぶ。

坊っちゃん　夏目漱石
江戸っ子の坊っちゃんが一本気な性格から、欺瞞にみちた社会に愛想をつかす。ロマンティックな稚気とユーモアは、清爽の気にみちている。

草枕・二百十日　夏目漱石
「草枕」は人間の事象を自然に対するのと同じ無私の眼で見る〝非人情〟の美学が説かれているロマンティシズムの極致である。

虞美人草　夏目漱石
「生か死か」という第一義の道にこそ人間の真の生き方があるという漱石独自のセオリーは、以後の漱石文学の方向である。

三四郎　夏目漱石
「無意識の偽善」という問題をめぐって愛さんとして愛を得ず、愛されんとして愛を得ない複雑な愛の心理を描く。

それから　夏目漱石
社会の掟に背いて友人の妻に恋慕をよせる主人公の苦悶。三角関係を通して追求したのは、分裂と破綻を約束された愛の運命というテーマであった。

門　夏目漱石
他人の犠牲で成立した宗助とお米の愛。それはやがて罪の苦しみにおそわれる。そこに真の意味の求道者としての漱石の面目がある。

角川文庫ベストセラー

角川文庫ベストセラー

太平洋戦争 日本の敗因1 日米開戦 勝算なし
NHK取材班／編

軍需物資の大半を海外に頼る日本にとって絶対条件だった《太平洋シーレーン》。何の計画もないまま開戦に突入した日本が勝つ筈がなかった…。

太平洋戦争 日本の敗因2 ガダルカナル 学ばざる軍隊
NHK取材班／編

ガダルカナル島の日本兵三万一千余の内、撤収できた兵一万余。戦死者五、六千人、大半が栄養失調、マラリヤ、赤痢で倒れた。悲劇の原因は？

太平洋戦争 日本の敗因3 電子兵器「カミカゼ」を制す
NHK取材班／編

天王山となったマリアナ沖海戦。米機動部隊に殺到する日本軍機は、次々に撃墜される。勝敗を分けたのは、電子兵器、兵器思想の差であった。

太平洋戦争 日本の敗因4 責任なき戦場 インパール
NHK取材班／編

「白骨街道」と呼ばれるタムからカレミョウへの山間の道。何故こんな所で兵士たちは死なねばならなかったのか。本当の責任は問われたのか。

太平洋戦争 日本の敗因5 レイテに沈んだ大東亜共栄圏
NHK取材班／編

敗戦後、日本兵はフィリピン人に石もて追われたという。大東亜共栄圏、八紘一宇のスローガンのもと、日本人は何をしたのか。いま学ぶこととは。

太平洋戦争 日本の敗因6 外交なき戦争の終末
NHK取材班／編

敗戦必至の昭和二十年一月、大本営は「本土決戦計画」を決めた。捨て石にされた沖縄、十万の住民の死。軍と国家は何を考え何をしていたのか。

人間はどこから来たのか、どこへ行くのか
高間大介（NHK取材班）

科学の最先端の現場で現在盛んに進められているテーマ、「人間とは何か？」。相次ぐ新発見の数々。目から鱗、思わず膝を打つ新たな「人間学」。